Von Victoria Holt sind unter dem Pseudonym Philippa Carr
als Heyne-Taschenbücher erschienen:

Das Schloß im Moor · Band 01/5006
Geheimnis im Kloster · Band 01/5927
Der springende Löwe · Band 01/5958
Sturmnacht · Band 01/6055
Sarabande · Band 01/6288
Die Dame und der Dandy · Band 01/6557
Die Erbin und der Lord · Band 01/6623
Die venezianische Tochter · Band 01/6683
Im Sturmwind · Band 01/6803
Die Halbschwestern · Band 01/6851
Im Schatten des Zweifels · Band 01/7628
Der Zigeuner und das Mädchen · Band 01/7812

Von Victoria Holt sind als Heyne-Taschenbücher erschienen:

Die geheime Frau · Band 01/5213
Die Rache der Pharaonen · Band 01/5317
Das Haus der tausend Laternen · Band 01/5404
Die siebente Jungfrau · Band 01/5478
Der Fluch der Opale · Band 01/5644
Die Braut von Pendorric · Band 01/5729
Das Zimmer des roten Traums · Band 01/6461

Von Victoria Holt sind unter dem Pseudonym Jean Plaidy
als Heyne-Taschenbücher erschienen:

Der scharlachrote Mantel · Band 01/7702

VICTORIA HOLT

DAS ZIMMER DES ROTEN TRAUMS

Roman

WILHELM HEYNE VERLAG
MÜNCHEN

HEYNE ALLGEMEINE REIHE
Nr. 01/6461

Titel der englischen Originalausgabe
LORD OF THE FAR ISLAND
Deutsche Übersetzung von Irene Aue

12. Auflage

Genehmigte, ungekürzte Taschenbuchausgabe

Lizenzausgabe mit Genehmigung des Schneekluth Verlages
Printed in Germany 1993
Umschlagfoto: Photodesign Mall, Stuttgart
Umschlaggestaltung: Atelier Ingrid Schütz, München
Gesamtherstellung: Elsnerdruck, Berlin

ISBN 3-453-02027-8

Der Heiratsantrag

1

In der Nacht vor Esmeraldas erstem Ball störte wieder einmal dieser Traum meinen Schlaf. In meinen neunzehn Lebensjahren hatte ich ihn immer wieder erlitten. Dieser stets wiederkehrende Traum war beunruhigend und schien von einer gewissen Bedeutsamkeit zu sein, die ich enträtseln mußte. Nach dem Erwachen schüttelte ich mich jedesmal vor Angst und Schrecken und wußte eigentlich nie genau, warum. Es lag gar nicht so sehr an dem Traum selbst, sondern eher daran, daß er Fürchterliches vorauszusagen schien.

Ich befand mich stets in einem Zimmer. Einem Zimmer, das ich nun bereits sehr gut kannte, denn es war in jedem Traum das gleiche. Ein ganz gewöhnliches Zimmer. Mit einem gemauerten Kamin, zu dessen beiden Seiten Sitzgelegenheiten, ein roter Teppich und schwere rote Vorhänge. Über dem Kamin hing ein Bild: »Stürmische See«. Ein paar Stühle standen drin und ein altmodischer Klapptisch. Stimmen erklangen und verstummten wieder. Ich hatte stets den Eindruck, daß irgend etwas vor mir verborgen wurde. Und dann kam plötzlich dieses übermächtige Gefühl böser Vorahnung, aus dem ich mit Entsetzen erwachte. Das war alles. Manchmal kam der Traum ein ganzes Jahr lang nicht wieder, und ich vergaß ihn, und dann suchte er mich plötzlich wieder heim. Jedesmal bemerkte ich ein paar Einzelheiten mehr in dem

Zimmer, etwa die dicken Schnüre, mit denen die roten Vorhänge gerafft waren, oder den Schaukelstuhl in der Ecke. Und mit jedem neuen Detail schien mir dieses Gefühl der Angst näher zu rücken.

Nach dem Erwachen lag ich in meinem Bett und fragte mich, was der Traum wohl bedeutete. Warum nur suchte mich dieses Zimmer in meinem Schlaf heim? Warum war es jedesmal das gleiche Zimmer? Warum empfand ich immer diese schleichende Angst? Meine Phantasie hatte das Zimmer heraufbeschworen, aber warum träumte ich jahrelang davon? Ich erzählte es niemandem. Tagsüber kam mir die ganze Sache immer so lächerlich vor, denn je lebhafter ein Traum dem Träumer erscheint, um so langweiliger klingt er wohl in der Nacherzählung. Irgendwo tief drinnen war ich jedoch fest davon überzeugt, daß dieser Traum etwas bedeutete. Daß eine merkwürdige, mir noch unverständliche Kraft mich vor einer Gefahr warnte und daß ich wohl eines Tages entdecken würde, was mich da bedrohte.

Wilden Phantasien nachzuhängen lag mir eigentlich gar nicht. Dafür war mein Leben zu bitter und ernst gewesen. Seit ich von Kusine Agathas Wohlwollen abhängig war, hatte man mich ständig daran erinnert, in welcher Lage ich mich befand. Daß ich am gleichen Tisch mit ihrer Tochter Esmeralda sitzen durfte, von ihrer Gouvernante mit unterrichtet wurde und unter der Aufsicht ihres Kindermädchens im Park spazierengehen durfte, waren offensichtlich Gnadenbeweise, für die ich ewig dankbar zu sein hatte. Ich durfte nie vergessen, welch elendeste aller elenden Kreaturen ich war, eine *arme Verwandte*, die nur deshalb in den Herrschaftsräumen zugelassen war, weil sie zur Familie gehörte. Und selbst diese Zugehörigkeit hing an einem schwachen Fädchen, denn Agatha war nur eine Kusine zweiten Grades von meiner Mutter.

An Agatha war alles überdimensional: ihr Körper, die Stimme, ihr ganzes Wesen. Sie beherrschte ihre Familie, das heißt, ihren kleinen Mann – aber vielleicht war er gar nicht so klein und wirkte nur so neben ihr – und ihre Tochter Esmeralda. Cousin William, wie ich ihn nannte, hatte weitverzweigte Geschäfte und war sehr wohlhabend. Außerhalb seines Hauses sicher ein mächtiger Mann, drinnen jedoch seiner kraftvollen Frau völlig ergeben und unterlegen. Ein ruhiger Mensch, der mich oft geistesabwesend anlächelte, als könne er sich nicht genau besinnen, wer ich war und was ich in seinem Haus tat. Wäre er imstande gewesen, seiner Frau energisch entgegenzutreten, hätte er sicher viel Gutes getan. *Sie* war bekannt für ihre guten Werke. Bestimmte Tage der Woche waren ihren Komitees gewidmet. Damen, die große Ähnlichkeit mit ihr hatten, kamen dann zu uns ins Haus, und ich mußte immer Tee und Kuchen servieren. Sie sah es gerne, wenn ich bei solchen Gelegenheiten anwesend war. »Das ist Ellen, die Tochter meiner Kusine zweiten Grades«, erklärte sie dann. »Eine schreckliche Tragödie! Man mußte doch dem Kind einfach wieder ein Zuhause geben.« Manchmal half mir Esmeralda beim Servieren. Arme Esmeralda! Niemand hätte sie je für die *Tochter des Hauses* gehalten. Sie ließ den Tee in den Tassen überschwappen und kippte einmal eine voll in den Schoß einer wohltätigen Dame.

Kusine Agatha nahm es stets sehr übel, wenn die Leute Esmeralda für die *arme Verwandte* und mich für die *Tochter des Hauses* hielten. Dabei war Esmeraldas Schicksal nicht viel besser als meines. Ewig hieß es: »Schultern zurück, Esmeralda! Schleich nicht so krumm daher!« Oder: »Sprich doch endlich lauter! Nuschle nicht so!«

Arme Esmeralda! Welch glanzvoller Name, der ihr so gar nicht zu Gesicht stand. Ihre blaßblauen Augen waren oft ganz wäßrig, denn sie neigte zu Tränenausbrüchen, und das feine blonde Haar sah immer unordentlich und zerzaust aus. Ich machte ihre Rechenaufgaben und half ihr bei den Aufsätzen. Sie mochte mich recht gerne.

Kusine Agatha bedauerte sehr, nur eine Tochter zu haben. Sie hatte sich immer Söhne und Töchter gewünscht, die sie wie Schachfiguren dirigieren konnte. Daß diese einzige, ziemlich zart gebaute Tochter den ganzen Nachwuchs darstellte, schob sie einzig und allein ihrem Mann in die Schuhe. War es doch feststehende Regel des Hauses, daß Agathas Taten nur Gutes zeitigten, während alles Schlechte von anderen Leuten kam.

Sie war von der Königin empfangen und von dieser wegen ihrer Wohltaten für die Armen beglückwünscht worden. Sie organisierte Klubs, in denen diese Armen in den Pflichten gegenüber ihren »Wohltätern« unterwiesen werden konnten. Sie kümmerte sich um Hemdennäherei und um die Anfertigung von Kattungewändern. Sie war unermüdlich; immer umgab sie eine wahre Aura der Tugendhaftigkeit.

Kein Wunder also, daß sowohl Mann als auch Tochter sich ihr gegenüber im Nachteil fühlten. Ich selbst merkwürdigerweise nicht. Schon lange war mir klargeworden, daß Kusine Agathas gute Taten ihr mindestens soviel Befriedigung gaben wie irgend jemandem anderen, und so war ich sicher, daß damit Schluß sein würde, sowie sie ihr keine solche Befriedigung mehr brachten. Sie spürte natürlich diesen Mangel an Anerkennung in mir und bestrafte mich dafür. Sie mochte mich nicht. Nicht daß sie von irgend jemandem außer sich selbst übermäßig eingenommen gewesen wäre; im hintersten Winkel ihres Gehirns muß sie sich aber immerhin dessen bewußt geworden sein, daß ihr Mann das Geld brachte, das ihr diesen Lebensstil ermöglichte, und was Esmeralda betraf, so war sie ihr einziges Kind und mußte wohl umsorgt werden.

Ich dagegen war die Außenseiterin, und dazu nicht einmal demütig. Sicher bemerkte sie, daß ich mich nicht halten konnte, wenn sie von ihren neuen Taten sprach. Ohne Zweifel spürte sie in mir eine Abneigung davor, ihr prinzipiell beizustimmen. Natürlich versicherte sie sich dann, daß dies dem

»schlechten Blut« zuzuschreiben war, das von meines Vaters Seite durch meine Adern floß, obwohl sie andererseits behauptete, von dieser Linie sonst nichts zu wissen.
Schon in den ersten Jahren meines Aufenthalts in diesem Haus wurde ihre Haltung mir gegenüber deutlich. Einmal, ich war etwa zehn Jahre alt, ließ sie nach mir schicken.
»Ich glaube, es ist an der Zeit, Ellen«, sagte sie; »daß wir beide uns einmal unterhalten.«
Da stand ich stämmige Kleine vor ihr. Mit kaum zu bändigendem schwarzem Haar, dunkelblauen Augen, etwas zu kurzer Nase und einem ziemlich langen, widerspenstigen Kinn.
Ich mußte auf den großen Perserteppich in ihrem sogenannten Arbeitszimmer stehenbleiben; in diesem Raum schrieb ihre Gesellschaftssekretärin die Briefe und bewältigte den Großteil der Komiteearbeit, für die sie soviel Lob einstrich.
»Also, meine Liebe«, sagte sie zu mir, »laß uns einmal klarkommen. Du weißt doch, welche Stellung man dir in diesem Hause eingeräumt hat, oder?«
Ohne auf meine Antwort zu warten, sprach sie weiter. »Zweifelsohne bist du mir und Cousin William Loring (das war ihr Mann) sehr dankbar, daß wir dich hier aufgenommen haben. Wir hätten dich natürlich beim Tod deiner Mutter in ein Waisenhaus bringen lassen können, aber du gehörst schließlich zur Familie – wenn der Verwandtschaftsgrad auch nicht gerade sehr eng ist –, und so haben wir beschlossen, dich unter unseren Schutz zu stellen. Wie du weißt, hat deine Mutter einen gewissen Charles Kellaway geheiratet. Du bist die Frucht dieser Ehe.« Ihre lange Nase zuckte bei diesen Worten, ein Zeichen dafür, wie sehr sie meine Eltern und deren Sprößling verachtete. »Eine höchst unpassende Heirat. Er war nicht der Mann, den man für sie auserwählt hatte.«
»Es muß eine Liebesehe gewesen sein«, sagte ich, denn so hatte ich es von unserem Kindermädchen gehört, dessen

Tante Kusine Agathas Kindermädchen gewesen war und sich deshalb in der Vergangenheit der Familie recht gut auskannte.
»Würdest du mich bitte nicht unterbrechen!« setzte Kusine Agatha fort. »Wir reden hier über sehr ernste Dinge. Deine Mutter ist gegen den Willen der Familie auf und davon und heiratete diesen Menschen aus irgendeiner völlig unbekannten Gegend, von der noch niemand je etwas gehört hatte.« Sie sah mich streng an. »Nach knapp einem Jahr warst du da, und kurz danach verließ deine Mutter ihr neues Heim völlig verantwortungslos und kehrte mit dir zu ihrer Familie zurück.«
»Da war ich drei«, sagte ich, wie ich es vom Kindermädchen wußte. Sie zog die Augenbrauen hoch. »Ich bat dich bereits, mich nicht zu unterbrechen. Sie besaß nichts, gar nichts. Ihr beide kamt zu deiner Großmutter. Zwei Jahre darauf starb deine Mutter.«
Da war ich fünf Jahre alt gewesen. Ich erinnere mich vage an sie: die erstickenden Umarmungen, die ich so liebte, und das Gefühl der Sicherheit, dessen ich mir erst bewußt wurde, als ich es nicht mehr hatte. Ich sah mich selbst ganz verschwommen neben ihr im kühlen Gras sitzen, sie hatte ein Skizzenbuch in der Hand. Immer zeichnete sie und versteckte das Buch vor meiner Großmutter. Ich spürte natürlich, daß sie irgendwie in Ungnade geraten war, und es machte mich sehr glücklich, mich als ihre Beschützerin zu fühlen. »Du liebst mich doch, Ellen, nicht wahr?« sagte sie oft zu mir. »Trotz allem, was ich getan habe.« Diese Worte klangen mir in den Ohren, wenn ich an sie dachte, und ich war richtig böse auf mich selbst als ungeschickte Fünfjährige, die nicht begriff, was los war.
»Deine Großmutter war jedenfalls schon viel zu alt, um noch ein Kind aufzuziehen«, setzte Kusine Agatha fort.
Das allerdings, dachte ich bitter. Mit ihren schmalen Lippen, den kleinen Augen und der weißen Kappe, ohne die ich sie

nie sah, war sie mir unglaublich alt erschienen – eine furchterregende alte Dame, die mir einen entsetzlichen Schrecken einjagte, als ich begriff, daß ich jetzt alleine dastand, ohne meine liebende, mitverschworene Gefährtin, und daß ich in Zukunft mich selbst aus dem Schlamassel ziehen mußte, in den ich ununterbrochen geriet. Glücklicherweise war ich nicht leicht kleinzukriegen, und es gelang mir, mit stoischem Gleichmut die Anschuldigungen und Anrufungen des lieben Gottes anzuhören, in denen dauernd gefragt wurde, was denn noch aus mir werden würde. Als Großmutter starb, spürte ich keinerlei Schmerz, und ich versuchte auch nicht, so zu tun, als ob.

»Auf ihrem Sterbebett bat mich deine Großmutter«, sagte Kusine Agatha jetzt, »für dich zu sorgen, und dies versprach ich ihr feierlich. Und bin auch fest entschlossen, mein Versprechen einzuhalten. Du mußt dir dennoch darüber klar sein, daß du nur deswegen nicht im Waisenhaus gelandet bist, wo man dich zum Hausmädchen oder bei einigen Kenntnissen und Fähigkeiten zur Gouvernante ausbilden würde. Nein, ich habe dich hierhergebracht, und du erhältst den gleichen Unterricht wie Esmeralda. Du lebst bei mir als Mitglied der Familie. Bitte denke immer daran. Ich *verlange* keine Dankbarkeit, aber ich *erwarte* sie. Glaube ja nicht, daß du die gleichen Vorteile wie meine Tochter genießen wirst. Das wäre schlecht für deinen Charakter. Wenn du erwachsen bist, wirst du vielleicht dein Geld selbst verdienen müssen. Ich rate dir daher gut, zu nützen, was dir hier geboten wird. Du wirst von einer Gouvernante unterrichtet, so daß du an deinem achtzehnten Geburtstag eine gebildete junge Dame sein wirst. Du wirst auch die Manieren und Gebräuche wohlsituierter Haushalte lernen. Es liegt an dir, Ellen, dir das zunutze zu machen. Lerne, was du lernen kannst, und denke immer daran, daß du es meiner Wohltätigkeit verdankst, dich dieser Möglichkeiten bedienen zu können. Tja, das wäre es dann.«

Und jetzt sollte ich wohl hinausgehen und über diese Dinge nachdenken, mich meines Glückes freuen und eine Demütigkeit mir aneignen, die in meiner Position die meisterwünschte Tugend war und an der es mir leider so sehr mangelte. Eine Zeitlang hatte ich mir eingebildet, Kusine Agathas Blicke wohlwollend auf mir ruhen zu sehen, merkte jedoch bald, daß sie nur ihre Befriedigung darüber zeigte, meine Wohltäterin zu sein, und daß dieser Blick mit meinen Fortschritten gar nichts zu tun hatte. Im Gegenteil, alle meine unerwünschten Mängel, an denen es mir offensichtlich nicht fehlte, bereiteten ihr offenbar Freude. Ich begriff, daß ich als größere Last ihr größere Tugend einbrachte.
Für Kusine Agatha empfand ich wenig Zuneigung. Wir waren genau entgegengesetzte Charaktere, und ich merkte bald, daß ich als einzige im ganzen Haushalt wagte, ihr zu widersprechen. Solange ich kleiner war, hing die Drohung mit dem Waisenhaus über mir. Bald wußte ich jedoch, daß man mich nie dorthin schicken würde, weil Kusine Agatha es sich nicht leisten konnte, ihre Freunde erfahren zu lassen, daß sie mich so abgeschoben hätte. Mein unangenehmer Charakter war ihr eine Quelle ständigen Vergnügens. Ich glaube, sie sprach vor ihren Freunden öfter von mir als von Esmeralda. Ihre eigene Tochter war ein Nichts, ich keineswegs. Oft hörte ich, wenn ich ein Zimmer verließ: »Nun ja, ihre Mutter . . .« Oder: »Kaum zu glauben, daß die arme Frances eine Emdon war.« Die arme Frances war meine Mutter und die Emdons ihre hochedle Familie, der auch Kusine Agatha entstammte.
Natürlich wurde ich schlau – »listig wie eine Wagenladung Affen«, wie unser Kindermädchen meinte. »Wird irgendwo was angestellt, ist Miß Ellen immer dabei. Und Miß Esmé läßt sich natürlich immer von ihrer bösen Kusine verführen.« Ich glaube fast, auf meine Art war ich genauso mächtig im Haus wie Kusine Agatha.
Im Winter lebten wir in einem hohen Haus gegenüber dem

Hyde Park. Ich liebte die Bäume, die bronzefarben und gold glänzend wurden, wenn wir vom sommerlichen Landaufenthalt zurückkehrten. Esmé und ich saßen oft an einem der oberen Fenster und zeigten einander die berühmten Gebäude. Die nördliche Aussicht ging genau auf den Park, von der Ostseite her konnten wir das Parlament, Big Ben und das Brompton-Oratoriumsgebäude sehen. Wir hörten den Muffin-Verkäufer seine süßen Brötchen mit der Glocke ankündigen und sahen die weißbemützten Hausmädchen mit ihren Gefäßen herauslaufen und seine Waren kaufen. Unser Kindermädchen ließ immer welche kommen, und wir saßen dann an ihrem Kamin zum Toasten und genossen selig die buttrig-sanfte Saftigkeit. Wir schauten den hin und her marschierenden Straßenfegern zu, barfüßigen Jungen, deren Anblick uns ganz unglücklich stimmte, sie sahen so entsetzlich arm aus; und vergossen beide Tränen über einen Mann, der hinter einer kofferbeladenen Kutsche auf dem Weg zum Bahnhof Paddington herrannte, weil er hoffte, als Gepäckträger ein paar Pfennige zu verdienen. Ich erfand eine herzzerreißende Geschichte dazu, die Esmeralda noch mehr bittere Tränen entlockte. Sie war sehr gutmütig und so leicht zu rühren, daß ich die Geschichte dann verändern und so erzählen mußte, wie es ihre Mutter wohl getan hätte. Er stamme aus einer guten Familie und habe sein väterliches Erbe für Gin und Bier ausgegeben. Seine Frau bekäme nur Schläge, und die Kinder hätten schreckliche Angst vor ihm. Arme kleine Esmeralda! So naiv war sie und so leicht abzulenken.

Nachmittags spazierten wir nach den Unterrichtsstunden mit dem Kindermädchen zu den Kensington Gardens. Unsere Beschützerin ließ sich am Blumenbeet nieder, während wir herumtollten. »Und bleibt ja in der Nähe, Miß Ellen, sonst kriegst du was von mir zu hören!« Darüber brauchte sie sich selten Sorgen zu machen, denn ich blieb gern in der Nähe, um zu hören, was sie den anderen Kindermädchen erzählte.

»Esmés Mutter, du meine Güte, was für ein Höllenweib, ich würde ja nicht bleiben, wenn nicht meine Tante schon *ihr* Mädchen gewesen wäre. Und man soll nun mal möglichst in der Familie bleiben. Kränkliches kleines Ding, unsere Miß Esmé. Miß Ellen dagegen ist eine richtige kleine Dame. Meiner Seel', man möchte meinen, daß sie die Tochter des Hauses ist und nicht die arme Verwandte. Paßt nur auf, eines Tages werden sie ihr noch was erzählen!«

Die anderen Mädchen erzählten auch von ihren Brotgebern und Schützlingen; ich hieß Esmeralda still zu sein, während wir lauschten. Unsere Spielgefährtinnen kreischten und wiegten ihre Puppen, während ich ganz nonchalant im Gras hinter den Bänken saß, auf denen sich unsere Kindermädchen niedergelassen hatten, und schamlos horchte. Ich war geradezu besessen auf alle Berichte über meine Mutter.

»Meine Tante sagt, sie sei sehr hübsch gewesen. Unsere kleine Dame hier ist vermutlich ihr genaues Ebenbild. Und mit der werden wir auch noch zu schaffen haben, da bin ich sicher. Na ja, hat ja noch Zeit. Zurückgekommen ist sie, sagt meine Tante, und in was für einem Zustand! Irgendwas ging schief, was, weiß man nicht genau, aber zurückgekommen ist sie. Zu ihrer Mutter, und hat das Kind mitgebracht. Du meine Güte, die ist wohl wirklich vom Regen in die Traufe gekommen. Sie haben sie immer spüren lassen, was sie gemacht hat. Und Miß Ellens Großmutter war ja genauso eine wie ihre Kusine Agatha. Um die Heiden hat sie sich gekümmert, aber ihrer eigenen Tochter das Leben zur Hölle gemacht . . . Und dem kleinen Ding auch. Und dann stirbt unsere Miß Frances und läßt das kleine Würmchen zurück. Und dauernd erinnert man sie daran, daß sie nur eine Last ist. So eine alte Dame, wie Mrs. Emdon, und das kleine Kind . . . das *konnte* ja nicht gutgehen! Und als die starb, nahm *sie* das Kleine. Mußte sie ja wohl. Und läßt das Kind bestimmt auch nie vergessen, was man alles für sie tut.«

So erlangte ich schon in früher Kindheit vage Kenntnis über meinen Lebenslauf.

Die Sache beschäftigte mich viel. Oft fragte ich mich, wer wohl mein Vater gewesen sei, aber ich konnte nichts über ihn entdecken. Wenn ich meine Vergangenheit überdachte, hatte ich das Gefühl, nie jemandem so recht lieb gewesen zu sein. Vielleicht schätzte mich Kusine Agatha in gewisser Weise, aber bestimmt nur als weiteren Pluspunkt auf ihrem Tugendkalender.

Groß herumzubrüten lag mir nicht. Aus irgendeinem Grund, und glücklicherweise, möchte ich sagen, hatte ich den festen Glauben, daß ich das Beste aus meinem Leben machen könnte, und Esmeralda schätzte mich jedenfalls als Ersatzschwester. Sie war ohne mich verloren. Es gelang mir nie, über längere Zeit alleine zu sein, immer suchte sie mich. Ihre eigene Gesellschaft lag ihr nicht. Vor ihrer Mutter hatte sie Angst, auch vor der Dunkelheit und vor ihrem Leben. Je mehr sie mir leid tat, um so glücklicher war ich über meine eigene Lebensart.

Den Sommer verbrachten wir immer in Cousin Williams Landhaus. War das eine Aufregung jedesmal! Tagelange Pakkerei, und wir Kinder wurden vor Aufregung ganz übermütig und planten, was wir alles auf dem Lande tun wollten. Mit dem zweisitzigen Wagen ging es dann zum Bahnhof, dort großes Gehaste und Gerenne zum Zug, und dann der Streit, ob wir in Fahrtrichtung sitzen sollten oder nicht. Allein das schon ein Abenteuer. Natürlich wurden wir von der Gouvernante begleitet, die dafür sorgte, daß wir aufrecht auf den Plüschbänken saßen und ich nicht zu laut wurde, damit Esmeralda in Ruhe die Landschaft ansehen konnte, durch die wir fuhren. Einige Leute von der Dienerschaft waren schon vorausgefahren, andere folgten nach. Kusine Agatha kam meist erst eine gute Woche später nach. Eine herrliche Zeit für uns. Und dann übertrug sie ihre guten Werke aus der

Stadt- auf die Landbevölkerung. Der Besitz lag in Sussex – nahe genug bei London, so daß sie mühelos zurückfahren konnte, wenn eine entsprechende Gelegenheit dies erforderte. Auch Cousin William konnte so leicht seine Geschäftsinteressen verfolgen, ohne allzuoft die frische Landluft entbehren zu müssen. Esmeralda und ich lernten reiten, suchten die Armen auf, halfen beim Kirchweihfest und genossen die ländlichen Beschäftigungen wohlhabender Leute.

Einladungen gab es dort draußen genauso wie in der Stadt. Esmeralda und ich waren zwar noch nicht zugelassen, aber ich interessierte mich sehr dafür und zeichnete oft die Kleider der Besucherinnen und stellte mir vor, sie selbst zu tragen. Gemeinsam mit Esmeralda versteckte ich mich auf der Treppe, um ihre Ankunft zu beobachten. Ich sah sie in die Eingangshalle kommen, wo Kusine Agatha in all ihrer Stattlichkeit und Cousin William – im Vergleich zu ihr recht mickrig aussehend – zum Empfang bereitstanden.

Oft zog ich Esmeralda noch aus dem Bett heraus und zwang sie, mit mir durch die Geländerstäbe auf das glitzernde Gewirr da unten zu starren. Manchmal rannten wir zur Treppe vor; hätte einer von unten heraufgesehen, wären wir sofort entdeckt worden. Esmeralda zitterte daher immer vor Angst, aber ich lachte sie nur aus, denn ich wußte, daß man mich nie wegschicken würde, weil Kusine Agatha vor allem ihre Güte mir gegenüber beweisen mußte.

Ich tollte danach im Schlafzimmer herum und drängte Esmeralda, mit mir zu tanzen.

Auf dem Lande entdeckte ich auch, welch wichtige Position die Carringtons einnahmen. Selbst Kusine Agatha sprach diesen Namen mit einer gewissen Ehrfurcht aus. Ihr grandioses Haus, Trentham Towers, lag auf einem Hügel. Mr. Josiah Carrington war eine Art Landedelmann. Genau wie Cousin William betrieb er weitverzweigte Geschäfte und besaß auch

in London ein Haus, in der Park Lane. Unser Kindermädchen hat es uns einmal gezeigt.
»Das Stadthaus der Carringtons«, flüsterte sie ehrerbietig, als sei es das Paradies selbst.
Den Carringtons gehörte der Großteil des Dörfchens und der umliegenden Farmen. Mr. Josiahs Frau war Lady Emily, die Tochter eines Earls. Natürlich war es einer der innigsten Wünsche der guten Agatha, mit den Carringtons auf vertraulichem Fuß zu verkehren. Und da sie zu den Frauen gehörte, die etwas nur zu wollen brauchten, um es tatsächlich zu bekommen, gelang ihr das auch. Cousin Williams Landhaus war in Georgianischem Stil gebaut, es hatte eine anmutige Säulenvorhalle und eine schwungvoll-elegante Fassade. Der Salon lag im ersten Stock. Ein großer luftiger Raum mit wunderschön verzierter Decke, ideal für Einladungen. Hier »empfing« Agatha an jedem Donnerstag, den sie draußen war, und zu ihren Abendessen und Bällen kamen viele Leute. Waren die Carringtons einmal nicht dabei, kränkte sie sich sehr.
Zu Lady Emily benahm sie sich sehr freundlich und tat, als interessiere sie alles, was diese Dame unternahm, während Cousin William und Mr. Carrington ebenso leidenschaftlich Geschäftsgespräche führten.
Philip Carrington war etwa ein Jahr älter als ich und zirka zwei Jahre älter als Esmeralda. Kusine Agatha lag sehr daran, daß er sich mit Esmeralda gut vertrug. Ich erinnere mich noch an jenen Frühsommer, in dem ich Philip zum erstenmal sah. Esmeralda war ihm im Salon vorgestellt worden, mich hatte man ausgeschlossen. Dann trug Kusine Agatha Esmeralda auf, Philip zu den Ställen zu begleiten und ihm ihr Pony zu zeigen.
Ich lauerte ihnen auf dem Weg auf und ging mit.
Philip war hellblond, hatte Sommersprossen auf der Nase und ganz hellblaue Augen; an Größe stand ich ihm nicht

nach, denn ich war für mein Alter recht hochgeschossen. Er schien an mir interessiert zu sein, jedenfalls merkte ich, daß er nicht beabsichtigte, Esmeralda viel Beachtung zu schenken, und daß er sich außerdem ärgerte, mit einem Mädchen hinausgeschickt zu werden, noch dazu mit so einem kleinen.

»Du reitest wohl auch Pony?« spottete er.

»Und was reitest du?« fragte ich nur.

»Natürlich ein Pferd.«

»Pferde kriegen wir später auch«, sagte Esmeralda.

Er beachtete sie gar nicht.

»Wir könnten ebensogut Pferde reiten«, sagte ich. »Die sind ja auch nicht anders als Ponys.«

»Woher willst du denn das wissen?«

So ging es den ganzen Weg bis zu den Ställen hin.

Er verachtete unsere Ponys, und ich war böse auf ihn, weil ich mein Braunchen heiß liebte. Allerdings waren danach meine Gefühle für das arme Tier nie mehr so wie vorher. Er zeigte uns das Pferd, auf dem er herübergeritten war.

»Recht klein«, meinte ich.

»Trotzdem könntest du es sicher nicht reiten.«

»Doch, bestimmt.«

Eine Herausforderung! Esmeralda zitterte vor Angst und flüsterte mir warnend zu: »Nicht, Ellen, mach's nicht!«, als ich sein Pferd bestieg. Dann ritt ich es wild innerhalb der Umzäunung. Ein wenig ängstlich war mir schon zumute, aber ich gönnte ihm keinen Sieg, und außerdem mußte ich die Beleidigung meines armen Braunchens wiedergutmachen.

Danach bestieg Philip sein Tier und zeigte uns einige Tricks, damit wir ihn bewunderten. Er gab richtiggehend an. Wir beide gingen andauernd wie Kampfhähne aufeinander los. Es machte uns aber offensichtlich beiden Spaß. Esmeralda waren diese Geplänkel zuwider, sie glaubte, wir haßten einander.

»Mama wäre es sicher nicht recht«, sagte sie. »Schließlich ist er ein Carrington.«

»Und ich bin eine Kellaway«, sagte ich. »Mindestens so viel wie eine Carrington.«
In jenem Sommer erhielt Philip Privatunterricht, und wir sahen ihn oft. Damals hörte ich zum erstenmal von Rollo.
»Dummer Name«, sagte ich, und Philip wurde rot vor Zorn.
Rollo war zehn Jahre älter als sein kleiner Bruder. Philip sprach voller Stolz von ihm. Rollo muß also zweiundzwanzig gewesen sein. Er studierte in Oxford, und wenn man Philip glauben durfte, konnte er einfach alles.
»Schade, daß er seinen Namen nicht ändern kann«, sagte ich, nur um Philip zu ärgern.
»Ist sogar ein phantastischer Name, du blöde Gans! Ein Wikingername!«
»Die alten Piraten«, sagte ich verächtlich.
»Sie beherrschten die Meere. Wo immer sie hinkamen, siegten sie. Rollo war der große Anführer, der nach Frankreich fuhr, und der König dort hatte solche Angst, daß er ihm einen Riesenteil des Landes gab. Die heutige Normandie. Wir sind Normannen.« Er sah uns geringschätzig an. »Wir kamen dann hier herüber und haben *euch* besiegt.«
»Habt ihr nicht«, schrie ich. »Wir sind nämlich auch Normannen, nicht wahr, Esmeralda!«
Esmeralda war nicht sicher. Ich stupste sie. Sie hatte keine Ahnung, wie man mit Philip umgehen mußte. Nicht daß er oder ich ihre Meinung ernst genommen hätten.
»Wir waren aber bessere Normannen als ihr«, konterte Philip. »Wir waren die Herzöge und ihr nur das gewöhnliche Volk.«
»Stimmt überhaupt nicht . . .«
Und so ging es weiter. Sehr zum Bedauern von Esmeralda, die diese Streitereien einfach nicht ausstehen konnte.
Mehr als einmal sagte Esmeralda zu mir: »Wenn Mama wüßte, daß du mit Philip so streitest, würde sie böse werden. Du weißt doch, daß er ein Carrington ist.«

Ich erinnere mich noch, wie Rollo von Oxford kam. Er ritt mit Philip aus, auf einem weißen Roß, und als die beiden vorüber waren, sagte ich zu Esmeralda, er müsse einen Helm mit Flügeln daran tragen, dann hätte er ganz das Aussehen eines Wikingers. Wir sprachen ihn nicht an. Philip grüßte im Vorüberreiten, machte aber gleichzeitig sehr deutlich, daß er keine Zeit für zwei Mädchen verschwenden konnte, wo so ein herrlicher Mann bei ihm war. Rollo sah uns kaum an.

Er wurde natürlich auch zu uns eingeladen, und man machte viel Theater um ihn; Kusine Agatha schmeichelte ihm geradezu kriecherisch. Unser Kindermädchen sagte nachher, man könnte meinen, er sei eine Gottheit. Die gnädige Frau habe schon die Krallen ausgestreckt, um ihn für Miß Esmeralda zu ergattern. »Sicher erbt er die ganzen Millionen«, sagte sie. »Natürlich wird der junge Herr auch seinen Teil abbekommen.«

Als wir in diesem Jahr nach London zurückgekehrt waren, sah ich Rollo öfter. In den Ferien besuchte er uns mit seinen Eltern. Ich fand es herrlich, wenn die Kutschen auf der Straße vor dem Tor anhielten. Die Besucher gingen unter einer rotgestreiften Markise ins Haus, Volk sammelte sich ringsum und sah dem Einzug zu. Ich beobachtete die Szene vom Kinderzimmerfenster aus.

Es waren wunderschöne Tage für mich. Oft wachte ich genußvoll mit einem Gefühl der Erwartung auf. Die Dienerschaft plauderte häufig über die Gäste, und es wurde dabei viel von den Carringtons gesprochen. Manchmal gingen Kusine Agatha und Cousin William zum Essen in die Park Lane. Wir sahen sie abfahren und bedauerten sehr, daß das Essen nicht in unserem Haus stattfand.

Wie schon gesagt, verbrachte ich viel Zeit bei der Dienerschaft; so oft wie möglich begab ich mich heimlich an deren Tisch und hörte den Gesprächen zu. War Esmeralda dabei, so wurden sie befangen. Meine Anwesenheit machte ihnen

nicht so viel aus, wohl weil mein Schicksal einmal ihrem gleichen würde.
»Unsere Miß Ellen gehört weder hierhin noch dorthin«, hörte ich einmal jemanden sagen. »Wenn sie mal älter ist, wird sie sicher als Gouvernante vermittelt. Da bin ich lieber Hausmädchen. Da weiß man doch, wo man hingehört.«
Diese Gedanken erschreckten mich nur kurz. Ich war sicher, mich zur rechten Zeit selber um mein Schicksal kümmern zu können. Im Augenblick bot mir meine Stellung im Haus die herrliche Gelegenheit, auf beiden Seiten dabei zu sein. Die Dienerschaft unterhielt sich ganz ungezwungen vor mir. Bald wußte ich, daß *er* und *sie* Cousin William und Kusine Agatha waren, daß *sie* geizig war, jede Woche die Abrechnung der Küche durchsah, jedes einzelne Detail erbarmungslos abfragte, und daß *er* Angst hatte vor *ihr* und nicht wagte, seine Stimme gegen *sie* zu erheben. *Sie* wollte gesellschaftlich vorankommen. Wie *sie* doch diesen Carringtons nachlief! Einfach schamlos! Die hatten ein wunderbares Haus, sowohl in der Park Lane als auch in Sussex. Und die Köchin hatte etwas läuten gehört, daß *sie ihn* veranlaßt hatte, das Haus in Sussex zu kaufen, nur weil die Carringtons da draußen wohnten. All *ihre* kleinen Verschwörungen gingen darauf hinaus, gesellschaftlich weiterzukommen.
Mit Kopfnicken und Augenzwinkern (von dem sie annahmen, ich sei nicht schlau genug, es zu interpretieren) deuteten sie an, daß *sie* offenbar entschlossen war, ihre Familie mit den Söhnen der Carringtons zu verbinden, und da diese zwei Söhne und sie nur eine Tochter hatte, war die Methode leicht vorauszusehen.
Ich war erstaunt. Glaubte sie wirklich, Esmeralda mit Philip oder seinem Bruder verheiraten zu können? Beinahe hätte ich laut aufgelacht und überlegte, ob ich es Esmeralda erzählen oder vor ihr geheimhalten sollte. Es hatte keinen Sinn, sie völlig zu verschrecken. Es war ja so leicht, sie um ihr bißchen

Geist und Mut nur mit ein paar Andeutungen zu bringen. Ich fand das Leben interessant. Ich beobachtete von hoch oben aus unserem Kinderzimmer die ankommenden Leute, die nach Kusine Agathas ständigem Ausspruch höher standen als ich, half unten in der Küche, wo ich gierig die Informationen aufnahm, wenn alle den Eintopf oder Hühnerauflauf mit dem guten Wein hinuntergespült hatten und müde geworden waren.

Daß mein Ursprung so geheimnisumwittert war, freute mich; ich hätte Kusine Agatha nicht zur Mutter haben wollen, was ich Esmeralda auch oft sagte, wenn ich böse mit ihr war. Cousin William war ja als Vater ganz angenehm, aber seine Ergebenheit gegenüber Agatha machte ihn nur verächtlich.

So kamen Herbst und Winter heran, hell lodernde Kaminfeuer, krachend platzende Maroni auf dem Herd. Der Muffin-Verkäufer, vorbeiklappernde Kutschen. Wir spähten hinaus zu den vorbeireitenden Leuten, und ich erfand alle möglichen Geschichten, denen Esmeralda andächtig lauschte. Manchmal fragte sie mich, woher ich denn wüßte, wer da unten war und wohin er ritt. Dann verengte ich meine Augen und pfiff vor mich hin. »Meine liebe Esmeralda, es gibt mehr Dinge zwischen Himmel und Erde, als du dir in deinem Hirn ausdenken kannst.«

Sie erschauerte und sah mich ehrfürchtig an (was ich sehr genoß). Ich sprach oft in Zitaten zu ihr, und manchmal behauptete ich dann, die Worte selbst erfunden zu haben. Sie glaubte mir. Sie konnte nicht so schnell lernen wie ich. Schade eigentlich, denn ich hielt mich daher für um so schlauer. Kusine Agatha tat aber alles, um mir dies auszutreiben. Vielleicht war es also doch gar nicht so schlecht, denn wie ich aus den Gesprächen der Dienerschaft und Agathas Verhalten mir gegenüber entnahm, galt ich nicht viel im Haus. Und irgendwas brauchte ich ja, um mein Selbstvertrauen zu behalten.

Ich war sehr abenteuerlustig, und deshalb meinten manche, ich sei ein Tunichtgut. Märkte faszinierten mich über alles. In unserem Bezirk gab es keinen, aber einige Bedienstete gingen auf einen entfernt liegenden und erzählten gern davon. Ich beschwor unser Hausmädchen Rosie, mich einmal mitzunehmen. Sie war ein kleines Flittchen – nie ohne Liebhaber, auch immer noch ohne ernsthaften Verehrer. Von ihrer »untersten Schublade« wurde viel geredet, für die sie »dies und jenes« sammelte und jeweils in der Küche vorzeigte.

»Auf dem Markt gefunden«, rief sie dann mit glänzenden Augen, »und spottbillig dazu.«

Endlich nahm sie mich dann einmal mit, denn sie tat ganz gern mal was Verbotenes. Unterwegs erzählte sie mir von ihrem derzeitigen Liebhaber, dem Kutscher der Carringtons. Falls es mit dem doch was wurde, würde sie mit ihm in einem Häuschen über den Ställen wohnen.

Niemals werde ich den Naphtaqualm und die rauhen Stimmen der Marktfrauen und Ausrufer vergessen. An einigen Ständen hatte man Berge glänzend polierter Äpfel kunstvoll übereinander geschichtet, daneben lagen Orangen, Birnen und Nüsse. Es war ein Novembertag, man verkaufte bereits Stechpalmenzweige und Misteln. Ich bewunderte die Töpfe und das viele Geschirr, die gebrauchten Kleider. Beäugte die unzähligen Portionen von Aal in Aspik, den man dort essen oder mit heimnehmen konnte, und schnüffelte begeistert all die appetitlichen Dünste ein.

Vor allem gefielen mir die Leute, die mit den Verkäufern zu handeln und zu feilschen verstanden und dauernd von Stand zu Stand weitergingen. Für mich war so ein Markt einer der aufregendsten Orte, die ich mir denken konnte. Mit glänzenden Augen und geröteten Wangen kehrte ich heim und versuchte, Esmeralda mit dazu erfundenen Geschichten noch extra zu beeindrucken.

Unvorsichtigerweise versprach ich ihr, sie auch einmal dorthin mitzunehmen. Von da an fragte sie mich dauernd über den Markt aus, und ich dachte mir daher weiter die verrücktesten Vorfälle aus. Jede Geschichte begann so: »Als ich mit Rosie zum Markt ging . . .« Was für phantastische Abenteuer wir dort angeblich erlebten! Esmeralda hielt den Atem an vor Erregung. Und dann ging ich wirklich eines Tages mit ihr hin und es passierte etwas, was Rollo auf mich aufmerksam machte. Der herrliche Rollo! Es war eine Woche vor Weihnachten, ein feuchter Tag, an dem der Nebel in den Parkbäumen hing. Solche Tage liebte ich – der Park sah dann aus wie ein verzauberter Wald, ganz in sanftestes Blau gehüllt. Ich sah zum Fenster hinaus und dachte: Heute nehme ich Esmeralda mit auf den Markt.

Und dieser Tag war außerdem sehr günstig, denn am selben Abend gab es bei uns ein großes Essen. Der ganze Haushalt drehte sich um nichts anderes mehr. »Die macht's heute aber wild!« sagte die Köchin, womit sie Kusine Agatha meinte, deren Stimme man im ganzen Haus hörte: »Mrs. Hammer« – ihre seit langem an ihr leidende Gesellschaftssekretärin –, »haben Sie die Tischkarten bereit? Geben Sie ja acht, daß Lady Emily zur Rechten meines Mannes sitzt. Und Mr. Carrington zu meiner Rechten. Mr. Rollo sitzt in der Mitte des Tisches, natürlich auch rechts von seinem Vater. Sind die Blumen schon gekommen?« Sie stürmte durchs Haus wie ein Hurrikan. »Wilton« – der Butler –, »sorgen Sie dafür, daß der rote Teppich ausgerollt wird und die Markise an ihrem Platz ist. Und bitte *rechtzeitig*!« Dann zu ihrer Zofe Yvonne: »Lassen Sie mich nicht länger als bis fünf Uhr schlafen. Dann können Sie mein Bad bereiten.«

In der Küche ermahnte sie die Köchin (»als ob ich nicht selbst Bescheid wüßte«, sagte die). Ließ dreimal am Vormittag nach Wilton rufen, um ihm Instruktionen für die andere Dienerschaft zu geben.

So ein Tag war das. Als ich ihr auf der Treppe begegnete, ging sie an mir vorbei, ohne mich wahrzunehmen. Wieder dachte ich: »Heute ist der richtige Tag für den Markt.«
Unser Kindermädchen wurde zum Dienst am Büffet beordert. Wir waren also *sans* Gouvernante, *sans* Kindermädchen, *sans* Überwachung, *sans* alles, wie ich falsch zitierend zu Esmeralda sagte.
Dem Kindermädchen erklärte ich, daß wir beide uns schon selbst beschäftigen würden, und nach dem Tee, den wir heute schon um halb drei bekamen, marschierten wir los. Ich hatte mir vorsichtshalber die Nummer der Buslinie und die Haltestelle, an der wir aussteigen mußten, notiert, und wir erreichten den Markt ohne Zwischenfall. Inzwischen war es etwa fünf Uhr geworden.
Entzückt sah ich in Esmeraldas Augen tiefes Erstaunen sich ausbreiten. Wie ihr das alles gefiel! Die Geschäfte mit dem künstlichen Schnee, nichts als Watte an Fäden, die sich aber wunderhübsch machte, rund um das Spielzeug in den Schaufenstern! Ich zog sie zu den Fleischerläden, in denen die Schweine mit geöffnetem Bauch tot an den Haken hingen, neben riesigen Stücken Rindfleisch und Lammhälften, und davor der Fleischer in seiner Schürze, lange Messer schärfend, Kunden mit dem Ruf »Kauft Leute, kauft!« anlockend. Stände gab es mit hoch aufgetürmten Obstbergen und Nüssen, und dann die Altkleiderhändler und Leute, die Aal in Aspik aus blau-weißen Schüsseln aßen. Aus einem Geschäft drang der appetitanregende Duft frischer Erbsensuppe, wir blickten hinein, und drinnen saßen Leute auf Bänken und tranken die dampfend heiße Flüssigkeit. Einen Mann mit Drehorgel und Äffchen sahen wir, seine Kappe lag auf dem Boden, und die Leute warfen Geldstücke hinein.
Wie freute ich mich, daß Esmeralda der Meinung war, ich hätte den Zauber des Marktes kein bißchen übertrieben gehabt. Als die Frau des Drehorgelmannes mit ziemlich schril-

ler Stimme zu singen begann, drängten sich die Leute um uns. Während wir noch zuhörten, wurde ein Wagen mit einer Menge klapperndem Eisengerät durch die Menge gefahren. »Achtung, aufgepaßt!« rief eine fröhliche Stimme. »Platz da für den Lumpenheini! Aus dem Weg, bitte . . .«
Ich sprang aus dem Weg und wurde von der Menschenmasse bis zum Gehsteig mitgedrängt. Einige riefen den Altwarenhändler fröhlich an, und er antwortete freundlich und witzig. Ich schaute voller Interesse zu und überlegte, was das wohl für ein Mensch sei, und plötzlich merkte ich, daß Esmeralda nicht mehr neben mir stand.
Ich blickte mich rasch um. Kämpfte mich durch die Menge, rief ihren Namen, entdeckte sie aber nirgends.
Die Panik setzte nicht sofort ein. Irgendwo auf dem Markt *mußte* sie ja sein, weit konnte sie ja nicht sein. Ich hatte einfach angenommen, daß sie immer in meiner Nähe bleiben würde, hatte es ihr auch aufgetragen; sie war ja keine abenteuerlustige Natur. Überall hielt ich Ausschau nach ihr, aber sie war nirgends zu sehen. Nach zehn Minuten heftigster Suche fing ich an Angst zu bekommen. Ich hatte das Geld bei mir, das ich mit großer Mühe aus unseren Sparbüchsen geholt hatte. Wie leicht war es, Münzen in sie hineinzuwerfen, und wie schwer, sie wieder herauszukriegen. Das konnte man nur bewerkstelligen, indem man ein Messer in den Schlitz hineinsteckte, jeweils eine Münze darauffallen ließ und sie mit dem Messer herauszog. Wie konnte sie alleine ohne Geld heimkommen? Nach einer halben Stunde war ich schon sehr ängstlich. Ich hatte Esmeralda zum Markt mitgenommen und verloren.
Meine Phantasie – so aufregend lebendig zu Zeiten, da ich sie steuern konnte – zeigte sich jetzt als arglistiger Feind. Ich sah Esmeralda vor mir bei bösen Leuten, wie sie im *Oliver Twist* vorkamen, die ihr beibrachten, wie man Taschendieb wird. Natürlich würde sie es lernen und sofort verhaftet und zu ih-

rer Familie zurückgebracht werden. Vielleicht nahmen sie Zigeuner mit. Auf dem Markt gab es einige. Mit Walnußsaft würde man ihre Haut dunkel machen und sie zum Körbeverkaufen abrichten. Vielleicht wurde sie als Geisel festgehalten und Lösegeld für sie verlangt. Und *ich* war schuld daran. Was konnte ich nur tun? Ich wußte es genau. Vor allem zurück nach Hause gehen. Gestehen, was ich getan hatte, damit man Suchtrupps nach ihr ausschickte.
Der Gedanke war mir entsetzlich, denn dies würde man mir nie vergessen und mich vielleicht doch noch in ein Waisenhaus schicken, denn wenn ich eine solche Sünde begangen hatte, war Kusine Agatha bestimmt berechtigt, mich wegzuschicken. Vermutlich wartete sie geradezu auf eine solche Gelegenheit. Es schien mir schwer, den Markt unter diesen Umständen zu verlassen. Nur noch einmal wollte ich mich umsehen, versprach ich mir selbst, und machte mich neuerlich auf die Suche nach Esmeralda. Aufmerksam sah ich mich überall um. Einmal meinte ich, sie erblickt zu haben, und lief dorthin, aber es war ein Irrtum.
Es wurde schon spät. Etwa eine halbe Stunde hatten wir wohl gebraucht, um herzukommen, und eine Stunde war bisher bestimmt schon vergangen. Jetzt hatte ich noch den Rückweg vor mir. Ich ging zur Bushaltestelle und wartete. Wurde immer verzweifelter. Dumme Esmeralda! dachte ich, und es tröstete mich ein wenig, ihr die Schuld zuzuschieben. Blödes kleines Ding! Warum war sie nicht bei mir geblieben? Endlich kam der Bus. Was sollte ich daheim sagen? Was würde es für Aufregung geben? Ob sie am Ende doch heimgefunden hatte? Mein Gott, was war bloß mit ihr passiert!
Ich stieg aus und wandte mich unserem Haus zu. Wollte heimlich beim Lieferanteneingang hineinschlüpfen. Schaudernd sah ich von weitem die rote Markise und den roten Teppich. Die Gäste kamen gerade an. Ich rannte zur Rückseite des Hauses. Mußte Rosie finden. Sie hatte bestimmt am

meisten Verständnis. Vielleicht war sie bei den Pferdeställen, bei ihrem Kutscher, dessen Gegenwart sie sicher keinen Augenblick lang missen wollte.
Sie war aber nicht dort. Also mußte ich doch ins Haus und dem erstbesten, den ich traf, gestehen, was los war. Der Köchin? Die polterte bestimmt in der Küche herum und tat eilig noch die letzten Handgriffe. Unserem Kindermädchen? Sie wußte, daß ich leichtsinniges Blut in mir hatte, wie sie das nannte, und würde mich nicht gar so arg für meine Tat schelten. »So was liegt ihr eben im Blut«, würde sie dann sagen. Also marschierte ich erst mal beim Lieferanteneingang hinein. Unten traf ich niemanden an und ging die Treppe zur Eingangshalle hinauf. Dann erst hörte ich Stimmen.
Da stand ein Polizist, sehr ehrerbietig, überlegen und selbstsicher, und neben ihm, winzig und blaßgesichtig, Esmeralda.
»Auf der Straße aufgegriffen«, hörte ich den Polizisten sagen. »Sie hat sich verlaufen. Sobald sie uns sagte, wo sie hingehörte, haben wir sie hierhergebracht.«
Es war wie ein Tableau. Eines, das ich nicht so schnell vergessen würde.
Man hatte Kusine Agatha in ihrem tief ausgeschnittenen Glitzerkleid, behängt mit Diamanten und Smaragden und Rubinen, und William, im tadellosen Abendanzug, vom Treppenabsatz heruntergeholt, wo sie die Gäste empfangen hatten, um nun ihre vagabundierende Tochter von einem Polizisten in Empfang zu nehmen.
Einige Gäste standen an der Treppe. Eben kamen die Carringtons an. Mr. Carrington, Lady Emily und der einzigartige Rollo.
Ich sah, wie Kusine Agathas stattliche Gestalt vor Scham erstarrte. Nur die Smaragde und Ohrringe zeigten durch ihr Zittern Agathas tiefe Empörung an. Esmeralda fing zu weinen an.

»Ist ja schon gut, Fräuleinchen«, sagte der Polizist.
»Liebste«, sagte Lady Emily, »was ist denn bloß passiert?«
Cousin William wollte erklären: »Unsere Tochter ist ...«, wurde aber sofort von Kusine Agatha zum Schweigen gebracht.
»Wo ist das Kindermädchen? Wie konnte das passieren? Esmeralda, du gehst sofort in dein Zimmer hinauf.«
Da sah mich Esmeralda durch ihren Tränenschleier und rief: »Ellen!«
Kusine Agatha wandte sich um. Ihr Blick durchbohrte mich. »Ellen!« sagte sie mit einer Stimme, die nichts Gutes verhieß.
Ich trat vor. »Wir sind nur zum Markt gefahren«, begann ich zu erklären.
»Wilton!« Und da stand er schon. Geschniegelt, würdevoll, der diskrete, perfekte Butler.
»Sehr wohl, Madame«, sagte er, »ich lasse die jungen Damen in ihre Zimmer hinaufbringen.« Dann wandte er sich an den Polizisten. »Wenn Sie mir bitte folgen wollen, Sie hätten doch sicher gerne eine Erfrischung, und wir möchten Ihnen auch unsere Dankbarkeit zeigen. Madame, hier kommt eben das Kindermädchen.«
Ja, da kam sie und nahm Esmeralda und mich bei der Hand. Am harten Griff ihrer Finger erkannte ich, wie zornig sie war. Da gab es einiges zu klären, aber im Moment war ich sehr froh, Esmeralda in Sicherheit zu wissen. Und noch etwas beeindruckte mich sehr. Der interessierte Blick meines einzigartigen Rollo. Kurze Zeit weilte er allein auf mir. Was dachte er wohl von mir, überlegte ich, als das Mädchen mich die Treppe hinaufscheuchte. Die Gäste hatten uns alle beobachtet, einige lächelten; und dann waren wir schon im zweiten Stock, in unserer Etage.

2

»Wir wollten doch nur mal den Markt sehen«, erklärte ich.
»Das kann mich leicht um meinen Posten bringen«, fauchte das Mädchen giftig. »Und ich weiß genau, wer das ausgeheckt hat, Miß Ellen. Versuchen Sie ja nicht, Miß Esmeralda die Schuld zuzuschieben. Die ist nur verführt worden.«
Esmeralda flüsterte: »Ich wollte aber so gerne hin.«
»Trotzdem, Sie wurden verführt!« sagte das Mädchen. »Ich kenne doch meine Ellen.«
»Schon gut, ja, es war meine Idee. Esmeralda trifft keine Schuld.«
»Ich möchte nicht wissen, was Madame Ihnen zu sagen hat. In Ihren Schuhen möchte ich nicht stecken!«
Ohne Essen wurden wir zu Bett geschickt, was uns allerdings nicht besonders störte, und ich lag dann noch lange wach, versuchte mir vorzustellen, wie es in einem Waisenhaus war.
Spätnachts, als die Gäste das Haus verließen, kam Rosie noch herein – mit blitzenden Augen, wie immer, wenn sie bei ihrem Kutscher gewesen war. Sie setzte sich auf den Bettrand und kicherte. »Sie sind mir aber eine! Miß Esmeralda hätten Sie nicht mitnehmen dürfen. War doch klar, daß die sich verlaufen würde oder sonst was.«
»Woher sollte ich wissen, daß sie so blöd sein würde!«
»Und einfach so loszumarschieren. Meine Güte, da wird es was abgeben.«
»Weiß ich.«
»Na ja, Kopf hoch, trotzdem. Auf dem Meer geht's noch stürmischer zu, wie mein erster Verlobter immer zu sagen pflegte.«
»Wie ist das eigentlich in einem Waisenhaus?«

Rosies Gesicht wurde ganz weich. »Meine Nichte war im Waisenhaus. Eine richtige Dame heute. Ist als Gouvernante gegangen. Nicht bloß so ein Zimmermädchen. Ist richtig in der Gesellschaft. Es gibt viele Waisen in dieser Welt.« Sie beugte sich zu mir und gab mir einen Kuß. Ich wußte, daß sie mich trösten wollte. Ihr Kutscher hatte sie glücklich gemacht, und sie wollte, daß alle Welt so glücklich wurde. Vielleicht war es gar nicht so schlimm im Waisenhaus.

Am nächsten Tag ließ mich Kusine Agatha kommen. Sie sah aus, als habe sie eine schlaflose Nacht verbracht.

»Wie du dich aufgeführt hast«, begann sie. »Ich verzweifle wirklich an dir! Ich weiß, das überkommt dich immer, es liegt dir eben im Blut. Aber was sollen wir mit dir tun, habe ich auch meinen Mann gefragt. Die meisten Leute würden dich jetzt aus dem Haus weisen, schließlich müssen wir ja an unsere eigene Tochter denken. Aber Blut ist eben ein besonderer Saft, und du gehörst nun mal zur Familie. Du stellst unsere Geduld auf eine harte Probe. Meine und die meines Mannes. Ich warne dich: Wenn du in unserem Haus bleiben willst, wirst du dich ändern müssen.«

Ich sagte, ich hätte ja nicht wissen können, daß Esmeralda sich verlaufen würde, und wenn dies nicht der Fall gewesen wäre, hätte keiner gemerkt, daß wir auf dem Markt gewesen waren.

»Betrug auch noch!« rief sie. »Es ist wirklich unerhört. Ich bin froh, daß Esmeralda sich verlaufen hatte, obwohl es mir den Abend verdarb. Wenigstens weiß man jetzt, was für eine bösartige Kreatur wir unter unserem Dach beherbergen.«

Sie hatte dem Kindermädchen aufgetragen, mich in meinem Zimmer zu halten, bis ich den Monolog der Portia über das Erbarmen aus dem *Kaufmann von Venedig* auswendig konnte. Vielleicht würde das helfen, mich denen gegenüber dankbar zu zeigen, die mir Erbarmen zeigten. Nur Brot und Wasser sollte ich bekommen, bis ich die Rede tadellos aufsagen konnte, und ich sollte meine Verdammung dazu nutzen, mir vor Augen zu führen, was ich Entsetzliches angestellt hatte. »Was die Carringtons von dir dachten, möchte ich mir gar nicht vorstellen. Es würde mich nicht wundern, wenn sie Philip nicht mehr mit dir zusammenkommen ließen.«

Damit wurde ich entlassen. Den Monolog lernte ich innerhalb kürzester Zeit. Später merkte Kusine Agatha, daß ich Gedichte liebte und es mir nicht schwerfiel, sie auswendig zu lernen. Daraufhin gab man mir Näharbeiten, und das war eine ganz andere Sache für mich. Schön klingende Worte und Sätze zu lesen, immer wieder zu lesen, machte mir Vergnügen. Einen Stoff zu besticken, war mir eine Qual. Das hatten sie damals allerdings noch nicht entdeckt.

Die arme Esmeralda konnte ihren Monolog nicht so schnell wie ich, und als sie ihn der Gouvernante aufsagen sollte, machte ich mich dicht an sie heran und half ihr weiter.

Um die Weihnachtszeit fing man an, die Sache mit dem Markt zu vergessen. Philip tauchte in den Schulferien wieder auf und durfte im Park mit uns spielen. Ich erzählte ihm vom Markt und wie Esmeralda sich dort verlaufen hatte; er fand das so verächtlich, daß er sie in den Serpentinenteich stieß. Esmeralda kreischte auf, und Philip lachte sie aus. Er blieb am Ufer stehen, während ich hineinrannte und sie an den Rand zog. Da kam schon das Mädchen angelaufen und jagte uns beide nach Hause zurück, wo wir uns umziehen mußten, damit wir uns nicht den Tod holten. »Das wird man mir in die Schuhe schieben«, rief ich Philip zu.

»Geschieht dir recht«, schrie er zurück. Ihm wäre es sicher ganz egal, ob Esmeralda sich den Tod holte oder nicht.

Als Esmeralda sich danach erkältete, erzählte das Kindermädchen einigen Mädchen vom Personal, was passiert war, und ich wußte, daß sie alle der Meinung waren, ich hätte Esmeralda ins Wasser gestoßen.

Arme Esmeralda! Ich glaube, wir waren alle rücksichtslos ihr gegenüber. Philip und ich, wir verbündeten uns zwar nicht gerade gegen sie, aber ihr fehlte einfach unsere Abenteuerlust, und wir waren zu jung, um zu erkennen, daß sie anders geartet war als wir. Ich erinnere mich noch, wie sehr sie sich vor dem »Toten Mann« fürchtete. Allein der Name dieses Ortes konnte einen ängstlichen Menschen erschrecken, und das traf zumindest bei Esmeralda zu. Die Stelle lag nicht weit von Trentham Towers. Man mußte ziemlich weit hinaufklettern. Von oben ging es dann ganz steil nach einer Seite hinunter. Es war recht gefährlich, denn der schmale Pfad lief den Steilhang entlang und war bei Regenwetter sehr schlüpfrig. Auf dem Weg dorthin standen viele Warnschilder: BETRETEN AUF EIGENE GEFAHR! Und genau das zog Menschen wie Philip und mich erst recht an.

Nicht nur gefährlich war es dort oben, sondern auch unheimlich, und man sagte, daß Gespenster umgingen, da sich viele Menschen von dort oben hinuntergestürzt hatten. In der Nachbarschaft sagte man zu melancholisch aussehenden Leuten: »Was ist denn los mit dir? Willst du vielleicht vom ›Toten Mann‹ hinunterspringen?«

Philip und ich liebten den Platz, und wir spotteten über Esmeralda, wenn sie zögerte, mitzukommen. Philip stand gerne am obersten Rand des Abgrunds, nur um zu zeigen, wie mutig er war, und ich mußte es ihm natürlich nachtun. Einmal wurden wir dort gesehen, und als Philips Hauslehrer davon erfuhr, verbot man uns, nochmals dort hinauf zu klettern. Dadurch wurde die Sache natürlich nur noch interessanter. Wir beide liebten das Verbotene.

Der »Tote Mann« wurde zu unserem Treffpunkt. »Also dann, beim ›Toten Mann‹«, sagte Philip ganz nonchalant und hoffte insgeheim, daß ich Angst haben würde, alleine hinaufzugehen. Ich tat es aber jedesmal, obwohl es mir oben richtig unheimlich wurde, besonders wenn man alleine hinkam.

Die Zeit verrann immer rascher, und bald schon gab es einen

neuen Vorfall, der Kusine Agatha wirklich Anlaß gegeben hätte, mich loszuwerden. Ich war vierzehn – in einem Alter also, da ich schon gescheiter hätte sein können. Es geschah während unseres Landaufenthaltes.

Philip wollte im Freien Tee trinken. Mit selbstgemachtem Feuer, Wasserkessel darüber und dazu ein Leben wie die Indianer oder Zigeuner (welche von beiden, wußte er noch nicht genau) – auf jeden Fall war das Großartige daran das Feuer. Wir brauchten einen Kessel, den sollte ich bringen.

»Habt ihr doch jede Menge davon in der Küche«, sagte Philip. »Ganz bestimmt. Bring Tee mit und Wasser und auch Kuchen. Dann machen wir ein Feuer.«

Esmeralda mußte den Kuchen aus der Küche besorgen, und ich kümmerte mich um den Kessel. Philip brachte Paraffin mit, damit ließ sich ein herrliches Feuer anfachen.

»Ich glaube, wir sind doch lieber Zigeuner«, sagte er. »Wir haben Esmeralda entführt. Sie ist aus ihrem Haus hinausgeschmuggelt worden, und wir binden sie fest und verlangen ein Lösegeld für sie.«

Sie jammerte: »Kann ich nicht auch eine Zigeunerin sein?«

»Nein, kannst du nicht«, sagte Philip barsch.

Arme Esmeralda. Immer mußte sie das Opfer sein.

Leider hatten wir bei diesem Abenteuer die Wirkung des Paraffins nicht einkalkuliert. Philip sammelte Reisig und goß jede Menge Öl darüber. Erst freuten wir uns an den hell auflodernden Flammen, dann erschraken wir. Wir konnten nicht mehr nahe daran kommen, Esmeralda lag aber mit zusammengebundenen Knöcheln und geknebelt in sehr unbequemer Lage nahe am Feuer.

Wir versuchten, der Flammen Herr zu werden, aber sie breiteten sich immer mehr aus. Ich hatte noch soviel Geistesgegenwart, Esmeralda loszubinden. Das ganze Feld schien inzwischen ein einziges Flammenmeer zu sein.

Es blieb uns nichts weiter übrig, als um Hilfe zu rufen. Alle

Bedienten bemühten sich, das Feuer einzudämmen und zu verhindern, daß es auf die nahen Getreidefelder übergriff. Wir bekamen einiges zu hören.

»Noch dazu bei den Carringtons«, sagte Kusine Agatha, als wäre deren Land geheiligt. Glücklicherweise war ein Carrington auch beteiligt, aber Kusine Agatha gab mir die meiste Schuld. Ich hörte sie zu Cousin William sagen: »Ellen ist einfach nicht zu bändigen. Ich zittere schon bei dem Gedanken, was sie Esmeralda das nächste Mal antun wird.«

Wieder bekam ich eine Vorlesung verpaßt.

»Du bist jetzt vierzehn Jahre alt. Viele mittellose Mädchen deines Alters verdienen sich da schon einige Jahre lang ihr Geld. Wir vergessen keineswegs, daß du mit uns verwandt bist, und haben deshalb versucht, gut zu dir zu sein. Aber die Zeit kommt immer näher, da du an deine Zukunft denken mußt. Weder mein Mann noch ich würden dich je auf die Straße setzen, und wir werden alles tun, um dir zu helfen, obwohl du es uns so oft mit Undank gelohnt hast. Aber diese letzte böse Eskapade scheint mir wieder einmal zu zeigen, daß all unsere Bemühungen umsonst waren. Du hast einfach keine Disziplin. Man muß dich bestrafen, und zwar am besten mit dem Stock. Ich habe meinem Mann gesagt, daß er dies übernehmen soll; er wird dich in deinem Zimmer aufsuchen und sich dieser schmerzlichen Pflicht entledigen. Außerdem wirst du ein neues Sticktuch beginnen, ich werde es jede Woche kontrollieren.«

Damit war sie aber noch nicht am Ende. Es kam viel schlimmer.

»Ich habe mit meinem Mann über deine Zukunft gesprochen, und wir sind beide der Meinung, daß du dein Geld einmal selbst verdienen mußt. Schließlich kannst du nicht erwarten, daß wir dich ewig unterhalten. Wir haben dich mit Esmeralda aufwachsen lassen – leider übst du keinen guten Einfluß auf sie aus, sie wäre oft ohne dich besser dran gewesen –, in wenigen Jahren wird man aber einen Ehegatten für sie finden, und sie braucht dich dann nicht mehr. Wir werden rechtzeitig den richtigen Posten für dich suchen, denn ein Mitglied unserer Familie kann wohl schlecht als Dienstbote arbeiten. Gouvernante oder Gesellschafterin käme allenfalls in Frage. Ganz so einfach, wie du dir das wohl denkst, wird es allerdings nicht sein, denn wir möchten dich nicht in einem Haushalt wissen, in dem wir manchmal zu Gast sind. Das wäre doch sehr peinlich. Wir müssen also den Posten mit größter Sorgfalt auswählen. Inzwischen solltest du dich auf diese Zeit vorbereiten. Viel lernen, noch mehr arbeiten, vor allem an deiner Näherei. Ich werde mit der Gouvernante darüber sprechen. Und wenn Esmeralda in die Gesellschaft eingeführt ist und heiratet, werden wir wohl schon wissen, wo wir dich unterbringen werden. Ich hoffe, du bereust wenigstens, was du getan hast. Nimm deine Strafe in Empfang, du verdienst sie wahrhaftig. Geh in dein Zimmer, mein Mann kommt dann zu dir.«

Armer Cousin William. Er tat mir leid. Ganz zaghaft trat er ein, den Rohrstock in der Hand, mit dem er mich züchtigen sollte. Seine Aufgabe war ihm sichtlich verhaßt. Ich mußte mich mit dem Gesicht nach unten auf mein Bett legen, und er strich leicht mit dem Stock über meine Schenkel. Am liebsten hätte ich hell aufgelacht.

Ganz rot war er im Gesicht und fühlte sich offenbar ganz elend. Plötzlich sagte er: »So, das hat dich hoffentlich eines Besseren belehrt« und verschwand.

Es war tröstlich für mich, über Cousin William lachen zu können, denn beim Gedanken an die Zukunft war mir nicht zum Lachen zumute.

In jener Nacht träumte ich wieder von dem Zimmer mit dem roten Teppich und wachte mit einem Gefühl übler Vorahnung auf.

3

Die Jahre vergingen immer schneller. Mein achtzehnter Geburtstag lag hinter mir. Die Zeit war nahe, da ich in die Welt hinaus und mein eigenes Geld verdienen mußte. Esmeralda tröstete mich: »Wenn ich erst einmal verheiratet bin, hast du bei mir immer ein Zuhause.«
Ich beneidete sie nicht. Sie war so gut. Etwas hübscher war sie geworden, aber wenn wir zusammen ausgingen, merkte ich jedesmal, daß die Leute mir nachschauten. Mein schwarzes Haar und die dunkelblauen Augen fielen auf. Und meine neugierige Nase – wie Philip sie nannte – wirkte stets so, als stelle ich eine Frage. Aber Esmeraldas Zukunft war wenigstens gesichert. Wir sahen es ja rings um uns geschehen. Mädchen wurden in die Gesellschaft eingeführt. Man arrangierte ihre Heirat, und über kurz oder lang waren sie junge Frauen mit Kindern. Alles wurde sehr sorgsam geplant.
Bei denen, die für sich selbst zu sorgen hatten, wie ich, sah es etwas anders aus.
Noch ein paarmal hatte ich durch Kleinigkeiten Kusine Agatha erzürnt, aber es waren keine so großen Sachen wie der Marktbesuch oder die Feuersbrunst. Auf dem Land mußten wir beiden Mädchen jetzt mehr an der wohltätigen Arbeit teilnehmen. Wir besuchten die Armen und brachten ihnen Delikatessen, wie Agatha das zu nennen pflegte – meistens Dinge, die sie für ihre eigene Tafel nie genommen hätte. Ehe wir nach London zurückkehrten, halfen wir die Kirche für das Erntedankfest zu schmücken. Gingen dann wieder zum Gymkhana und zu den Kirchenbasaren, bei denen wir selbst einen Stand hatten. Spielten die Rolle der Helfer der wohltätigen Dame, ritten in der Stadt im Park und reichten bei Aga-

thas Festen die Erfrischungen herum. Wir arbeiteten für die Armen und für die Tory-Partei. Spazierten würdig durch den Park und lebten das Leben wohlerzogener junger Damen. Ganz langsam änderte sich jedoch etwas daran. Bald schon sollte Esmeralda in die Gesellschaft eingeführt werden, und man trennte uns immer häufiger. Esmeralda durfte mit ihren Eltern ins Theater, ich nicht. Oft ging sie mit ihrer Mutter auf Besuch aus, ich wurde alleine daheim gelassen. Die Schneiderin, die vor der Ballsaison immer mehrere Wochen im Haus verbracht hatte, kam und nähte für Esmeralda herrliche neue Kleider. Für mich gab es keine – ich besaß nur je eines für Frühling, Sommer, Herbst und Winter und erhielt jedes Jahr für jede Saison ein neues.

Irgendwie fühlte ich, daß mein Verhängnis näherrückte. Es war wie in einem Traum.

Esmeralda war nicht sehr wohl bei der Veränderung. Sie ging ungern irgendwohin ohne mich, aber ich begleitete sie kaum noch, außer zu Spaziergängen in den Park und zu Wohltätigkeitsbesuchen.

Die Carringtons rangierten weit vorne in unserem Leben. Sie waren jetzt die ersten Freunde von Kusine Agatha. Lady Emilys Name wurde tagtäglich mindestens zwanzigmal erwähnt.

An geselligen Abenden nahm auch Philip oft teil. Gemeinsam mit Esmeralda und deren Eltern ging er einmal ins Theater. Sie sahen *Lady Windermeres Fächer*, das in jenem Jahr uraufgeführt worden war. Ich hatte gehört, daß diese Komödie geradezu vor Witz sprühte, und nahm an, daß Esmeralda nur die Hälfte mitbekommen würde.

Als die Kutsche abfuhr, sah ich aus dem Fenster, und dann wartete ich auf die Rückkehr. Als Esmeralda die Treppe heraufkam, fing ich sie ab, und sie mußte mir alles über das Stück erzählen. So ungefähr berichtete sie mir den Inhalt und sagte, Philip habe die ganze Zeit gelacht. Sie seien noch zum Essen ausgewesen, und es habe ihr riesig Spaß gemacht. Hübsch sah sie aus in dem blaßblauen Kleid mit dem blauen Samtmantel darüber. Nach einem solchen Samtmantel sehnte ich mich, aber mehr noch danach, ins Theater und mit Philip essen zu gehen.

Am nächsten Tag spazierten wir mit unserem alten Kindermädchen, das noch immer bei uns weilte, durch den Park. Wahrscheinlich nahm Esmeralda sie, wenn sie heiratete, als Betreuerin ihrer eigenen Kinder mit. Agatha meinte, die Kindermädchen sollten immer in der Familie bleiben. Dann könne man sich voll auf sie verlassen. Außerdem taten das alle wohlsituierten Leute.

Seit wir fast erwachsen waren, ging das Kindermädchen immer ein paar Schritte hinter uns her wie ein Wachhund, und wenn junge Männer sich uns näherten, beschleunigte sie ihre Schritte und war rasch neben uns. Das machte mir jedesmal von neuem Spaß.

An jenem Tag trafen wir Philip im Park. Er gesellte sich zu uns. Das war natürlich ganz legitim, und das Mädchen hatte nichts dagegen. Schließlich war er ja ein Carrington.

Philip beklagte sich: »Warum bist du nicht mit ins Theater gekommen, Ellen?«

»Es hat mich niemand dazu eingeladen«, antwortete ich.

»Willst du etwa damit sagen . . .« Er blieb stehen und schaute mich an. »Nein«, rief er, »das gibt's doch gar nicht!«

»O doch. Weißt du denn nicht, daß ich nur die arme Verwandte bin?«

»Ach, hör doch auf, Ellen«, jammerte Esmeralda, »ich kann das gar nicht mehr hören.«

»Ob du es hören kannst oder nicht«, sagte ich, »es stimmt aber doch.«

»Wenn meine Eltern Esmeralda ins Theater einladen, werde ich darauf bestehen, daß du auch mitkommst!« versicherte mir Philip.

»Sehr lieb von dir, Philip, aber ich möchte nirgends dabeisein, wo ich unerwünscht bin«, versuchte ich zu erklären.

»Dummchen!« sagte er und schubste mich wie in alter Kinderzeit.

Ich war sehr froh, zu wissen, daß wenigstens Philip mich nicht als arme Verwandte betrachtete.

Der Ball, auf dem Esmeralda offiziell in die Gesellschaft eingeführt wurde, sollte recht großartig werden. Durch Zurückschieben von Falttüren im ersten Stockwerk konnten drei Räume in einen großen Saal verwandelt werden, der mit Pflanzen dekoriert wurde. Esmeralda bekam ein ganz besonders schönes Ballkleid in blauer Seide mit Spitzenverzierung. Die Schneiderin sagte, daß sie eine Woche damit zu tun haben würde. »Du meine Güte, all diese Fältchen und Rüschen!« jammerte sie. Ich durfte auch auf den Ball, und man versprach mir ebenfalls ein neues Kleid. Ich träumte von dunkelblauem Chiffon, der die Farbe meiner Augen noch betonen würde. Sah mich durch den Ballsaal schweben und hörte die Leute murmeln, daß ich die Schönste sei; Esmeralda machte das bestimmt nichts aus. Sie war so gutmütig und wollte außerdem nie im Mittelpunkt stehen. Sie haßte es, Aufmerksamkeit zu erregen.

Kusine Agatha ließ mich zu sich kommen. Ich hätte mir schon denken können, worum es ging. Schließlich war ich schon achtzehn Jahre alt, und die Drohungen, die meine Kindheit verdüstert hatten, waren durchaus ernst zu nehmen.

»Ach, Ellen, da bist du ja. Setz dich doch.«

Ich setzte mich mit unbehaglichem Gefühl.

»Es ist dir ja sicher klar, daß du jetzt soweit bist, in die Welt hinauszugehen. Ich habe natürlich alle Anstrengungen gemacht, dich gut unterzubringen, und hatte auch Erfolg. Ich habe endlich einen guten Posten für dich.«

Mein Herz fing vor Aufregung zu klopfen an.

»Mrs. Oman Lemming – eine höchst ehrenwerte Dame –

verliert im nächsten halben Jahr ihre Gouvernante. Ich habe mit ihr über dich gesprochen, und sie möchte sich dich gerne ansehen.«

»Mrs. Oman Lemming?«

»Jawohl. Sie ist eine Tochter von Lord Pillingsworth. Ich kenne sie schon sehr lange. Du weißt ja, daß ich es an sich nicht richtig finde, wenn du in einem Haus bist, das wir gelegentlich aufsuchen, aber hier sind die Umstände doch etwas anders. Du wirst natürlich sehr taktvoll sein müssen und uns aus dem Weg gehen, wenn wir dort eingeladen sind. Mrs. Oman Lemming versteht das Besondere dieser Situation. Sie ist eine sehr gute Freundin. Ich habe sie heute zum Tee eingeladen. Wenn sie hier ist, kann sie dich ein wenig ansehen, und ich hoffe, du wirst dir deiner Pflicht bewußt sein. Wenn du ihr nämlich nicht gefällst, wäre es für uns sehr schwierig, etwas Passendes für dich zu finden. Solche Posten wachsen nicht auf den Bäumen.«

Ich war am Boden zerstört – obwohl ich doch gewußt hatte, was mir bevorstand. Insgeheim hatte ich gehofft, es würde nie soweit kommen. Mein absurder Optimismus ließ es nicht zu, daß ich mir dergleichen vorstellte. Und jetzt war es soweit. Mein böses Schicksal stand drohend vor mir. Nur noch sechs Monate.

Kusine Agatha erwartete offenbar Dankbarkeitsausbrüche von mir. Als nichts kam, seufzte sie nur und zuckte mit den Schultern.

»Ich möchte natürlich nicht, daß du armselig aus unserem Haus gehst. Deswegen müssen wir jetzt auch dein Ballkleid besprechen. Ich habe das Material schon ausgewählt. In Schwarz – das ist sehr praktisch. Ich werde die Schneiderin bitten, es in einem Stil zu verarbeiten, der nicht so schnell altmodisch wird. Sicher wirst du immer wieder ein solches Kleid brauchen. Ich werde dich nicht ohne eines weglassen.«

Ich wußte schon, was für ein Kleid das war. Gerade das Rich-

tige für eine Frau mittleren Alters. Und jedenfalls eines, das mir noch lange Jahre dienen sollte. Ich fühlte mich sehr unbehaglich.
Als ich dann die ehrenwerte Dame Oman Lemming kennenlernte, bewahrheiteten sich meine schlimmsten Befürchtungen.
Sie war so stattlich wie Agatha, trug einen Hut mit ellenlangen Federn und lange, enge graue Glacéhandschuhe. Eine schwere Goldkette floß ihren riesigen Busen hinunter. An der Bluse glitzerte eine riesige goldene Brosche. Ich sah, wie ähnlich sie Agatha war, und mein Mut verließ mich.
»Das ist Ellen Kellaway«, stellte Kusine Agatha mich vor.
Die ehrenwerte Dame hob ihre Lorgnette und studierte mich. Allzu froh schien sie nicht über das zu sein, was sie da erblickte.
»Sehr jung«, kommentierte sie. »Aber das ist vielleicht gar kein Nachteil.«
»Junge Menschen kann man besser nach den eigenen Vorstellungen formen, Letty«, sagte Kusine Agatha. Wie wenig doch dieser Name zu dieser so militant wirkenden Frau paßte.
»Ja, das stimmt, Agatha. Kann sie gut mit Kindern umgehen?«
»Da hat sie leider noch wenig Erfahrung, aber sie wurde mit Esmeralda zusammen erzogen.«
Die ehrenwerte Dame beugte ihr Haupt wie ein allwissendes Orakel. Ich bemerkte, daß ihre Augen sehr nahe beieinanderstanden, und während sie mich betrachtete, sah ihr Mund sehr hart aus. Sie mißfiel mir vom ersten Augenblick an. Und der Gedanke, in untergeordneter Position Mitglied ihres Haushalts zu sein, freute mich wenig.
Dann wandte sie sich mir zu. »Wir haben vier Kinder. Hester ist die Älteste. Vierzehn. Claribel ist elf. John ist acht und Henry vier. John ist im Internat, und Henry kommt auch

dorthin. Die Mädchen bleiben zu Hause, und es wäre dann Ihre Pflicht – sofern ich Sie anstelle –, sie zu unterrichten.«
»An schulischen Kenntnissen mangelt es ihr bestimmt nicht. Unsere Gouvernante sagt, daß sie überdurchschnittlich begabt ist.«
Lob aus Kusine Agathas Mund! Zum erstenmal in meinem Leben. Was aber nur zeigte, wie sehr ihr daran lag, mich loszuwerden.
Es wurde dann besprochen, daß ich einen Monat vor dem Weggang der jetzigen Gouvernante in den Haushalt der Lemmings eintreten und von der scheidenden Angestellten eingeführt werden sollte.
Der Gedanke daran deprimierte mich unglaublich.

4

Beim Spaziergang im Park stieß Philip wieder einmal zu uns. Es war geradezu schon Gewohnheit geworden. Zu dritt wanderten wir vor dem Kindermädchen einher.
»Du siehst ja heute so wütend aus«, sagte Philip.
Zum erstenmal hatte ich Schwierigkeiten, mich auszudrükken. Esmeralda kam mir zuvor. »Wegen der blöden Gouvernanterei.«
»Was?« rief Philip.
»Ach so, du weißt ja noch nichts. Mama sucht einen Posten für Ellen. Sie soll zu Mrs. Oman Lemming.«
»Einen Posten?« Philip blieb stehen und starrte mich an.
»Du weißt doch, daß ich eines Tages werde gehen müssen, mein Geld zu verdienen. Offenbar habe ich schon zu lange von Wohltaten gezehrt. Selbst Familienmitglieder können das nicht ihr Leben lang erwarten.«
»Du eine Gouvernante?« Philip brach in lautes Lachen aus.

Ich finde das gar nicht so amüsant«, sagte ich verbittert.
›Du sollst unterrichten? Ich lach mich kaputt.«
›Von mir aus! Für mich ist es gar nicht so lächerlich.«
»Ellen meint, es würde sich noch ein anderer Ausweg zeigen«, sagte Esmeralda, »und das meine ich auch.«
»Ja, vielleicht findet sich noch was«, sagte ich. »Wenn ich schon Gouvernante sein muß, suche ich mir lieber selbst einen Posten, aber bestimmt nicht bei Mrs. Lemming.«
»Vielleicht findest du noch eine schlimmere«, tröstete mich Esmeralda. »Erinnerst du dich an die alte Miß Herron und ihre Gesellschafterin?«
»O ja, aber die ist bestimmt nicht schlimmer als die Oman Lemming.«
»Jedenfalls werde ich dich besuchen«, sagte Philip und schob seinen Arm unter meinen.
»Das ist lieb von dir«, sagte Esmeralda sanft.
»Ach, du vergißt mich bestimmt«, sagte ich zornig.
Er antwortete nicht, ging aber fest untergehakt mit mir weiter.

Es beunruhigte mich, wie schnell die Tage vergingen. Es gab mehrere Anproben bei der Schneiderin. Mein Ballkleid war aus schwarzem Samt, und wegen des Ausschnitts kam ich mit der Schneiderin in Streit. Ich wollte einen tiefen Ausschnitt, und das stimmte nicht mit dem von Agatha ausgewählten Schnitt überein. Nachdem ich die Näherin so weit gebracht hatte, daß sie die Taille enger und den Ausschnitt tiefer machte, sah das Kleid etwas besser aus, aber es machte mich einfach zu alt. Wie Kusine Agatha richtig sagte: Ich konnte es noch in zwanzig Jahren anziehen, denn es besaß eine Eigenschaft – es war zeitlos. Nein, hatte ich scharf zurückgegeben, zeitlos war es nicht, denn es hatte noch in keine Zeit hineingepaßt und würde wohl auch nie in eine passen.
Unser Kindermädchen war traurig. Jetzt mußte sie sich von

ihren Schützlingen trennen. »Man kriegt sie als Babys, tut alles für sie, und dann werden sie erwachsen . . .«
»Sollen sie vielleicht immer Kinder bleiben?« sagte ich.
»Es ist trotzdem traurig«, gab sie zurück. »Aber wenn Miß Esmeralda Kinder kriegt, komme ich ja zu ihr zurück. Und bis dahin wird es gar nicht mehr so lange sein. Arme Esmeralda, sie wird jemanden brauchen, der sie genau kennt.«
Ich hörte das Gerücht zuerst von Rosie. Sie hatte es von ihrem Kutscher.
»Hüben und drüben gab es einige Konferenzen. Die planen wirklich eine baldige Hochzeit. Junge Leute seien so ungeduldig, sagen sie. Da habe ich nur gelacht. ›Ungeduldig!‹ habe ich zu meinem William gesagt. ›Unsere Miß Esmeralda wüßte ja gar nicht, worauf sie ungeduldig sein sollte!‹«
»Du meinst, sie planen Esmeraldas Hochzeit?«
»Ja, mit Philip«, flüsterte sie. »Natürlich hätten sie lieber den anderen für sie gehabt.«
»Du meinst den älteren Bruder?«
»Ja, den. Diesen Rollo.«
»Und warum versuchen sie nicht, ihn zu kriegen?«
Rosie preßte die Lippen aufeinander, wie um anzudeuten, daß sie mir gerne sagen würde, was sie wußte, aber nicht sagen durfte. Ich war sicher, daß es dazu einiger Überredung bedurfte, aber daß ich mit genügend Geduld schon herausbekommen würde, worum es ging. Und so war es auch.
»Na ja, da war doch vor einem Jahr . . . dieses Theater in der Familie . . . nach außen hin war es ganz geheim, ganz, ganz geheim.«
»Was denn, Rosie?«
»Ja, er hat doch geheiratet – ganz heimlich. Dauernd haben sie geredet. Nur hinter verschlossenen Türen, und die sind in der Park Lane aus dicker Eiche.«
Ich nickte verständnisvoll. »Du hast aber trotzdem was herausgefunden...«, bemerkte ich nicht ohne innere Spannung.

»Na ja, so Kleinigkeiten kamen dann heraus. Sie sind beide geflohen. Entführung und so weiter . . . Die Familie hatte keine große Freude daran. Und dann hat Mr. Rollo sie davon überzeugt, daß alles in Ordnung ist, und sie haben sich versöhnt. *Sie* haben wir aber nie gesehen. Das war das komische daran. Es hieß nur, Mr. Rollo sei mit seiner Frau im Ausland . . . Sehr komisch. Man hat sie nämlich nie im Haus gesehen. Und dann haben wir herausgefunden, wieso . . .«
»Was denn, Rosie?«
»Offenbar hat bei der Ehe etwas nicht gestimmt. Mr. Rollo hat einen schrecklichen Fehler gemacht. Sie ist jetzt irgendwo, ins Haus kommt sie aber nie.«
»Und er ist noch immer mit ihr verheiratet.«
»Natürlich ist er noch verheiratet, und darum müssen sie Mr. Philip für Esmeralda nehmen.«
Ich dachte lange über Rollo nach. Immer schon kam mir vor, als sei etwas Ungewöhnliches an ihm und als könne ihm gar nichts Gewöhnliches passieren. Offenbar hatte ich recht damit.
Eine gute Woche verging. Die Carringtons hatten uns ins Theater eingeladen und zu meiner größten Freude auch mich mitgenommen. Philip hatte sein Wort gehalten. Kusine Agatha war ganz empört: »Ich möchte nur wissen, warum Lady Emily Ellen ausdrücklich einlädt«, hörte ich sie den Vorfall kommentieren. »Ich finde es höchst unpassend, wo sie doch bald in unseren Kreisen arbeiten wird. Es könnte zu peinlichen Situationen führen. Ob ich mit Lady Emily darüber reden sollte?«
Wie ekelhaft sie nur war, viel mehr als je zuvor. Und vor allem deswegen, weil ich mich vor dem, was meine Zukunft brachte, so fürchtete.
Ich versuchte, mich nicht daran zu stören, aber meine übliche Methode, alles Unangenehme zu übergehen und mir einzu-

reden, das würde nie passieren, war diesmal nicht ganz so erfolgreich wie sonst.
Wir sahen das zweite Stück von Oscar Wilde, *Eine Frau ohne Bedeutung*, im Theater am Haymarket. Mich faszinierte vor allem die Darstellungskunst von Mr. Tree, und in den Pausen diskutierte ich lebhaft mit Philip und seinem Vater, zwischen denen ich saß.
Ich bemerkte, daß Kusine Agatha mich höchst mißbilligend betrachtete, aber es war mir egal. Ich fühlte mich herrlich. Rollo war nicht dabei, und Esmeralda, die zu Philips anderer Seite saß, sprach wenig.
Am nächsten Tag kriegte ich etwas zu hören.
»Du redest zuviel«, sagte Agatha. »Das wirst du in Zukunft unterdrücken müssen. Ich glaube, Mr. Carrington war es ein wenig peinlich.«
»Das schien mir keineswegs so«, gab ich zurück. »Er war sehr freundlich und schien sich für alles zu interessieren, was ich sagte.«
»Meine liebe Ellen«, sagte Agatha in einem Ton, der zeigte, daß ich keineswegs ihre *liebe Ellen* war, »Mr. Carrington ist ein Gentleman und würde nie daran denken, seine Mißbilligung zu zeigen. Ich meine, es war doch nicht so klug von Lady Emily, dich einzuladen, angesichts deiner zukünftigen Position. Ich muß dich nochmals bitten, daß du dich in Zukunft bescheidener benimmst.«
Was immer sie auch sagte, es konnte mir die Freude an dem Abend nicht nehmen, und ich war sicher, daß Mr. Carrington sich über die Kommentare amüsiert hatte und auch über die kleinen Kabbeleien zwischen Philip und mir. Und Lady Emily war, wie ich entdeckt hatte, eine ziemlich zerstreute Person, vermutlich wußte sie nicht einmal genau, daß ich noch einmal die Freiheit genoß, ehe ich die Trauerwelt der Gouvernanten betrat.
Bald schon sollte der Ball stattfinden. Die drei Salons im er-

sten Stock wurden zu einem recht geräumigen Ballsaal verwandelt. Alle Zimmer hatten Balkons, auf der einen Seite mit Blick auf den Park, auf der anderen sah man interessante Gebäude. Immergrüne Pflanzen standen in schön geschmückten Behältern auf den Balkonen, die Zimmer wurden mit Blumen sehr hübsch dekoriert.
Im Eßzimmer gab es ein kaltes Büfett, man hatte dort viele kleine Tische aufgestellt. Musikanten spielten zum Tanz auf. Kosten wurden keine gescheut bei diesem Fest, denn Esmeralda wurde ja in die Gesellschaft eingeführt, und Kusine Agatha wollte alle wissen lassen – vor allem die Carringtons –, daß Esmeraldas Eltern sehr wohlhabend waren und man eine gute Mitgift erwarten konnte.
Die Erregung packte auch mich, obwohl mir mein Kleid immer noch nicht ganz gefiel. Schwarz war nicht eine meiner Farben, der Schnitt zu streng, und man konnte es kaum als ein richtiges Ballkleid bezeichnen. Als ich Esmeraldas wunderschönes Rüschen- und Spitzengebilde in Meeresblau, beinahe grün, sah, packte mich der Neid. Es ging mir dabei wirklich nur um das Kleid. Das aber bestimmt nicht eines von der langlebigen Sorte war und sicher nicht jahrelang hielt wie mein schwerer Samt.
In der Nacht vor dem Ball träumte ich noch einmal von dem Zimmer mit dem roten Teppich. Ich stand neben dem Kamin und hörte wie stets flüsternde Stimmen. Diesmal schienen sie näher zu sein. Und dann überkam mich wieder dieses verzweifelte Gefühl, ich starrte auf die Tür, und – das war neu in meinem Traum – sie öffnete sich langsam. Schreckliche Angst überkam mich. Ich konnte meine Augen nicht von der Tür abwenden. Ich wußte, daß irgend etwas Furchtbares dahinter lauerte.
Dann wachte ich auf. Ich zitterte und schwitzte vor Angst. Der Traum war unheimlich lebhaft gewesen, das war er zwar immer, aber diesmal schien das Unheil näher gerückt.

Ich setzte mich im Bett auf. Wie konnte man sich von einem Traum nur so schrecken lassen, wo er doch gar nichts weiter zeigte! Außer einem Zimmer.
Und dann sah ich, daß die Tür meines Kleiderschranks sich geöffnet hatte, und ich meinte eine Gestalt sehen zu können. Wieder überkam mich ein fürchterlicher Schrecken. Und dann sah ich, daß es nur mein schwarzes Ballkleid war. Offenbar hatte ich die Tür nicht gut verschlossen. Ich lehnte mich in die Kissen zurück und rief mich selbst zur Ordnung. Aber warum träumte ich immer wieder den gleichen schrecklichen Traum – Jahr um Jahr?
Ich versuchte, die Ahnung herannahenden Unheils abzuschütteln. Aber wie konnte ich es denn? Vor sechs Wochen hatte man mich Mrs. Lemming vorgestellt. Die Zeit meiner Anstellung rückte näher.
Jetzt kam aber erst einmal die Ballnacht. Sicher, ich hatte nur das schwarze Kleid, das ich nicht mochte, aber es reichte immerhin für den Zweck. Ich tanzte so gerne, konnte es viel besser als Esmeralda, die keinen Sinn für Rhythmus hatte. Den Gedanken an die Lemmings würde ich einfach aus dem Gedächtnis streichen.
Am Vormittag kam ein Schächtelchen an, zu meiner Überraschung war es an mich adressiert. Rosie brachte es herauf, sie hatte es am Lieferanteneingang übernommen.
»Schauen Sie nur mal, Miß Ellen!« sagte sie. »Das ist für Sie! Ich wette, von einem Verehrer!«
Und da lag in einer Schutzhülle die schönste, zarteste, hellila Orchidee, die ich je gesehen hatte. Genau der Schmuck, den ich brauchte, um mein schwarzes Kleid zu beleben.
Sicher von Esmeralda, dachte ich und dankte ihr gleich. Sie sah mich verständnislos an. »Ich wünschte, ich hätte daran gedacht, Ellen. Genau richtig für dein Kleid. Ich dachte, es gäbe sowieso für jeden genug Blumen.«
»Aber nicht für arme Verwandte«, antwortete ich. Ich fühlte

keine Bitterkeit gegenüber Esmeralda. Sie war immer so gut zu mir. Ich war nur selig, diese Orchidee bekommen zu haben.

Wer mochte sie mir geschickt haben? Vielleicht Cousin William, denn auch er schien nicht allzu glücklich zu sein, daß ich für Mrs. Lemming arbeiten sollte. Rosie hatte gehört, wie er zu seiner Frau sagte, daß ich doch gar nicht wegzugehen brauchte.

»Er hat vorgeschlagen, daß du mit Esmeralda gehen könntest, wenn sie heiratet, als eine Art Gesellschafterin und Sekretärin. Wenn sie Philip heiraten würde, hätte sie sehr viel zu tun, denn als seine Frau müßte sie viele Gesellschaften geben. Ich glaube, ihm gefällt es gar nicht, daß du weg mußt, aber sie bleibt fest dabei.«

Es war also durchaus möglich, daß die Blume von ihm kam. Wunderschön war sie, und sie verschönte auch zweifellos mein Kleid. Jetzt fühlte ich mich nicht mehr so mausgrau. Esmeralda gab mir eine Anstecknadel mit einem einzelnen Diamanten, damit ich die Blume feststecken konnte. Ich kleidete mich sehr sorgfältig an, steckte mein Haar hoch und kam mir sehr elegant vor.

Esmeralda sah reizend aus in ihrem phantastischen Kleid, aber sie war nervös, war sich zu sehr bewußt, daß dieser Ball für sie gegeben wurde, und hatte offensichtlich Angst, einen Heiratsantrag zu bekommen.

»Wenn man doch nur nicht erwachsen werden müßte«, sagte sie zu mir. Offensichtlich war ihr der Gedanke an eine großartige Heirat zuwider. »Alle glauben, ich würde Philip heiraten, aber ich fürchte, er hat mich nie richtig gemocht. Und er hat mich doch in den Teich gestoßen.«

»Da waren wir doch noch Kinder. Männer verlieben sich oft in Mädchen, die sie als Kinder gar nicht beachtet haben.«

»Beachtet hat er mich ja . . . genügend jedenfalls, um mich ins Wasser zu stoßen.«

»Ja, wenn du ihn nicht heiraten willst, kannst du den Antrag ja ablehnen.«

»Aber Mama möchte es doch und . . .«

Ich wußte Bescheid. Was *sie* wollte, bekam sie auch meist. Ich tröstete Esmeralda. Ihr Vater war auf ihrer Seite. Also warum sollte sie jemanden heiraten, den sie nicht wollte?

Einige Tage vor dem Ball hatte ich von Kusine Agatha Instruktionen erhalten. »Du wirst dich bei dem Ball nützlich machen. Im Eßzimmer kümmerst du dich darum, daß alle gut bedient werden, gib vor allem auf Mrs. Lemming acht und sorge dafür, daß ihre Wünsche erfüllt werden. Ich werde dich ein paar Herren vorstellen, vielleicht bitten sie dich um einen Tanz.«

Ich konnte mir den Abend lebhaft vorstellen. Ellen, die arme Verwandte. In düsterem Schwarz, so daß sie sich von den übrigen Gästen abhob. »Ellen, sag doch bitte Wilton, daß wir noch Lachs brauchen.« Oder: »Ellen, der alte Herr Soundso sitzt ganz allein, ich stell dich ihm vor, vielleicht bittet er dich um einen Tanz.« Und dann würde Ellen mit dem rheumatischen alten Herrn Soundso herumstolpern, während sich ihre Füße danach sehnten, leicht über den Tanzboden dahinzuschweben. Und wie anders dann alles kam, gar nicht so, wie ich es befürchtet hatte!

Gleich von Anfang an hatte ich Philip an meiner Seite.

»Also hast du meine Orchidee doch erhalten!«

»Deine?«

»Sonst wird dir hoffentlich niemand Blumen geschickt haben?«

Und dann tanzten wir. Ob Kusine Agatha es bemerkte? Hoffentlich! Wie gut wir zusammenpaßten. Das wußte ich schon lange, denn wir hatten auf dem Land schon oft miteinander getanzt. Tänze, die wir selbst erfanden.

»Wußtest du nicht, daß ich heute abend wieder einmal die arme Verwandte bin?« sagte ich.

»Was soll denn das wieder heißen?«
»Ich muß ein wachsames Auge auf vernachlässigte Gäste haben.«
»Schon gut. Dann hab doch ein Auge auf mich. Wenn du es nicht tust, werde ich mich sehr vernachlässigt fühlen.«
»Ausgerechnet du . . . einer der Carringtons«, stotterte ich.
»Aber nur der jüngere Sohn!«
»Ist Rollo der Große heute hier?«
»Rollo der Große ist weit weg. Er ist selten hier.«
»Das macht einen guten Fang der Saison aus dir, nehme ich an.«
»Jetzt paß mal auf«, sagte er. »Ich muß mit dir reden. Ich muß dir eine Menge sagen. Wo können wir uns ruhig unterhalten?«
»Es gibt noch zwei kleine Räume auf dieser Etage. Sie sind für Privatgespräche reserviert.«
»Dann gehen wir dorthin.«
»Sollten wir das wirklich tun, du und vor allem ich? Kusine Agathas Adleraugen werden bald nach mir Ausschau halten, wenn sie einen ältlichen Herrn erblickt, der vielleicht mit mir ein paar Tanzrunden schwingen will.«
»Ein Grund mehr, zu flüchten.«
»Ist das ein Spiel? Denk dran, daß wir nicht mehr vierzehn sind.«
»Gott sei Dank, und die Sache ist verdammt ernst.«
»Was ist denn los?«
»Das wirst du gleich erfahren. Ich *muß* mit dir sprechen, Ellen.«
Wir betraten eines der kleinen, blumengeschmückten Zimmer. Ein Sofa und ein paar Stühle standen darin. Ich ließ mich auf dem Sofa nieder, Philip setzte sich neben mich.
»Ellen«, begann er, »ich habe da so einiges gehört. Unsere Dienerschaft tratscht mit eurer und eure mit der unseren. Die Leutchen wissen genausoviel über unsere Angelegenheiten

wie wir selbst oder sogar noch mehr. Nach dem Geflüster muß ich annehmen, daß du tatsächlich Gouvernante der gräßlichen Lemming-Kinder werden sollst.«
»Ich habe dir ja gesagt, daß es stimmt.«
»Ich konnte es einfach nicht glauben. Du und Gouvernante!«
»Die einzige Beschäftigung für eine mittellose Dame von guter Herkunft und Bildung.«
»Aber warum jetzt . . . nach so vielen Jahren?«
»Kusine Agatha hat ihre Pflicht gegenüber einem hilflosen Kind erfüllt. Das Kind ist jetzt zur Frau geworden und muß sich selbst durchbringen und erhält einen zarten, aber durchaus bestimmten Schubs in die grausame Welt.«
»Das müssen wir verhindern. Du darfst keinesfalls als Gouvernante zu diesem Weib gehen. Sie ist die reinste Hexe.«
Ich wandte mich zu ihm. Die Angst vor der Zukunft drohte mich plötzlich zu ersticken.
Er nahm mich bei den Schultern und drückte mich lachend an sich. »Ellen, du Dummchen, meinst du denn, ich würde das je zulassen?«
»Und womit willst du das erreichen?«
»Mit dem besten aller Argumente. Du gehst jedenfalls nicht als Gouvernante zu diesen Kindern! Ich weiß, daß sie gräßlich sind. Ich habe immer gewußt, daß wir zwei zusammengehören. Du und ich, wir werden einfach heiraten. Das ist meine Antwort. Ich habe es mir immer so gewünscht.«
»Du willst . . . mich heiraten? Aber du heiratest doch Esmeralda, es ist doch schon alles arrangiert. Dafür ist doch heute dieser Ball.«
»Unsinn!«
»Da irrst du dich aber gewaltig. Der Ball ist für Esmeralda, und ich weiß aus verläßlichster Quelle, daß man während des Festes oder danach die Verlobung zwischen dir und ihr zu verkünden hofft.«

»Und die Hoffnung gründet ewig in des Menschen Brust ... Aber diese ›mans‹, womit du vermutlich die Lorings meinst, werden leider feststellen müssen, daß sie sich geirrt haben. Verlobung ja, aber mit Ellen und nicht mit Esmeralda.«

»Du willst wirklich heute abend noch unsere Verlobung bekanntgeben?«

»Ja, natürlich. Für dramatische Szenen war ich immer schon zu haben. Das weißt du doch.«

»Und was werden deine Eltern sagen?«

»Sie werden sehr erfreut sein.«

»Über mich? Du machst wohl Witze.«

»Mache ich *nicht.*« Er sah mich ernst an. »Mein Vater mag dich. Er sagt, daß du sehr amüsant bist, und er mag solche Menschen.«

»Und Lady Emily?«

»Sie wird dich auch gerne haben. Vor allen Dingen will sie, daß ich glücklich bin.«

»Mag schon sein, aber als deine Frau werden sie mich kaum akzeptieren.«

»Da irrst du dich aber gewaltig. Ich habe es ihnen schon angedeutet, und sie sind ganz dafür. Beide meinen, daß ich bald heiraten sollte.«

Ich konnte es noch nicht glauben. War ganz verwirrt. Philip hatte immer gerne seine Späßchen gemacht. Sicher, ich war mit ihm gut befreundet gewesen, im Gegensatz zu Esmeralda. Immer hatte er es bedauert, wenn ich zu geselligen Anlässen, die Agatha arrangierte, nicht erschienen war. Ich hätte es wissen müssen. Aber ich liebte ihn nicht. Ganz bestimmt nicht. Denn sonst hätte mir die Vorstellung, daß Esmeralda ihn heiraten würde, Schmerz bereiten müssen. Und Kusine Agatha hatte mir meinen niedrigen Stand und die großartige Position der Carringtons so eingebleut, daß ich mir einfach nicht vorstellen konnte, je in diese Familie hineinzuheiraten – nicht einmal bei Philip. Jetzt war ich über die Möglichkeit ganz aufgeregt – leider nicht wegen Philip, obwohl ich ihn sehr gerne hatte, sondern weil eine Ehe mit ihm bedeuten würde, daß ich nicht Gouvernante bei der gräßlichen Mrs. Oman Lemming und ihrer Brut werden müßte, die genauso unangenehm war wie sie selbst. Und vor allem genoß ich wohl, die Auserwählte zu sein. Der Anblick von Agathas Gesicht bei der Verkündung unserer Verlobung würde mir Genugtuung bieten für all die Jahre der Erniedrigung, und es war wohl nur menschlich, daß mich der Gedanke daran in Hochstimmung versetzte. Und Esmeralda, die ich wirklich mochte, war bestimmt nicht darüber enttäuscht. Sie hatte ja nie einen Carrington heiraten wollen und hatte noch heute darauf bestanden, daß Philip sie verachtete, seit er sie damals in den Teich gestoßen hatte.

»Na«, sagte Philip, »du bist ja ganz stumm vor Staunen. Das sehe ich bei dir zum erstenmal.«

»Es ist auch mein erster Heiratsantrag.«

»Wir werden eine Menge Spaß miteinander haben.«

Ich sah ihn lange an. Das mochte wohl stimmen.

»Ich habe mir dich nie als Ehemann vorgestellt«, sagte ich.

»Und warum nicht? Ich dachte, das sei wohl klar.«

»Du hast es nie erwähnt.«

»Nun, dann erwähne ich es eben jetzt.«

Er nahm meine Hände in seine und küßte mich.

»Also«, sagte er dann mit einem verliebten Blick. »Was nun?«

»Gib mir bitte Zeit«, sagte ich. »Ich muß mich erst an den Gedanken gewöhnen.«

»Du wirst doch nicht plötzlich schüchtern werden, das sähe dir gar nicht ähnlich.«

»Du mußt es aus meiner Sicht betrachten. Ich bin ja in der Erwartung hergekommen, daß man Esmeraldas Verlobung verkünden wird.«

»Mit mir!«

»Natürlich mit dir. Kusine Agatha hat es sich in den Kopf gesetzt, einen Carrington zum Schwiegersohn zu bekommen. Und was sie sich in den Kopf setzt, bekommt sie auch meistens.«
»Dann wird sie sich aber mit einem Schwiegercousin begnügen müssen.«
»Zweiten Grades . . . nur ganz entfernt verwandt.«
»Kann uns ja im Grunde auch ganz egal sein.«
»Du gefällst mir jede Minute mehr.«
Er legte den Arm um mich. »Es wird unwahrscheinlich schön werden, Ellen. Und keine Arme-Verwandten-Dramatik mehr. Als ich hörte, daß du Gouvernante werden solltest, wußte ich, daß ich etwas unternehmen mußte. Meine Familie wünscht, daß ich heirate. Schon seit einiger Zeit plagen sie mich damit. Ich glaube, sie wollen unbedingt Enkel haben, nachdem Rollo ihnen offenbar keine bescheren wird, nicht einmal Enkelinnen.«
»Warum nicht?«
»Ach . . . das ist alles recht kompliziert. Seine Frau ist ein bißchen . . . eigenartig. Ich erzähl dir mal darüber. Jedenfalls liegt meiner Familie sehr daran, daß ich bald heirate.«
»Du wirst aber ein sehr junger Ehemann sein.«
»Und du eine noch jüngere Frau.«
Langsam gewöhnte ich mich an den Gedanken, und er gefiel mir immer mehr. Ich mußte mir nur einfach meinen alten Freund Philip als Ehemann vorstellen. So schwer war das nicht. Ich fing an, den neuen Zustand zu genießen.
Philip erzählte mir dann, daß er mich immer schon geliebt habe, wenn er es auch in der Kinderzeit nicht als Liebe empfand. Er hatte meine Nähe stets genossen. Wenn er aufs Land fuhr, dachte er zuerst daran, ob ich wohl da sein würde. »Wie schön diese Zeiten doch waren, Ellen«, schwärmte er. Und dann sprach er von unserem zukünftigen gemeinsamen Leben. Wegen seiner Geschäfte würden wir viel reisen. Rollo

erledigte zwar das meiste, aber er mußte ihm später dabei helfen. »Das macht uns bestimmt großen Spaß«, meinte er. Wir würden nach Indien und Hongkong fahren und dort auch eine Weile bleiben. Er wurde jetzt noch in die Geschäfte seines Vaters eingeführt, und ich konnte ihm auch hier viel helfen, denn in London mußte er oft Gesellschaften geben. Was für eine glänzende Zukunft er vor mir ausbreitete! In der Nähe seines Elternhauses würden wir unser eigenes Heim haben. Er wollte sich darum bemühen, daß ich Kundin bei der besten Schneiderin der Stadt werde. »Mit den richtigen Kleidern wirst du toll aussehen«, sagte er. »Du bist eine Schönheit, aber bisher wurde das nie richtig herausgestellt.«

»Kusine Agatha besteht darauf, mein Licht unter den Scheffel zu stellen«, spottete ich. »Nur daß es bei mir auch da noch herausleuchtet.«

»Ganz recht so. Mein Gott, Ellen, werden wir es schön haben!«

»Ja«, bestätigte ich. »Das glaube ich jetzt auch.«

Wieder drückte er mich an sich.

»Wer hätte das gedacht.« Ich lachte. »Wo du mich immer so schikaniert hast.«

»Das war bereits heimliche Liebe«, sagte er.

»Wirklich?«

»Das weißt du doch genau. Ich habe wohl schon vor Jahren beschlossen, dich zu heiraten.«

»Ein Geheimbeschluß. Einer von denen, die dem, der ihn beschließt, selbst geheimbleiben«, spottete ich wieder. »Du hast mich andauernd kritisiert.«

»Das war nur ein Symbol für meine Gefühle.«

»Und wie sieht ein Symbol deines Lobes aus?«

»Wart' es nur ab.«

Wie glücklich ich war! Unsere alte Neckerei lebte weiter, und was er mir da anbot, war wirklich herrlich.

»Du weißt natürlich, daß ich keine Mitgift habe.«

»Ich nehme dich auch ohne.«
»Von Esmeralda würdest du eine schöne Mitgift kriegen.«
»Würde mich gar nicht locken. Ich will Ellen oder keine.«
Da legte ich ihm die Arme um den Nacken und küßte ihn herzlich. Und genau in dem Augenblick mußte natürlich Kusine Agatha auftauchen.
»Ellen!« schrie sie, zornig und ungläubig zugleich.
Ich löste mich von Philip und stand auf.
»Was tust denn *du* hier? Diese Schande! Mit dir rede ich noch später. Und unsere Gäste hast du völlig vernachlässigt.«
»Aber nicht alle«, sagte Philip ganz frech. Es hatte ihm immer schon Spaß gemacht, Kusine Agatha zu irritieren, und das gelang ihm auch, denn sie hätte natürlich gerne ihre Indigniertheit gezeigt, aber wie konnte sie das einem Carrington gegenüber?
»Ich gehe gleich mal nachsehen . . .«, sagte ich. Ich wollte so schnell wie möglich weg, denn ganz glaubte ich es noch nicht, daß Philip es ernst meinte. Er versuchte, mich bei der Hand festzuhalten, aber ich hatte mich schon aus dem Staub gemacht. Was würde er Kusine Agatha jetzt wohl erzählen? Später sagte er mir, daß sie nur eine Bemerkung über das Wetter gemacht habe, was sie natürlich als überaus taktvoll ansah und als feinste diplomatische Wendung, das Thema zu wechseln.
Ich war total verwirrt. Im Vorüberlaufen sah ich mich selbst in einem der großen Spiegel. Hochrote Wangen und glänzende Augen, und das schwarze Kleid stand mir gar nicht einmal so schlecht.
Mr. Carrington bat mich um einen Tanz, ich gewährte ihn ihm. Er war höflich und charmant wie immer. Wir sprachen von dem Stück, das wir zusammen gesehen hatten, und ich setzte mich nachher mit ihm an ein Tischchen. Philip kam bald danach zu uns.
»Sie hat ja gesagt, Vater«, sagte er zu Mr. Carrington.

Der nickte lächelnd, nahm mich bei der Hand und drückte sie mir fest. »Ich bin sehr glücklich«, sagte er. »Du bist eine außerordentliche junge Frau.«
»Wir verkünden es dann beim Abendessen«, meinte Philip. »Am besten machst du es, Vater. Mutter ist zu zerstreut. Sie vergißt am Ende, wer die Braut ist, und plötzlich habe ich eine ganz unpassende Partnerin.«
Ich tanzte mit Philip; es war ein Walzer, und unsere Schritte paßten sich fehlerlos aneinander an. Schließlich waren wir ja auch zusammen in die Tanzstunde gegangen.
»Deine Kusine Agatha sieht aus wie das reinste Gorgonenhaupt«, informierte er mich.
»Von mir aus«, antwortete ich kalt. »Dieses Gorgonenhaupt kann mich nicht mehr zu Stein verwandeln, nicht mal in eine Gouvernante.«
»Ich habe das Gefühl, daß dir das Leben recht gut gefällt.«
»Ich weiß jetzt genau, wie es Aschenputtel zumute war, als es zum Ball ging.«
»Ich muß ja einen schönen Prinzen abgeben.«
»Er hat sie aus der Asche geholt. Du hast mich von Kusine Agatha und der ehrenwerten Mrs. Oman Lemming weggeholt. Die sind noch viel schlimmer als Aschenputtels Asche.«
»Vergiß es ja nicht, Ellen, ich werde dich in den nächsten fünfzig Jahren oft daran erinnern.«
»Und danach?«
»Werde ich dich bereits so dankbar gemacht haben, daß man dich gar nicht mehr daran erinnern muß. Das reicht dann für die nächsten zwanzig Jahre.«
»Komisch, sich das vorzustellen. Wir beide und *alt.*«
»Ein Schicksal, das uns alle erwartet, auch meine glückliche Ellen.«
»Ach, Philip, ich bin so glücklich. Das Leben wird so herrlich, so . . . amüsant sein, nicht wahr?« Ich kam ins Schwärmen.

»Stell dir nur vor, wir beide ohne das Kindermädchen als Anstandswauwau. Und ohne die dumme kleine Esmeralda mitschleifen zu müssen.«
»Sei nicht so häßlich zu Esmeralda. Im Grunde magst du sie recht gerne, und mir ist sie sehr ans Herz gewachsen. Und vergiß nicht, daß sie heute abend einen Bräutigam verliert.«
»Ihre Eltern können das doch unmöglich ernst genommen haben?«
»Warum nicht, sie wollten *sie* verheiraten, deine Eltern wollten offenbar *dich* verheiraten. Zwei von Finanzgenies regierte Familien! Was konnte es Besseres geben als so eine Fusion. Und jetzt hast du alles verdorben mit deiner Wahl – die armen Verwandten.«
»*Du* hast es verdorben. Wer hätte denn Esmeralda anschauen mögen, wenn du daneben bist?«
Nach dem Walzer brachte er mich zu meinem Platz zurück, und wir sprachen über die Zukunft. Die herrliche Gegenwahrt nahm mich jedoch so gefangen, daß ich gar nicht über das Kommende nachdenken konnte. Beim Abendessen verkündete Mr. Carrington dann die Verlobung. Sagte, wie froh er über den Entschluß seines Sohnes sei, einer jungen Dame den Heiratsantrag zu machen, und daß er von ihr akzeptiert worden sei. Alle sollten auf die Gesundheit und das zukünftige Glück von Miß Kellaway und seinem Sohn trinken.
Was für ein Geflüster und Gemurmel sich daraufhin im Eßzimmer verbreitete! Den großen Mitteltisch hatten Wilton und seine Leute wunderbar dekoriert. Er war überladen mit kaltem Lachs, Fleisch aller Art, Salaten und Desserts, und die schwarzggekleideten Serviermädchen mit den weißen Häubchen und Schürzen standen wie Wachen in Abständen um ihn herum, um die Gäste zu bedienen. Aller Augen waren auf mich gerichtet. Ich wußte, daß einige der ehrwürdigen Damen dachten, es sollte doch Esmeralda sein, und wenn schon nicht Esmeralda, dann wenigstens eine der eigenen Töchter,

die doch viel passender gewesen wären als die arme Verwandte der Lorings.
Und da stand ich in meinem einfachen schwarzen Kleid, geschmückt mit Philips Orchidee, und war plötzlich attraktiv, weil ich die Erwählte war. Wußte, daß meine Augen glänzten, meine Wangen sanft errötet waren. Spürte, daß Philip, der mich bei der Hand hielt, stolz auf mich war. Ich war so glücklich wie selten. Ein Wunder war geschehen! Mrs. Oman Lemming hatte sich verflüchtigt wie ein Alptraum bei Tagesanbruch. Keine Erniedrigungen mehr. Einfach unmöglich, daß ich, die Verachtete, eine Carrington wurde. Und da stand Philip neben mir, zog mir, bildlich gesprochen, Aschenputtels Schuh über den Fuß und erklärte, daß er mich erwählt hatte.
Lady Emily schwebte heran und küßte mich aufs Ohr. Vermutlich wollte sie die Wange treffen, aber bei ihr ging immer etwas schief. Dann nahm mich Mr. Carrington bei der Hand, küßte sie und lächelte mich warm und herzlich an. Esmeralda kam und umarmte mich stürmisch. Liebe Esmeralda! Wenn sie auch Philip nicht hatte heiraten wollen, vielleicht hatte es sie doch ein wenig irritiert, daß sie übergangen worden war. Aber nein, sie sah, daß ich glücklich war, und war auch zufrieden.
Philip und ich setzten uns dann mit seinen Eltern zusammen. Kusine Agatha und Cousin William kamen nach einer Weile mit Esmeralda dazu. Eine Art Ritual. Die zwei Familien feierten gemeinsam das glückliche Ereignis. Kusine Agatha versuchte tapfer, ihren Zorn zu verbergen, und ich muß gestehen, daß es ihr fast perfekt gelang. Nur in ihrem Blick, wenn sie mich einmal ansah, lagen Gift und Galle.
Mr. Carrington meinte, wir sollten so bald wie möglich heiraten. Wenn zwei Menschen sich einmal darüber einig seien, gäbe es keinen Grund, dies weiter hinauszuzögern.
Als ich Philip gute Nacht sagte, versprach er, am nächsten

Morgen vorbeizukommen. Wir mußten so vieles gemeinsam planen, und er war wie sein Vater der Meinung, daß die Heirat baldigst stattfinden sollte.

Ich ging in mein Zimmer. Zog das »praktische« Ballkleid aus, das ich nun gut aufheben würde, selbst wenn ich noch die wunderbarsten Carrington-Ballkleider bekommen würde. Bei dem Gedanken an die Ehrfurcht, mit der dieser Name in unserem Haus ausgesprochen wurde, mußte ich lachen. Bald würde auch ich so heißen.

Als ich meine Haare ausbürstete, öffnete sich die Türe. Agatha trat ein. Sie atmete heftig und versuchte offenbar, ihre Gefühle einigermaßen im Zaum zu halten.

Auf ihre Art sah sie grandios aus. Der Riesenbusen wogte, ihre Juwelen glitzerten. Äußerst passend wäre es gewesen, hätte sie in der einen Hand Gift getragen und in der anderen ein Schwert und mich aufgefordert, zu wählen.

»Ellen«, begann sie, »du hast uns ja schön zum Narren gehalten!«

Ich saß im Unterrock da, das Haar fiel mir über die Schultern.

»Ich?« sagte ich unschuldig und konnte mich nicht halten, boshaft hinzuzufügen: »Ich dachte, es würde euch freuen. Jetzt seid ihr mich doch los.«

»Tu doch nicht so unschuldig. Ich gebe zu, du hast für dich das Beste gewählt. Sicher hast du es schon lange gewußt, und unsere arme Esmeralda meinte, daß *ihre* Heirat verkündet werde.«

»Ich glaube, sie ist gar nicht enttäuscht darüber.«

»Du Undankbare! Aber das warst du ja immer schon. Von dem Augenblick an, wo du dieses Haus betreten hast, gab es mit dir nur Mühe und Sorgen. Du bist bösartig veranlagt, und die Carringtons können mir nur leid tun.«

Warum wollte ich sie immer noch mehr erregen, als ich es bereits getan hatte? Auch diesmal hatte ich nicht widerstehen können, aus dem Gefühl absoluter Sicherheit heraus. Das muß ich Philip erzählen, dachte ich, und war bereits überglücklich, in der Zukunft alles mit ihm teilen zu können. Zum erstenmal wurde mir bewußt, wie alleine ich mich immer gefühlt hatte.

»Nach deinen Worten dachte ich immer, die Carringtons seien die wichtigste Familie in ganz London«, sagte ich. »Sie werden also dein Mitleid kaum benötigen.«

»Offenbar sind sie sich nicht klar darüber, was für eine . . . eine . . .«

»Natter sie an ihrem Busen nähren, wolltest du doch sagen.«

Ich war ziemlich frech. Aber mein Erfolg hatte mich übermütig gemacht.

»Geh ja nicht zu weit mit mir. Du hast unser Vertrauen schmählich mißbraucht.«

»Ich weiß, daß eine solche Heirat für mich nicht vorgesehen war, und Gouvernante bei den Lemming-Kindern wollte *ich* nicht sein. Das Schicksal hat sich eingeschaltet und hat mich aus einer Arme-Verwandten-Rolle gehoben, die – das kann ich dir versichern, liebe Kusine – oft nicht leicht zu ertragen war.«

»Wenn ich daran denke, was wir alles für dich getan haben . . . dich bei uns aufgenommen . . .«

»Weil du es meiner Großmutter fest versprochen hast.«

»Weil du zur Familie gehörst.«

»Und dabei nicht einmal zur engsten«, fügte ich hinzu.

Sie ballte die Hände zu Fäusten. Wußte, daß sie besiegt war. Zu sehr war mir der Sieg dieses Abends zu Kopf gestiegen. Sie wandte sich um und sagte: »Das Ganze war ein abgefeimter Plan. Aber ich hätte es mir denken können, bei solch einer Mutter!«

Mit diesen Worten ging sie hinaus. Gott sei Dank, denn wäre sie geblieben, ich weiß nicht, was ich ihr sonst noch alles erzählt hätte.

5

Wie sich das Leben für mich verändert hatte. In der Vergangenheit hatte ich über die Bedeutung der Carringtons gelacht und gedacht, Kusine Agatha bewundere sie nur so, weil sie mehr Geld hatten und den Ton in einer Gesellschaftsschicht angaben, die sie auch erreichen wollte. Es war aber mehr als das. Josiah Carrington war nicht nur Bankier und Finanzier von großem Ansehen, sondern auch Regierungsberater und Diplomat. Der älteste Sohn Rollo folgte seinem Beispiel, und Philip war auf dem Wege, es ihm gleichzutun. Lady Emily, Tochter eines Earl, hatte Verbindungen mit den höchsten Kreisen und war vor ihrer Heirat bei Hof gewesen. Im Vergleich dazu schien Cousin William, so wohlhabend er auch war, unbedeutend. Aus diesem Grund hatte man die Einheirat in eine solche Familie als äußerst vorteilhaft angesehen und selbst den jüngeren Sohn Philip gerne in Erwägung gezogen.

Daß ich, die Ausgestoßene, die arme Verwandte, das Rennen machte, war fast schon komisch. Rosie sagte mir, daß die Dienerschaft sich kaputtlache darüber. Sie freuten sich alle, weil keiner je viel von Kusine Agatha gehalten habe, und es machte ihnen Spaß, daß *sie* »einen an die Birne geknallt gekriegt hatte«, wie sie es formulierten, und daß dieser Schlag von Philip gekommen war.

Ich wunderte mich, wieviel das Personal wußte. Weniges, was in unseren Räumen passierte, entging ihnen. Rosie war als Mittlerin sehr amüsant für mich.

Philip mochten alle. Er war immer zu Späßen und Streichen aufgelegt. Mr. Rollo sei da anders. Sehr kühl und hochmütig und seit dieser mysteriösen Heirat äußerst empfindlich. Und

Mr. Carrington galt als guter Herr. Er weilte oft außer Haus, hatte hier und dort mit seinen großen Geschäften zu tun. Lady Emily mochten auch alle, aber sie lebte wie in einem Traum. Konnte nie das Hausmädchen vom Zimmermädchen unterscheiden, und die Köchin behauptete, sie kenne nicht einmal den Unterschied zwischen ihr und dem Butler. Trotzdem war sie eine jener Herrinnen, die man gerne mag. Sie stocherte nie in den Abrechnungen nach und fragte nie nach Preisen für dies oder jenes. Im Hause Carrington ließ es sich gut leben.

Philip und ich bekamen ein Haus in der Nähe und konnten natürlich das Landhaus mitbenutzen, wann immer wir wollten, wie es auch die übrige Familie tat.

Das Haus auszusuchen, würde Spaß machen, und Philip wollte, daß wir gleich damit anfingen. Ich mußte mir selbst versichern, daß ich nicht träumte. Ich, die nie ihres eigenen Zimmers hatte sicher sein können, in einem eigenen Haus! Die Nachricht über unsere Verlobung hatte übrigens rasch die Runde gemacht, und da Philip ein Carrington war, wurden wir für die Gesellschaftsseite verschiedener Zeitschriften fotografiert.

Ich fühlte mich wirklich wie im Traum. Im *Tatler* war ein großes Bild von mir. »Miß Ellen Kellaway, die Mr. Philip Carrington heiraten wird. Sie lebt zur Zeit bei ihrem Vormund, Mr. Loring. Mr. Carrington ist der jüngere Sohn von Mr. Josiah Carrington.«

Ich hatte einen ganz neuen Status gewonnen. Esmeralda war ganz begeistert. Sie umarmte mich und war glücklich, mich in meinem Element zu sehen. »Es war ja von Anfang an klar. Er hat dich immer schon gemocht. Ihr habt euch immer verbündet. Philip hielt *mich* für dumm.«

Ich tröstete sie: »Gemocht hat er dich auch immer.«

»Nein, er verachtete mich«, gab sie zurück. »Ich bin eben nicht so abenteuerlustig wie ihr. Ihr zwei paßt so gut zusammen. Es ist bestimmt richtig so. Und ihr werdet sehr glücklich sein.« Sie küßte mich.

»Du bist so lieb zu mir, Esmeralda. Bist du sicher, daß du Philip nicht liebst?«

»Völlig!« antwortete sie emphatisch. »Ich hatte schreckliche Angst, daß er mich um meine Hand bitten würde und ich ja sagen müßte, weil Mama es so wollte. Und dann hat sich alles so ergeben.«

»Ich glaube, deine Mutter ist nicht allzu erfreut darüber«, sagte ich.

»Aber ich bin es«, sagte sie. »Ach, Ellen, was für eine Angst ich davor hatte.«

Kusine Agatha hatte den ersten Schock überwunden und versuchte, ihren Schmerz zu verbergen. Ich überlegte, ob sie sich damit tröstete, daß selbst die Verbindung über eine arme Verwandte besser war als gar nichts.

»Du brauchst jetzt natürlich Kleider«, sagte sie zu mir. »Wir können uns nicht nachsagen lassen, daß wir dich zu kurz gehalten haben.«

»Keine Angst, Kusine Agatha«, beruhigte ich sie. »Philip ist das ganz egal, und wenn wir verheiratet sind, kauft er mir sicher welche.«

»Rede doch nicht so dumm daher. Ist dir denn nicht klar, daß du jetzt im Blickpunkt stehst? Man wird versuchen, herauszubekommen, was er an dir findet.« Sie rümpfte die Nase, um zu bezeugen, daß *sie* die Antwort darauf nicht geben konnte. »Du mußt entsprechend gekleidet sein. Es wird verschiedene Anlässe geben . . . Abendessen. Und dann brauchst du natürlich ein Brautkleid.«

»Wir legen keinen Wert auf große Feierlichkeiten.«

»Du vielleicht nicht. Aber du vergißt, daß du in die Carrington-Familie einheiratest.« Wieder dieses Naserümpfen. »Gewiß, er ist nur der jüngere Sohn, aber immerhin ein Carrington. Wenn du einmal verheiratet bist, wirst du dich in

diesen Kreisen bewegen. Sicher wirst du Esmeralda, deine Gefährtin, des öfteren einladen wollen.«
Plötzlich fühlte ich meine neue Macht. Ein herrliches Gefühl. Ich konnte nicht widerstehen, Kusine Agatha wohlwollend zuzulächeln und großzügig zu erklären, daß ich Esmeralda gerne oft bei mir sehen würde. »Ich bin glücklich«, sagte ich. »Zutiefst glücklich. Alles hat sich verändert.« Von wegen Aschenputtel! Und ausgerechnet Philip spielte die gute Fee! Es mußte doch wahre Liebe sein.
»Ich könnte es nicht ertragen, daß die Leute sagen, wir hätten dir nicht das Beste gegönnt!« sagte sie. »Es ist nun einmal passiert, so merkwürdig es auch scheint, und wenn Philip es sich nicht noch anders überlegt, heiratest du wohl in die Familie ein. Sicher wirst du dich immer daran erinnern, welches Glück du hattest, bei uns zu wohnen, und dir stets Dankbarkeit bewahren für jene, die sich um dich kümmerten und ohne deren Hilfe du deinem Glück nie begegnet wärst.«
Ich ließ sie reden; meine neue Stellung hatte mich großzügiger gemacht, und es war ohnehin nur eine kleine Entschädigung für ihre Enttäuschung. Glücklicherweise hatte ich nie zu den nachtragenden Menschen gehört und konnte daher rasch die Demütigungen meiner Kindheit vergessen.
»Unsere Hausschneiderin wird der Aufgabe wohl nicht gewachsen sein. Vielleicht kann sie dir ein paar Hauskleider machen. Ich nehme an, Lady Emily wird dich bei ihrer eigenen Schneiderin einführen. Du brauchst ein sehr elegantes Reisekleid und vor allem das Brautkleid. Ich habe darüber gerade erst mit meinem Mann gesprochen. Er ist bereit, alle Rechnungen zu bezahlen, so daß du unbeschwert in dein neues Leben eintreten kannst. Schließlich fällt der Widerschein ja nur auf uns, und wir müssen an Esmeraldas Zukunft denken.«
Und so ging es weiter; aber ich hörte ihr gar nicht mehr zu, ich hatte im Augenblick ja so viel anderes zu bedenken.

Philip holte mich immer ab. Wir ritten gemeinsam im Park. Ich hatte ein neues Reitkleid. Ein Geschenk von Mr. Loring, sicher auf Veranlassung von Kusine Agatha, denn das Ausreiten im Park machte uns ja für die Umwelt sichtbar. Fast jede Woche wurden wir fotografiert.
»Wie gräßlich!« sagte Philip. »Wozu all das? Ich möchte nur mit dir alleine fortfahren.«
Er schien sehr glücklich zu sein, und es war herrlich, zu wissen, daß er mich so liebte. Er neckte mich zwar oft und stritt mit mir wie eh und je. Dauernd trugen wir unsere kleinen Wortgefechte aus, die uns aber beiden Spaß machten. Ich war neunzehn, er beinahe einundzwanzig. Das Leben erschien uns beiden sehr schön. Ich glaube, von der Welt wußte er nicht viel mehr als ich, und ich wußte reichlich wenig. Manchmal ist es aber besser, nicht zu wissen, was die Zukunft einem bringt.
Es war angenehm, in seiner Familie willkommen zu sein. Lady Emily benahm sich trotz aller Zerstreutheit bezaubernd, und sie gestand mir einmal, daß sie sich schon auf unsere Babys freute. Sie sprach gerne und viel, aber meist unzusammenhängend. In der Carrington-Familie gab es immer Jungen, erzählte sie mir. Rollo war ein Jahr nach ihrer Heirat gekommen, Philip erst viele Jahre später. So sehr verschiedene Jungen. »Rollo hat mir manchmal Angst gemacht. Er war so schlau. Philip ist da anders.« Und irgendwie wurde als selbstverständlich angenommen, daß wir uns mit dem ersten Baby nicht allzusehr Zeit ließen.
Der Gedanke an ein Baby begeisterte mich, und in den ersten Wochen nach dem Ball gab es eigentlich keine einzige Wolke an meinem Himmel. Ich glaubte damals wohl wirklich, daß alles immer so weitergehen würde.
Eine Woche verbrachten wir auf dem Land, da die Carringtons die Verlobung auch unter ihren dortigen Bekannten feiern wollten. Das Landhaus der Familie hatte mich vom ersten

Augenblick an fasziniert, und jetzt war ich selbst ein Mitglied der Familie, und es würde von Zeit zu Zeit mein eigenes Heim sein. Das begeisterte mich über die Maßen.
Trentham Towers ging bis auf die Tudorzeit zurück, allerdings war später viel daran verändert worden. Es stand auf einem Hügel und beherrschte die umliegende Landschaft, wie die Carringtons selber ihre Umgebung zu beherrschen schienen. Seit ich zur Familie gehörte, war mir klargeworden, daß ich manches falsch gesehen hatte. Meine Meinung über die Carringtons hatte ich von Kusine Agatha bezogen. Niemand hätte mich warmherziger empfangen können. Sie waren in den Kreisen, in denen sie sich bewegten, wirklich eine große Ausnahme.
Ich sagte Philip, daß ich mir das Haus gerne ansehen würde. Meine Vorfreude übertrug sich auf ihn, wie es oft passierte, wenn mich etwas begeisterte, was ihn normalerweise wenig interessierte (eine seiner schönsten Eigenschaften), und er übernahm gerne die Führung. Die Gärten kannte ich schon. Die hatte ich ja in meiner Kindheit gründlich erforscht. Was mich jetzt interessierte, war das Haus.
Er führte mich durch die große Eingangshalle zur Kapelle, dann zum Eßsaal mit den Porträts der Familie der Mutter. Über eine steile Wendeltreppe ging es zu einer schweren Eichentür, die er für mich öffnete. »Hier siehst du die alte Waffenkammer. Es ist jetzt unser Pistolenraum.«
»Wie viele Waffen ihr habt!« rief ich. »Hoffentlich sind sie nur zur Zierde da.«
Er lachte mich aus. »Ab und zu werden sie in der Jagdzeit verwendet. Ich bin übrigens ein Meisterschütze.«
»Ich hasse das Schießen auf Tiere«, sagte ich mit Nachdruck.
»Aber einen saftigen Fasan ißt du von Zeit zu Zeit ganz gerne«, spottete er. Er hatte einen mit rotem Satin gefütterten Koffer geöffnet, in dem eine silbergraue Pistole lag und noch eine leere Mulde für eine gleiche zweite Pistole war.

»Ist sie nicht schön?« fragte er mich.

»Schön kann man so etwas wohl nicht nennen.«

»Weil du nichts davon verstehst.«

»Und wo ist die zweite? Es gehören doch zwei hinein, nicht wahr?«

»Oh, die ist sicher aufgehoben.«

»Was willst du damit sagen?«

»Nun, wenn ich zum Beispiel allein in einem Flügel des Hauses bin, höre Schritte über den Korridor herumschleichen, die Tür öffnet sich langsam, ein Maskierter tritt ein. Er will das Silber stehlen, die Bilder, den Familienschatz. Was soll ich da tun? Ich greife unter mein Kopfkissen und ziehe die Pistole heraus: ›Hände hoch, Schurke!‹ würde ich rufen. Und was passiert? Was kann er gegen mich und meine kleine Schönheit hier tun? Der Familienschatz ist gerettet und alles nur dadurch.« Liebevoll streichelte er die Pistole, ehe er den Kasten wieder zuschloß.

»Du hast doch nicht wirklich die zweite Pistole unter dem Kopfkissen?«

»Doch, bis wir verheiratet sind. Dann habe ich ja dich zum Schutz dabei.«

»Du Dummkopf«, sagte ich. »Und ich mag so Schießzeug überhaupt nicht. Komm, sehen wir uns weiter um.«

»Dein Wunsch ist mir Befehl«, antwortete er.

Die alte Ritterkammer und die Speicher gefielen mir. Bezaubernd fand ich auch das Zimmer, in dem angeblich schon Königin Elisabeth geschlafen hatte. Selbst das Himmelbett war noch da, in dem sie geruht haben soll. Der hübscheste Raum war das sogenannte Solarium. In diesem sonnenhellen Raum wandte ich mich zu Philip und fragte ihn: »Wann werde ich Rollos Frau kennenlernen?«

Meine Frage berührte ihn unangenehm. »Wir sehen sie alle nicht. Wir sprechen nicht einmal von ihr. Es ist eine höchst unangenehme Sache und paßt so gar nicht zu Rollo. Man hätte sich nie vorstellen können, daß er in so etwas verwickelt werden könnte. Immer war er nur mit den Geschäften befaßt, Finanzierungen und so weiter ... genau wie mein Vater ... vielleicht sogar noch mehr als er. Beide sausen dauernd in der Weltgeschichte herum und beobachten die Märkte. Oft meine ich, daß sie gar nichts anderes kennen, und dann heiratet er so eine.«

»War es eine übereilte Heirat?«

»Ja, offensichtlich. Ich hörte erst davon, als es schon ein *fait accompli* war. Und nach den Flitterwochen kam alles heraus.«

»Was kam heraus?«

»Daß sie ... nervlich belastet ist.«

»Du meinst verrückt?«

»Man muß sie in ... Gewahrsam halten. Es kümmert sich jemand um sie.«

»Wo? Hier im Haus?«

Er schüttelte den Kopf. »Eine Weile war sie hier. Sie lebte in den obersten Zimmern. Aber es war sehr schwierig, wo doch immer wieder jemand von der Familie hinaufkommt. Jetzt ist sie woanders.«

»Wo?«

»Ich weiß es nicht. Wir sprechen nicht darüber. Das ist Rollos Sache. Er will es so.«

»Er muß sehr unglücklich sein.«

»Bei ihm weiß man das nie. Aber sprich ja nicht mit meiner Mutter darüber. Es regt sie zu sehr auf. Uns alle regt es auf. Am meisten wohl Rollo. Er hat aber noch nie seine Gefühle gezeigt.«

»Was mag *sie* wohl fühlen?«

»Vielleicht weiß sie es gar nicht. Solche Menschen wissen es manchmal nicht.«

»Sie war also einmal hier im Haus?«

»Ja, eine Weile hatte Rollo sie hier. Er fand eine sehr gute Be-

treuerin für sie – und als es immer schwieriger wurde, brachte man sie woandershin.«
»Ich würde gerne die Zimmer sehen, in denen sie gewohnt hatte.«
»Warum denn?«
»Einfach so.«
»Sie sind ganz oben.«
»Also los«, kommandierte ich, »dann zeig sie mir.«
Wir gingen die Eichentreppe mit dem schön geschnitzten Geländer hinauf, fast bis unter das Dach. Zu den obersten Zimmern führte eine Wendeltreppe. Sie waren viel niedriger und kleiner als die schönen und luftigen Räume in den unteren Stockwerken. Vier waren es – eine Art Wohnung mit ineinandergehenden Zimmern.
Manchmal glaube ich, ich habe einen sechsten Sinn; denn während ich die Atmosphäre in mich aufnahm, meinte ich, Leiden darin zu spüren. Es schauerte mich, und Philip sagte:
»Ist dir kalt?«
»Nein, es war nur ein Schauer.«
»Warum schauert es dich denn?«
»Eine Geisterhand hat mich berührt, wie man so sagt.«
»Komm, gehen wir lieber wieder.«
»Nein, noch nicht. Ich möchte noch eine Weile hierbleiben. Wie sie sich wohl hier oben gefühlt haben mag?« Ich ging zum Fenster und sah hinunter. »Ganz schön weit runter da«, sagte ich.
»Vielleicht sind sie deshalb ausgezogen.«
»Meinst du, sie hätte sich selbst umbringen wollen?«
»Solche Menschen machen das manchmal. Komm doch mit runter, Ellen. Du wirst ja geradezu morbid hier. Ich kann dir nichts weiter über sie sagen. Wir sprechen nicht von ihr. Das ist Rollos Sache.«
»Und ihre auch«, sagte ich. Ich ging zum Bett, berührte die Steppdecke, die Lehne eines Stuhls. Sie hatte mit diesen Din-

gen gelebt. Ich wollte etwas über sie erfahren. Sie sehen. Vielleicht konnte ich mit ihr reden, ihr irgendwie helfen.
Wir sprechen nicht darüber, hatte Philip gesagt. Das war typisch Carrington. Unangenehme Dinge verschwieg man, als existierten sie nicht. So konnte ich nie werden, ich mußte dauernd an Rollos Frau denken.
Als wir auf dem Land waren, bestand Philip darauf, den »Toten Mann« zu besuchen. Miteinander wanderten wir durch die Wälder bergauf bis zu einer hölzernen Bank. Wir setzten uns, und Philip sagte: »Das bringt einem alles wieder nah, nicht wahr? Diesen Platz habe ich immer sehr geliebt. Du hast dich schon ein wenig gefürchtet, alleine hierherzukommen, gib's doch zu.«
»Ja, ein kleines bißchen.«
»Es war gemein von mir, dich dazu zu zwingen.«
»Du warst oft ein gemeines Biest.«
»Aber du warst immer so überlegen, daß man dich manchmal ein bißchen bremsen mußte. Ist schon komisch hier oben, nicht wahr?«
»Ich frage mich, wie viele Menschen auf dieser Bank gesessen haben und daran dachten, runterzuspringen?«
»Wenn die Gerüchte stimmen, eine ganze Menge.«
Philip stand auf und ging wie immer zum Abgrund vor.
»Komm zurück!« rief ich.
Er fing an zu lachen. »Ellen, du hast ja richtig Angst. Hast du gemeint, ich würde da runterspringen?«
»Ich dachte nur, daß du vielleicht vor lauter Angeberei runterfällst. Man müßte wirklich ein Geländer anbringen.«
»Ich werde dafür sorgen. Es gehört ja auch noch zu unserem Besitz.«
Zu meiner Überraschung dachte er wirklich daran. Noch ehe wir nach Hause zurückkehrten, wurde ein Eichengeländer angebracht.
In London spazierten wir oft durch den Park und besprachen

unsere Pläne. So konnten wir den Leuten entkommen, die uns aufsuchen und uns gratulieren wollten, und statt dessen ganz alleine miteinander sein. Wir nützten es weidlich aus. Wanderten die Serpentine entlang zu den Kensington Gardens auf der anderen Seite des Parks. In diesem Park sah ich einmal einen Mann, der uns beobachtete. Es war nichts Bemerkenswertes an ihm außer seinen ungewöhnlich buschigen Augenbrauen. Ganz leise war er herangekommen und setzte sich auf eine Bank nicht weit von uns.

Ich weiß selbst nicht, wieso er mir auffiel. Sein Anblick war mir unangenehm.

»Siehst du den Mann da drüben?« fragte ich Philip.

Er sah sich um. »Den auf der Bank, meinst du?«

»Ja, er scheint uns zu beobachten.«

»Sicher bewundert er deine Schönheit.«

»Er scheint an uns beiden interessiert zu sein.«

Philip drückte meinen Arm. »Natürlich ist er an uns interessiert. Wir sind ja schließlich auch besondere Leute.«

Der Mann stand auf und ging weg. Wir vergaßen ihn bald.

Das Haus am Finlay Square

I

Eines Tages gingen wir ein Haus am Finlay Square besichtigen. Wie aufgeregt war ich, als Philip den Haustürschlüssel herauszog und öffnete. Es war ein vier Stockwerke hohes weißes Gebäude aus der Queen-Anne-Zeit, mit einem Gärtchen davor. Leere Häuser haben immer irgend etwas Menschliches an sich. Sie können einen willkommen heißen oder sehr abweisend sein.

Ich glaube nicht, daß ich ein übergroßes Ahnungsvermögen besitze, eher vielleicht eine zu starke Phantasie. Dieses Haus mutete mich ähnlich an wie die Mansardenzimmer im Landhaus der Carringtons. Es hieß mich nicht willkommen, sondern war total abweisend. Irgendwas Fremdes spürte ich darin, und zum erstenmal seit Beginn meiner Glückszeit rührte mich etwas Kaltes an. Vielleicht nur deshalb, weil das Haus etwas Wirkliches darstellte und das übrige nur Träume gewesen waren?

Mein ganzes Leben sollte ich mit Philip verbringen. All die Jahre, die noch vor mir lagen, würde ich bei ihm sein. Wir würden zusammen alt werden, einander ähnlich werden. Jeder dem anderen der wichtigste Mensch im Leben. Ein ernüchternder Gedanke.

Ich hatte plötzlich das Gefühl, in einen Käfig gesteckt worden zu sein, in einen angenehmen, vergoldeten Käfig, aber außer-

halb des Käfigs war die Welt, die ich bis zu diesem Tag leider noch nicht erforscht hatte.
Ich sah zu Philip auf. Er fragte eifrig: »Gefällt es dir?«
»Ich habe es ja noch gar nicht gesehen. Ein Haus kann man doch nicht nach der Eingangshalle beurteilen.«
»Also dann komm mal mit.«
Er nahm mich bei der Hand, und wir durchstreiften zuerst die unteren Zimmer. Sehr anheimelnde Räume, aber die Wände schienen sich um uns zu schließen. ›Nein‹, dachte ich, ›nein!‹
Dann rannte Philip die Treppe hinauf und zog mich hinter sich her. Die Zimmer im ersten Stock waren hell und luftig. Sie gefielen mir schon besser.
»Hier werden wir unsere Gesellschaften geben«, meinte er. »Recht elegant, nicht?«
Danach ging es weiter in die zweite Etage. Wieder sehr große Räume. Noch ein Stockwerk und dann die Dachkammern.
»Es ist zu groß«, sagte ich, um irgendeine Ausrede zu finden.
Er sah mich ganz erstaunt an. Nach dem Maßstab der Carringtons war es recht klein.
»Wir *brauchen* all die Räume. Die Dienerschaft muß ja auch irgendwo leben. Und dann die Kinderzimmer. Was ist denn los? Du willst doch Kinderzimmer?«
»Ja, sehr gern sogar. Aber ich habe irgendwie das Gefühl, daß hier etwas . . . äh . . . nicht ganz richtig ist.«
»Was meinst du damit . . . Geister oder so was?«
»Natürlich nicht. Es sieht nur so . . .« – ich zögerte – ». . . so leer aus!«
Er lachte mich aus. »Wie soll es denn sonst aussehen, du Dummchen. Komm, sehen wir uns noch einmal alles an.« Er war ganz begeistert. »Genau das richtige Haus zu finden, ist heute gar nicht mehr so leicht. Und je eher wir eines haben, um so eher können wir heiraten. Fangen wir noch einmal von unten an?«

»Ich möchte lieber hier oben bleiben . . . ein bißchen allein sein.«
»Warum denn das?«
»Damit ich spüre, wie sich das Haus ›anfühlt‹.«
»Närrin!« sagte er, ging aber dann doch hinunter.
Da stand ich nun in der Mitte des Raumes und sah beim langen, schmalen Fenster in den Garten hinaus, der zwar klein war, in dem sich aber immerhin zwei Bäume und ein rundes Blumenbeet befanden.
Ich versuchte mir vorzustellen, ich sei allein im Haus. Ein merkwürdiges Gefühl! Ich wußte nur, daß ich hier nichts verloren hatte. Es war dasselbe Gefühl wie in meinem Traum. Merkwürdig, dachte ich und wurde unruhig, denn dieses Haus war nicht mein Haus und konnte es auch nie werden.
Ich ging in das Zimmer darunter, stellte mich ans Fenster und sah wieder in den Garten hinaus. Plötzlich bewegte sich etwas hinter mir. Hände umfaßten meine Kehle. Ich keuchte vor Entsetzen.
»Hokus, pokus, fidibus!« rief Philip. »Ich bin der Geist des letzten Besitzers. Man fand mich aufgehängt an einem Dachbalken.«
Er drehte mich zu sich herum, küßte mich, und wir lachten beide. Dann nahm er mich bei der Hand und stürzte mit mir die Treppe hinunter.

Ich konnte meine unguten Gefühle über das Haus am Finlay Square nicht abschütteln, wußte aber, daß Philip es unbedingt kaufen wollte. Er meinte, wir sollten nicht Monate mit der Suche nach Häusern verbringen. Ein Haus zu kaufen, sei auch im besten Falle eine langwierige Angelegenheit.
»Und wenn es uns nicht gefällt, können wir es ja immer noch verkaufen. Später werden wir sowieso etwas Größeres haben wollen.«
Das Haus war das Hochzeitsgeschenk seines Vaters. Ich

wollte seine Begeisterung nicht trüben. Konnte auch gar nichts Bestimmtes am Haus finden, was mir mißfiel. Aber eines stand fest: Seit wir es uns angesehen hatten, schien mein Glück getrübt. Merkwürdigerweise hatte ich wieder einmal den Traum, was mich sehr verwunderte, da er mich ja erst vor kurzem, vor der großen Ballnacht, bedrängt hatte.

Das Haus beschäftigte mich so stark, daß ich eines Tages den Makler um einen Schlüssel bat, weil ich es noch einmal allein sehen wollte. Man sagte mir, daß Philip ja bereits einen habe. Ich erklärte, daß ich allein hingehen wolle, und bekam einen zweiten.

Ich kam gegen drei Uhr nachmittags an am Finlay Square. Zuerst blieb ich in der Anlage in der Mitte des Platzes stehen und betrachtete das Haus von dort aus. Wieder beschlich mich dieses ungute Gefühl. Mein erster Impuls war, sofort wegzugehen, den Schlüssel zurückzugeben und dem Makler zu sagen, daß wir das Haus nicht nehmen würden. Philip würde zwar enttäuscht sein, aber ich konnte es ihm bestimmt begreiflich machen.

Und dann schien mich eine unbekannte Kraft über die Straße zu treiben. Ich wollte gar nicht gehen, aber es drängte mich etwas hinüber. Gut, ich würde aufsperren und von Zimmer zu Zimmer gehen, mich davon überzeugen, daß es ein ganz gewöhnliches Haus war, das sich in nichts unterschied von tausend anderen Häusern.

Als ich das Gartentor öffnete, quietschte es, protestierend, wie mir schien. Ich suche ja geradezu nach bösen Vorzeichen, sagte ich mir selbst. Ich wollte solchen Phantastereien nicht nachgeben, ging rasch den Weg zum Haus vor, sperrte auf, schloß die Tür hinter mir, und dann stand ich in der Halle. Und da überkam es mich wieder. Das eigenartige Gefühl einer Vorahnung. Es war, als wolle das Haus mich wegschikken. Es hieß mich nicht willkommen. Hier drohte mir nur Unheil. War das im Grunde alles nur Einbildung?

Ich blickte zu der hohen verzierten Decke hinauf und betrachtete die wirklich wunderschön geschwungene Treppe. Und immer noch hatte ich das Gefühl, daß das Haus mich zurückwies.

Vermutlich hatte ich zuviel Phantasie, die meine guten und festen Absichten durchkreuzte. Nur eine Phantastin hatte wohl solche immer wiederkehrenden Träume und würde dann noch etwas daraus lesen wollen. Sicher träumten viele Leute und vergaßen die nächtlichen Bilder am Tag. Ich war einfach dumm.

Langsam und fest entschlossen ging ich die Treppe hinauf und studierte nochmals die Gesellschaftsräume im ersten Stock. Sie waren elegant. Mit langen, bis zum Boden reichenden Fenstern – typisch für den Baustil jener Zeit. Wunderschön die überaus einfachen Kamine, vielleicht von Adam. In Gedanken möblierte ich dieses Zimmer und sah mich selbst als Gastgeberin graziös zwischen den Gästen hin und her bewegen – eine Carrington-Gastgeberin, dachte ich und spitzte spöttisch die Lippen. »Oh, schönen guten Abend, Kusine Agatha. Wie lieb von dir, daß du gekommen bist. Philip und ich freuen uns sehr.« Und: »Ach, Mrs. Oman Lemming, wie nett, Sie und Ihre Töchter zu sehen. Zwei haben Sie, nicht wahr?« Alle waren sie begeistert, bei den Carringtons eingeladen zu sein. Ich lachte insgeheim schon im voraus über die Parodie, die ich nachher Philip zum besten geben würde.

Dann ging ich ins nächste Stockwerk hinauf. Hier würden wir schlafen. Ein kleines Zimmer hatte man bereits zum Bad umgestaltet. »Viel müssen wir nicht ändern«, hatte Philip gesagt. »Das Haus ist wirklich ideal.«

»Das Haus ist ideal«, wiederholte ich laut. Ich stand ganz still da, lauschte und meinte, spöttisches Gelächter zu hören.

Weiter ging es in den nächsten Stock, dort wollten wir die

Kinderzimmer unterbringen, und dann in die Dachräume, wo die Dienerschaft wohnen sollte. Für die Kinderzimmer stellte ich mir weiße Wände und einen blauen Tierfries vor. Ein kleines weißes Holzbett mit blauer Decke.
Weit in die Zukunft sah ich schon hinein; aber schließlich heiratete man ja, um Kinder zu haben. Darum wollten es ja auch die Carringtons. Philip mußte früh heiraten, weil es so aussah, als würde Rollo nie Kinder haben. Komisch, sich Philip und mich als Eltern vorzustellen.
Und dann packte mich Entsetzen. Ich spürte mein Herz, wie es heftig schlug. In der Stille des Hauses hatte ich etwas gehört. Ich blieb stehen und horchte. Es war wieder ruhig. Hatte ich mir auch das nur eingebildet? Merkwürdig, wie manchmal ohne das geringste Geräusch eine menschliche Gegenwart zu spüren ist. Ich hatte das unheimliche Empfinden, daß jemand im Haus sei. Stand immer noch still in der Mitte des Zimmers und hörte dann wieder ein Geräusch. Nein, ich hatte mich nicht geirrt. Es war jemand im Haus.
Mein Herz schlug schmerzhaft. Wer war es? Philip konnte es nicht sein. Er hatte an diesem Morgen mit seinem Vater ins Büro fahren müssen.
Wieder horchte ich. Da, noch einmal. Ein unterdrücktes Geräusch. Das Knirschen einer sich öffnenden Tür. Und dann hörte ich Schritte auf der Treppe.
Konnte mich fast nicht bewegen, war wie versteinert. Das Haus war zum Verkauf ausgeschrieben. Da wir es noch nicht genommen hatten, warum sollte es also nicht ein anderer Käufer besichtigen?
Die Schritte kamen näher. Fasziniert starrte ich die Tür an. Jemand stand unmittelbar davor. Die Tür öffnete sich, ich schrie leise auf – Rollo Carrington stand darin.
»Nanu«, sagte er. »Ich dachte, es sei niemand hier.«
»Das glaubte ich eigentlich auch.«

»Habe ich Sie erschreckt?«
»Ich . . . ich habe unten jemanden gehört und . . .«
Er sah so unendlich groß aus, und mir fiel ein, daß Philip seinerzeit etwas über die Wikinger erzählt hatte. Der Name paßte wirklich zu ihm.
Obwohl ich ihn schon von früher kannte, kam es mir so vor, als sähe ich ihn jetzt zum erstenmal. Er strahlte Kraft und Macht aus und eine Art von Magnetismus. Ich hatte das Gefühl, wenn er das Zimmer betrat, müsse jedermann dessen gewahr werden.
»Sie sind Philips Bruder. Ich bin Ellen Kellaway, seine Verlobte.«
»Ich weiß. Meinen allerbesten Glückwunsch.«
»Danke. Ich wußte gar nicht, daß Sie in London sind.«
»Bin gestern abend heimgekommen. Hörte natürlich gleich von eurer Verlobung.«
Ob er wohl deswegen heimgekommen war?
»Philip erzählte mir von dem Haus, und ich versprach ihm, es mir anzusehen. Er gab mir den Schlüssel.«
»Ich wollte es mir auch noch mal alleine ansehen.«
Er nickte. »Natürlich liegt Ihnen sehr daran, daß es euch wirklich gefällt.«
»Werden Sie Ihrem Vater raten, es zu kaufen? Es scheint mir ein recht günstiges Angebot zu sein, ganz sicher bin ich mir natürlich noch nicht.«
Er fixierte mich mit seinen Augen, und mir war unheimlich dabei, weil es mir schien, als wolle er meine innersten Gedanken erraten. Was er von mir dachte, wußte ich ja nicht.
Andauernd mußte ich an seine arme Frau denken – eine ganz schattenhafte Gestalt in meiner Vorstellung –, wie sie in den Dachzimmern von Trentham Towers gelebt hatte und er zu der Entscheidung kam, daß er eine Betreuerin für sie brauchte.
Man konnte sich diesen Menschen nicht in eine leidenschaft-

liche Liebesgeschichte verwickelt vorstellen, aber die mußte es doch gegeben haben, wenn er so eilig geheiratet hatte. Ich meinte, einen Zug von Bitterkeit um seinen Mund entdecken zu können. Sicher war er dem Schicksal gram, daß es seine schöne Frau nervenkrank werden ließ und er dies erst nach der Hochzeit entdeckte. Er wirkte ungemein kühl, ganz beherrscht – und diesen Eindruck hatten alle von ihm, so daß ich die Geschichte mit der wilden, romantischen Liebe nicht mit ihm in Einklang bringen konnte.
»Sind Sie schon im ganzen Haus gewesen?« fragte er.
»Nein, noch nicht richtig.«
»Wollen wir es uns zusammen ansehen?«
»Ja, bitte.«
»Dann fangen wir doch einmal oben an.«
Er sprach dann von den Schwächen, auf die man zu achten hätte, ich hörte aber kaum zu. Ich wollte eigentlich nur seine Stimme hören, die tief und bestimmt klang, wollte vieles über ihn erfahren – alles. Verglichen mit Philip wirkte er so erwachsen. Er sprach auch von Philip, und offensichtlich war ich für ihn auch noch sehr jung.
»Ich habe da schon einige Erfahrung mit solchen Käufen«, sagte er. »Man muß sehr aufpassen, Sie wissen schon.«
Wir gingen alle Räume ab und dann hinaus in den Garten. Dort blieben wir unter einem der Bäume stehen.
Ich starrte das Haus an. Es schien mir bedrohlicher denn je, und ich hatte große Lust wegzulaufen, obwohl Philips Bruder neben mir stand und mich vor allem Unglück, das über mich kommen konnte, beschützen würde.
Er ging wieder zum Haus, und ich folgte ihm. Die Wände schienen sich um mich zu schließen wie ein Gefängnis. Und es fiel mir so schwer, meine Vorahnungen abzuschütteln, daß ich schon meinte, man würde es mir ansehen. Rollo schaute mich an, als wolle er mir etwas sagen, überlegte es sich aber dann offenbar. Er öffnete die Haustür, und beim ersten

Schritt nach draußen überkam mich eine ungeheure Erleichterung.
»Ich rufe eine Droschke«, sagte er, »und bring Sie dann heim.«

2

Ich weiß selbst nicht, wie ich Rollo beschreiben soll. Irgend etwas Rätselhaftes und völlig Irritierendes war an ihm. Er sah nicht halb so gut aus wie Philip, hatte ungleichmäßige Züge, strahlte aber diese Art von Magnetismus aus. Jener Typ Mann, der leise in ein Zimmer kommen konnte und doch von jedem wahrgenommen wurde. Man hatte den Eindruck, daß alles, was er unternahm, Erfolg haben mußte.
Ich mußte ununterbrochen an ihn denken. Vielleicht hatten die Umstände unseres Zusammentreffens auch etwas damit zu tun. Ich war sehr erschrocken gewesen – dummerweise –, als ich seine Schritte hörte, weil ich bereits solche Angst vor irgendeiner Erscheinung in diesem Haus hatte. Und dann war er aufgetaucht. Seit ich von seiner Heirat gehört hatte, mußte ich oft an ihn denken, und seit ich die Dachstuben in Trentham Towers kannte, beschäftigte sich meine Phantasie damit. Ich konnte mir die Eile bis zur Hochzeit und die schreckliche Erkenntnis danach vorstellen, aber irgendwie gelang es mir nicht, mir diesen Menschen leidenschaftlich entbrannt oder gebrochenen Herzens vorzustellen. Auch wenn ich mir sagte, daß er einer von jenen Menschen war, die ihre wahren Gefühle nicht zeigten.
Vielleicht lernte ich ihn im Verlauf der nächsten Jahre besser kennen. Schließlich war er ja mein zukünftiger Schwager.
Als ich Philip im Park traf, erzählte ich ihm von der Begegnung mit Rollo. Sie amüsierte ihn.
»Er kam gestern abend von Rom zurück«, sagte er. »Ganz

unerwartet. Mutter hatte ihm von unserer Verlobung geschrieben.«
»Ist er deswegen heimgekommen?«
»Ja, bestimmt. Zu dem Anlaß *mußte* er einfach kommen.«
»Um die Braut zu begutachten?«
»Er kannte dich ja schon und deine Familie auch sehr gut.«
»Und dann sah er sich das Haus an?«
»Ja, sobald er von unserer Absicht hörte, es zu erwerben, wollte er es sehen. Er hält es für einen guten Kauf. Wir sollen ruhig ein Angebot machen, meint er.«
»Und er hat nichts gegen unsere Heirat einzuwenden?«
»Einzuwenden? Warum sollte er?«
»Nun, weil ihr so reich seid und ich überhaupt kein Geld habe.«
Philip fing zu lachen an. »Was du dir alles einbildest. Als ob ihn das interessieren würde. Meine Mutter war arm, als sie meinen Vater heiratete, und er hatte damals schon Vermögen.«
»Sie ist aber adelig.«
»Und du, du bist schön und gut. Und ein gutes Herz zählt mehr als jede Krone. Das solltest du doch wissen.«
»Und ein schlichtes Gemüt mehr als normannisches Blut. Habe ich ein schlichtes Gemüt?«
»Wirst du wohl, wenn du mich liebst.«
Er war so fröhlich, so übermütig, so sicher, daß es das Leben gut mit uns meinte. Immer wieder verglich ich ihn mit dem Bruder. Wie verschieden die beiden doch waren.
»Ich finde es herrlich«, sagte ich, »wie deine Familie mich akzeptiert. Kusine Agatha ist ganz verwirrt darüber.«
»Kusine Agatha ist ein böses altes Weib. Entschuldige bitte, ich weiß, sie ist deine Kusine.«
»Ganz entfernt verwandt, wie ich dir schon sagte, und du brauchst dich nicht zu entschuldigen. Es freut mich geradezu, dieses Urteil von einem Carrington zu hören.«

»Natürlich ist meine Familie begeistert. Sie will mich verheiraten, weil sie meint, daß das gut wäre für mich. Und sie wollen kleine Carringtons. Und auch Rollo ist dafür. Es löst einige Probleme und macht alles so einfach.«

»Wirklich äußerst zweckvoll«, spottete ich. »Man könnte es geradezu eine Zweckheirat nennen.«

»Für mich ist sie jedenfalls genau richtig.«

»Immerhin hättest du dir jemanden aus deinen eigenen Kreisen nehmen können.«

»Bist du das etwa nicht? Wen hab' ich denn in meiner Jugend dauernd geärgert und aufgezogen?«

»Und ich dich mindestens ebenso wie du mich.«

Und so redeten und redeten wir. Ja, ich mochte ihn. Aber etwas ungemütlich war mir immer noch zumute. Ich liebte ihn ja nicht. Er war gut und liebenswürdig, aber ich hatte plötzlich Angst vor der Zukunft.

Von Rollo wollte ich noch mehr hören. Rosie wußte dank ihrem Kutscher eine ganze Menge. »Harry hat gesagt, daß wir nächstes Jahr heiraten können«, sagte sie. »Der Oberkutscher geht, und wir kriegen sein Häuschen über den Ställen. Mr. Carrington hat es Harry schon versprochen. Ein schönes Haus. Ich werde in der Familie arbeiten, das erwartet man von mir. Harry sagt, ich komme in das beste Haus, das er kennt. Er sagt, Mr. Carrington sei oft weg, und Lady Emily kümmere sich nicht viel ums Haus. Dann sehe ich auch Sie, denn Sie kommen ja sicher öfters zu Besuch. Hier gefällt es mir wirklich nicht. Ununterbrochen stöbert und bohrt *sie*, und nie paßt *ihr* was. Die Köchin sagt, sogar wenn der Erzengel Gabriel in der Küche wäre, hätte *sie* noch was auszusetzen. Drüben ist es ganz anders, sagt Harry. Die mischen sich nicht ein. Die wollen einen nicht ununterbrochen daran erinnern, daß man nur Bedienter ist. Mr. Carrington hat viel zuviel mit seinen Regierungsgeschäften zu tun, und Lady Emily ist einfach nicht der Typ dafür.«

»Und der Sohn?«
»Master Philip? Da wissen Sie aber doch bestimmt besser Bescheid als irgend jemand anders.«
»Ich meine ja Mr. Rollo.«
»Der ist genau wie sein Vater. Nur fürs Geschäft da, heißt es.«
»Geheiratet hat er aber doch.«
»Ach, das!«
»Rosie, hast du *sie* je gesehen?«
Das Mädchen schwieg eine Weile.
Dann sagte sie: »Ich nicht, aber Harry. Er hat sie ein paarmal gefahren.«
»Wie ist sie denn?«
»Harry konnte es nicht sagen. Er hörte sie nie reden. Sie war in der Kutsche mit *ihm.*«
»Und hat *er* mit ihr gesprochen?«
»Nicht, daß Harry was hörte. Wie zwei Taubstumme saßen sie drin. Harry fuhr sie allerdings nicht oft. Dann kam sie weg, und Harry fuhr sie nie mehr.«
»Wie sah sie denn aus?«
»Das habe ich Harry auch schon gefragt. Aber Sie wissen ja, wie Männer sind. Die schauen nie genau hin. Er konnte mir gar nichts sagen. Nur, daß sie wie verkleidet wirkte. Wie ein grauer Geist kam sie ihm vor. War immer in Grau.«
»Ein trauriger grauer Geist also«, sagte ich.
»Jetzt kriegen Sie wieder Ihre Ideen. Ich weiß noch genau, wie Sie früher waren. Überall die Nase hineinstecken, und was Sie nicht rausfinden konnten, erfanden Sie dazu. Ich kenne Sie, Miß Ellen!«
Eines der anderen Mädchen kam herein. »Ja, Bessie«, sagte Rosie, »was möchtest du?«
»Wollte dir nur sagen, daß Janet dich sucht.«
»Sag ihr, daß ich gleich komme. Ich habe noch bei Miß Ellen zu tun.«

Als die andere gegangen war, sagte sie: »Diese Mädchen, wie sie horchen! Sie hören meist weit mehr, als gut für sie ist.« Wie kam ich eigentlich dazu, in meiner alten Art mit einer Bedienten zu tratschen?
Ich mußte jetzt daran denken, mich zu ändern, da ich ja bald eine Carrington wurde.
Ziemlich abrupt sagte ich daher: »Ich will dich aber nicht länger aufhalten, Rosie.«

Auch von Lady Emily erfuhr ich viel. Merkwürdigerweise mochte sie mich wirklich, was mir sehr wohltat. Sie ermutigte mich zu häufigen Besuchen, und ich ging oft zu ihr hinüber. Sie war sehr geschickt im Spitzenklöppeln, und es faszinierte mich immer wieder, ihre Finger so flink hantieren zu sehen, während ihre Gedanken von einer Sache zur nächsten wanderten.
Sie sah es gerne, wenn ich neben ihr saß, während sie redete. »Ich wollte immer eine Tochter«, erzählte sie mir. »Hoffentlich wirst du ein paar Mädchen haben. Natürlich wollen die Männer immer Jungen. Und das erste Kind sollte wohl auch einer sein. Aber Mädchen sind so zauberhaft. Immer habe ich mir ein, zwei Mädchen gewünscht.«
Aus ihren Gesprächen erfuhr ich mehr über die Carringtons, als ich bisher gewußt hatte.
Das Haus in Sussex war ihr Erbe. Sie war der einzige Nachkömmling ihrer Familie, und Trentham Towers war schon fünfhundert Jahre in deren Besitz gewesen.
»Wie schade, daß wir keine Jungen hatten. Der Titel ging an einen Cousin. Aber ich behielt das Haus. Und war so froh darüber. Einmal sah es fast so aus . . . und dann bekam ich Jungen, zwei Jungen und keine Mädchen. Ist doch komisch: Meine Eltern wollten einen Jungen und bekamen mich – ich hätte gerne Töchter gehabt und bekam zwei Jungen. Du bist jetzt meine neue Tochter, Ellen. Ich glaube, wir werden ein-

ander sehr schätzenlernen. Du bist ein kluges Mädchen, und ihr beide seid noch so jung, Philip und du.«

»Meinst du vielleicht, daß wir zwei noch zu jung wären?«

»Ich habe mit siebzehn geheiratet. Es war eine gute Partie. Wir hatten gar kein Geld, und das Haus fiel schon fast auseinander. Josiah hat so viel dafür getan. Früher fror ich immer in meinem Schlafzimmer, es war so kalt im Winter. Jetzt sind wir im Winter hier und gehen nur im Sommer raus. Und die Dienerschaft . . . wir hatten sehr treue Diener, obwohl sie wenig Geld bekamen. Mit dem Dach gab es ständig Ärger. Ewig redeten sie von den hohen Renovierungskosten. Und dann kam Josiah. Natürlich nicht aus einer Familie wie unserer. Aber sehr reich. Und zehn Jahre älter ist er als ich. Möchte man gar nicht glauben, nicht wahr? Die Carringtons altern nicht rasch, dank ihrer Energie. Sie tun immer irgend etwas Lebenswichtiges oder so. Auf dem Landsitz, in Geschäften und natürlich auch für sich selbst. Dadurch bleiben sie munter, und munter sein heißt jung sein, sagen sie. Ich war nie sehr munter, aber dann habe ich Josiah geheiratet, und mit Trentham gab es keine Probleme mehr. Josiahs Leute – Baumeister und dergleichen – haben sich der Sache angenommen. Alles hat sich verändert, seit ich Josiah geheiratet hatte. Meine Eltern waren sehr froh, und Rollo bekamen wir ein Jahr nach unserer Hochzeit. Vielleicht hast du heute in einem Jahr auch schon . . .«

»Hoffentlich gelingt es mir, all diese Babys zu produzieren«, sagte ich.

»Ganz bestimmt, denn du liebst ihn ja. Ich glaube, das ist sehr wichtig. Philip betet dich an. Das tat er immer schon. Sprach andauernd von dir.«

»Ich dachte immer, er würde Esmeralda heiraten.«

»Um die Wahrheit zu sagen, Liebste, das dachte ich auch. Deine Kusine war jedenfalls dessen sicher, aber wie Philip ganz richtig sagt, du bist viel amüsanter und vitaler, und au-

ßerdem, um die Wahrheit zu sagen, siehst du viel besser aus. Wir sind ja so froh, daß ihr beide einander gefunden habt.«
Ich nahm ihre Hand und küßte sie plötzlich. Täglich gewann ich sie lieber.
»Du bist ein liebes Kind. Ich wünschte, Rollo hätte je eine wie dich gefunden . . . ach, unser Rollo . . .!«
»Du bist unglücklich seinetwegen?« fragte ich direkt.
»Ach, Liebste, wie sollte ich auch nicht – unter diesen Umständen. Er wird einmal eine Menge zu sagen haben im Geschäft. Alles, was er anrührt, gelingt. Aber er würde auch eine Frau neben sich brauchen. Ach, es ist so entsetzlich, Liebste. Aber wir sollten natürlich gar nicht darüber reden. Es macht uns alle so unglücklich. Und jetzt sollten wir doch glücklich sein! Habt ihr beide euch schon für einen festen Termin entschlossen?«
»Philip denkt an Ende Juni.«
»Was für ein schöner Monat zum Heiraten. Josiah und ich hatten auch unsere Hochzeit im Juni. Was für eine zauberhafte Trauung . . . natürlich in der Kirche von Trentham . . ., aber vielleicht ist London für euch praktischer. Ist ja auch egal, wo, wenn sich zwei Menschen lieben. London ist bestimmt besser, denn deine Kusine will dir ja bestimmt eine große Hochzeit ausrichten wollen.«
»Das weiß ich nicht, denn ich habe ja kein eigenes Einkommen.«
»Um so besser«, sagte sie. »Ich hatte auch keines. Ich brachte nur das Haus mit, und das war ja halb zerfallen. Ist auch ganz gut so. Du weißt ja, Männer sind gerne die einzigen Versorger der Familie.«
Und so redeten wir miteinander, und unsere gegenseitige Sympathie vertiefte sich. Ich glaube, Philip war ihr Lieblingssohn, so stolz sie auch auf Rollo war. Er war ihr zu gescheit, vertraute sie mir an. Geriet ganz nach seinem Vater. Er und Josiah waren ein Herz und eine Seele. Philip kam später zu

uns herein, machte es sich in einem Sessel bequem und sah uns abwechselnd an. Ich spürte, wie ihn unsere Freundschaft freute, die offensichtlich von Tag zu Tag größer wurde.
Eines Tages nahm er mich mit in die Ställe, um mir ein neugekauftes Pferd zu zeigen. Einer der Pferdeknechte fiel mir sofort auf. Ich hatte ihn schon vorher einmal irgendwo gesehen. Philip stellte mich vor und sprach in der legeren Form, die er gegenüber jedermann an den Tag legte und die ihn auch überall so beliebt machte.
»Das ist Hawley«, sagte er. »Er ist erst seit kurzem bei uns.«
Hawley begrüßte mich förmlich. Ich rätselte immer noch herum, woher ich ihn kannte.
Als wir gingen, sagte ich zu Philip: »Den habe ich doch schon mal gesehen, wo nur?«
»Vielleicht irgendwo als Bedienten. Ich weiß nicht mehr, wo er vorher war. Jedenfalls ist er eigentlich kein Stallbursche. Er wollte nur irgendwelche Arbeit haben, die wir zu vergeben hatten, und schien vertrauenswürdig. Da war gerade hier eine Stelle frei, so stellte ihn mein Vater ein ... Du, ich glaube, wir nehmen doch das Haus am Finlay Square. Es ist das beste von allen, die wir gesehen haben, das mußt du selbst zugeben.«
»Ich würde es mir gerne noch einmal ansehen, Philip.«
»Ach komm, Ellen, wenn wir uns jetzt nicht entschließen, nimmt es vielleicht jemand anders. Und wo sollen wir leben, wenn wir verheiratet sind und noch kein Haus haben? Wir werden ohnehin noch eine Weile bei meinem Vater bleiben müssen, denn bis Juni ist sicher nicht alles fertig.«
Ein leichter Schauer durchfuhr mich. So bald schon. Und ich war noch immer so beklommen.
Als ich an jenem Abend zu Bett ging, fiel mir plötzlich das Gesicht des Mannes wieder ein und wo ich ihn gesehen hatte.
Es war der Mann, der uns im Park zu beobachten schien.

3

Wir gingen zu einem musikalischen Abend bei den Carringtons. Lady Emily hatte einen berühmten italienischen Pianisten engagiert. Kusine Agatha freute sich schon. »Halb London wird dort sein«, sagte sie. »Zumindest jedermann, der jemand ist.«

»Jedermann ist wohl jemand«, gab ich zurück. »Aber selbst Lady Emily wird kaum mehr Platz als für siebzig Personen haben.«

Nie konnte ich der Versuchung widerstehen, frech zu sein, wie sie das wieder genannt hätte. Es war amüsant zu beobachten, wie mein Selbstbewußtsein ständig wuchs, besonders seit ich so oft zu Besuch in der Park Lane war. Ich wußte, daß Kusine Agatha diese Umstände völlig rätselhaft schienen. Rosie hatte sie zu Cousin William sagen gehört, daß ich offenbar nicht nur Philip verzaubert hatte, was ja verständlich sei, er sei schließlich kein Stockfisch, sondern auch Lady Emily und Mr. Carrington. Lady Emily sei allerdings schon immer etwas zerstreut gewesen, und Mr. Carrington gehe so in seinen Geschäften auf.

Die Hausschneiderin nähte von morgens bis abends. Sie machte Kleider für Esmeralda und für mich, denn auch Esmeralda sollte natürlich von der neuen Lage profitieren. Ich würde für sie Gesellschaften geben, nahm ich mir vor, und den richtigen Mann auswählen, einen lieben, zartfühlenden und nachgiebigen Menschen.

Einmal sagte ich zu ihr: »All dieses Trara sollte eigentlich für dich sein.«

Sie erwiderte: »Ich bin sehr dankbar, daß es das nicht ist. Ich könnte es nicht halb so gut wie du durchstehen. Mr. Carrington macht mir ein wenig Angst. Er ist doch so gescheit. Und ich verstehe nicht, was Lady Emily erzählt.«

Was für eine Erleichterung, daß ihr Herz nicht gebrochen war! Ich sprach mit ihr über den Spaß, den wir auf dem Land haben würden. Sie mußte mich dort besuchen, und wir würden fröhliche Partys arrangieren. Wir würden ausreiten, wie wir es als Kinder taten.

»Ich bin so froh, daß es sich so ergeben hat, Ellen. Diese Mrs. Lemming ist wirklich eine gräßliche Person. Bessie hat mir gesagt, daß sie fürchterlich mit den Bedienten umgeht und ganz besonders mit der Gouvernante. Das Mädchen kann es gar nicht erwarten, wegzukommen.«

»Wie gut, daß ich dem entkommen bin!« rief ich. »Dank meinem Philip!«

Irgendwo im hintersten Winkel meiner Gedanken wußte ich, daß ich versuchte, mir selbst gut zuzureden. Anfangs hatte alles so wunderbar ausgesehen, aber jetzt kam es mir so vor, daß es sich zu leicht ergeben hatte und allein dadurch irgendwie befremdlich wirkte.

Ein paar Tage danach gab Mrs. Emily ihre Soiree. Ich stand neben Philip, und die Leute gratulierten uns. Ein Fotograf war auch dabei. »Gräßlich«, meinte Philip, »aber sie erwischen immer meine Mutter, und sie kann einfach nicht nein sagen.«

Der italienische Pianist trug Stücke von Chopin herrlich vor, ganz verträumt und romantisch, und dann wieder pathetisch und aufrührend.

»Wir verhandeln gerade über den Preis des Hauses«, erzählte mir Philip. »Wie lange das alles dauert! Anwälte, Notare und so weiter. Rollo ist sehr daran interessiert, daß alles so bald wie möglich geregelt ist.«

Ich nickte, hörte aber kaum zu.

»Wir fahren dann auf den Kontinent. Was hältst du von Venedig oder Rom? Würde dir das gefallen?«

»Ich werde es bestimmt genießen. Vielleicht ist das Haus fertig, wenn wir zurückkommen?« schwärmte ich überglücklich.
»Rollo wird sich um alles kümmern. Er bleibt jetzt eine Weile hier in London. Mein Vater hat nicht die Zeit dafür. Anscheinend halten sie mich für unfähig, es zu tun, und wahrscheinlich haben sie sogar recht.«
»Wie nett von Rollo.«
»Oh, so etwas macht ihm Spaß.«
Das Programm war beendet; es gab ein kaltes Büfett danach. Alle sprachen über die Musik. Philip hatte einen alten Freund entdeckt und ging zu ihm. Ich stand kurze Zeit allein da. Da sagte eine Stimme hinter mir: »Den ganzen Abend lang wollte ich Sie schon kennenlernen.«
Ich wandte mich um und sah vor mir einen der größten Männer stehen, die ich je gesehen hatte. Ich wußte sofort, daß ich ihn noch nie bei den Carringtons getroffen hatte, denn so jemanden hätte ich nicht vergessen. Es war nicht nur seine ungewöhnliche Größe und die breiten Schultern, sondern noch etwas anderes. Eine Art Aura der Macht. Er hatte dunkle, tiefliegende Augen mit schweren Lidern. Die Augen selbst strahlten jedoch ausdrucksvoll, was sie allerdings ausstrahlten, war nicht leicht zu erkennen. Eine lange, arrogant aussehende Nase hatte er, und sein Mund konnte grausam oder zart wirken, genau unterschied ich das noch nicht. Ich war nur bereits in diesen ersten Augenblicken sicher, daß er eines der interessantesten Gesichter hatte, die ich je gesehen hatte.
»Ich kenne Sie ja noch gar nicht«, sagte ich.
»Ich kam erst kurz vor dem Konzert herein. Ihr Bild war ja in den Zeitungen. Darf ich dazu sagen, daß keine der Aufnahmen Ihnen gerecht wird?«
»Sehr lieb von Ihnen, aber es stimmt leider nicht. Sie sind sogar sehr schmeichelhaft.«
»Sie sind also nicht nur attraktiv, sondern auch bescheiden.

Eine schöne Kombination. Man trifft sie nur zu selten an.«
»Sind Sie ein Freund der Familie?«
»Ein Bekannter.«
»Ich hoffe, das Konzert hat Ihnen gefallen.«
»Ja, sehr. Wissen Sie schon, wann Sie heiraten werden?«
»Nicht genau. Jedenfalls im Juni. Der Tag selbst ist noch nicht bestimmt.«
»Ich würde gerne kommen.«
»Lady Emily gibt meiner Kusine eine Einladungsliste.«
Philip sah zu mir herüber. »Ellen«, sagte er, »wir sollten uns jetzt mit dem alten Sir Bevis unterhalten.«
Mein Gesprächspartner verbeugte sich und wandte sich ab.
»Der alte Bevis wird lästig«, sagte Philip, »wie immer, wenn man ihn nicht dauernd umschwänzelt. Wer war übrigens der große Herr, mit dem du eben gesprochen hast?«
»Ich weiß es nicht. Er sagte, er sei mit euch bekannt.«
Philip hob die Schultern. »Muß wohl ein Geschäftsfreund von Vater oder Rollo sein. Sah auch ganz danach aus.«
»Findest du? Er sah mir eher wie jemand aus, der sich im Freien aufhält.«
»Vielleicht zieht er seine finanziellen Drähte im Nahen Osten. Gibt's 'ne ganze Menge. Ich meinte mit Geschäftsmann, daß er so mächtig wirkte. Diesen Ausdruck haben sie alle. Wie ich mal geschäftlich weiterkommen soll, weiß ich nicht. Schließlich sehe ich ganz und gar nicht so aus.«
»Vielleicht wurden sie auch nicht damit geboren und es entwickelt sich nur so im Lauf der Zeit. Das kommt mit der Erfahrung.«
»Bilde dir das ja nicht ein. Diese Menschen wurden als Genies geboren. Immerhin, in gewisser Hinsicht habe ich mehr erreicht als sie. Ich habe dich bekommen.«
»Was dir nur immer alles Hübsches einfällt. Ich komme mir kostbarer vor als das größte Vermögen, und du machst mich langsam glauben, daß Liebe wichtiger ist als die Börse.«

»Für eine intelligente junge Dame bist du gelegentlich erstaunlich dumm. Hat dich wirklich erst der Kontakt mit den Finanzgenies der Carringtonclique darauf gebracht?«

Dann unterhielten wir uns mit Sir Bevis, der Philip gratulierte, obwohl ihm deutlich anzumerken war, daß er im Grunde mir gratulierte. Wie viele andere konnte er nicht verstehen, wieso die Carringtons ein Mädchen ohne Geld akzeptierten. Die logische Erklärung dafür schien zu sein, daß sie so reich sein mußten, daß ein Vermögen mehr oder weniger schon nichts mehr ausmachte.

Als wir Sir Bevis wieder verließen, bemerkte ich den Bedienten Hawley, dem ich im Park und später in den Ställen begegnet war.

Philip sah, wie ich Hawley musterte, und lachte. »Ach, dein Mann aus dem Park. Man hat ihn jetzt zum Dienst ins Haus geholt. Offenbar ist er ein Alleskönner. Spielt jetzt den Diener.«

»Für wen?«

»Eigentlich für uns alle. Der Kammerdiener meines Vaters ist kürzlich gegangen, und anscheinend kennt sich Hawley in diesem Job aus. Er ist für uns alle da. Wir haben uns oft in den Diener geteilt. Mein Vater und Rollo sind so viel weg, daß für einen Diener nicht viel zu tun bliebe.«

»Wenn du älter bist, wirst du auch oft weg sein müssen, dann sehe ich mit dir die ganze Welt.«

»Ja, so wird es sein.« Ich dachte, was für ein Glück ich doch hatte. Diese plötzliche Kehrtwendung, die die Carringtons mir ermöglicht hatten und durch die alle Angst vor immerwährender Armut gebannt wurde, hatte den Verdacht in mir hochkommen lassen, daß es einfach zu schön war, um wahr zu sein. Mochte man auch sagen, daß Liebe zum Geld die Wurzel allen Übels sei, ich mußte jedenfalls feststellen, daß es bestimmt fein war, genug davon zu haben, um sich über die Zukunft nicht mehr den Kopf zerbrechen zu müssen.

Im Laufe des Abends sah ich immer wieder nach dem großen Mann aus, der mich angesprochen hatte, konnte ihn aber nicht mehr entdecken. Wäre er noch dagewesen, hätte ich ihn unschwer finden müssen, denn er war nicht der Typ, der in der Menge verlorengeht. Hätte ich doch nur die Geistesgegenwart besessen, ihn nach seinem Namen zu fragen.

4

»Offenbar macht ein Diener der Carringtons unserer Bessie den Hof«, sagte Esmeralda.

»Ja«, antwortete ich, »sie ist ja auch wirklich attraktiv.«

»Jetzt haben wir schon Rosie mit ihrem Kutscher, und nun noch Bessie mit ihrem Hawley.«

»Sagtest du Hawley?«

»Ja, ich glaube, das war der Name. Es scheint also mehrere Bande zwischen uns und den Carringtons zu geben.«

»Genau das wollte doch deine Mutter immer«, spottete ich und dachte dabei: Hawley, der Mann aus dem Park. Der gemeinsame Kammerdiener. Philip mochte mich auslachen wegen meines Interesses an ihm, aber seit ich mir damals eingebildet hatte, er beobachte uns, war mir seine Gegenwart stets bewußt geblieben.

Die Zeit verrann, der halbe Mai war schon vergangen. Stolz zeigten die Kastanienbäume im Park ihre Blütenkerzen, jeden Augenblick würden sie in voller Pracht leuchten, und ich hätte auch vor Freude strahlen sollen, wachte aber statt dessen oft morgens aus unangenehmen Träumen auf, die zwar nichts Zusammenhängendes hinterließen, aber eine vage Unruhe.

Mr. Carringtons Angebot für das Haus am Finlay Square war akzeptiert worden, die Verträge wurden gerade aufgesetzt.

Philip und ich besaßen immer noch jeder einen Schlüssel. Ich wollte meinen nicht hergeben, weil ich immer wieder das Verlangen spürte, hinzugehen und dies auch ab und zu tat, wobei ich versuchte, mich mit diesem Haus zu befreunden. Ich stand dann jeweils in den einzelnen Räumen und versuchte herauszufinden, was ich daran nicht mochte.
Einmal traf ich beim Verlassen des Hauses Bessie. Es war ihr halber freier Tag, offenbar war sie in der Nähe des Platzes spazierengegangen. Daß ich dorthin gehen würde, wußte sie, denn sie hatte gerade mit mir gesprochen, als ich den Schlüssel aus der Schublade nahm.
Sie sah mich an. »Das wird Ihr neues Heim, nicht wahr?«
»Ja«, sagte ich.
»Ein wunderschönes Haus. Hoffentlich werden Hawley und ich auch eines Tages zusammenleben können. Er möchte es gerne, hat er gesagt.«
»Dann kommt es auch sicher dazu«, sagte ich munter. »Und Rosie heiratet ihren Kutscher. Dann werdet ihr alle beisammensein.«
»Sie kommen oft hierher, nicht wahr? Das würde ich auch tun. Man muß doch alles planen. Ich könnte mich gar nicht mehr davon losreißen.« Sie ging nach Hause zurück. Ich machte noch einige Umwege.
Zwei Tage später war ich wieder im Haus. Während ich aufsperrte, versuchte ich, mir gut zuzureden: »Möbliert wird es ganz anders aussehen.« Dann stieg ich die Treppe hinauf. Langsam gewöhnte ich mich daran. Was mochte mich da anfangs überkommen haben, daß ich so wilde Phantasien entwickelte? Betrafen sie wirklich nur das Haus, oder entsprangen sie eher der Angst vor der Zukunft und dem Leben, das Philip und ich in diesen Wänden führen würden?
Wollte ich ihn überhaupt heiraten? Natürlich wollte ich das. In den letzten paar Wochen hatte ich ganz vergessen, wie erniedrigend meine Lage vorher gewesen war. Hatte aufgehört,

an Mrs. Oman Lemming zu denken, die mich als Gouvernante einstellen wollte. Was hatte mir die Zukunft zu bieten gehabt, ehe mich Philip um meine Hand bat? All das hatte ich weggeschoben, bis ich Philips Bruder getroffen hatte, dessen Nähe mir klarmachte, daß man sich nicht unbedingt einen alten Spielkameraden – so gerne man ihn auch hat – zum Ehemann wünscht.

Ich heiratete Philip, um der Armut zu entkommen, und das war wirklich keine gute Basis für eine Ehe. Ich wußte es, aber wie konnte ich jetzt noch da heraus? Es ist noch nicht zu spät, sagte ich mir. Du könntest es jetzt noch ändern. Die Trauung ist noch nicht vollzogen, keiner hat seine Unterschrift unter einen Vertrag gesetzt. Noch kannst du entkommen.

Entkommen? Aber wohin? Zu Mrs. Oman Lemming? Trotzdem – auch diese Aussicht ist kein Grund zur Ehe. Warum, so klagte ich mich selbst an, hatte ich daran nicht vorher gedacht? Wieso fing ich erst jetzt an, mir damit auf die Nerven zu gehen?

Einfach deshalb, weil ich vor der Zukunft Angst hatte. Mrs. Lemming stand drohend vor mir, und es schien keinen Ausweg zu geben, der mich vor diesem düsteren Leben bewahrte, das ich bestimmt gräßlich finden würde. Und Philips Antrag war so unerwartet gekommen und versprach so viel Spaß und Freude. Erst jetzt, in letzter Stunde, wurde mir klar, daß ich in eine Ehe hineinstolperte, ohne viel vom Leben zu wissen.

Unsinn! Was für Lebenserfahrung hatten denn schon Mädchen in meinem Alter? Hatte Esmeralda welche? Was wußte sie denn schon vom Leben? Einmal ging sie am Markt verloren, das war wohl das einzige Mal, wo ihr klar wurde, daß es außerhalb ihres engen, kleinen Lebenskreises eine weite, unheimliche Welt gab.

Und doch konnte ich dieses merkwürdige Gefühl, das mich da überkam, nicht abschütteln. Das Haus lehnte mich ab. Wir wollen dich nicht hier, schien es zu sagen. Diese Räume sind nicht für dich gedacht. Wir werden dich nie akzeptieren. Ich ballte die Hände zu Fäusten. Schüttelte sie gegen das Haus. Wenn ich hier leben will, so werde ich es tun. Es ist mein Leben! Und wie könnte ich je Gouvernante bei dieser bösen Alten und ihrer gräßlichen Brut sein? Philip würde es gar nicht erlauben.

Wie beruhigend es war, an Philip zu denken. Seine Fröhlichkeit, seine Kameradschaftlichkeit, seine Güte. Und in gewisser Weise liebte ich ihn auch.

Und dann hörte ich – oder fühlte vielmehr –, daß ich nicht mehr allein im Haus war.

Wie still alles schien. Ich hatte mich wohl geirrt. Und doch – da war es wieder. Schritte auf der Treppe. Das Knirschen von Schuhsohlen auf Holz. Ganz deutlich jetzt. Schritte kamen herauf. Ich dachte an den Tag, an dem Rollo hereingekommen war. Sicher ist er es wieder, beruhigte ich mich selbst. Da er sich ja um alles kümmern will, ist er eben noch einmal hergekommen, um sich die Räume anzusehen.

Langsam ging die Tür auf. Fast hätte ich schon gerufen: »Rollo!« Und dann überkam mich eine Gänsehaut, denn es war nicht Rollo. Der Mann lächelte mich an. Ich hielt die Hände hinter dem Rücken, damit er nicht sah, wie sie zitterten.

Und ich kannte diesen Mann. Es war der große Dunkelhaarige, der mich bei dem Chopinkonzert angesprochen hatte.

Ich stotterte: »Sie . . . wie sind Sie denn hereingekommen?«

Er hielt den Schlüssel hoch.

»Und wo haben Sie den her?«

Er lachte. »Das Haus ist doch zum Verkauf ausgeschrieben.«

»Nein, es ist bereits verkauft. Ich verstehe das nicht. Wahrscheinlich haben Sie den Schlüssel vom Makler. Er hätte Ihnen den gar nicht geben dürfen . . . Es ist verkauft . . . oder so gut wie verkauft . . .«

»Ach, so etwas ist doch nie ganz sicher, bis der Vertrag unterschrieben ist. Die Makler müssen bis dahin weiter Käufer suchen.«
Während er noch redete, sah er mich unverhohlen an, und mich überkam Unbehagen. Plötzlich wurde mir sehr deutlich bewußt, daß wir beide allein in diesem leeren Haus waren.
»Sie wollten sich also dieses Haus ansehen«, sagte ich, um nur irgend etwas hervorzubringen, wie banal es auch sein mochte.
Er nickte und trat näher. Ich wäre zu gerne durch die Tür verschwunden, aber dazu hätte ich an ihm vorbei müssen.
»Das Haus ist ganz bestimmt nicht mehr zu haben«, sagte ich nochmals.
»Wie schade, es gefällt mir nämlich recht gut.«
»Sie verschwenden nur Ihre Zeit.« Die Augen unter den schweren Lidern sahen mich unverwandt an. Wenn ich nur wüßte, was er denkt, überlegte ich. Ich war sicher, daß mehr dahintersteckte, als er zugab.
»Mag sein«, antwortete er. »Aber wenn ich schon einmal da bin, möchte ich mich doch umsehen. Man weiß ja nie . . . vielleicht kommt es doch nicht zu dem Kauf, und falls es mir besonders gut gefällt, könnte ich in die Bresche springen.«
Ich war schon ganz nahe an der Tür, da machte er einen Schritt auf mich zu. Ich sagte hastig: »Ich lasse Sie allein, sehen Sie sich ruhig um.«
»Könnten wir nicht zusammen alles ansehen, ich weiß so wenig über Häuser. Ihr Kommentar wäre mir lieb.«
»Ich muß Sie noch einmal daran erinnern, daß es verkauft ist.« Inzwischen hatte ich überlegt, daß ich mit ihm die Runde machen und plötzlich im Erdgeschoß so tun könnte, als fiele mir eine Verabredung ein. Ehe er mich aufhalten könnte, würde ich die Haustür öffnen und hinausmarschieren.
»Na gut«, sagte ich also, »wenn Sie es unbedingt anschauen wollen, gehen wir. Fangen wir unten an?«
»Sehr lieb von Ihnen.« Er machte mir Platz, und während ich

die Treppe hinunterging, spürte ich ihn ganz nahe bei mir. Warum war ich so verängstigt? Was war denn bloß so unheimlich an ihm? Riesengroß erschien er mir und so kräftig, daß ich mich ganz hilflos daneben fühlte. Außerdem glaubte ich nicht recht, daß er wegen des Hauses gekommen war. Und wieso gab ihm der Makler den Schlüssel, da er doch wußte, daß wir das Haus nehmen würden. Es war alles recht geheimnisvoll. »Ein hübsches Haus«, bemerkte er nochmals.

»Das findet mein Verlobter auch«, antwortete ich.

»Und Sie nicht?«

»Ich finde es ganz passend für uns.«

»Sehen Sie sich doch nur dieses Treppengeländer an. Wirklich elegant. Finden Sie nicht?«

»Ja, sehr hübsch geschnitzt.«

Noch ein paar Schritte, und ich war unten. Selten in meinem Leben hatte ich solche Angst gespürt. Ob er verrückt war? Warum war er hier? Bestimmt nicht wegen des Hauses. Warum war er mir nachgegangen? Während ich auf der Treppe stehenblieb, betete ich insgeheim. Lieber Gott, bitte laß mich hier heil herauskommen. Ich will nie wieder dieses Haus betreten. Laß mich diesem Mann entkommen.

»Sagten Sie etwas?« erkundigte er sich.

»Sehr hübsche Schnitzereien«, wiederholte ich.

»Ach ja, das fällt Ihnen auch auf? Ich mag schöne Dinge, genau wie Sie.«

Sollte ich die letzten Stufen hinunterrennen? Sicher würde er mir genauso schnell folgen. Vielleicht konnte ich es einigermaßen natürlich erscheinen lassen, etwa: »Du meine Güte, wie spät es schon ist. Ich hatte ja gar keine Ahnung! Ich muß weg. Bin verabredet mit meinem Verlobten.« Warum war er hergekommen? Er muß mich gesehen haben, wie ich hineinging. Hat er auf dem Platz auf mich gelauert? Der Makler *durfte* ihm doch gar keinen Schlüssel geben. Er muß ein Motiv gehabt haben, hierherzukommen, aber welches?

Weiter hinuntergehen, sagte ich mir innerlich. Wenn du erst einmal in der Halle bist, kannst du zur Tür rennen. Es heißt immer, in der Gefahr entwickelt man besondere Kräfte. Dann wirst du schneller laufen können als je zuvor. Das hat die Natur so eingerichtet. Ob ich die Tür schnell genug aufbekam? Ich versuchte mich zu erinnern, was für einen Verschluß sie hatte. Manche Türen bereiteten einem Schwierigkeiten, jede hat so ihre kleinen Eigenheiten. Wie ängstlich ich war, und er fühlte das sicherlich. Es amüsierte ihn. Aus dem Augenwinkel heraus sah ich die gekräuselten Lippen, die glänzenden Augen.

Wieder betete ich: O Gott, hilf mir, bitte.

Und dann wurde meine Bitte erhört. Wir standen noch auf der Treppe und sahen die Halle hinunter, da entdeckte ich einen dunklen Schatten vor der Haustür. Auch er sah ihn. Ich hörte es an seinem heftigen Atem. Und dann öffnete sich die Tür, und Rollo trat ein.

Er war offensichtlich genauso erstaunt, uns hier anzutreffen, wie wir, als wir ihm so unerwartet gegenüberstanden. Er sah uns überrascht an. Und dann änderte sich sein Gesichtsausdruck, als sein Blick von mir zu dem dunkelhaarigen Mann wechselte.

Ich stand wie angewurzelt auf der Treppe und hörte meine eigene Erklärung wie aus der Ferne. »Ein Mißverständnis. Der Herr wußte nicht, daß das Haus schon verkauft ist. Er kann es sich aber doch ansehen.«

Rollo runzelte die Stirn. »Hat Ihnen das der Makler nicht gesagt?«

»Ich glaube, er war sich nicht ganz sicher«, sagte der Fremde. »Es schien für ihn keinen Grund zu geben, mich das Haus nicht sehen zu lassen.«

»Es war aber nicht recht von ihm, Sie in diesem falschen Glauben zu lassen, bemerkte Rollo heftig und entschieden.«

Der Mann lächelte. »Es ist wohl nicht weiter schlimm, daß

er versuchte, sich einen zweiten Käufer warmzuhalten, falls der erste abspringt. Ich werde aber noch mit ihm reden. Ich wußte nicht, daß die Verhandlungen schon so weit gediehen sind. Es scheint also wenig Zweck zu haben, daß ich mich noch weiter darum kümmere.«

Er verbeugte sich vor mir und ging zur Tür, wandte sich dann nochmals um und blickte mir genau in die Augen, ehe sich die Tür hinter ihm schloß.

»Unglaublich!« rief Rollo. »Ich kann gar nicht begreifen, wieso der Makler ihm einen Schlüssel gibt, da der Vertrag doch schon so gut wie unterschrieben ist.«

»Wer ist er überhaupt«, fragte ich. »Er sagte, er sei mit dir bekannt.«

»Mit mir! Ich kenne ihn nicht. Bekannt, sagte er?«

»Ja, er war doch bei dem Konzert. Damals hat er es mir gesagt.«

»Du hast ihn also schon mal getroffen. Ich habe keine Ahnung, wer er ist. Vielleicht kennt ihn Vater. Wie heißt er denn?«

»Das weiß ich nicht. Man hat ihn mir beim Konzert nicht vorgestellt. Er stand nur neben mir und sprach mich an. Und hier habe ich ihn jetzt zum zweitenmal gesehen.«

»Schon sehr merkwürdig. Und du bist ziemlich aufgeregt, wie ich sehe.«

»Kein Wunder, wenn da plötzlich jemand ins Haus kommt und es sich ansehen will.«

Rollo nickte. »Nun, wir werden schon herausfinden, wer er ist. Mir macht die Decke im Eßzimmer ein wenig Sorgen. Ein bißchen feucht, finde ich. Der Verwalter hat mich darauf aufmerksam gemacht. Jetzt wollte ich es mir selbst noch einmal ansehen.«

Ich war immer noch wie vor den Kopf geschlagen und folgte ihm ins Eßzimmer. Rollo sah nach oben und sagte, er würde sich mit dem Baumeister darüber beraten. Dann gingen wir

in den Garten. Er nahm alles sehr genau. »Ihr solltet einen Gärtner beschäftigen, auch wenn der Garten nur klein ist. Philip hat keine Ahnung davon. Und du?«
»Ich auch nicht«, sagte ich.
»Dann muß unbedingt ein guter Gärtner her. Laß es dir von jemand planen und in Ordnung halten. Dann könnte es sehr hübsch werden.«
Wir gingen wieder durchs Haus und traten auf den Platz hinaus.
»Wie lieb von dir, daß du dir all diese Mühe damit machst.«
»Schließlich ist es ja für meinen Bruder und dessen Frau.« Er wandte sich mir zu, sein Blick war immer noch abschätzend, als er sagte: »Du sollst wissen, Ellen, daß wir dich sehr gerne in unserer Familie aufnehmen.«
Ich fühlte mich unbehaglich. Konnte die Empfindung einfach nicht abschütteln.
Rollo rief eine Droschke heran. Er saß kerzengerade neben mir und sah sehr zufrieden mit sich selbst aus, als habe er eben etwas unternommen, das ausgezeichnet geglückt war.
Als wir vom Platz in die Straße einbogen, fuhr ich vor Schreck zusammen. Auf dem Gehsteig stand der Fremde und sah direkt in die Droschke hinein.
Er lüpfte den Hut und verbeugte sich vor mir. Ich blickte zu Rollo hinüber; er hatte nichts bemerkt.

Die Ereignisse dieses Vormittags konnte ich einfach nicht vergessen. In das Haus am Finlay Square ging ich nie wieder. Ich brachte es einfach nicht über mich. Ein- oder zweimal ging ich daran vorbei und sah zu den hohen Fenstern hinauf. Nichts würde mich je dazu bringen, dieses Haus wieder zu betreten.
In drei Wochen sollte die Hochzeit sein. Lady Emilys Schneiderin nähte mein Brautkleid. Meine Hochzeit würde eines der Ereignisse des Jahres werden, und selbst Kusine

Agatha wurde manchmal ganz aufgeregt deswegen und hastete herum, als sei sie dafür verantwortlich. Wenn es auch nur die Heirat einer armen Verwandten war, mußte doch alles perfekt arrangiert werden, damit die Gesellschaft sah, wie man bei den Lorings für Familienangehörige sorgte. Ihr großer Schmerz war nur, daß sie all dies für mich machen mußte. Aber dann überlegte sie sich, daß es ja eine Art Generalprobe für Esmeraldas Hochzeit war, und tröstete sich damit. Und Esmeralda war natürlich Brautjungfer.

»Was für ein Theater so eine Heiraterei doch ist«, sagte Esmeralda. »Bin ich froh, daß ich nicht die Braut bin.«

Wir hatten schon die meisten Möbelstücke für das Haus ausgesucht. Während unserer vierwöchigen Flitterwochen würde man das meiste fertigstellen. Wir würden nach Italien fahren. Philip freute sich, daß ich es noch nicht kannte und er mir alles zeigen konnte. Venedig wollten wir eine Weile uns ansehen und erst weiterfahren, wenn es uns selbst danach drängte. Ich hätte aufgeregt und glücklich sein müssen, aber das Gefühl, daß entsetzliches Unheil bevorstand, verließ mich nicht.

Es ist einfach die Heirat, dachte ich. Ich bin noch nicht bereit dafür, möchte noch warten.

Aber wie konnte ich zu Philip sagen: »Schieben wir doch die Hochzeit auf, lernen wir einander erst besser kennen.« Er würde lachen und sagen: »Wenn wir einander jetzt noch nicht kennen, werden wir es nie tun.«

Es war auch nicht genau das, was ich meinte. Wir kannten einander nicht, weil wir kaum etwas von der Welt wußten, weder er noch ich. Wenn der Geist von Aladins Lampe vor mir aufgetaucht wäre und mich gefragt hätte, was ich mir wünschte, hätte ich ohne Zögern gesagt: Zeit.

Die rasende Eile, mit der die Zeit vorüberflog, erschreckte mich. Nur noch zwei Wochen, nur noch zehn Tage . . .

Ich wollte die Zeit aufhalten, wollte sagen: »Warte noch, bis ich bereit bin.« Ich schlief nicht besonders gut, und mein Problem nagte ständig an mir. Seit ich Rollo das zweite Mal im Haus begegnet war, schien er mir verändert zu sein. Mir war, als wiche er mir aus.

Philip war außer sich vor Freude. Offensichtlich merkte er nichts von meinen Sorgen. Ich sah ihn jetzt mit anderen Augen. Was immer mich irgendwie interessierte, begeisterte ihn, und ich mußte oft denken: Wie jung er doch ist. Ich war es natürlich auch, aber mir schien, daß ich seit jener Begegnung erwachsener geworden und Philip hinter mir zurückgeblieben war.

Es war am Sonntag vor unserer Hochzeit. Noch sechs Tage! Wir sollten in der Kathedrale am Hanover Square getraut werden, der Empfang würde bei den Lorings stattfinden. Am späten Nachmittag beabsichtigten wir dann nach Venedig zu fahren.

Ich hätte mir selbst wirklich zu meinem Glück gratulieren sollen, und manchmal tat ich es auch, aber nie lange. In meine Gedanken schlich sich immer das unabweichbare Gefühl ein, daß ich einen Fehler beging, einen gefährlichen Fehler. Ich würde nie wieder die alte Ellen sein, die sogar noch als arme Verwandte das Leben genossen hatte und oft ihr eigenes Pech verlachen konnte.

Nachmittags ging ich mit Philip durch den Park zu den Kensington Gardens. Wir wanderten herum und beobachteten die Enten im runden Teich. Dann spazierten wir über die Wiese zurück, setzten uns eine Weile an den Serpentinenteich und unterhielten uns. Philip war gut aufgelegt. *Er* hatte jedenfalls keine Zweifel, konnte sich dem Augenblick voll hingeben.

Ich erinnerte mich, daß er sogar in unserer Kindheit, wenn wir etwas taten, was uns bestimmt eine Strafe einbrachte, nie an die Folgen dachte. Ich habe keinen Menschen außer ihm gekannt, der so den Augenblick lieben und genießen konnte.

Eine großartige Gabe. Liebster Philip! Später sollte ich noch froh sein, daß er sie besaß.
»Sechs Tage noch«, sagte er. »Kommt mir vor wie ein ganzes Leben lang. Werde ich froh sein, wenn alles vorüber ist. Bald schon fahren wir über den Canale grande und lassen uns von dem herrlichen Gesang unseres Gondoliere umschmeicheln. Freust du dich auch so darauf?«
»Natürlich. Es wird herrlich sein.«
»Wir haben doch immer zusammengehört, nicht wahr? Kaum bin ich von der Schule heimgekommen, fragte ich schon, ob du da wärest. Natürlich mußten wir immer Esmeralda mitschleppen, aber ich wollte trotzdem bei dir sein.«
»Du bist gemein zu Esmeralda. Schon als Kind hättest du netter zu ihr sein können, und außerdem solltest du ja sie heiraten.«
»Da uns keine zwei Frauen erlaubt sind und ich mich schon für dich entschlossen hatte, wie sollte ich sie heiraten?«
»Du bist immer schon sehr eigenwillig gewesen.«
»Und du etwa nicht? Bei uns wird es oft hoch hergehen. Wir werden streiten und diskutieren und uns wieder versöhnen und lieben bis zum Ende unserer Tage.«
»Ja, das wollen wir versuchen«, sagte ich.
Er nahm meine Hand und drückte sie fest.
»Ich habe keine Bedenken«, sagte er ganz ruhig.
»Noch ist es nicht zu spät, alles abzublasen. Wenn du gerne noch etwas Zeit gewinnen möchtest . . .«
»Zeit? . . . Höchstens weniger! Diese eine Woche kommt mir höllisch lang vor.«
So plauderten wir auf der Parkbank, und später versuchte ich, mich an jedes Wort unseres Gesprächs zu erinnern, falls irgend etwas daraus zu lesen war, was sich auf die Vorgänge danach bezog. Doch sosehr ich mich auch bemühte, es fiel mir nicht ein, es war ein Gespräch wie viele tausende vorher gewesen.

Am Abend waren wir noch in der Kirche, und ich ging dann mit den Lorings heim. Ich legte mich bald zu Bett, denn am Sonntag gab es nie Gesellschaften. Ich stand noch eine Weile am Fenster, sah auf den Park hinaus und dachte daran, daß ich in einer Woche schon verheiratet sei und mit Philip auf dem Weg nach Venedig wäre.

Am nächsten Morgen beim Aufstehen hatte ich keinerlei Vorahnung; am frühen Vormittag kam Rollo zu uns herübergeritten.

Rosie betrat wachsbleich mein Schlafzimmer; ich suchte gerade meine Kleidung zusammen. Bessie spähte hinter ihrem Rücken herein.

»Was ist denn los?« sagte ich.

»Ein Unfall, ich weiß nicht genau, was passiert ist. Mr. Rollo ist hier, er möchte Sie sehen.«

Ich zog mich rasch an und ging in den Salon hinunter. Rollo stand neben dem Kamin.

»Ist was passiert?« rief ich.

Dann erst sah ich, wie blaß sein Gesicht war. Angespannt und besorgt. So hatte ich ihn noch nie gesehen.

»Etwas Schreckliches ist passiert. Bitte reg dich nicht zu sehr auf.«

»Philip?«

»Ja«, nickte er. »Philip.«

»Ist er krank?«

»Er ist tot.«

»Philip . . . tot! Nein, das kann nicht wahr sein! Wie wäre denn . . .?«

»Er wurde heute früh tot aufgefunden.«

»Aber er war doch nicht krank.«

»Er wurde erschossen gefunden.«

»Erschossen! Aber wer . . .?«

Er schüttelte langsam und traurig den Kopf. »Er hat sich die Wunde offensichtlich selbst beigebracht.«

Mir wurde schwindlig. Rollo fing mich auf und hielt mich eine Weile fest, bis ich wieder selbst genug Kraft hatte.
»Das kann nicht stimmen!« rief ich schrill. »Ich glaube es einfach nicht!«
»Leider stimmt es. Es ist kein Irrtum.«
Alles um mich schien zusammenzufallen. Es war wie in einem schlimmen Traum. Gleich würde ich aufwachen, mußte ich aufwachen. Die Welt war plötzlich voller verzerrter Alpträume. Und der ärgste aller Alpträume war, daß Rollo hier vor mir stand und leise und traurig sagte: »Philip ist tot. Er hat sich selbst das Leben genommen.«
Was hatte das zu bedeuten?

Am »Toten Mann«

I

Ich lag auf meinem Bett und wollte mich nicht rühren. Ich konnte es nicht glauben. Philip tot. Philip, der so lebensfroh gewesen war. Es war unmöglich. Und sich selbst das Leben genommen! Er, der so glücklich gewesen war! Erst gestern hatte er so überschwenglich über unsere Zukunft gesprochen. Was konnte geschehen sein, daß er plötzlich so etwas tat?

Esmeralda kam zu mir und setzte sich an mein Bett. Ich wollte niemanden bei mir haben, aber sie konnte ich gerade noch ertragen. Sie war so still. Nahm nur ein mit Eau de Cologne getränktes Taschentuch und legte es mir auf die Stirn. Ich wußte, daß mich der Geruch für immer an diesen Tag erinnern würde.

Philip sah ich dauernd in Szenen aus unserer Vergangenheit. Der Tag, an dem wir den Brand entfacht haben. Er hatte das Feuer eine Weile flackern lassen wollen, ehe wir Alarm gaben. Wie seine Augen glänzten! Und wie die Flammen tanzten! Sicher, wir würden bestraft werden dafür, aber erst wollten wir es genießen, solange es anhielt. Dann Philip auf dem Ball, wie er mir plötzlich ganz ernst den Antrag machte und mir versicherte, daß er immer für mich dasein würde.

Und jetzt dies.

»Ich glaube es einfach nicht«, sagte ich. »Es ist nicht wahr. Es *kann* nicht wahr sein!«

Esmeralda sagte nichts. Was hätte sie auch sagen sollen? Andere würden allerdings eine Menge dazu sagen und schon bald damit anfangen.
Am selben Tag stand es schon mit großen Schlagzeilen in der Zeitung: *SELBSTMORD EINES BRÄUTIGAMS. Sechs Tage vor seiner Hochzeit mit Ellen Kellaway hat sich Philip, der jüngere Sohn Josiah Carringtons, selbst das Leben genommen. Was verbirgt sich hinter dieser Tragödie?*
Alle waren der Meinung, daß etwas dahinterstecke und ich Bescheid wüßte. Warum sollte sich wohl ein junger Mann, der mit allen Glücksgütern gesegnet war, wenige Tage vor seiner Trauung erschießen? Doch wohl nur, weil ihm das Leben unerträglich geworden war, hatte er diesen Ausweg gesucht.
Ich lag in meinem Zimmer; die Rollos waren heruntergezogen, um die Sonne abzuhalten. Eine Sonne, die die Kälte nicht vertreiben konnte, die sich in mir ausgebreitet hatte. Ich konnte weder essen noch schlafen, nur geschockt und schweigend auf meinem Bett liegen und mich fragen: Warum? Warum nur?
Esmeralda erzählte mir, was passiert war. Ich hatte es ihr befohlen, und so, wie sie mir immer gehorcht hatte, als wir noch jünger waren, tat sie es jetzt auch. »Der Schuß stammte aus einer Waffe vom Landhaus, er muß sie von draußen hereingebracht haben.«
»Unmöglich! Dann müßte er es ja schon geplant haben.«
Sie schwieg wieder, ich ging in Gedanken zurück zu jener Szene in der Waffenkammer des Herrenhauses. Erinnerte mich an den satingefütterten Kasten mit der silbergrauen Pistole, die er herausgenommen und so liebevoll berührt hatte. Im Kasten war eine leere Stelle gewesen, er hatte davon gesprochen, im Spaß, wie mir schien, daß er die andere Pistole unter seinem Kopfkissen habe. Was meinte er wohl damit? Hatte er es wirklich selber getan? Hatte er es ernst gemeint,

als er von Dieben sprach? Aber selbst dann, wieso sollte er die Pistole gegen sich selbst richten? Hatte ich, die ihn so gut zu kennen glaubte, mich in ihm getäuscht? Gab es eine dunkle Seite seines Lebens, die er mich nie hatte sehen lassen? Ich konnte es nicht glauben.

»Er *kann* sich nicht selbst getötet haben!« rief ich. »Wir haben uns doch noch am Tag zuvor unterhalten. Stell dir vor, Esmeralda, in welcher Verzweiflung jemand sein muß, um sich selbst umzubringen. Kannst du dir Philip verzweifelt vorstellen? Ich habe ihn nie so erlebt. Du etwa? Und er war nicht der Mensch, der seine Gefühle verstecken konnte. Versuchte es auch nie. Ich kannte ihn. Niemand kannte ihn besser. Und ich sage, daß es *unmöglich* ist. *Nie* werde ich das glauben!«

Und doch war es geschehen.

Esmeralda sagte: »Reporter waren hier, sie wollten dich sehen. Es wird eine gerichtliche Untersuchung geben. Du wirst auch dabeisein müssen.«

Ich erhob mich. »Das will ich auch«, sagte ich. »Ich muß den Grund herausfinden.«

2

Es war wie im Traum. Ich sah ihre Gesichter – sie hatten sich völlig verändert. Blaß und mit gramverzerrten Mienen. Lady Emily noch verwirrter als sonst mit verzweifelten Augen, Rollo kalt und finster. Eisiger Blick. Alle sahen mich so forschend an, daß ich erschauerte.

Der Gerichtsspruch lautete: Selbstmord. Am liebsten hätte ich laut meinen Protest hinausgeschrien.

Doch nicht Philip! Er hätte das niemals fertiggebracht. Jeder, der ihn gekannt hatte, mußte das wissen. Aber so lautete eben das Gerichtsurteil.

Dann kam das Begräbnis. Ich hoffte, nicht mitgehen zu müssen. Ich lag völlig geschwächt auf meinem Bett, hatte tagelang nichts gegessen und nicht geschlafen.
»Mutter meint, du solltest aufs Land fahren«, sagte Esmeralda. »Ich soll dich begleiten. Die Reporter kommen dauernd her. Sie meint, es wäre besser, eine Weile wegzubleiben.«
Also fuhren wir weg, und Esmeralda war mir wirklich eine Hilfe! Vielleicht dachte sie insgeheim, daß ich ihr diese Qual erspart hatte, denn sie hätte ja leicht in meiner Lage sein können, wenn Philip den Antrag ihr gemacht hätte, wie es jedermann erwartet hatte.
Auf dem Land fühlte ich mich etwas besser, konnte aber immer noch nicht richtig schlafen. Wenn ich eindöste, träumte ich sofort von Philip, sah ihn mit der Pistole in der Hand neben meinem Bett. Auch mein anderer Traum kehrte immer wieder. Ich war in dem Zimmer mit dem roten Teppich, und Philip war bei mir. Er sagte: »Du hast das Verhängnis immer schon gefühlt, nicht wahr? Hier hast du es jetzt. Ich bin tot . . . Habe mich selbst getötet. Mußte es tun, ich konnte dich nicht heiraten.«
Ich wachte davon auf, daß ich ihn ansprach.
Alpträume.
Zwei Wochen waren wir draußen, dann kam Rollo ins Herrenhaus. Er wollte mich besuchen. Esmeralda sagte mir, daß er unten warte. Ich ging in den kleinen Salon hinunter, er verbeugte sich steif vor mir. Wie er sich doch verändert hatte, dachte ich. Wie ich selbst wohl auch.
Als wir allein waren, kam er gleich zur Sache: »Bitte sag mir, warum Philip sich getötet hat.«
»Wenn ich es nur wüßte!«
»Weißt du es etwa nicht?«
»Wie könnte ich? Wenn ich gewußt hätte, was er tun wollte, wäre es mir bestimmt gelungen, ihn daran zu hindern.«

»Es muß doch irgend etwas gegeben haben!«
»Ich weiß von nichts.«
»Wer sonst würde es wissen?«
»Er muß es ganz für sich selbst behalten haben!«
»So ein Mensch war er aber nicht!« Rollo sah mich starr an.
»Es gab keinen plausiblen Grund dafür. Er hatte keine Sorgen. Es muß etwas in seinem Privatleben gewesen sein, denn mit unseren Geschäften hatte er nie viel zu tun. Bist du ganz sicher, daß es keine Differenzen zwischen euch gab? Sonst kann ich mir nämlich nichts vorstellen, warum er sich das Leben hätte nehmen sollen.«
Wie kalt seine Augen waren! Er haßte mich, weil er annahm, daß ich irgend etwas mit Philips Tod zu tun hatte. Ich konnte es nicht mehr ertragen. Verzweifelt rief ich: »Es war ein größerer Schock für mich als für dich! Ich war doch seine Braut!«
Mit zusammengekniffenen Augen trat er ganz nahe an mich heran, und ich bemerkte, daß er auch die Hände zu Fäusten ballte, als unterdrücke er einen Impuls, mich zu schlagen, mir weh zu tun, so sehr machte er mich für den Tod seines Bruders verantwortlich.
»Ich glaube, du weißt etwas«, sagte er.
»Ich habe dir doch schon gesagt, daß ich keine Ahnung habe, wie er so etwas tun konnte.«
»Es muß irgendwie mit dir zu tun haben. Vielleicht hast du ihn betrogen, und er entdeckte es. Ihn hintergangen, um damit sein Leben zu zerstören. Er hatte keine Ahnung von der Welt und nahm sich wohl lieber das Leben, als die Konsequenzen deiner Tat zu ertragen.«
»So einen Unsinn glaubst du wohl selbst nicht. Lügen ... bösartige, gemeine Lügen!«
»Wer war denn der Mann, mit dem ich dich im Haus am Finlay Square antraf?«

»Woher soll ich wissen, wer er war? Er gab sich als dein Bekannter aus.«
»Du weißt genau, daß das nicht stimmt.«
»Und wer war er dann?«
»Wahrscheinlich ein Freund von dir.«
»Ich sage dir doch, ich weiß nicht, wer er ist. Er tauchte beim Hauskonzert auf und sah sich dann unser Haus an. Mehr weiß ich nicht.«
Rollo sah mich skeptisch an. »Und wie kam er ins Haus?«
»Das hat er dir doch selbst gesagt. Der Makler gab ihm einen Schlüssel.«
»Ich weiß mehr, als du ahnst. Ich bin der Sache nachgegangen. Ihr hattet eine Verabredung, und ich überraschte euch.«
»Das ist ja unerhört!«
»Ich kann nur die ganz offensichtlichen Schlußfolgerungen ziehen. Du hattest einen Schlüssel, Philip den anderen, den er mir gab. Es gab keinen dritten. Ich habe den Makler gefragt, warum er dem Mann einen Schlüssel gab, und er sagte, er habe außer uns niemandem einen gegeben. Der Mann konnte also nur ins Haus gekommen sein, weil du ihn eingelassen hast. Lüg mich doch nicht weiter an! Du brauchst dich nicht zu wundern, daß ich mir meine eigenen Gedanken mache, wenn du mir nicht die Wahrheit erzählst.«
»Das ist barer Unsinn!« rief ich. »Ich habe ihn nicht eingelassen – ich war genauso überrascht wie du. Er hatte einen Schlüssel, und der Makler lügt!«
Rollo erhob sich. »Mit der Wahrheit hättest du mir mehr imponiert. Du kanntest den Mann offensichtlich gut. Und ich glaube, daß hier die Lösung des Geheimnisses liegt und daß du sie kennst. Philip starb, weil du ihm etwas angetan hast. Du bist für seinen Tod verantwortlich.«
»Wie kannst du so etwas sagen! Unerhört. Nichts als Lügen . . .«
»Lügen allerdings, das gebe ich zu. Hier ist viel gelogen wor-

den, und Philip ist jetzt tot. Mein Gott, wenn er dich nur nie gekannt hätte!«
Damit verließ er mich. Ich glaube, dies war die unglücklichste Zeit, die ich je erlebt habe.

3

Wie verzweifelt ich war! Ich hatte Philip verloren und mit ihm alles. Leichter wäre es zu ertragen gewesen, hätte Rollo mich nicht so verachtet! Er hatte mich verdächtigt, daß ich etwas wüßte, etwas getan hätte, ein Mensch wäre, der ich bestimmt nicht war. Er glaubte einfach nicht, daß mir Philips Tod genauso unbegreiflich war wie ihm.
Ich machte lange Spaziergänge, aber sie gaben mir keinen Trost. Ich war die gleichen Wege so oft mit Philip gegangen. Keinen Ort in der Nachbarschaft gab es, den wir nicht häufig aufgesucht hatten. Ich ritt allein aus, Esmeraldas Angebot, mich zu begleiten, lehnte ich ab. Und dann kam ich zu dem Gasthof, in dem ich mit Philip – vielleicht waren wir auch alle drei dort, aber Philip und ich dachten wohl kaum viel an Esmeralda – auf ein Glas Apfelsaft und ein Sandwich eingekehrt waren. Den alten Schmied sah ich wieder, der unsere Pferde beschlagen hatte. Er grüßte mich im Vorüberreiten, aber mit niedergeschlagenen Augen, denn er wußte nicht, was er sagen sollte. Im Dorf, wo sie uns als Kinder gekannt hatten, war es das gleiche. Man sah mich verstohlen an, und ich wußte, welche Frage sich ihnen allen stellte: Warum hat Philip sich selbst getötet? Es mußte mit mir zu tun haben. Daß er lieber sterben wollte als mich heiraten. Das nahmen sie jedenfalls alle an.
Ich konnte der Versuchung nicht widerstehen, auch zum »Toten Mann« hinaufzugehen. Dann saß ich auf der alten

Holzbank und erinnerte mich daran, wie oft Philip und ich in den Wäldern gespielt und dann die sich heftig sträubende Esmeralda gezwungen hatten, uns zuzusehen, wie wir tapfer am Rand balancierten.

Toter Mann! Ich dachte viel nach über Menschen, denen das Leben so unerträglich geworden war, daß sie es beenden wollten, und überlegte, welche Tragödien sie wohl zu einem solchen Schritt bewogen haben könnten. Eines war sicher: Philip hatte einen solchen Zustand nie gekannt. Er konnte sich nicht selbst umgebracht haben. Aber so lautete doch das Gerichtsurteil. Wieso? Hatte ich diesen Jungen, mit dem ich einen Teil meiner Kindheit verbracht hatte, *wirklich* gekannt? Kennt ein Mensch je einen anderen? Immer hatte ich gemeint, Philip sei leicht zu verstehen. Er sagte, was ihm in den Kopf kam, und es war leicht zu verstehen, er überlegte auch selten, welche Wirkung seine Worte wohl haben mochten. Er war leger, gutmütig, vielleicht ein wenig faul, aber sehr darauf bedacht, alles zu bekommen, was gut war im Leben und leicht erreichbar, der Sohn aus reicher Familie, dem wirklich niemals etwas gefehlt hatte, was er sich wünschte. So war er mir vorgekommen. Aber was wußte ich denn von den dunklen, nie geäußerten Gedanken in ihm?

Ganz melancholisch wurde ich auf der Bank da oben. Esmeralda fragte nachher, wo ich denn gewesen sei, und als ich es ihr sagte, erschrak sie. »Dort solltest du nicht hingehen, das ist ja morbid!«

»Und entspricht genau meiner Stimmung«, antwortete ich. »Da oben kann ich an Philip denken, und es tröstet mich irgendwie.«

»Dann komme ich das nächste Mal mit dir«, sagte sie.

Aber ich protestierte: »Ich will allein sein.« Sie machte sich Sorgen um mich.

Eines Vormittags hatte ich im Wald das eigenartige Gefühl, nicht allein zu sein. Warum, konnte ich nicht sagen. Vielleicht

hatte ich ein unerwartetes Geräusch gehört, ein plötzlich gelockerter Stein, Blätterrascheln, ein aufgescheuchtes Tier. Als ich dann auf der Bank saß, spürte ich, daß noch jemand da war. Und ich dachte, ob es stimmt, daß die Geister dieser armen Seelen, die ihr Leben so abrupt beendeten, nicht ruhen können und dorthin zurückkehren, wo sie zuletzt auf Erden geweilt haben. Dies meinten alle, die diesen Platz als Ort der Verwünschung ansahen.
Merkwürdigerweise stieß mich der Gedanke nicht ab, sondern war mir eher angenehm. Erst meinte ich, so mit Philip in Kontakt treten zu können. Daß er zurückkommen würde und mir sagte, woran er gestorben war.
Von da an ging ich fast jeden Tag wie unwillkürlich zum »Toten Mann« hinauf, und oft hatte ich das Gefühl, beobachtet zu werden.
An einem heißen, schwülen Morgen suchte ich wieder Erholung in den kühlen Wäldern. Es war einer jener schweigenden Tage, an denen man ein Gewitter vorauszuahnen meint. Dann ging ich zur Bank am »Toten Mann«, dachte an Philip und wünschte mir glühend, er würde mich hören, wenn ich seinen Namen flüsterte. Wünschte mir, wieder jung und sorglos zu sein, wie damals, da es mir das wichtigste war, Philip zu übertrumpfen und ihm zu zeigen, daß Mädchen genauso gut waren wie Jungen. Ich wäre gerne zur Zeit unserer Verlobung zurückgekehrt, um diesmal weniger Dinge für selbstverständlich zu nehmen und mehr über den Mann zu erfahren, den ich heiraten wollte. Ganz egal, welche Beweise man hatte, wie das Gerichtsurteil lautete, ich konnte es einfach nicht hinnehmen, daß er sich getötet haben sollte. Es mußte eine andere Erklärung dafür geben.
Wie stets ging ich zum Abgrund vor, ehe ich zurückkehrte. Ich blickte tief hinunter ins Buschwerk und erinnerte mich, daß ich als Kind dabei immer erschauerte.
Fest umklammerte ich das Geländer und lehnte mich vor.

Plötzlich schwang es mit mir nach vorne, und gleich darauf hing ich halb in der Luft. Ein erschrockener Vogel flog auf und streifte mein Gesicht. Ich dachte gerade noch: »Das ist das Ende!«, ehe ich fiel.
Dann öffnete ich die Augen und konnte vor lauter Herzklopfen kaum atmen. Weit unter mir sah ich die Baumspitzen. Ich spürte, wie meine Füße den Halt verloren, und klammerte mich an die Büsche, in die ich gefallen war.
Und dann erst erkannte ich, was geschehen war. Ich hatte das unfaßbare Glück gehabt, nur ein paar Meter weit zu fallen, ehe meine Röcke sich in den dichten Büschen verfingen, die am Steilhang wuchsen.
Einige Minuten lang war ich außerstande, irgend etwas zu meiner Rettung zu tun, und klammerte mich nur mit aller Kraft an das Buschwerk. Dann wurde mein Herzschlag wieder langsamer, und ich konnte die Lage einschätzen. Ich sah nach oben und erkannte, daß das Geländer, an das ich mich gelehnt hatte, an einer Seite aus der Verankerung gerissen war. Ich war dem Tod um Haaresbreite entronnen.
Und was nun? Eine falsche Bewegung, und ich sauste in die Tiefe. Ich mußte bleiben, wo ich war, und hoffen, daß jemand auf mich aufmerksam würde. Selten kamen Leute zum »Toten Mann« herauf, und selbst wenn jemand diesen Weg einschlug, mußte er ja nicht sehen, daß ich hier an die Büsche geklammert hing.
Ich schrie, aber meine Stimme kam nur als Echo zurück. Ich spürte Schmerzen in Armen und Beinen. Die Hände waren arg aufgeschürft, wahrscheinlich hatte ich am ganzen Körper Verletzungen. Mir wurde ganz schwach, aber ich wußte, ich durfte nicht ohnmächtig werden. Ich mußte mich ganz darauf konzentrieren, mich an den Büschen festzuhalten.
Nie werde ich diese entsetzliche Lage vergessen und wie Esmeralda mich rettete. Erst nach mehreren Stunden vermißte sie mich und dachte sofort an den »Toten Mann«. Was sie

sonst noch dachte, ahnte ich, aber sie erwähnte es nie. Die zwei Pferdeknechte, die sie nach mir ausschickte, sahen mich nicht, wohl aber das abgebrochene Geländer und untersuchten die Stelle darunter, bis sie mich dann entdeckten.
Es war gar nicht so leicht, mich da herauszuholen. Zwei erfahrene Kletterer mußten mit Spezialgerät anrücken. Es gab eine Menge Zuschauer, meine Rettung wurde sogar in der Zeitung gemeldet. Es hieß auch, daß der »Tote Mann« sehr gefährlich sei und daß das Geländer nicht in Ordnung gewesen wäre, obwohl man es doch erst vor kurzem montiert hatte. Mehr Schutz würde benötigt, und man müsse sich darum schnellstens kümmern. Esmeralda pflegte mich drei Tage lang, dann hatte ich meinen Schock überwunden, und meine Kratzer und Abschürfungen waren verheilt.
Da sich Philip angeblich selbst getötet hatte, überlegte man natürlich hin und her, was dort oben mit mir passiert sei. Niemand äußerte sich darüber, aber es war zu spüren.
Ewig konnten wir nicht auf dem Land bleiben, und so ließ uns Kusine Agatha nach einer Weile zurückkommen.
Als ich das Haus betrat und ihr begegnete, war ich recht verängstigt. Ihr Gesichtsausdruck schien eine Mischung aus Verzweiflung und verhülltem Triumph: Verzweiflung, weil ich mich durch die Unglückssache wieder ins »Gerede« gebracht hatte, wie sie das nannte, und verhüllter Triumph darüber, daß ich – sosehr sie es bedauerte, daß ihre Familie nicht mit den Carringtons in verwandtschaftliche Beziehung gekommen war – nach all der Aufregung Schiffbruch erlitten hatte und in die alte Position der armen Verwandten zurückkehrte, die sie nach Gutdünken plagen konnte.

Eines Tages ging ich zum Finlay Square und betrachtete das Haus. Es war wieder zum Verkauf ausgeschrieben, aber nichts hätte mich dazu bewegen können, es zu betreten. Ob die Geschehnisse den Verkauf beeinflussen würden? Es war

ja bereits als unser zukünftiges Heim in den Zeitungen erwähnt worden. Vielleicht schreckte das manche Leute ab. Auf welche Weise rankten sich wohl nach langer Zeit Legenden um einen Ort?
Während ich das Gebäude so betrachtete, kam es mir so vor, als verspotte es mich. Ich hatte ja schon früher den Eindruck gehabt, als ob es mich ablehnte und mich aufforderte, ihm fernzubleiben. Ich hatte diese Vorahnung leider nicht beachtet, obwohl sie mir voll bewußt war.
In jener Zeit ging ich nicht viel aus. Die Carringtons schienen mich zu meiden, wahrscheinlich schmerzte sie schon mein bloßer Anblick, außerdem waren sie in Trauer und gaben keine Gesellschaften. Wenn Kusine Agatha, der meine Gefühle ziemlich egal waren, ein Fest gab, bat sie mich, nur ja nicht zu erscheinen. »Wir wollen nicht noch einmal die ganze Tratscherei haben«, sagte sie mit häßlichem Lachen. »Es war zu peinlich!«
Trauernd lebte ich von einem Tag zum nächsten, wußte aber genau, daß dieser Zustand nicht anhalten konnte.
Wie recht ich hatte! Bald schon befahl mich Kusine Agatha in ihren Salon.
Da stand ich nun vor ihr, und sie sah mich mit Abscheu an. Meine kurze Glanzzeit war vorbei. Das Schicksal hatte mich wieder in die Rolle der armen Verwandten zurückfallen lassen.
»Wir werden wohl lange brauchen«, sagte sie, »bis wir diese so peinliche Sache ganz überwunden haben. Ich hatte zwar nie geglaubt, daß diese Heirat zustande kommt. Dachte immer, irgend etwas würde geschehen, was es verhinderte. Wäre es nach meinem Willen gegangen . . .« Sie schüttelte den Kopf, als wolle sie andeuten, daß sie diese Ehe nie erlaubt hätte. Vielleicht hätte sie Philip sogar gezwungen, Esmeralda zu nehmen. Sie seufzte. Ich war völlig hilflos und sagte nichts. Spürte nicht mehr den Drang, ihr zu widersprechen.

»Aber hinter allen Wolken gibt es ja immer einen Silberstreifen am Horizont, und auch in diesem Fall scheint sich dies zu bewahrheiten.«

Ich sah sie überrascht an. Sie lächelte giftig-kalt. Ich hätte wissen müssen, daß meine Qual ihr Vergnügen bereitete.

»Mrs. Oman Lemming wollte an deiner Stelle jemand anderen engagieren, hat aber noch nicht die richtige Person gefunden. Da du ja jetzt doch einen Posten brauchst, hat sie in ihrer Güte beschlossen, über alle Konvention hinaus dir noch eine Chance zu geben.«

»Nein!« protestierte ich.

»Doch. Ich weiß, daß es sehr großzügig ist von ihr. Wo doch die Zeitungen so ein Theater gemacht haben wegen dir. Man könnte dich geradezu als gezeichnet betrachten. Sie meint aber, daß dies doch einmal vergessen wird und auf dich wohl auch eine heilsame Wirkung hat. Ich war nämlich völlig ehrlich mit ihr und hielt es für meine Pflicht ihr zu sagen, daß du gelegentlich frech wirst und daß deine Stellung in unserer Familie dir zu Kopf gestiegen ist. Mr. Loring ist ja unvorstellbar tolerant – ich muß da oft eingreifen –, und er wollte nicht, daß man dir deine Position hinreichend klarmacht . . .«

»Du hast also gegen seinen Willen gehandelt«, konnte ich mich nicht enthalten zu sagen.

»Ich verstehe dich wirklich nicht! Soll das vielleicht schon wieder eine Frechheit sein? Jemand in deiner Lage sollte sich besonders zurückhalten.«

»Warum? Was habe ich denn getan?«

»Meine liebe Ellen«, sagte sie in einem Ton, der bewies, daß ich ihr keineswegs lieb und wert war, »wenn ein Mann sich umbringt, statt zu heiraten, werden die Leute die Frau, die er hätte heiraten sollen, immer schief ansehen.«

»Es hatte nichts mit unserer Heirat zu tun, Philip liebte mich. Er wollte unsere Bindung mehr als alles andere. Und er hat sich nicht selbst getötet, dessen bin ich ganz sicher. Gerade einen Tag bevor er starb . . .«

»Keine Hysterie, bitte. Vergiß nicht, wer du bist.«

»Dürfen nur reiche Verwandte hysterisch werden?«

»Ich weiß gar nicht, wovon du redest. Du bist ganz durcheinander. Es ist wohl das beste, wenn du dein neues Leben so rasch wie möglich beginnst. Nichts hilft besser als Arbeit, ein Unglück zu überwinden. Arbeit, Arbeit und nochmals Arbeit. Da Mrs. Lemming also bereit ist, dich zu nehmen, habe ich ihr gesagt, daß du Ende des Monats zu ihr kommst.«

Ich hatte das Gefühl, in meinem eigenen Elend zu ertrinken. Philip war nicht mehr und niemand konnte mir helfen.

4

Ich mußte mein Gepäck vorbereiten. »Du brauchst praktische Kleider«, sagte Kusine Agatha. Ich sah mein praktisches schwarzes Abendkleid an. An der Stelle, wo die Orchidee gesteckt hatte, war ein kleiner Fleck. Hätte ich doch die Blume nur behalten! Sie würde mich immer an Philip erinnern, als er in jener Nacht mich und Kusine Agatha damit überraschte, daß er mich um meine Hand bat.

Ich hatte einen ganzen Schrank voll schönster Kleider. Meine Ausstattung. Sicher hätte Agatha sie mir liebend gerne wieder genommen, aber das konnte sie kaum tun. Esmeralda paßten sie außerdem nicht, da ich viel größer und schlanker war als sie. Aber was nützten mir Kleider, da ich in diese grausame Welt hinausgestoßen wurde? Mein kleines Lebensschiffchen, das einst so fröhlich mit vollen Segeln neben der reich ausgestatteten Fregatte der Carringtons einhergeflitzt war, sollte nun bald an den Felsen des Elends zerschellen, auf denen die ehrenwerte Mrs. Oman Lemming hockte, mit der verglichen

Agatha geradezu als zauberhaft charmant bezeichnet werden konnte.
Manchmal war mir meine Zukunft völlig egal. Was war schon mein Elend gegenüber Philips Tod? Ich hatte meinen Verlobten verloren und war um so trauriger, als ich ihn zu Lebzeiten nicht genügend geschätzt hatte. Es gab Augenblicke, da es ganz unwichtig schien, daß ich der farblosen Gouvernantenexistenz in diesem Haushalt entgegentrieb, von dem die Bedienten nur mit Abscheu sprachen.
Am Morgen nach dem Gespräch wachte ich so deprimiert auf wie schon oft seit Philips Tod. Ein Brief war für mich gekommen. Die Handschrift auf dem Umschlag war mir unbekannt. Mit großen, dicken Lettern stand in schwarzer Tinte meine Adresse darauf.
Der Absender lautete: Far Island, Polcrag, Cornwall.

Liebe Miß Kellaway,
wenn Sie diesen Brief lesen, werden Sie sich wundern, warum ich nicht früher geschrieben habe. Ich konnte Ihre Adresse aber erst kürzlich erfahren. Der entlegene Ort, an dem ich wohne, war das Heim Ihres Vaters. Als er vor etwa einem Jahr starb, machte er mich zu Ihrem Vormund bis zu Ihrem einundzwanzigsten Lebensjahr. Ich weiß, daß Sie dieses Alter noch nicht erreicht haben. Erst zu Ihrem nächsten Geburtstag werden Sie volljährig sein. Es würde mir große Freude bereiten, Sie hier auf der Insel zu empfangen. Ich glaube, man hat Ihnen von der Familie Ihres Vaters nichts erzählt, und denke mir, daß Sie sicher noch einiges darüber wissen wollen. Bitte besuchen Sie uns doch hier. Es würde uns großes Vergnügen bereiten.

Jago Kellaway

Ich las die Zeilen mehrmals hintereinander. Far Island. Die *ferne Insel.* Niemand hatte je etwas davon erwähnt. Das Heim meines Vaters. Was hatte ich bisher über meinen Vater erfahren? Nur, daß meine Mutter ihn verließ, als ich drei Jahre alt war, und mich mitnahm. Ich suchte mir einen Atlas und schlug die entsprechende Seite auf. Die Insel mußte an der Küste von Cornwall liegen. Polcrag konnte ich jedoch nicht finden.

Im ersten Impuls wäre ich beinahe zu Kusine Agatha gelaufen, um sie nach meinem Vater zu fragen. Ich zögerte aber dann, denn sie war so darauf versessen, mich zur Gouvernante bei Mrs. Lemming zu machen, daß sie imstande gewesen wäre, alles zu unternehmen, um meine Abreise zu verhindern. Und ich wurde schon bei dem Gedanken daran ganz aufgeregt. Es war irgendwie schicksalhaft, einen Brief in einer derart prekären Situation zu erhalten. Die ferne Insel – wie romantisch das klang. Und mein Vater war erst vor einem Jahr gestorben. Wie traurig, daß ich ihn nie kennenlernen durfte.

Also sagte ich vorerst nichts von dem Schreiben, nicht einmal zu Esmeralda, bis ich eine günstige Gelegenheit fand, mit Cousin William zu reden. Ihm zeigte ich die Zeilen und fragte ihn, was er Näheres wisse.

»Ja«, bestätigte er, »deine Mutter hat auf die Insel geheiratet. Irgendwas ging mit der Ehe schief, sie verließ ihren Mann mit dir. Dein Vater hat ihr kein Geld gegeben, was ja nicht weiter verwunderlich ist, da sie ihn verließ. Als sie weglief, gab sie jeden Anspruch für sich selbst und für dich auf.«

»Und wer ist dieser Jago Kellaway?«

»Offensichtlich irgendein Verwandter.«

Er sah mich fragend an. Ich spürte Mitgefühl in seinem Blick. »Leider kann ich dir wenig sagen, aber daß dies der Name der Insel war, auf der dein Vater lebte, daran erinnere ich mich noch. Wenn er jetzt tot ist und diese Leute dich einladen, wollen sie vielleicht gutmachen, was er an dir versäumt hatte.«

Er legte mir seine Hand auf den Arm. »*Mein* Wunsch und

Wille ist es nicht, daß du diesen Posten annimmst. Was mich betrifft, so könntest du alle Zeit . . .«

»Das weiß ich, und ich danke dir dafür«, sagte ich. Ich wollte nicht, daß er irgend etwas Böses über seine Frau sagte, was ihm später leid täte. »Ich möchte daher nur sichergehen«, setzte ich rasch fort, »daß es sich wirklich um meines Vaters Familie handelt. Meinst du, daß ich sie tatsächlich besuchen sollte?«

Er nickte, und ich spürte, daß er darin eine Möglichkeit sah, meine derzeitigen Schwierigkeiten aus dem Weg zu räumen.

Am Nachmittag besuchte uns Mrs. Lemming. Ich sah sie von meinem Fenster aus ankommen. Wie mir ihre Art verhaßt war, den mit Blumen überladenen Hut schief aufzusetzen, und ihre Arroganz, mit der sie den Diener ignorierte, der ihr aus der Kutsche half.

Bald würde man nach mir schicken, und ich müßte hinuntergehen und mit niedergeschlagenen Augen dastehen, als arme Verwandte, zu der sie so generös waren. Kusine Agatha, die mich all die Jahre, die ich unter ihrem Dach verbracht hatte, nie mochte, und Mrs. Oman Lemming, die so gütig vergaß, welche Rolle ich ihrer Meinung nach in der Tragödie gespielt haben mußte, und mir die einzigartige Möglichkeit bot, mich unter ihrem Dach schikanieren und erniedrigen zu lassen!

Ich setzte mich daher sofort an mein Tischchen und schrieb Jago Kellaway. Sagte ihm, daß ich gerne zu Besuch auf die ferne Insel käme und meines Vaters Familie kennenlernen wollte.

Kaum war ich fertig mit meinen Zeilen, wurde ich schon aufgefordert, nach unten zu kommen. Ich versiegelte rasch das Kuvert.

Bessie klopfte so leise an, als täte es ihr leid, mir solch einen Befehl zu überbringen.

»Miß Ellen, die gnädige Frau möchte Sie unten im Salon sehen. Diese Mrs. Lemming ist da.«

Voll inneren Widerstands ging ich hinunter. Mein alter Widerspruchsgeist erwachte langsam. Ich würde mich nicht vor Mrs. Oman erniedrigen und verächtlich behandeln lassen. Nein, ich wollte meine Verwandten auf der fernen Insel an der Küste von Cornwall besuchen.

Das Herrenhaus

I

Am späten Nachmittag kam ich in Polcrag an. Etwa zehn Kilometer hatte ich noch mit der Kleinbahn von der Hauptstrecke aus zurücklegen müssen. Ein Wagen erwartete mich bei der Station und brachte mich mit meinem Gepäck zum Dorfgasthaus. Jago Kellaway hatte dies in seiner Antwort vorgeschlagen, in der er mir mitteilte, wie sehr er sich über mein Kommen freue.

»Die Insel liegt etwa fünf Kilometer von der Küste entfernt, und für die Überfahrt muß Ihnen das Meer gnädig sein. Es kann durchaus passieren, daß zum Zeitpunkt Ihrer Ankunft kein Boot übersetzen kann, und so ist es besser für Sie, im Gasthaus zu bleiben, dessen Besitzer ich gut kenne und den ich bitten werde, sich besonders um Sie zu kümmern.«

Mein ganzes Hab und Gut war in drei mittelgroßen Reisetaschen verstaut. Größtenteils Kleider, die für meine Brautausstattung angefertigt worden waren. Ironischerweise verließ ich die Londoner Gesellschaft mit besserer Kleidung, als ich je zuvor besessen hatte.

Esmeralda hatte sich tränenvoll von mir verabschiedet, Kusine Agatha machte wenig Anstalten, ihre Erleichterung über meinen Weggang zu verbergen, und Cousin William drückte mir ein Beutelchen mit Goldstückchen in die Hand und flü-

sterte: »Ich bestehe darauf, daß du es nimmst. Du wirst es gut brauchen können.« Immer der liebe besorgte Cousin!
Während der Wagen von der Station zum Gasthof zockelte, betrachtete ich den kleinen Ort zu meinen Füßen, der sich an die Klippen zu klammern und auch an ihnen hochzuklettern schien. Einige Häuser konnte man nur über steile Hänge erreichen, zu anderen führten Stufen, die in die Felsen geschlagen worden waren. Alle Gebäude waren aus grauem Naturstein, viele hatten verglaste Veranden, die wohl die Sonnenwärme einfangen und den Wind abhalten sollten, der hier sicher kräftig vom Meer hereinblies. Der Gasthof, ein dreistöckiges Gebäude mit einem bogenförmigen Eingang an der Seite, befand sich an der Hauptstraße. Wir fuhren durch den Torbogen zu den Ställen hinein. Als ich eben absteigen wollte, trat ein Mann mit Lederschürze, in dem ich zu Recht den Gastwirt vermutete, in den Hof. »Sie wären also Miß Kellaway«, sagte er, »wenn ich mich nicht irre.«
Ich bestätigte, in der Tat Miß Kellaway zu sein.
»Hätten wir ein schönes Zimmerchen für Sie. Wußten schon von Ihrem Kommen.«
»Ich dachte, daß ich noch heute hinüberfahren sollte«, sagte ich.
»Du meine Güte, nein, Fräuleinchen! Dem Meer wäre heute nicht zu trauen. Haben Sie nicht die weißen Pferdchen gesehen, weit draußen wohl, aber wenn man sie sieht, weiß man, daß kein Boot zur Insel rüberfahren kann.«
»Dann muß ich also hier übernachten?«
»Ja, da bleibt nichts anderes übrig, und wir wären ja gerüstet. Haben Befehl, daß wir uns gut um Sie kümmern, bis das Boot sie holt.«
So enttäuscht ich war, die Insel nicht am selben Tag erreichen zu können, so sehr beruhigte mich die Tatsache, daß mein neu gefundener Verwandter sich solche Mühe um mein Wohlbefinden machte.

»Jim trägt Ihnen die Taschen rauf, und morgen sind die bösen weißen Pferdchen vielleicht schon in ihrem Stall verschwunden.«

Ich folgte ihm über den Hof zu einer Tür ins Haus. Die Halle drinnen wurde beherrscht von einem niedrigen Eichenschrank, auf dem eine riesige Messingschale stand.

»Wo bist du denn, Frau?« rief der Wirt, und da trat sie schon in die Halle.

»Das wär also Miß Kellaway«, sagte er.

Mit großen Augen sah sie mich an. »Das wären Sie also«, wiederholte sie und machte einen Knicks. »Ich bringe Sie am besten gleich in Ihr Zimmer rauf.«

»Ja, ich würde mich gerne waschen«, sagte ich, »und die Bluse wechseln.«

»Das sollen Sie auch gleich«, sagte die Wirtin. »Wenn Sie mir bitte folgen.«

Der Wirt sah mir nach, während ich die Treppe hinaufging. Die Wirtin stieß eine Tür auf. »Das wär es dann«, sagte sie. »Das beste Zimmer im Haus. Wir sollten es für Sie freihalten, falls Sie eine Weile hierbleiben müssen. Ich lasse gleich heißes Wasser raufschicken.«

»Vielen Dank.«

»Nichts zu danken, Miß Kellaway. Es ist ja unsere Pflicht und Schuldigkeit, Ihnen das Allerbeste zu bieten. Die Taschen kommen in einem Momentchen nach.«

Dann hielt sie inne. Die ganze Zeit hatte sie kaum die Augen von mir abgewandt. Ich sah sie fragend an, offensichtlich wollte sie mir noch etwas sagen. Und das tat sie dann auch.

»Ich habe Ihre Mutter gekannt. Es ist, als wären Sie es selbst.«

»Sie kannten meine Mutter? Wie interessant!«

Sie nickte. »Ich war ihre Dienerin, bevor ich geheiratet habe. Bis sie wegging, blieb ich bei ihr.«

»Ich bin so froh, hier jemanden zu treffen, der sie kannte. Als

sie starb, war ich ja erst fünf, und da erinnere ich mich natürlich nicht so genau an sie.«
Sie nickte. »Da wär sie also wieder hier, unsere kleine Miß Ellen! Meiner Treu, Sie haben sich aber verändert!«
Ich lächelte. »Seit Sie mich das letzte Mal sahen, bestimmt. Ich war ja erst drei Jahre alt.«
»Wie die Zeit doch vergeht! Mir tät's vorkommen wie gestern, dabei ist inzwischen so viel passiert. Mein Junge ist jetzt drüben.« Sie machte eine Kopfbewegung zum Fenster. »Er arbeitet für Mr. Jago. Fragen Sie nur nach August. Die meisten Leute sagen allerdings nur ›Junge‹ zu ihm.«
»Das tue ich bestimmt«, versprach ich.
»Bald nachdem Ihre Mutter uns verlassen hat, habe ich geheiratet und unseren August bekommen. Ein bißchen früh geboren ist er, nicht ganz ›gar‹ gewesen. Aber sonst fehlte ihm nichts, und er ist ein guter Junge.«
Es klopfte. Ein Mädchen brachte heißes Wasser, der Bursche folgte mit meinem Gepäck.
»Im Ofen wartet dann ein gebratenes Ferkel«, sagte die Wirtin noch, ehe sie hinausging.
Ich trat ans Fenster und betrachtete die herrliche Aussicht aufs Meer. Ich strengte meine Augen an, um wenigstens einen Schimmer von der Insel zu sehen, entdeckte aber nur drohend dunkle Wolken, die der Wind über den grauen Himmel jagte, der auch die weißen Pferdchen peitschte, deren Anwesenheit mich hier auf dem Festland hielt. Wieder klopfte es, ein Mädchen kam mit Handtüchern herein.
»Kann man von hier aus je die Insel sehen?« fragte ich sie.
»Wenn's klar genug wäre, schon.«
Ich wusch mich und wechselte die Bluse und wurde immer aufgeregter, denn nun sollte ich bald etwas über meine Eltern erfahren. Bisher wußte ich nur, daß sie miteinander unglücklich waren, denn sonst wäre meine Mutter ja nicht davongelaufen. Oft hatte ich schon über sie nachgedacht und mir mei-

nen Vater immer als eine Art Ungeheuer vorgestellt. Dieses Abenteuer war wohl genau das, was ich gebraucht hatte, um mich aus der Vergangenheit zu reißen, in der ich nur um Philip trauern und Reue empfinden konnte, weil ich ihn, als er noch lebte, nicht hoch genug eingeschätzt hatte.
Viel packte ich nicht aus, denn ich hoffe ja, am nächsten Tag hinüberfahren zu können, sobald die weißen Pferde wieder »im Stall waren«. Ob wohl Jago Kellaway selbst herüberkommen würde? Und wie er wohl war? Sein Brief klang sehr herzlich, und ich war schon sehr begierig darauf, ihn kennenzulernen.
Als ich die Treppe hinunterging, machte mir der würzige Geruch des Bratens zum erstenmal seit Philips Tod wieder Hunger und Appetit. Im Speiseraum war ich der einzige Gast. Mrs. Pengelly, die Wirtin, erklärte, daß es eigentlich noch zu früh zum Essen sei, aber nach meiner Reise hätte ich doch sicher gleich Hunger.
Das konnte ich ihr bestätigen, und offensichtlich war sie genauso froh wie ich, daß wir noch einmal Gelegenheit hatten, uns zu unterhalten.
»Sie müssen meine Mutter sehr gut gekannt haben«, begann ich gleich diese Gelegenheit zu nutzen.
»Ja, sehr gut. Als Sie, Miß Kellaway, noch klein waren. Und was für ein lebhaftes Dingelchen. Den ganzen Tag hatten wir zu tun, daß Sie nichts anstellten.«
»Aber warum ist meine Mutter fortgegangen?«
Mrs. Pengelly sah mich peinlich berührt an. »Tja, meine Liebe, das wird sie wohl selbst am besten gewußt haben. Ich glaube, sie und Ihr Vater haben sich nicht so gut verstanden.«
Der Wirt trat ein und wollte wissen, wie es mir schmeckte. »Herrlich«, sagte ich zu ihm. Da rieb er sich die Hände und schien sich zu freuen. Gleichzeitig sah ich jedoch an einem Blick, den er seiner Frau zuwarf, daß er sich nicht nur nach

meinem Wohlergehen erkundigen, sondern auch seine Frau vor zu vielem Reden warnen wollte.
»Falls da noch was wär, was Sie wünschen . . .«, begann er.
Ich sagte, es fehle mir nichts, und seine Frau fragte mich, ob ich Kaffee haben wolle; als ich bejahte, erklärte sie mir, daß er im Salon serviert würde.
»Ich bring ihn dann schon rüber«, fügte sie noch hinzu, was ich für ein Versprechen hielt, unser Gespräch dort fortzusetzen. Als sie aber dann mit dem Getränk kam und ich sie weiter über meine Eltern ausfragen wollte, preßte sie die Lippen aufeinander, als sei sie entschlossen, ihren Mund nichts sagen zu lassen, was er sichtlich gerne sagen wollte. Ich nahm an, daß ihr Mann sie vor irgendwelchen Indiskretionen gewarnt hatte.
Ob es ein Geheimnis um die Insel und deren Bewohner gab? Ich trank meinen Kaffee aus und ging dann in mein Zimmer hinauf. Dort saß ich eine Weile beim Fenster und sah aufs Meer hinaus. Ein wunderschöner Anblick. Der Mond war gerade aufgegangen und legte ein silbernes Band übers dunkle Wasser. Die See schien mir ruhiger als bei meiner Ankunft, und so ging ich dann auch ruhig schlafen.
Morgen früh werden sie mich abholen, dachte ich. Das riesige Federbett in dem gemütlichen Raum war schön warm, aber ich konnte nicht gleich einschlafen. Und als ich dann endlich einnickte, suchte mich wieder der Traum heim, diesmal aber ganz vage und schattenhaft. Ich stand in dem Zimmer, das ich nur an den roten Vorhängen erkennen konnte; als die anderen Dinge, die mir in den Jahren so vertraut geworden waren – Schaukelstuhl, Teppich, Klapptisch, Kamin und anderes mehr –, Gestalt anzunehmen begannen, wachte ich auf.
Bei diesem Erwachen hatte ich aber nicht die übliche böse Vorahnung, sondern fühlte mich nur erregt und spürte den Wunsch, etwas zu entdecken – als sei ich nahe daran, die Bedeutung dieses Traumes zu erfahren. Ein paar Sekunden lang

konnte ich mich nicht erinnern, wo ich war, ich stand auf, ging zum Fenster und sah aufs Meer hinaus. Ich blickte in Richtung Insel, denn es fiel mir ja wieder ein, wo ich war. Es war mir klar, daß der Traum bis zu einem gewissen Punkt meine Gefühle reflektiert hatte – ich stand ja vor einer Entdekkungsreise.

2

An jenem Morgen erhob sich der Wind wieder, und die Wellen schlugen hart gegen die Felsen. Wie enttäuscht ich war! Die weißen Pferdchen vom Vortag waren nicht in ihren Stall zurückgekehrt, im Gegenteil, es schien, als seien noch neue dazugekommen.

Ich ging hinunter. Mrs. Pengelly schüttelte bedauernd den Kopf. »Ganz schönes Treiben draußen«, sagte sie. »Heute vormittag kommt kein Boot durch.«

Ich aß das frisch gebackne Brot noch warm vom Ofen – die Butter schmolz darauf beim Verstreichen – und trank den heißen Kaffee aus einem braunen, irdenen Becher. Der Tag breitete sich aus vor mir, und ich beschloß, mir den Ort anzusehen. Abseits der Hauptstraße gab es nicht viel zu sehen. Nur noch ein paar Geschäfte und Häuser, dann war schon Schluß. Ich bemerkte, wie die Leute mich merkwürdig ansahen, vermutlich gab es dort selten Besucher.

Das Postamt war im Kaufmannsladen, ich ging hinein, einige Briefmarken zu kaufen, denn ich hatte Esmeralda versprochen, ihr so bald wie möglich von meiner Reise zu berichten. Von der Insel aus wollte ich ihr dann ausführlich schreiben, mit allen Details, von denen ich wußte, daß sie ihr Vergnügen bereiten würden. Aber bis dahin sollte sie doch schon etwas von mir hören.

Die Postbeamtin und ihr Mann, der an einem anderen Schalter bediente, blickten beide auf, als ich hineintrat. Ich lächelte und grüßte, sie antworteten bedächtig. Während die Frau mir die Marken heraussuchte, fragte sie mich, ob ich hier zu Besuch sei.

»Ja«, antwortete ich, »allerdings nicht auf dem Festland. Ich warte, daß das Meer ruhiger wird.«

»Sie wollen also zu den Inseln hinüber?«

»Ja. Meine Familie hat mich hergebeten.«

»Und Sie waren noch nie dort?«

»Ich wurde sogar auf der fernen Insel geboren, aber seit meinem dritten Lebensjahr war ich nicht mehr da.«

»Sie sind doch nicht etwa . . .«

»Ich bin Ellen Kellaway.«

Sie starrte mich überrascht an. »Na, so was«, sagte sie nach einer ganzen Weile. »Das ist ja 'n Ding!«

»Sie kennen wohl meine Familie?«

»Jeder Mensch hier kennt die Kellaways. Kellaways gibt's auf der Insel schon seit Hunderten von Jahren, sagt man.«

»Mr. Jago Kellaway hat mich eingeladen. Ihn kennen Sie sicher.«

»Ja, das ist ja der Herr der Insel, sagen die Leute.«

Mir wurde plötzlich bewußt, daß alle in der Post sich für mich interessierten, und ich dachte, daß ich vielleicht zuviel geredet hatte. Rasch zahlte ich für meine Marken und ging ins Gasthaus zurück, wo mich ein kaltes Mittagessen mit Schinken, Käse und Obst erwartete.

Ein langer Nachmittag hatte begonnen, das Meer war unverändert stürmisch. Die Wolken waren drohend wie am Tag zuvor und die Wogen, deren weiße Schaumkronen vom Wind hoch aufgewirbelt wurden, donnerten gegen den Strand.

Ich mochte nicht drinnen bleiben und beschloß, noch mal spazierenzugehen. Ich verließ aber diesmal die Hauptstraße und wandte mich dem Hafen zu. Ein paar kleine Boote lagen dort vertäut. *Unsere Sally*, *Jenny*, *Das muntere Mädchen*, *Abenteurer* hießen sie. Sie tanzten auf dem Meer am Kai. Ich kam an Hummertöpfen vorbei und an einem Fischer, der seine Netze flickte und mich neugierig betrachtete. Ich rief ihm einen Gruß zu, er murmelte eine Antwort und machte an seinen Netzen weiter. Einen großen, nach Fisch riechenden Schuppen mit einer Waage darin sah ich auch. Sicher der Fischmarkt, der aber heute still und leer dalag. Keines der kleinen Boote konnte hinaus. Die Möwenschreie klangen wie Protestrufe. Normalerweise bekamen die Vögel ja ihren Teil ab, wenn der Fang eingebracht wurde.

Nach einer Weile verließ ich die Küste und folgte einem gewundenen Pfad durch den Wald. Ich dachte an alles, was ich vergessen wollte. Ich fand es so schwer, nun nie mehr Philips von Lachfältchen gekräuseltes Gesicht vor mir zu sehen, seine spöttische und doch stets freundliche Miene. Auch an Rollos anklagenden Blick dachte ich. Es schmerzte mich tief zu wissen, daß er mich in Verdacht hatte, Philip in den Tod getrieben zu haben.

»Ach, Philip«, sagte ich laut. »Ich werde niemals glauben können, daß du es selbst getan hast. Es ist völlig unmöglich, das weiß ich genau, aber was ist *wirklich* passiert?«

Und damit war ich am gleichen Punkt der Tragödie angelangt wie an jenem Morgen, an dem Rollo herübergeritten war, mir davon zu berichten.

So verloren war ich in meine Gedanken, daß mir gar nicht auffiel, wie tief ich in den Wald geraten war. Ich überlegte zwar einmal, ob ich nicht zurückkehren sollte, aber es hatte keine Eile damit, denn es lag ja noch der einsame lange Abend vor mir.

Um nicht in die Irre zu gehen, wandte ich mich aber dann doch um und ging, wie ich meinte, den gleichen Weg zurück, den ich gekommen war. Ich dachte, daß ich bald zu der Stelle kommen mußte, von der aus ich wieder Ausblick aufs Meer hatte. An diesen Platz kam ich jedoch nicht, und bald hatte ich völlig die Richtung verloren; mit Entsetzen wurde mir klar, daß ich mich verirrt hatte. Ich versuchte mir selbst einzureden, daß ich irgendwann beim Meer herauskommen müßte, aber nachdem ich eine halbe Stunde durch den Wald gegangen war, hatte er immer noch nicht aufgehört. Endlich kam ich zu einem Gatter, öffnete es hoffnungsfreudig und ging hindurch. Der Baumwuchs wurde nun spärlicher, und ich dachte mir, wenn ich hier weiterginge, käme ich vielleicht zu einem Haus und könnte nach dem Weg fragen.

Als ich eine Lichtung betrat, hörte ich plötzlich Pferdegetrappel hinter mir und sah gleich darauf Roß und Reiter. Ein Mann auf einem grauen Pferd, der bei meinem Anblick sofort anhielt.

»Können Sie mir helfen?« fragte ich ihn. »Ich habe mich verlaufen.«

»Sie sind sogar auf meinem Grund«, sagte er lächelnd. »Der Wald hier ist wegen der Fasane für die Öffentlichkeit gesperrt.«

»Du meine Güte, das tut mir aber leid! Ich versuche schon seit einer Weile vergeblich aus diesem Wald herauszukommen.«

»Wo wollen Sie denn überhaupt hin?«

»Ich wohne im Gasthaus in Polcrag.«

»Da sind Sie aber ganz schön weit gelaufen.«

»Weiter, als mir bewußt wurde, leider.«

»Am einfachsten kommen Sie am Haus entlang dorthin. Das ist zwar eine Privatstraße, aber auch die beste Abkürzung.«

»Glauben Sie, daß es dem Besitzer etwas ausmacht?«

»Bestimmt nicht«, sagte er wieder lächelnd. *»Mir* macht es nichts aus. Das Haus gehört mir. Ich bin Michael Hydrock.«

»Dann ist es also Ihr Gebiet hier. Ich möchte mich vielmals entschuldigen.«

»Ach, Fremden passiert das öfters. Man kommt ganz unabsichtlich in den Privatteil. Wir hätten mehr Tafeln aufstellen müssen.«

»Würden Sie mir freundlicherweise den Weg noch zeigen?«

»Aber gerne.«

Ich machte einen Schritt nach vorne, stolperte dabei über einen alten Baumstrunk und fiel der Länge nach ins Gras.

Er sprang sofort vom Pferd und half mir auf. Was für ein angenehmes Gesicht er doch hatte! Und wie besorgt er dreinblickte.

»Haben Sie sich weh getan?«

»Ich glaube nicht.« Ich stand auf und griff dann an meinen Knöchel.

»Stehen können Sie offensichtlich noch, können Sie aber auch gehen?«

»Ich denke schon.«

»Der Schmerz kommt vielleicht erst später. Die ganze Strecke können Sie heute nicht zu Fuß machen. Wissen Sie was? Wir sind ja nahe am Haus. Gehen wir erst einmal hinein und sehen nach, was wirklich passiert ist, und dann kann ich Sie ja mit dem Wagen ins Dorf bringen lassen.«

»Das ist zu liebenswürdig.«

»Gar nicht der Rede wert. Ich helfe Ihnen auf mein Pferd und gehe selber daneben.«

»Das ist wirklich nicht nötig. Ich kann bestimmt bis zum Haus humpeln.«

»Dann verschlimmern Sie die Sache vielleicht noch«, sagte er ruhig, aber bestimmt.

»Ich mache Ihnen nun noch mehr Umstände. Erst betrete ich Ihren Privatbesitz, und dann müssen Sie mir noch Ihr Pferd geben.«

»Das ist doch das Mindeste, was ich tun kann.« Er half mir ohne weitere Worte auf das Tier und führte es dann den Weg entlang.

Den ersten Anblick des Herrenhauses der Hydrocks werde ich nie vergessen. Wir kamen aus dem Wald heraus, und da stand das graue Steinhaus mit den befestigten Wachhäuschen vor uns; Spitzbogen am Eingang, mit gotischen Mustern verzierte Gitterbogen am Tor. Davor der glatteste, grünste Rasen, den ich je gesehen hatte. Ein herrlich bunter Pfau stolzierte voll Überlegenheit vor seiner kleinen, recht unscheinbaren Gefährtin einher. Ein tiefes Gefühl des Friedens überkam mich, wie ich es noch nie empfunden hatte. Ohne jeden erfindlichen Grund war ich glücklich, hier zu sein, obwohl ich mir den Knöchel verletzt hatte und von der Freundlichkeit und Hilfsbereitschaft eines Fremden abhängig war.
Ein Kiesweg verlief quer über den Rasen zu dem Torbogen, wir folgten ihm bis in den Innenhof. Auch hier wieder dieses Gefühl tiefsten Friedens. Kleine Grasstückchen wuchsen zwischen den Pflastersteinen hervor. Vergitterte Fenster sahen auf den Hof.
Der Mann rief: »Tom!« und half mir vom Pferd. Tom, offensichtlich ein Stallbursche, eilte heran. Er sah mich recht überrascht an und übernahm das Pferd.
»Hier entlang«, sagte mein Gastgeber und führte mich durch eine Tür ins Haus.
Wir standen in einer Halle, die nicht sehr hoch, aber wundervoll proportioniert und mit einer Stuckdecke versehen war. Den Fußboden schmückte ein Mosaikmuster; auf der einen Seite des Raums war ein kleines Podium, auf der anderen eine Galerie für die Musikanten.
»Ich glaube, ich sollte meine Haushälterin herbeiholen«, meinte Michael Hydrock. »Sie kann sicher sagen, ob der Knöchel arg verletzt ist oder nicht. In solchen Dingen kennt sie sich gut aus. Jetzt setzen Sie sich aber vor allem erst einmal hin.« Er zog an einer Glockenschnur; während ich mich dankbar auf einem Stuhl niederließ, hörte ich das Klingeln im Haus. Ich sah mich weiter um. Die Möbel waren mindestens

aus dem sechzehnten Jahrhundert. Und ein schöner Teppich hing an einer Wand. Michael Hydrock folgte meinem Blick.
»Das sind Ereignisse aus dem Leben von Bischof Trelawny, der hierzulande sehr verehrt wird. Hier sehen Sie ihn auf dem Weg zum Tower. Dort marschiert er durch Cornwall. Sie kennen sicher das alte Lied. Es heißt:
›Und spotten sie auch Tre Pol und Pen,
Und stirbt uns auch Trelawny . . .‹«
Ich beendete die Strophe:
»›Dann werden zwanzigtausend Mann
Aus Cornwall wissen, warum.‹«
»Ah, Sie kennen es also auch!«
»Sehr gut sogar. Wie viele Stickerinnen wohl daran gearbeitet haben mögen? Es ist einfach wundervoll.«
Ein Diener öffnete. »Bitte Mrs. Hocking«, sagte Michael Hydrock, und als der Diener fort war, erklärte er: »Das ist meine Haushälterin. Sie ist schon ihr ganzes Leben hier.«
Ehe ich noch antworten konnte, war Mrs. Hocking schon da. Ende Sechzig, schätzte ich, und mit dem Auftreten einer Bedienten, die schon sehr lange bei der Familie war.
Michael Hydrock erklärte ihr, was passiert war. Sie kniete sich neben mich und hob vorsichtig den Knöchel hoch.
»Tut es weh?« fragte sie.
»Ein bißchen.«
»Stehen Sie mal auf!« befahl sie. Ich tat es. »Treten Sie fest auf. Mit dem ganzen Gewicht.« Auch das tat ich. »Geht's?« fragte sie. Und ich sagte: »Ich denke schon.«
»Ist nur eine kleine Verzerrung«, erklärte sie. »Heute sollten Sie noch liegen, morgen ist es sicher wieder gut.«
»Dann bringe ich Sie im Wagen zum Gasthof zurück«, sagte Michael Hydrock.
»Aber nein, ich kann bestimmt gehen«, protestierte ich.
Mrs. Hocking schüttelte den Kopf.

»Das wäre für heute bestimmt zuviel Anstrengung.«
»Ich weiß gar nicht, wie ich Ihnen beiden danken soll.«
»Aber das tun wir doch gerne, äh . . .«
»Miß Kellaway«, sagte ich. »Ich bin Ellen Kellaway.«
Die Stille darauf war spürbar. Dann sagte Michael Hydrock: »Dann sind Sie sicher mit den Kellaways von der Insel verwandt?«
»Ja. Ich bin auf dem Weg dorthin. Ich wohne nur im Gasthof, bis das Wetter die Überfahrt erlaubt.«
Mrs. Hocking hatte ihre Lippen zusammengepreßt; offensichtlich mißbilligte sie es, daß ich eine Kellaway war. Warum wohl?
Michael Hydrock sagte: »Sicher hätten Sie gerne eine Tasse Tee. Mrs. Hocking, lassen Sie uns welchen schicken? In den Wintersalon bitte. Dorthin sind es nur ein paar Schritte, Miß Kellaway.«
Wieder sagte ich höflich: »Ich mache Ihnen so viele Mühe«, wartete aber darauf, daß er dagegen protestierte und mir versicherte, was für ein Vergnügen es ihm bereite, und er tat es auch sogleich mit seinem altväterlichen Charme.
Mrs. Hocking fragte im Gehen: »Glauben Sie, daß Sie die paar Schritte schaffen werden?«
»Ganz leicht, ich glaube überhaupt, ich bin hier unter falschen Vorspiegelungen gelandet. Mein Knöchel tut fast überhaupt nicht weh.«
Er nahm mich beim Arm und führte mich zum Speisezimmer hinauf. Auch hier wunderschöne Wandteppiche; durch die großen vergitterten Fenster am anderen Ende sah ich in einen zweiten Hof. Noch einmal sechs Stufen führten von diesem Raum in ein gemütliches Zimmer mit nur einem Fenster, den Wintersalon, in dem wohl die Familie aß, wenn nur wenige zu Tisch saßen. In der Mitte des Raumes stand ein ovaler Klapptisch auf gedrechselten Säulenbeinen, die Stühle ringsum waren mit Gobelinstoff überzogen.

»Bitte setzen Sie sich doch«, sagte der Hausherr. »Wie geht's dem Knöchel nach dem kleinen Spaziergang?« fragte er.
»Ich spüre kaum etwas. Es ist bestimmt nicht viel passiert.« Und dann sagte ich ihm, wie wunderbar ich das Haus fand, was ihm sichtlich Freude bereitete. »Ich finde es auch schön«, sagte er, »aber es ist ja mein Heim. Es gehört meiner Familie schon seit vierhundert Jahren.«
»Es muß wunderbar sein«, meinte ich, »zu so einem Haus richtig dazuzugehören.«
»Ich glaube, man nimmt es viel zu selbstverständlich. Ich wurde hier geboren und werde wohl auch hier sterben. So geht es schon seit Generationen den Männern unserer Familie. Die Frauen heiraten meistens weg. Jeder Stein ist mir vertraut hier. Es ist ein relativ kleiner Besitz, aber für mich gerade richtig. Sie sind nicht vom Land, Miß Kellaway?«
»Nein, im Grunde nicht. Wir haben zwar jedes Jahr mehrere Monate auf dem Land verbracht, aber ich habe immer London als meine Heimat betrachtet.«
Ein junges Mädchen brachte uns den Tee, Mrs. Hocking begleitete sie.
Das Tablett mit einer silbernen Teekanne aus der georgianischen Zeit und einem Wassertopf auf dem Spiritusbrenner wurde auf den Tisch gestellt, auf einer silbernen Platte lagen kleine Zuckerkuchen.
»Soll ich einschenken?« fragte Mrs. Hocking, und ich spürte ihren kalten, abweisenden Blick.
»Vielleicht würde es Miß Kellaway gerne tun«, meinte Michael Hydrock, und ich bejahte sofort.
Es war mir sehr angenehm, daß die alte Frau mit dem Mädchen verschwand. Während ich den Tee einschenkte, kam ich mir herrlich abenteuerlich vor. Der Raum war so entspannend, daß ich mich sehr wohl fühlte, und mein Retter gefiel mir jeden Augenblick mehr. Von ernster Natur, hier verglich ich ihn wohl mit Philip, aber warmherzig und freundlich.

Und plötzlich war ich mitten im Erzählen, vielleicht ein bißchen zu ungehemmt, berichtete von meinem Leben in London und erklärte, noch ehe es mir selbst recht bewußt wurde, daß ich kurz vor der Heirat gestanden hatte und mein Verlobter gestorben war.

»Das ist ja entsetzlich!« sagte er. Ob er die Geschichte schon gehört hatte? In den Zeitungen war sie ja genügend ausgebreitet worden. Es war mir inzwischen klar, daß Michael Hydrock aus Wohlerzogenheit keinerlei Neugierde zeigen und auch nicht durchblicken lassen würde, daß er die Geschichte bereits kannte, nur um mich nicht zu verletzen.

»Als meine Verwandten mir schrieben und mich einluden, fuhr ich hierher. Es ist ein Besuch auf unbestimmte Zeit. Ich dachte mir, hier in der Umgebung würde ich vielleicht die Kraft finden, Zukunftspläne zu schmieden.«

»Ein sehr kluger Gedanke«, sagte er.

»Ich wußte übrigens bis vor wenigen Wochen gar nicht, daß diese Familie existiert.« Und dann erzählte ich ihm von meinem Leben mit Kusine Agatha und Esmeralda. Jetzt, im Rückblick, kam mir alles recht gemütlich vor, wie es einem oft geht mit Dingen, die als Erlebnis selbst ziemlich unangenehm sind.

»Und ich brenne schon darauf, meine Verwandten kennenzulernen. Offenbar sind sie hier sehr gut bekannt.«

»Jedermann hier kennt Jago Kellaway.«

»Wie ist er denn?«

Michael Hydrock lächelte. »Schwer zu beschreiben, denn es gibt wohl kaum noch so einen Menschen auf der Welt wie ihn.«

»Dann werde ich wohl warten müssen, bis ich ihn sehe. Sind Sie oft auf der Insel, und kommen die von drüben herüber?«

»Ich kenne einige Leute von drüben«, sagte Michael etwas steif, und ich merkte, daß dies ein Wink sein sollte, nicht weiter nachzufragen.

Dann erzählte er mir von der Landschaft ringsum, was man sich anschauen sollte, und welche Sitten und Gebräuche man hier hatte. An Festtagen gäbe es meist Ringkämpfe, und als Preis würde ein besonders schöner Hut ausgesetzt, den der Hutmacher selbst überreichte, oder eine vom Schneider verfertigte, gestickte Weste. Es gab Wettläufe und Preiskochen für die Frauen, bei dem sie Kleidungsstücke gewinnen konnten. Getanzt wurde natürlich auch, Hammerwerfen geübt und alle möglichen anderen Sportarten.

Im Mai gab es den Pelztanz – ein Willkommensgruß für den Sommer –, den tanzten die Edelleute mittags, die Kinder um halb elf und die Dienerschaft nachmittags. Es gab auch Wurfwettbewerbe, die fast so beliebt waren wie die Ringkämpfe. Das Mittsommernachtsfest wurde am meisten gefeiert. »Es gilt der Sonne«, sagte Michael Hydrock. »Wir kennen es schon aus vorchristlichen Zeiten. Sie sollten die Leute ums Feuer tanzen sehen! Das soll gegen Hexenzauber helfen. In heidnischen Zeiten warf man zum Schutz gegen das böse Auge etwas Lebendiges ins Feuer. Heutzutage werfen sie an manchen Orten Blumenkränze und Kräuter und überhaupt Blumen aller Arten hinein. Einiges vom alten Aberglauben ist eben doch noch da. Und dann gibt es noch die Mitternachtsfeuer. Wenn Sie die erst in den Sümpfen auflodern sehen!«

Das war alles sehr interessant, aber plötzlich fiel mir ein, daß ich meinen Besuch schon längst überzogen hatte. Also dankte ich für seine Gastfreundlichkeit und sagte, ich müsse mich nun wohl auf den Weg machen. Es sei ein wunderbarer Nachmittag gewesen, und eigentlich sei ich froh, daß ich mich verlaufen hatte.

Das Ponywägelchen stand schon vor der Tür, man half mir hinein. Michael Hydrock nahm die Zügel und setzte sich neben mich. Sein klares Profil war mir zugewandt, und wieder dachte ich: Was für ein angenehmes Gesicht! Nicht irgendwie markant, aber so freundlich. Er war ein Mensch, den man sicher leicht verstehen konnte. Ich hatte das Gefühl, auf ihn könne man sich immer verlassen, er würde immer so handeln, wie es normalerweise vorauszusehen war.

Er sagte: »Ich glaube, der Wind läßt ein bißchen nach. Vielleicht ist morgen früh die See glatt genug, daß Sie zur Insel hinüberkönnen.«

»Ich hatte ja keine Ahnung, daß ich so lange aufgehalten werden könnte.«

»Es ist die geographische Lage der Insel. Sie ist gar nicht so weit entfernt, nur etwa fünf Kilometer. Aber diese Küsten haben ihre Tücken. Sogar bei schönstem Wetter ist dem Meer hier nicht zu trauen, und man sollte sich immer nur einem erfahrenen Schiffer anvertrauen. Gleich unter der Oberfläche sind riesige Felsen, die man sorgsam umgehen muß, und etwa zwei Kilometer außerhalb der Bucht von Polcrag gibt es Stellen mit Treibsand. Darum heißt die Insel angeblich auch die ferne Insel, denn so fern vom Binnenland ist sie ja gar nicht. Nur die örtlichen Bedingungen machen sie oft unerreichbar.«

»Gibt es mehrere Inseln da draußen?«

»Die Hauptinsel ist ziemlich groß, etwa fünfzehn mal sieben Kilometer. Gleich daneben ist eine ganz winzige Insel, auf der steht nur ein Haus. Dann gibt es noch eine, die ist überhaupt nicht bewohnt, eine Art Vogelschutzgebiet.«

Wir hatten den Ort schon fast erreicht, und ich sah den Anfang der Dorfstraße.

Schade, ich wäre zu gerne mit Michael Hydrock weitergefahren und hätte mir alles über das Leben hier angehört. Und vielleicht hätte ich auch noch etwas über meine Familie erfahren.

»Zu liebenswürdig von Ihnen, sich so um mich zu kümmern, wo ich doch unbefugt Ihren Besitz betreten habe«, sagte ich nochmals.

»Und ich fühlte mich schuldig, weil Ihnen der Unfall auf meinem Land passierte.«

»Wo ich gar nichts zu suchen hatte! Leider kann ich nicht behaupten, daß es mir leid tut. Es war so ein herrlicher Nachmittag.«

»Jedenfalls haben Sie ein bißchen von unserer Landschaft gesehen. Wir sehen uns sicher bald wieder einmal, Sie wohnen ja dann gar nicht so weit weg.«

»Hoffentlich. Kommen Sie oft auf die Insel?«

»Gelegentlich, aber Sie müssen auf jeden Fall zu uns kommen, wenn Sie auf dem Festland sind.«

»Da muß ich mir aber einen schönen Tag aussuchen, ich möchte nicht unbedingt Schiffbruch erleiden.«

»Ich glaube doch, daß Sie morgen hinüberfahren können. Es sieht ganz danach aus.«

Jetzt waren wir schon mitten im Ort. Die Leute sahen sich nach dem Wägelchen um, sicher überlegten sie, wer die Fremde im Wagen neben Michael Hydrock war.

Als wir in den Gasthaushof einfuhren, sah uns Mrs. Pengelly, die zufällig draußen war, völlig überrascht an.

Michael Hydrock lächelte sie an. »Ist alles in Ordnung, Mrs. Pengelly. Miß Kellaway hat sich im Wald den Knöchel verstaucht, und ich bringe sie deshalb zurück.«

»Du meine Güte!« rief sie.

Michael sprang hinunter und half mir vom Wagen. »Wie fühlt es sich jetzt an?« fragte er, als ich auf meinen Füßen stand.

»Recht gut, glaube ich, ich spüre fast gar nichts mehr.«

»Wollen Sie nicht hereinkommen, auf einen Krug Bier oder ein Glas Wein? Oder soll ich Tee kochen?«

Er bedankte sich. »Vielen Dank, Mrs. Pengelly, ich muß leider gleich wieder weg.« Er nahm meine Hand und lächelte mir zu. »Passen Sie gut auf Ihren Knöchel auf«, sagte er. »Und wenn Sie später mal aufs Festland kommen . . . oder wenn Sie irgendwie das Gefühl haben, daß Sie gern . . . also, wenn Sie einfach zu uns kommen wollen, tun Sie es bitte. Es würde mich sehr freuen.«

»Sie waren wirklich reizend zu mir«, sagte ich.

»Nicht der Rede wert, und außerdem war es mir ein Vergnügen.« Und dann saß er schon auf dem Wägelchen, wendete das Pferd um und verschwand im Torbogen.

Mrs. Pengelly und ich sahen ihm nach.

Dann ging ich ins Haus und legte mich gleich in meinem Zimmer aufs Bett. Noch keine fünf Minuten lag ich so, da klopfte es an der Tür, und Mrs. Pengelly kam herein. Ihre Augen blitzten vor Neugierde. Offensichtlich kam es ihr sehr merkwürdig vor, daß Michael Hydrock mich persönlich zurückgebracht hatte.

»Ich wollte nur fragen, ob ich Ihnen noch irgendwas bringen darf.«

Ich versicherte ihr, daß ich im Augenblick nichts benötigte, aber sie drückte sich noch herum, und ich sah ihr an, daß sie mit mir reden wollte. Auch mir lag viel daran, denn schließlich hatte sie ja meine Mutter gekannt und auch bei uns gelebt und konnte mir bestimmt viel berichten.

»Eigenartig, daß Sie gerade Sir Michael begegnet sind«, fing sie endlich an.

»Ich wußte gar nicht, daß er *Sir* Michael heißt.«

»O doch, die Familie hat den Titel schon seit langem. Einer der Hydrocks wurde zum Ritter geschlagen. Er hat für den König gegen das Parlament gekämpft oder so, und als der König zurückkam, gab es Titel und Landbesitz für die Familie.«

»Wie ich höre, sind sie schon seit Generationen in dem Herrenhaus. Ein wunderbarer alter Besitz.«

»Die Hydrocks sind hier Herren im Gebiet, seit sie den Titel bekamen, und das ist schon einige Zeit her. Etwa ebenso lange, wie die Kellaways die ferne Insel besitzen.«

»Die Insel gehört ihnen?«

»Ja, natürlich. Sie wird auch vielfach Kellaway-Insel genannt.«
»Aber es leben doch bestimmt nicht nur Kellaways dort?«
»Du meine Güte, natürlich nicht. Es ist ein blühendes Dorf. Mit Äckern und Geschäften. Und sogar ein Gasthaus haben sie. Da machen manche Leute Urlaub, wegen der herrlichen Ruhe. Man fühlt sich wirklich wie von der Welt abgeschnitten da draußen.«
»Mrs. Pengelly, was wissen Sie eigentlich über meine Mutter und meinen Vater?«
Sie spreizte die Hände und blickte auf sie hinunter, als könne von dort eine Eingebung kommen. Dann sah sie mir direkt in die Augen. »Sie hielt es dort einfach nicht aus«, sagte sie. »Sagte immer schon, daß sie einmal weggehen würde. Es gab Streit. Es war nicht leicht, mit Ihrem Vater zusammenzuleben. Und dann ging sie eben eines Tages einfach weg und nahm Sie mit. Mehr weiß ich auch nicht.«
»Sie waren doch ihr Mädchen, also müssen Sie in ihrer nächsten Nähe gelebt haben.«
Mrs. Pengelly hob die Schultern. »Sie kam aus der Stadt. Haßte allein schon das Geräusch der Wellen, die gegen das Ufer schlugen. Sagte immer, die Schreie der Möwen klängen wie Spott. Sie kam sich vor wie eine Gefangene.«
»Gefangene?«
»So empfand sie es . . . Nachdem sie London verlassen hatte und auf die Insel gekommen war . . .«
»Und dann hat sie ihr neues Heim, den Mann und alles aufgegeben außer mir? Sie muß sehr unglücklich gewesen sein.«
»Als sie kam, war sie so fröhlich und lebhaft, und dann veränderte sie sich. Manchen Leuten bekommt die Insel eben einfach nicht.«
»Und mein Vater? Hat er nicht versucht, sie zurückzuholen?«
»Nein, er ließ sie einfach gehen.«

»Also waren wir beide ihm wohl egal?«

»Er hatte sich nie viel für Kinder interessiert, und außerdem ...«

Sie unterbrach sich, aber ich bohrte weiter: »Und außerdem?«

»Ach, nichts weiter. Ich ging auch weg. Es gab keinen Grund mehr für mich, dortzubleiben. Ich ging aufs Festland zurück. Mein Vater hatte diesen Gasthof, und ich heiratete dann Mr. Pengelly; er half mir das Geschäft zu führen, und mein Vater vererbte es uns.«

»Und wer ist Jago Kellaway? Wie ist er mit mir verwandt?«

»Das wird er Ihnen selber sagen. Es wäre ihm bestimmt nicht recht, wenn ich darüber zuviel sagen täte.«

»Sie haben wohl Angst vor ihm?«

»Mit einem Menschen wie ihm möchte man es nicht gerne verderben.«

»Offenbar ist er mein Vormund.«

»Ja, ist er das?«

»So stand es in dem Brief.«

»Nun ja, dann wär es ja nur recht und billig, daß Sie unter seinem Dach leben täten.«

»Irgendein Geheimnis scheint es um die Insel oder um die Kellaways zu geben. Mir fällt auf, daß die Leute immer stutzen, wenn sie erfahren, wer ich bin.«

»Sie sind sicher nur überrascht. Hier kennt jeder jeden, und sie haben alle Ihre Mutter gekannt, wie sie mit ihrem Kind wegging, und das Kind sind Sie jetzt. Ist doch klar, daß es sie interessiert, wie Sie jetzt als Erwachsene sind.«

Sie verstummte abrupt in ihrem Gespräch.

»Und sonst weiter nichts? Wenn ich doch nur mehr von der Insel und meinen Verwandten wüßte.«

»Nun, das werden Sie wohl bald herausfinden, nicht wahr? Du meine Güte, ich habe ja ganz meine Arbeit vergessen. Gibt's wirklich nichts, was ich noch raufbringen könnte?«

Ich dankte ihr und sagte, ich hätte wirklich nichts weiter nötig. Es war mir klar, daß sie das Gefühl hatte, schon zuviel gesagt zu haben, und befürchtete, ich könnte sie dazu verleiten, noch mehr zu sagen.

Der Abend verging ziemlich rasch. Ich dachte noch einmal an alle Ereignisse des Tages, und jetzt war es mir gar nicht mehr so wichtig, ob das Meer am nächsten Tag die Überfahrt gestatten würde. Wenn das Wetter schlecht blieb, konnte ich vielleicht noch einmal Michael Hydrock besuchen.

Am nächsten Morgen aber war das Meer völlig glatt, Sonnenschein strahlte zu mir ins Zimmer herein.

Um zehn Uhr vormittags kam das Boot an.

Barg Kellaway

I

Ich sah es vom Fenster aus. Ein Mann und ein Junge stiegen aus, die beiden Ruderer blieben im Boot. Der Mann war mittelgroß, gedrungen und hatte mittelbraune Haare. Der Junge war schlank, etwa vierzehn Jahre alt.

Ich ging hinunter. Mrs. Pengelly begrüßte mich. »Das Boot wär jetzt da, Miß Kellaway.«

Einer der Stallknechte brachte meine Taschen herunter, der Mann und der Junge waren inzwischen in den Gasthof gekommen. Mrs. Pengelly werkelte eifrig herum. »Ach, Mr. Tregardier, da sind Sie ja endlich. Das war wieder mal ein Wetter! Miß Kellaway freut sich bestimmt sehr, Sie endlich kennenzulernen.«

Der Mann reichte mir die Hand und betrachtete mich sehr neugierig.

»Freue mich, Sie kennenzulernen«, sagte er. »Ich bin William Tregardier, Mr. Kellaways Gutsverwalter. Ich soll Ihnen sagen, daß er sehr neugierig ist auf Ihre Ankunft. Leider waren wir von den Launen des Meers abhängig.«

»Aber heute morgen ist es ganz ruhig.«

»Still wie ein See, und wir fahren auch so bald wie möglich wieder zurück. Eine rauhe Überfahrt wäre beim erstenmal nicht das Richtige für Sie. Da hätten Sie einen schlechten Eindruck bekommen.« Er lächelte.

Mrs. Pengelly sagte: »Sie werden doch sicher noch eine Erfrischung zu sich nehmen, Mr. Tregardier.«
»Eine ausgezeichnete Idee, Mrs. Pengelly.«
»Ich werde Ihnen gleich etwas bringen. Es gibt frischen Honigwein, meine ganz spezielle Sorte. Außerdem meinen Schlehengin, frische Milchbrötchen und einen Safrankuchen noch heiß vom Ofen.«
»Sie können einen aber ganz schön verwöhnen, Mrs. Pengelly.«
»Dann setzen Sie sich doch gleich hin und machen sich mit Miß Kellaway richtig bekannt. Ich bin gleich wieder da. Sie werden gar nicht merken, daß ich fort war.«
Und dann verließ sie uns. Mr. Tregardier lächelte mir wieder zu.
»Eine gute Seele«, sagte er, »und kümmert sich immer um uns. Früher hat sie drüben gearbeitet, und ihr Sohn ist jetzt auch bei uns. Also setzen wir uns ein wenig. Mr. Jago läßt Ihnen ausrichten, daß er sich sehr freut über Ihren Entschluß, seiner Einladung zu folgen. Das Meer war ja nicht gerade ein Willkommensgruß, aber die Familie ist da ganz anders. Und hier im Gasthof gab es doch sicherlich keine Klagen?«
»Klagen? Ich bin richtig verwöhnt worden.«
»Das war ganz in Mr. Jagos Sinn. Er hat es ja extra angeordnet.«
»Ich brenne darauf, die Insel und meine Familie kennenzulernen. Leider weiß ich über beide recht wenig.«
»Hat Ihnen Ihre Mutter nie davon erzählt?«
»Ich war doch erst fünf, als sie starb.«
»Nun, Mr. Jago hat auf der Insel das Sagen. Es ist wie ein riesiger Gutsbetrieb. Ich arbeite unter ihm sozusagen als Verwalter. Der Besitz ist ziemlich groß, und zufällig ist er eben eine Insel. Mr. Jagos Schwester und seine Nichte leben auch dort. Die Schwester führt ihm schon seit vielen Jahren das Haus.«

»Und wie ist er mit mir verwandt?«

»Das wird er Ihnen am besten selbst erklären. Ist ein bißchen kompliziert.«

»Eigenartig, daß wir in all diesen Jahren nie miteinander in Berührung kamen.«

»So was passiert öfter mal in einer Familie. Immerhin besser spät als nie.«

Mrs. Pengelly brachte Wein und Kuchen herein und bediente uns.

Etwa eine halbe Stunde später machten wir uns auf den Weg. Eine leichte Brise war zu spüren, gerade genug, das Wasser zu kräuseln; die Sonne strahlte auf uns herab. Meine Erregung stieg, je näher wir der Insel kamen.

»Schauen Sie!« sagte William Tregardier. »Der erste Anblick von hier aus ist besonders schön. Hübsch, nicht wahr? So fruchtbar und schön gelegen.«

»Wunderschön ist sie!« rief ich.

»Die ferne Insel – oder Kellaway-Insel!«

Ich fühlte plötzlich Stolz in mir aufsteigen. Schließlich war ich auch eine Kellaway, und meinen Namen mit so einer schönen Insel verbunden zu wissen, fand ich richtig aufregend.

»Da ist ja noch eine Insel!« rief ich.

»Ja, das ist die am nächsten gelegene. Heißt aus verständlichen Gründen ›Der blaue Fels‹. Dort gibt es keine Landwirtschaft, im Gegensatz zur Hauptinsel. Es ist ziemlich felsiger Boden, und im Gestein ist ein bläuliches Mineral, das unter bestimmten Lichtverhältnissen sehr schön leuchtet. Und da drüben ist noch eine Insel. Nur ein Buckel, der aus dem Wasser ragt. Auf ihm versammeln sich die Möwen und andere Meeresvögel.«

Ich blickte zur Hauptinsel zurück. Das Felsgestein auf der einen Seite fiel zu einer steilen Klippe ab, an deren Fuß eine sandige Bucht lag. Einige Boote waren dort vertäut.

»Steuern wir die Bucht an?« fragte ich.

»Nein«, antwortete William Tregardier. »Wir landen an der hinteren Seite der Insel. Dort sieht es ganz anders aus. Auf dieser Seite ist das Wasser seicht, und es gibt gefährliche Felsen unter der Wasseroberfläche. Man muß sehr aufpassen. Bevor man das Gebiet nicht auswendig kennt, ist es sehr gefährlich, hier zu rudern.«

»Wie viele Menschen leben auf der Insel?«

»Bei der letzten Zählung waren es zirka einhundert. Die Zahl steigt aber ständig an. Die Leute heiraten und haben Kinder. Viele sind schon seit Generationen hier.«

Wir näherten uns unserer Landebucht. Die Insel zeigte sich mir hier von einer ganz anderen Seite. Sie wirkte weicher, und ich konnte die kleinen weißen Häuser mit ihren orangefarbenen Dächern sehen. Eine Reihe niedriger Hügel verlief bis zum Meer – wunderbar grün bewachsen waren sie, lila Heidekraut und gelber Ginster leuchteten mir von weitem entgegen.

»Wie hübsch!« rief ich.

»An den windgeschützten Stellen ist die Insel fast subtropisch. Es gedeihen sogar ein paar Palmen hier. Unser Obst und unser Gemüse ist dem vom Festland immer voraus, aber nur in den Tälern, die vor dem Sturm geschützt sind.«

»Wie ich mich darauf freue, alles zu erforschen und kennenzulernen.«

»Das wird Mr. Jago sicher auch freuen.«

Wir fuhren auf den Sandstrand der Bucht, zwei Männer warteten dort mit Pferden.

»Ich nehme an, Sie können reiten«, sagte Tregardier. »Mr. Jago war sich dessen ganz sicher.«

»Woher will er das wohl wissen? Aber ich reite tatsächlich und hatte immer viel Spaß daran.«

»Fabelhaft.«

Eine leichte Brise zerrte an meinen Hutbändern. Ich hatte in weiser Voraussicht eine sportliche Kopfbedeckung gewählt.

Einige der eleganten Hüte aus meiner Ausstattung hätten hier wohl recht deplaziert gewirkt. Mein Gepäck folgte in einem zweiten Boot, das gleichzeitig mit uns landete. William Tregardier beauftragte einen der Ruderer, sich darum zu kümmern.

»Für Sie wird wohl am ehesten diese kleine Stute geeignet sein. Später können Sie sich dann selbst ein passendes Pferd aus den Ställen aussuchen. So wird es Mr. Jago sicher wollen.«

Ich bestieg das lammfromme Tier, und William Tregardier nahm das andere. Und dann ritten wir los.

»Die Burg ist nicht weit von hier.«

»Die Burg? Ich hatte ja keine Ahnung, daß es sich um eine Burg handelt.«

»So heißt sie hier allgemein. Burg Kellaway. Sie ist schon sehr alt. Den Namen erhielt sie wohl von der Familie, als sie sich hier ansiedelte.«

Wir ritten um eine Hügelkette herum, und da lag sie schon vor uns. Wahrlich, eine richtige Burg! Mit Zinnen und dicken Steinmauern. Ein viereckiges Gebäude, dessen hohe Mauern vier runde Türme flankierten, die sich noch über das Dach hinaus erhoben. Das steinerne Vorhaus wurde ebenfalls von einem Turm überragt. Es sah richtig trutzig aus, bereit, es mit jedem Eindringling aufzunehmen. Wir ritten durch die Tore und kamen in einen gepflasterten Innenhof. Von dort ging es durch einen normannischen Bogengang in einen zweiten Hof, wo wir von einem Stallknecht empfangen wurden, der sichtlich auch auf uns gewartet hatte.

»Nimm uns bitte die Pferde ab, Albert. Das ist Miß Kellaway, sie ist zu Besuch bei uns.«

Albert zupfte zur Begrüßung an seiner Stirnlocke, und ich sagte ihm guten Tag. Er nahm die Tiere, und William Tregardier führte mich zu einer schweren, eisenbeschlagenen Tür.

»Sicher möchten Sie sich frischmachen und vielleicht auch

noch umziehen, ehe Sie Mr. Jago kennenlernen«, meinte er. »Am besten lasse ich Ihnen von einem der Mädchen das Zimmer zeigen.«

Ich war ganz verwirrt. Insgeheim hatte ich mir das Haus auf der fernen Insel eher etwas primitiv vorgestellt. Auf eine derartige Burg war ich jedenfalls nicht gefaßt gewesen. Sie war ja mindestens so großartig, nein, in ihrer Art noch großartiger als das Herrenhaus der Hydrocks und offensichtlich auch viel älter.

Wir hatten das Gebäude durch eine Seitentür betreten und kamen jetzt in einen Gang, der mit einem Tisch und drei Stühlen kärglich als eine Art Empfangsraum eingerichtet war. In einer Ecke stand eine Ritterrüstung, und an den Wänden hingen Schilde und Wappen. Vermutlich war dies einmal ein Teil der Waffenkammer oder der Wachraum gewesen.

Es schien, als erwarteten mich alle hier im Haus, denn kaum hatten wir diesen Raum betreten, kam schon ein Mädchen bei der anderen Tür herein.

»Ah, Janet«, sagte Mr. Tregardier, »das ist Miß Kellaway.«

Das Mädchen knickste.

»Führe sie bitte in ihr Zimmer und kümmere dich darum, daß sie alles Nötige hat.«

»Selbstverständlich«, sagte Janet.

»Und dann . . .« Er sah mich an. »Etwa in einer halben Stunde?«

»Ja, das geht gut.«

»Bring in einer halben Stunde also bitte Miß Kellaway nach unten.«

»Vielen Dank«, sagte ich noch.

»Es ist uns eine Freude, für Sie zu sorgen«, antwortete er.

Janet sagte: »Wenn Sie mir bitte folgen würden, Miß Kellaway.«

Voller Bewunderung für alles, was ich hier sah, folgte ich ihr. Wir kamen durch mehrere Gänge mit steinernem Fußboden und stiegen dann eine steinerne Wendeltreppe hinauf. Von dieser ging es über eine Galerie in den Wohnteil der Burg; das mittelalterliche Ambiente wurde hier von einem etwas bequemeren, moderneren abgelöst.

»Bitte hier lang, Miß Kellaway.«

Sie stieß eine Tür auf, und wir betraten ein Zimmer, dessen Wände mit alten, rot und grau gemusterten Wandteppichen bedeckt waren. Auf dem Fußboden lag ein roter Teppich, rote Samtvorhänge mit Goldborten umrahmten das Fenster. Ein Himmelbett stand da, ebenfalls mit rotem Samt zugehängt. Das Ganze wirkte ungemein prächtig. Unter dem halbrunden Fenster in der unheimlich dicken Wand war eine steinerne Sitzbank eingelassen. Drei Stufen führten zu einem Alkoven; ich ging hinauf und sah zum Fenster hinaus. Obwohl die Burg ganz oben auf einem Hügel stand, konnte ich die Insel nicht voll überblicken. Die kleinen Häuser sahen mit ihren orangefarbenen Dächern sehr malerisch und irgendwie fremdländisch aus. Es schien eine Straße zu geben, mit Geschäften und dem von Mrs. Pengelly erwähnten Gasthof. Wie eine Miniaturstadt sah es aus. Einige Bauernhäuser konnte ich sehen, sie waren von verschiedenen, offenbar sehr gepflegten Feldern umgeben. Obstgärten gab es und sogar einen kleinen Wald und noch ein paar andere Häuser. Die zweite Insel, »Der blaue Felsen«, schien viel näher als sechshundert Meter zu liegen, wie man mir gesagt hatte. Nur ein schmaler Wasserstreifen trennte sie von der Hauptinsel. Dann blickte ich zum Festland hinüber und überlegte, was Michael Hydrock jetzt wohl mache und ob er noch mal an mich gedacht hatte.

»Einfach grandios«, sagte ich, als ich mich vom Fenster zurückwandte und noch einmal das Zimmer betrachtete.

»Mr. Jago sagte, daß Sie diesen Raum bekommen müßten. Es ist einer der schönsten in der ganzen Burg.«

»Das ist aber sehr lieb von ihm.«

Sie kicherte. »Man hat uns alle gut vorbereitet. Wir müssen uns ganz besonders um Sie kümmern.«
Ja, ich war wirklich sehr herzlich empfangen worden.
»Wenn es noch was gibt, was Sie brauchen« – sie wies zu einer rotgoldenen Glockenschnur –, »dann ziehen Sie nur hier dran, und ich komme sofort herüber. Wir meinen zwar, an alles gedacht zu haben, aber man kann ja nie ganz sicher sein, nicht wahr?«
In diesem Augenblick kam der Junge mit meinem Gepäck herein.
»Soll ich Ihnen beim Auspacken helfen?« fragte Janet.
»Ja, bitte«, sagte ich. Nicht, weil ich ihre Hilfe brauchte, sondern um sie noch ein wenig dazubehalten, um vielleicht ein paar Fragen stellen zu können. »Es ist gar nicht viel und dauert bestimmt nicht lange«, fügte ich noch hinzu.
»Erst bringe ich Ihnen aber heißes Wasser.«
Als sie hinausgegangen war, sah ich mir die eichene Tafelwand und den roten Schrank an, den Kamin mit dem Sims und den hohen Kerzenständern darauf. Die Zimmerdecke war mit wunderschönen geschnitzten Mustern geschmückt.
Ich öffnete eine der Taschen und nahm ein Kleid heraus. Eines von denen, die für meine Hochzeitsreise gedacht waren. Aus saphirblauer Seide, die mir besonders gut stand. Mir fiel ein, wie Philip mich zur ersten Anprobe begleitet hatte. Er guckte um die Ecke in den Anprobierraum und sagte: »Ellen, ich glaube, ich bekomme eine Schönheit zur Frau.«
Mir war plötzlich wieder ganz traurig zumute. Ich mußte an all die Pläne denken, die wir für unsere Hochzeitsreise gemacht hatten. »Venedig«, hatte er gesagt. »Gondoliere, Serenaden auf dem Canale Grande. So richtig romantisch.«
Ich hielt das Kleid noch in den Händen, als Janet mit dem heißen Wasser kam.
»Ein schönes Kleid«, sagte sie.

Ich nickte und legte es auf das Bett.
»Mr. Jago ist gerade hereingekommen. Er möchte Sie sehen, Sie sollten ihn nicht warten lassen. Jetzt ist er noch im Stall.«
»Dann werde ich mich rasch waschen«, sagte ich.
Janet schob einen Vorhang zurück, hinter dem eine Waschschüssel war. Sie goß mir das heiße Wasser ein, und ich wusch mich, während sie meine Kleider in den Schrank hängte. Das blaue Kleid lag noch immer auf dem Bett.
Ich nahm es hoch.
»Werden Sie das zum Abendessen tragen?«
Ehe ich noch antworten konnte, klopfte es an die Tür. Der Junge steckte seinen Kopf herein. »Mr. Jago ist in seinem Zimmer. Er möchte Miß Kellaway dorthin bitten.«
»Schon recht, Jim«, sagte Janet. »Jetzt aber rasch, Miß Kellaway, Mr. Jago wartet nicht gerne.«
Ich spürte, wie meine Hände zitterten. Jetzt sollte ich den Mann kennenlernen, von dem ich mir in den letzten Tagen ein eigenes Bild gemacht hatte.
Und dann ging ich in seinen Arbeitsraum hinunter, zu der ersten Begegnung mit Jago Kellaway. Ein wunderbarer Raum mit einem tiefen Erkerfenster zum Meer hinaus. Mit Holzstücken vor dem großen offenen Kamin, einer langen Bank davor, deren Muster mit dem Wandbehang übereinstimmte, eine Kassettendecke mit dem Familienwappen in der Mitte. »Zimmer« war für diesen Raum ein viel zu bescheidener Ausdruck, so würdevoll und elegant wirkte alles.
Janet klopfte an die Tür zum Nebenraum, und als sie sich wie durch Zauberhand öffnete, trat ich ein. Zuerst dachte ich, es sei niemand da, dann hörte ich hinter mir jemanden lachen. Die Tür war wieder zu, der Mann, der noch immer lachte, lehnte dagegen und studierte mich eingehend.
»Sie!« schrie ich. »Sie sind . . . Jago Kellaway?«
Denn der Mann, dem ich da gegenüberstand, war derselbe, der mich bei dem Konzert angesprochen und im Haus am

Finlay Square an jenem Morgen so erschreckt hatte, als Rollo dazukam und uns zusammen antraf. Er – Jago Kellaway! Ich spürte, wie mir vor Schreck und Überraschung ein Kribbeln über den Rücken lief.

»Ich . . . ich begreife nicht«, stotterte ich.

»Das dachte ich mir, daß Sie überrascht sein würden«, sagte er lachend und nahm mich beim Arm. Ich hatte vergessen, wie groß er war. Er zog mich weiter ins Zimmer hinein und führte mich zum Fenster. Dort legte er die Hände auf meine Schultern und sah mir ins Gesicht.

»Endlich«, sagte er nur.

»Ich möchte aber wirklich wissen . . .«, fing ich an.

»Natürlich möchten Sie das. Sie sind eine neugierige junge Dame, und ich gebe zu, daß Ihnen das Ganze ein wenig merkwürdig vorkommen muß.«

»Ein wenig? Mir kommt vor, als träumte ich. Warum sind Sie nach London gekommen? Warum sind Sie zu dem Konzert gekommen? Was haben Sie in dem Haus am Finlay Square gemacht? Warum haben Sie mir nicht gesagt, wer Sie sind? Wer sind Sie überhaupt?«

»Sie stellen so viele Fragen auf einmal, die kann ich nicht ebenso schnell beantworten. Vor allem möchte ich Sie hier willkommen heißen und Ihnen sagen, wie glücklich ich bin, Sie hier zu haben. Sie sind eine echte Kellaway und geraten ganz nach Ihrem Vater. Er war auch sehr ungeduldig.«

»Würden Sie mir bitte erklären . . .«

»Natürlich werde ich das. Kommen Sie, meine liebe Ellen, setzen Sie sich, und dann beantworte ich Ihnen jede Frage.«

Er führte mich zu einem Stuhl mit geschnitzten Armlehnen und einem mit Gobelinstoff bezogenen Sitz und schob mich fast darauf. Dann zog er sich in aller Gemütsruhe selbst einen Stuhl heran. Es war, als genieße er meine Ungeduld und habe es gar nicht eilig, sie zu befriedigen. Wie ein Thron wirkte sein riesiger Stuhl, mit ganz kompliziertem Schnitzwerk und einer Einlegearbeit an der Lehne, in die blauer Lapislazuli eingefügt war. Und so riesig wie der Stuhl war auch der Mann selbst. Jetzt erst konnte ich ihn richtig betrachten. Er beeindruckte mich noch mehr als damals in London. Zur mitternachtsblauen Jacke trug er eine weiße Krawatte. Seine wohlgeformten, gebräunten Hände ruhten auf den Lehnen des thronartigen Stuhls. Auf dem Siegelring an seiner rechten Hand sah ich ein »K« eingraviert.

»Sie fragen also, wer ich bin? Das will ich Ihnen sagen: Jago Kellaway. Und wie ich mit Ihnen verwandt bin? Nun, das ist ein wenig kompliziert, liebe Ellen. Darum will ich es Ihnen lieber gleich selbst sagen, sonst hören Sie noch verwirrendere Versionen der Geschichte. Einer sehr häufig vorkommenden Geschichte.« Er schmunzelte. »Allerdings für Ihre Ohren ein wenig zu unfein – oder auch nicht. Sie kommen ja aus dem aufgeklärten London und werden wissen, daß auch in den besten Familien gelegentlich solche Dinge vorkommen.«

»Bevor ich es nicht gehört habe, kann ich nichts dazu sagen«, antwortete ich ziemlich scharf, denn irgend etwas an ihm provozierte mich. Er wußte genau, wie neugierig ich war, alles zu erfahren, und nahm sich absichtlich so viel Zeit mit dem Erklären. Er war nach London gekommen und hatte sich so eigenartig benommen, daß es mir einiges Kopfzerbrechen bereitete; er hielt es offenbar nur für einen guten Spaß. Ich hatte mir meinen »Vormund«, wie er sich selbst nannte, doch etwas anders vorgestellt, und bei aller Neugier, das Geheimnis um ihn zu begreifen, irritierte er mich maßlos.

»Ein bißchen düster ist die Geschichte auch«, fing er an. »Einer unserer Vorfahren – gar nicht so weit zurück, nämlich der Urgroßvater – hatte eine Schwester namens Gwennol. Sie war ebenso schön wie ungebärdig. In unserer Galerie hängt ein Bild von ihr, ich muß es Ihnen einmal zeigen. Die Kellaways waren eine grandiose Familie. Ihr gehörte die Insel, und sie lebte hier mit einigem Aufwand. Gwennol sollte eines Tages ebenso großartig heiraten, aber dann kam sie und erklärte stolz, daß sie ein Kind erwarte. Den Vater wollte sie nicht nennen, und sie hatte auch nicht die Absicht, ihn zu heiraten. Ihr Vater war so böse mit ihr, daß er drohte, sie aus der Burg zu weisen, wenn sie ihm den Vater des Kindes nicht nannte. Sie tat es nicht und verließ dann die Burg mit einigen ihrer Diener. Ob diese aus Liebe oder Furcht mit ihr gingen, weiß man nicht, denn es heißt, daß sie eine Hexe war und den Teufel zum Vater ihres Kindes hatte.« Wieder dieser amüsierte Blick. »Das könnte durchaus stimmen, denn von uns Kellaways kann man ruhig sagen, daß wir etwas vom Teufel in uns haben. Trifft das auch für Sie zu? O nein, bestimmt nicht. Sie gehören ja nicht der direkten Linie an. Also zog diese Gwennol auf den blauen Felsen da drüben, den Sie vielleicht schon gesehen haben.«

»Allerdings. Mr. Tregardier hat ihn mir vom Meer aus gezeigt, und von meinem Fenster aus sehe ich ihn auch.«

»Dorthin zog sie also. Ließ sich eine Hütte bauen aus Holz und Gras und lebte darin, bis ihr Haus fertig war. Das steht heute noch dort. Ihr Sohn wurde dort geboren. Es war mein Vater.«

»Jetzt verstehe ich, wie wir verwandt sind. Wir sind Cousin und Kusine sozusagen.«

»Entfernten Grades, aber beide Kellaways.« Er lächelte plötzlich und meinte dann: »Wir sollten also besser du zueinander sagen.« Ich sah ihn nur an, und er fuhr fort: »Als mein Vater starb, war ich noch sehr jung, und man brachte mich mit meiner Schwester Jenifry hierher in die Burg. Dein Vater und ich saßen im gleichen Schulraum und spielten miteinander. Einige Jahre lang verwalteten wir das Gut gemeinsam, dann wurde er zu krank, um noch arbeiten zu können, und ich übernahm alles. Letztes Jahr starb er.«

»Und er wollte nie wissen, wo ich verblieben war? All die Jahre?«

Er sah mich ernsthaft an und schüttelte den Kopf. »Aber vor deinem Tod dachte er an dich, bat mich, dich ausfindig zu machen und dein Vormund zu sein, bis du einundzwanzig bist.«

»Das bin ich ja schon bald, und er muß es auch gewußt haben.«

»Selbstverständlich wußte er, wie alt du bist. Aber du warst nicht leicht zu finden. Deine Mutter hat offenbar beim Verlassen der Insel beschlossen, sich unsichtbar zu machen.«

»Sie ging zu ihrer Familie zurück.«

»Von der erzählte mir dein Vater nichts. Als ich aber in den Zeitungen las, daß du bald heiraten würdest, fuhr ich nach London.«

»Merkwürdig, daß du mir damals nicht gesagt hast, wer du bist.«

»Das ist so eine Laune von mir. Ich habe einige, das wirst du bald merken. Ich überrasche die Leute gern. Das Leben muß bei mir dramatisch verlaufen. Und ich wollte dich kennenlernen, ehe du mich kanntest. Deswegen kam ich zu dem Konzert.«

»Aber wie? Die Carringtons kannten dich ja gar nicht.«

»Ich habe mich eben hineingeschmuggelt. Das war übrigens nicht schwer. Eine Karte mußte man ja nicht vorweisen.«

»Was für eine Frechheit!«

»Ja, eine gewisse Frechheit lege ich oft an den Tag.«

»Und wie kamst du in das Haus am Finlay Square? Du sagtest mir damals, der Makler habe dir einen Schlüssel gegeben. Offenbar gab es aber nur zwei.«

»Das hat er dir erzählt. Du weißt doch, wie diese Leute sind. Sie wollen unbedingt verkaufen, und anscheinend habt ihr noch ein wenig gezögert.«

»Und wieso warst du zur gleichen Zeit dort wie ich?«

»Ich wartete einfach, bis ich dich ins Haus gehen sah. Ist doch ganz einfach zu verstehen. Schau, ich hatte ja eine Pflicht dir

gegenüber. Ich bin dein Vormund, und ich wollte herausfinden, in was für eine Familie du da hineinheiratest.«
»Und wer die Carringtons waren, hast du bestimmt schnell herausgefunden.«
»Ja, über die habe ich eine Menge herausgefunden. Und dann passierte diese Tragödie, und ich bat dich, hierherzukommen. Wird dir jetzt langsam alles klar?«
»Ja«, antwortete ich.
»Und ich hoffe sehr«, sagte er ganz ernst, »daß du lange bei uns bleiben wirst.«
»Das ist sehr lieb von dir«, antwortete ich ohne allzuviel Herzlichkeit, denn ich glaubte ihm noch immer nicht, daß dies die ganze Wahrheit war.
»Ich hoffe, es gefällt dir hier alles«, fuhr er fort. »Ich mag es nämlich sehr. Deine Mutter nahm dich von hier weg, aber jetzt bist du wieder bei uns. Du hast eine schwere Zeit durchgemacht, und ich hoffe sehr, daß wir dir helfen können, sie zu überwinden.« Jetzt sah er mich ganz offen an. Die schweren Lider hatten sich gehoben, seine Augen blickten ganz klar und sehr freundlich. Es war das ausdrucksvollste Gesicht, das mir je begegnet war. Vor einigen Augenblicken hatte er noch so mutwillig dreingeblickt, und im Haus am Finlay Square war er mir fast diabolisch vorgekommen. Jetzt wirkte er so, wie seine Worte klangen, ganz der begütigende, beschützende Vormund.
Ich traute ihm allerdings noch immer nicht ganz über den Weg, aber ich fand ihn interessant. »Und wie soll ich dich nennen?«
»Natürlich Jago. Das ist ja mein Vorname, und wir sind schließlich entfernte Verwandte. Laß dich nicht zu sehr davon beeindrucken, daß ich gleichzeitig dein Vormund bin.«
»Das werde ich bestimmt nicht. Ich bin fast mein ganzes Leben auf eigenen Füßen gestanden und brauche jetzt bestimmt keinen Vormund mehr«, entgegnete ich sehr selbstbewußt.

»Du hast aber jetzt einen, ob du ihn willst oder nicht, und dein Vormund ist mit einem äußerst starken Pflichtgefühl gesegnet oder belastet, wie man es nennen mag. So viel du auch gegen diese Vormundschaft haben magst, wird er sich verpflichtet fühlen, seinem Versprechen nachzukommen. Nenne mich einfach Jago und laß uns Freunde sein. Es ist übrigens die altbritische Form von James und geht auf uralte Zeiten zurück. Ich beschäftige mich viel mit der Vergangenheit und werde hoffentlich auch dich für einige unserer alten Bräuche interessieren können, daher weiß ich über solche Dinge Bescheid. Jago kommt von Jacobus. Es hat mit dem Spanischen überhaupt nichts zu tun, manche meinen dies, weil ja hier an der Küste ein gewisser spanischer Einfluß war. Wir wurden in den Tagen der Königin Elisabeth dauernd von Spaniern angegriffen, und als die Armada ihre Niederlage erlitt, blieb so mancher spanische Seemann an unserer Küste hängen. Jago ist aber altbritisch. Was weißt du eigentlich von alter Geschichte?«

»Sehr wenig«, antwortete ich. »Sicher hat uns unsere Gouvernante einiges darüber beigebracht, aber ich erinnere mich kaum daran.«

»Wir sind die echten Briten«, fuhr er fort. »Unvermischt mit Rassen, die sich zum englischen Volk zusammentaten. Sie kamen nicht bis zur Insel, daher behielten wir unsere alten Bräuche. Einiges wirst du selbst entdecken. Die Insel ist seit mehreren Jahrhunderten in unserem Besitz. Ein wunderbares Land: sehr fruchtbar dank des milden Klimas, das den Pflanzenwuchs fördert. Durch Felsen im Osten vor den kalten Stürmen geschützt, im Westen vor den Südwestwinden, und vom Golfstrom warmgehalten. Ich zeige dir dann die Palmen in meinem geschützten Gärtchen. Wir haben unsere Ortschaft, die Kirche, den Friedhof, den Gasthof und unsere ganze blühende Gemeinde. Wir sind unabhängig ... *fast* unabhängig vom Festland. Und es gehört alles den Kellaways.«

Während dieser Worte hatte er sich neuerlich geändert. Er blühte geradezu auf vor Stolz über seinen Besitz. Es war deutlich zu sehen, daß er diese Insel liebte, und ich erwärmte mich langsam für ihn, denn dieser Enthusiasmus war richtig ansteckend.

Ich hatte noch kaum etwas von der Umgebung gesehen, und glühte selbst bereits vor Stolz, eine Kellaway zu sein und auf Kellaway-Besitz zu leben.

Ganz begierig war ich darauf, noch mehr davon zu sehen. Er bemerkte das, und es gefiel ihm.

»Es wird mir große Freude machen, dir alles zu zeigen. Wir haben viele Feste hier. Den Mummenschanz, die Wurfwettbewerbe, Ringkämpfe, Mittsommernachtsfeuer; alle alten Bräuche werden hier noch gepflegt, wahrscheinlich mehr als auf dem Festland, und einige davon gehen noch auf vorchristliche Zeit zurück. Zuerst mußt du aber die Familie kennenlernen. Vor allem meine Schwester Jenifry. Sie hat ihren Mann vor einigen Jahren verloren, während der Typhusepidemie, die auf dem Festland wütete und auch auf unsere Insel herüberkam. Sie ist etwas älter als ich und sozusagen die Burgherrin. Eben besucht sie einen unserer Dorfbewohner, der krank im Bett liegt. Du wirst bald merken, wie wir uns um jeden hier kümmern. Sie kommen zu uns mit ihren Sorgen – eine ganz schöne Verantwortung. Jenifrys Tochter Gwennol wird dir eine liebe Gesellschafterin sein. Sie ist ungefähr so alt wie du. Und jetzt erzähl mir von dir selbst . . . Von deinem Leben im Haus deiner Kusine.«

Also fing ich an, ihm darüber zu erzählen, und es schien ihn zu amüsieren; vielleicht betonte ich auch diesmal die amüsante Seite etwas mehr. Immer wenn ich von Kusine Agatha sprach, passierte mir das.

»Na, hör mal«, warf er ein, »sehr angenehm war das aber nicht für dich. Hat sie nicht eine Tochter, die kaum halb so hübsch ist wie du? Die hab' ich doch gesehen bei dem Kon-

zert. Und offensichtlich hat Agatha dich dauernd fühlen lassen, daß du von ihrer Güte abhängst.«
Das hatte er also trotz meiner eher lustigen Berichterstattung erkannt. »Kommt ja wohl ziemlich oft vor«, sagte ich nur.
»Und dann kam dieser reiche junge Mann«, setzte er fort. »Reich und nachgiebig. Den wollte sie für ihre Tochter kapern, und er wollte dich. Ein kluger junger Mann. Und der tötete sich dann.«
»Tat er ja gar nicht. Das hätte er nie fertiggebracht. Wenn du ihn gekannt hättest, würde dir das auch klar sein.«
»Nun, es ist ja alles vorbei.« Seine Stimme war jetzt ganz weich und tröstend. »Das gehört ja alles der Vergangenheit an. Ich erwähnte es nur, weil man ja einmal darüber sprechen muß. Das werden wir nie wieder tun. Wir müssen an die Gegenwart und an . . . die Zukunft denken. Aber ehe wir das Thema völlig beiseite schieben, sag mir doch, was für Pläne hattest du, ehe mein Brief dich erreichte?«
»Ich sollte bei einer Freundin meiner Kusine Gouvernante werden.«
»Und du hast dich nicht darauf gefreut?«
»Der Gedanke war mir verhaßt«, sagte ich mit Nachdruck.
»Kann ich mir vorstellen. Du . . . eine Gouvernante! Meine liebe Ellen, das paßt wirklich nicht zu dir. Für einen solchen Posten bist du viel zu stolz. Dir steht es eher an, Gouvernanten für deine eigenen Kinder zu engagieren.«
»Aber ich bin ja nicht verheiratet.«
»Ein gutaussehendes Mädchen wie du bleibt bestimmt nicht lange allein.«
»Ich habe nicht die Absicht . . .«, begann ich.
»Natürlich nicht, so lange der Richtige noch nicht darunter war. Als dein Vormund sähe ich dich gerne glücklich verheiratet. Und jetzt wirst du wohl in dein Zimmer gehen wollen, um dich auszuruhen. Wenn du etwas brauchst, läute nur. Janet ist dazu da, sich um dich zu kümmern.«

Ich erhob mich mit ihm zusammen, er ging zur Klingelschnur und zog daran. Dann legte er mir die Hand auf die Schulter und drückte sie fest. Ich spürte seine kräftigen Finger, als wir gemeinsam zur Tür gingen. Gleich darauf erschien ein Diener.
»Bring Miß Ellen in ihr Zimmer«, befahl er, packte mich noch einmal liebevoll an der Schulter und entließ mich lächelnd.

Ruhen wollte ich jetzt wirklich nicht, ich war viel zu erregt. Bis zum Essen hatte ich noch reichlich Zeit, mich in der Burg umzusehen. Man hatte mir ja deutlich zu verstehen gegeben, daß ich es mir hier heimisch machen sollte. Gut, dann wollte ich eben mit einem Rundgang beginnen, um alles besser kennenzulernen.
Ich stieg die Treppe hinunter, die zu meinem Zimmer führte, und kam wieder in den Wachraum. Ganz alleine kam ich mir darin sehr fremd vor. Alles war so völlig anders, als ich es mir vorgestellt hatte. Eine riesige Burg, ein Vormund, der sich als ein Mann von höchstens dreißig Jahren entpuppte und sich sehr ungewöhnlich benahm. Seine Schwester und deren Tochter, die ich erst kennenlernen sollte. Und sie alle kamen aus dem Zweig der Familie, der es angeblich mal mit dem Teufel zu tun hatte. Meine Tage an diesem Ort, der von einem solchen Mann regiert wurde, würden jedenfalls nicht langweilig sein. Der Gedanke daran regte mich sehr an. Ich fühlte mich wohler denn je, seit Philip gestorben war. Warum mochte meine Mutter diese Burg so rasch verlassen haben? Das mußte ich unbedingt herausfinden. Wie anders wäre sonst mein Leben verlaufen, hätte sie diesen Entschluß nicht gefaßt!
Während ich da im Wachraum meinen Gedanken nachhing, kam mir alles plötzlich so bedrohlich vor, und es wurde mir bewußt, daß ich eigentlich einem sehr unbedachten Entschluß gefolgt war, als ich die Reise antrat. Oder doch nicht?

Schließlich war es ja meine Familie. Ich fühlte mich wohl nur deswegen nicht so gut, weil der Mann, der mich im Haus am Finlay Square erschreckt hatte, sich als mein Vormund Jago Kellaway entpuppte. Ein etwas ungewöhnlicher Spaßmacher. Solche Leute gab es natürlich. Und er sagte auch, daß ihm Dramatik lag. Aber meine Bedenken waren nur natürlich. Ich erschauerte jetzt noch bei dem Gedanken an den Widerwillen, den ich beim ersten Betreten des Hauses am Finlay Square empfunden hatte. Dieser Raum hier, so mittelalterlich in seiner ganzen Ausstattung, mit Waffen an der Wand, zwei gekreuzten Schwertern, einer Axt, einem Mittelding von Speer und Axt, das man, soviel ich mich erinnerte, Hellebarde nannte – all das hatte mich unwillkürlich an die Waffenkammer in Trentham Towers erinnert, wo Philip mir damals die Pistole zeigte, deren Pendant ihm den Tod bringen sollte. Es war eine ganz schattenhafte Erinnerung, die da in mir aufstieg und mich an versteckte Gefahren erinnerte. Ich bildete mir ein, hier in der Burg genauso wie damals am Finlay Square vom Haus her eine Warnung zu spüren.
Ich wandte mich zur Tür. Meine Schritte auf dem Marmorboden hallten wider. Ich blieb stehen. Welch eine Stille! Es war doch dumm, ein Haus als Persönlichkeit zu sehen. Oder nicht? Wenn ein Haus schon über siebenhundert Jahre lang existiert, was muß da alles in ihm passiert sein! Wenn diese Steine sprechen könnten, was für Geschichten würden sie erzählen! In einem Haus wie diesem mußte es unendlich viel Freude und Trauer, Komödien und Tragödien gegeben haben. Ich hatte das Gefühl, daß diese Empfindungen von den Steinen eingefangen wurden und diese manchmal ihr Geheimnis preisgeben möchten.
Dumme Einbildungen, aber ich fühlte mich so unsicher. Ich versuchte, das eine Leben mit all seinen unglückseligen Ereignissen abzuwerfen und ein neues anzunehmen, dessen ich jetzt noch so ungewiß war.

Ich trat nun durch die Tür in einen Hof hinaus und sah gegenüber einen Bogendurchgang, der mitten in die Mauer hineingeschnitten zu sein schien. Er führte in einen etwas tiefer als der erste gelegenen Hof; ich durchquerte ihn und kam dann zu einem dritten, noch weiter unten. Ein paar kleine, mit Butzenscheiben versehene Fenster sahen in ihn hinab. Nochmals ein Durchgang, und dann, an seinem äußeren Ende, ein von Mauern umgebener Weg nach unten. Ich folgte seinen Windungen.

Während ich so dahinspazierte, hörte ich plötzlich Flügelflattern und das Gurren von Tauben. Gleich darauf stand ich in einem weiteren Hof. Mehrere Tauben pickten gerade Maiskörner auf, die verstreut auf dem Boden lagen.

Als ich mich ihnen näherte, flatterten einige auf und hockten sich auf die kleinen Schlupfhäuschen an den Mauern. Andere ignorierten mich völlig und pickten weiter Mais. Die meisten hatten die übliche blaugraue Farbe, ein paar waren jedoch braun. Solche kannte ich noch nicht.

Während ich die Tiere beobachtete, nahm ich aus den Augenwinkeln einen Schatten an einem der unteren Fenster wahr. Irgend jemand beobachtete mich. Ich wandte mich schnell um, da war der Schatten weg. Ich wandte mich wieder den Vögeln zu und wartete. Jetzt kehrte der Schatten zurück.

»Sind das Ihre Vögel?« rief ich laut.

Keine Antwort. Ich ging näher an das Fenster, hinter dem ich den Schatten gesehen hatte. Aber er war nicht mehr da.

In die Mauer war eine kleine Tür eingelassen. Vorher war die Tür etwas offengestanden, jetzt wurde sie ganz leise zugedrückt. Der Unbekannte auf der anderen Seite wollte mich offensichtlich nicht hereinlassen.

Ich bildete mir ein, heftiges Atmen zu hören.

Eigenartig. Nun, wenn der, der sich da versteckte, nicht mit mir sprechen wollte, würde ich ihn – oder sie – nicht weiter stören. Und dann packte mich der Impuls, doch noch einmal

anzuklopfen, und ich tat es. Wieder keine Antwort. Ich rief: »Ich wollte nur etwas wegen der Tauben fragen.«
Immer noch keine Antwort. Wirklich eigenartig. Und recht unfreundlich. Vermutlich irgend jemand von der Dienerschaft. Ich zuckte die Achseln, drehte mich um und ging den Weg, den ich gekommen war.
Vielleicht war es dumm von mir, die Burg gleich auf eigene Faust zu erforschen. Sicher war es besser, dies mit einem Führer zu tun, dem es Spaß machte, mir alles zu zeigen.
Ich fand in mein Zimmer zurück, wo ich mich schon zum Essen umziehen mußte. Tatsächlich wollte ich das elegante blaue Kleid anziehen und überlegte, ob ich wohl »das gute Schwarze«, von unserer Verlobungsnacht auf Esmeraldas Ball, je wieder brauchen würde. Mit Philips Orchidee würde es eigentlich ganz hübsch aussehen ... Schon wieder lebte ich in der Vergangenheit – konnte ich ihr je entgehen? Konnte ich je meine Erinnerungen ablegen? Während ich das blaue Kleid anzog, dachte ich daran, wie ich mir vorgestellt hatte, es am Canale Grande zum Dinner mit Philip zu tragen.
Ich schüttelte mich ärgerlich.

2

Wie klar mir doch die Erinnerung an die erste Nacht in der Burg geblieben ist.
Ein Bedienter kam in mein Zimmer und geleitete mich nach unten in den Vorraum, wo die Familie auf mich wartete. Jago stand vor dem Kamin, die Hände hinter dem Rücken verschränkt – er strahlte vor Vergnügen über die Situation, und wieder war er die beherrschende Gestalt im Raum. Ich sah links und rechts von ihm eine Frau, die ältere, etwa vierzig

Jahre alt, sicher seine Schwester, die jüngere seine Nichte Gwennol, die, wie ich wußte, in meinem Alter sein sollte.
»Komm, Ellen«, sagte Jago. »Komm, lern meine Familie kennen. Das ist meine Schwester Jenifry.«
Das Herz schlug mir etwas schneller, als ich vortrat und ihre Hand nahm. Sie war fast so dunkelhäutig wie Jago und hatte die gleiche gebogene Nase, die ihr ein arrogantes Aussehen gab, was ich auch an ihm bemerkt hatte. Die Familienähnlichkeit war sehr stark.
Mit weicher warmer Stimme begrüßte sie mich. »Wir freuen uns, dich hier zu haben«, sagte sie; in ihrem Blick lag jedoch ein kühles Abschätzen, das ihren Worten widersprach. Ich wußte, daß sie mich genau betrachtete, und fühlte die gleiche Unsicherheit wie gegenüber ihrem Bruder.
»Du bist wirklich zu freundlich«, antwortete ich.
»Wir freuen uns sehr, dich hierzuhaben«, wiederholte sie. »Gwennol, das ist Ellen.«
Auch Gwennol war von gleicher Art. Fast schwarze Haare, dunkelbraune Augen, Stupsnase und ein sehr breiter Mund. Die Gesamtwirkung wurde vor allem durch ihre liebevollen, verträumten Augen bestimmt, mit denen die vorwitzige Nase und der Mund nicht im Einklang zu sein schienen.
»Hallo, Ellen«, sagte sie. »Willkommen auf unserer Insel.«
»Ich hoffe, daß ihr gute Freundinnen werdet«, sagte die Mutter.
»Du mußt Ellen noch die ganze Burg zeigen«, sagte Jago, der lächelnd von einem zum anderen blickte. Gleich darauf kam ein Diener herein und verkündete, daß das Essen serviert sei. Jago nahm meinen Arm, und wir führten die kleine Gruppe an.
»Bei dieser besonderen Begebenheit dinieren wir in der Halle«, sagte er. »Dies geschieht bei uns nur zu speziellen Anlässen und an hohen Festtagen. Und das ist heute bestimmt einer.«

Die Tür am Ende eines Riesenraumes führte zu den Küchen, die Bedienten eilten dort aus und ein. Darüber sah ich eine Galerie, am anderen Ende, im rechten Winkel zum Hauptraum, ein Podium. Die Balustrade der Galerie war mit Bändern geschmückt, die Wände teilweise mit schönen Gobelins. Die Halle mit ihrer hohen Decke, den dicken Steinwänden und dem Wappenschmuck daran wirkte irgendwie königlich. An der Eichentafel und an einem Tisch auf dem Podium war gedeckt, auf den Bänken zu beiden Seiten des Tisches saßen bereits Leute. Das war das Gutspersonal, wie man mir später erklärte, und – ich konnte dies erst gar nicht glauben – unterhalb des Salzfasses saßen die einfachen Arbeiter. So hatten Könige in alten Zeiten ihre Feste begangen.

Die von Jago arrangierte Szene war wirklich mittelalterlich, und als die Musiker auf der Galerie zu spielen begannen, amüsierte ich mich innerlich über seine Absicht, eine Atmosphäre vergangener Zeiten heraufzubeschwören. Ich war aber auch gerührt, denn es geschah ja alles zu meiner Ehre.

Als wir eintraten, erhoben sich alle. Jago führte mich aufs Podium. »Ich habe das große Vergnügen, euch allen Miß Ellen Kellaway vorzustellen, mein Mündel und meine Kusine zugleich, die eine Zeitlang bei uns bleiben wird. Wie wir hoffen, eine lange Zeit. Wir heißen sie heute auf unserer Burg und auf der Insel willkommen, und ich bin sicher, daß auch ihr euch freut, sie zu sehen – genausosehr wie ich.« Zustimmendes Gemurmel hob an, und Jago rückte mir am Tisch den Stuhl zurecht. Ich setzte mich.

Großes Stuhlgescharre, dann wurde die Suppe serviert, erst bei uns und dann am langen Tisch.

»Wie findest du das?« flüsterte Jago mir zu.

»Unvorstellbar! So etwas hätte ich mir nie träumen lassen!«

Er streichelte meine Hand. »Ist alles für dich. Damit du siehst, wie wir hier leben – und spürst, wie froh wir über deinen Besuch sind.«

»Vielen Dank«, antwortete ich. »Du bist so lieb zu mir. So bin ich in meinem ganzen Leben noch nie willkommen geheißen worden.«

»Dann haben wir unser Ziel ja erreicht.«

Nach der ausgezeichneten Suppe gab es Wildbraten. Ich lauschte der leisen Musik und dachte, daß die Halle vor dreihundert Jahren bei so einem Anlaß wohl auch nicht viel anders ausgesehen haben mochte.

Jenifry saß links neben Jago und Gwennol neben mir. Einige Leute vom langen Tisch warfen mir heimlich Blicke zu. Was mochten sie wohl von dieser Feierlichkeit halten? Aber vermutlich waren sie daran schon gewöhnt, Jago bestätigte es mir.

»Zu Weihnachten feiern wir immer nach ganz altem Brauch. Dann wird die Halle mit Stechpalmenzweigen und Efeu geschmückt, und die Weihnachtssänger und Harfenspieler führen uns etwas vor. Das ist schon seit Jahrhunderten so der Brauch.«

»Es macht dir sichtlich großen Spaß, die alten Bräuche so weiterzuführen.«

»Uns allen macht das großen Spaß, stimmt's?« Gwennol und Jenifry stimmten ihm bei.

»Wir versuchen gerade, das genaue Alter der Burg zu ermitteln«, sagte Jenifry. »Es ist ja immer wieder dazugebaut worden. Ursprünglich war es nur eine Festung zur Verteidigung der Insel. Muß recht ungemütlich gewesen sein damals; erst später machte man sie wohnlicher. Gwennol ist sehr daran interessiert, nicht wahr?«

»Wenn man hier lebt, interessiert man sich eben einfach dafür«, erklärte Gwennol. »Man entdeckt immer wieder Neues am Gemäuer, und dann versucht man herauszufinden, aus welcher Epoche es stammt und von wem.«

»Dir wird es genauso gehen, sobald du dich an die Atmosphäre gewöhnt hast«, sagte Jago zu mir. »Die Insel möchte ich dir gerne selber zeigen. Morgen machen wir einen Entdeckungsritt. Du reitest ja, wie ich weiß.«

»Ja, sehr gerne sogar. In London sind wir immer im Park geritten, auf dem Land natürlich auch weitere Strecken.«

»Das ist fein. Dann brauchen wir es dir nicht erst beizubringen. Wir müssen nur das richtige Pferd für dich finden.«

»Ich freue mich schon darauf.«

»Dann freuen wir uns auch, nicht wahr?« sagte Jago zu den beiden anderen. »Wir möchten, daß du dich hier so wohl fühlst, daß du uns gar nicht mehr verlassen willst.«

»Dafür ist es wohl noch ein bißchen zu früh. Du weißt ja, was man über Gäste sagt.«

»Nein, was sagt man denn?«

»Daß es herrlich ist, sie ein paar Tage bei sich zu haben, aber wenn sie die Zeit überziehen, kann man es nicht erwarten, sie wieder abziehen zu sehen.«

»Du bist aber kein Gast, du gehörst doch zur Familie.«

»Natürlich«, sagte Jenifry.

»Erzählt mir noch mehr über die Insel«, sagte ich. »Ich bin so neugierig darauf.«

»Von der Welt abgeschnitten wirst du dich hier nicht fühlen, dafür ist sie groß genug.«

»Manchmal kann man allerdings nicht zum Festland gelangen«, wandte Gwennol ein.

»Das kann Tage dauern«, fügte Jenifry hinzu. »Manchmal sogar Wochen.«

Jago unterbrach sie: »Das weiß Ellen schon. Schließlich hat sie ja drüben im Gasthof auf das Boot warten müssen. Aber die Leute hier haben nicht das Gefühl, etwas zu versäumen, wenn sie mal nicht auf das Festland können. Sie können ohne das auskommen und haben sogar ein eigenes Gasthaus hier. Es kommen eigens Leute her, um Urlaub vom Leben auf dem Festland zu machen.«

»Sie haben allerdings nur vier Gästezimmer, und die sind selten voll«, fügte Gwennol hinzu. »Es ist mehr ein Gasthof, in dem die Inselleute zusammenkommen, um zu trinken, zu singen und in Gesellschaft zu sein.«

»Ist auch viel besser so«, sagte Jagò. »Wir wollen hier nicht so viel Fremde haben. Die bringen nur Unruhe herein.«

Mir fiel immer mehr auf, wie besessen er von seinem Besitz war. Er liebte die Insel. Für ihn war sie vollkommen. Ihr hatte er sein ganzes Leben geweiht.

»Gibt es hier auch Kriminelle?« fragte ich.

»Kaum jemals«, versicherte er mir. »Ich weiß schon, wie ich die Leute in Zucht und Ordnung halte.«

»Ihr habt also gar kein Gefängnis?«

»In der Burg gibt es Verliese, die bei den seltenen Fällen, die vorkommen, dazu dienen.«

»Und das ist gesetzlich erlaubt?«

»Ich bin Friedensrichter. Bei schweren Verbrechen, etwa bei Mord, müßte der Verbrecher aufs Festland gebracht werden. Aber bei Kleinigkeiten verurteilen wir ihn selber.«

»Ist im Augenblick jemand im Verlies?«

Jago lachte. »Hast du etwa Angst, daß ein Verbrecher ausbricht und sich in dein Zimmer stiehlt und Geld oder Leben von dir verlangt? Nein, Ellen, da ist niemand unten. Sehr selten überhaupt. Sie sind gräßlich, nicht wahr?«

Gwennol bestätigte es. »Ganz, ganz dunkel und angeblich von Geistern heimgesucht, weil die früheren Kellaways ihre Feinde dort einsperrten und sie darin sterben ließen. Es heißt, daß ihre Geister jene heimsuchen, die die Gesetze nicht beachten. Natürlich überlegt sich dann jeder, ob er etwas anstellt, damit er nicht ein paar Nächte da unten verbringen muß.«

»Ich würde sie gerne sehen«, sagte ich.

»Sollst du auch«, sagte Jago. »Es steht dir überhaupt alles zur Verfügung; erforsche, was du nur willst.«

»Ich habe sogar schon damit angefangen.«

»Tatsächlich?« Er schien erfreut zu sein. »Und was hast du herausgefunden?«
»Ich sah ein paar braune Tauben. Solche habe ich noch nie gesehen.«
»Auf Kellaway gab es immer schon ein paar braune Tauben. Erzählst du ihr die Geschichte, Jenifry?«
»Ach, es ist nichts weiter, als daß einer unserer Vorfahren von einer braunen Taube gerettet wurde. Ich glaube, sie stammen aus Italien. Er wurde nach einer Schlacht gefangengenommen, und eine kleine braune Taube setzte sich auf sein Fensterbrett. Er freundete sich mit ihr an. Sie brachte dann ihren Gefährten dazu und teilte sich mit dem Gefangenen in dessen Nahrung. Er zähmte die beiden und band ihnen Botschaften an die Füße, in der Hoffnung, daß irgendeiner seiner Freunde sie finden würde. Es schien eine nutzlose Hoffnung, aber nach langer, langer Zeit erreichte eine solche Botschaft tatsächlich einen Freund von ihm. Man sah es als Wunder an, und die Taube galt als Helfer des Schicksals. Er wurde gerettet und brachte das braune Taubenpärchen mit auf die Insel. Es heißt, daß es immer Kellaways auf der Insel geben wird, so lange es braune Tauben auf der Burg gibt.«
»Eine nette Geschichte, nicht wahr?« sagte Jago.
»Ja«, sagte ich.
Nach der Mahlzeit erhob sich Jago; Jenifry, Gwennol und ich folgten ihm zu der Tür am Ende der Halle. Die übrigen Leute blieben bei Tisch sitzen, und ich konnte mir vorstellen, wie lustig es dann da zugehen würde. Sicher waren sie erleichtert, daß der vornehme Teil vorbei war und sie ungezwungen miteinander reden konnten.
Wir tranken unseren Kaffee in Jagos Zimmer. Hier war es jedenfalls viel gemütlicher. Ich saß neben Gwennol, die viel über London wissen wollte; also erzählte ich vom Haus am Hyde Park, von unseren Spaziergängen in den Kensington Gardens und an den Promenaden entlang des Teiches.

»Wir haben auch einen Heckenweg und einen Teichgarten«, erklärte Jago. Offensichtlich lag ihm daran, daß alles auf der Insel mindestens so gut war wie das, was ich bisher kannte. Es ging ihm nichts über seine Insel, und außerdem wollte er, daß ich hier glücklich war und bleiben sollte.
Gwennol wollte noch mehr hören, also erzählte ich ihr von den Carringtons und von Kusine Agatha, von den langen Winternachmittagen und den roten Markisen und Teppichen, mit denen sie ihre Gäste empfing.
Alle hörten zu. Dann sprachen sie von der Insel, und das Leben bei Kusine Agatha schien mir entfernter denn je zu sein.
Um halb elf meinte Jago: »Du bist sicher recht müde. Jenifry und Gwennol bringen dich in dein Zimmer hinauf.« Sie nahmen eine Kerze vom Tisch und fragten, ob ich bereit sei. Ich dankte Jago für den schönen Abend und sagte gute Nacht.
»Und morgen früh reiten wir um die Insel«, versprach er nochmals.
Wir gingen die Gänge entlang, in denen jetzt die Kerzen in den Wandständern brannten. Das sah noch mittelalterlicher aus als bei Tag. Am Ende der Halle stiegen wir eine steinerne Treppe hinauf. »Bald kennst du dich allein aus«, sagte Jenifry, »aber in den ersten paar Tagen verirrst du dich vielleicht.«
»Ein Riesengebäude, diese Burg.«
»Ja, sie ist sehr groß. Wir sind ja nicht viele. In so eine Burg gehört eine Riesenfamilie.«
Oben ging es über eine Galerie weiter, dann eine zweite Treppe hinauf, die ich schon kannte. Jenifry öffnete die Tür zu meinem Zimmer. Darin sah es jetzt ganz anders aus. Es war voller dunkler Schatten. Ganz fremd war mir der Raum. Der Alkoven war hinter dem Vorhang versteckt, dafür hatte man das Bett zum Schlafen hergerichtet.
»Einen Augenblick«, sagte Jenifry und brannte mit ihrer Kerze die im Zimmer an, zwei auf dem Frisiertischchen, zwei

auf dem Kaminsims. Kerzenlicht hat etwas Eigenartiges an sich. Und da ich an jenem Tag ohnehin übererregt war von all dem Neuen, dachte ich: Ich werde heute nicht gut schlafen. Eine fatale Stimmung, wenn man gerade zu Bett gehen will.
Jenifry lächelte mich an. »Ich hoffe, daß du es bequem hast hier. Du weißt ja, daß du läuten kannst, wenn dir etwas fehlt. Hier an der rotgoldenen Schnur. Das führt genau in den Dienerraum, es kommt dann gleich jemand zu dir.«
»Ich habe bestimmt alles, was ich brauche«, versicherte ich ihr. Langsam gewöhnte ich mich an das Kerzenlicht. »Ihr seid alle so lieb zu mir.«
Wieder lächelte sie. Ich kam mir vor wie ein Kind, um das sich alle kümmerten.
Dann sah ich in den Spiegel und betrachtete mich selbst wie eine Fremde – so elegant in meinem blauen Kleid, mit unnatürlich strahlenden Augen und geröteten Wangen.
Und plötzlich sah ich Jenifry im Spiegel. Ihr Gesichtsausdruck hatte sich verändert. Eine ganz andere Frau stand da. Die Augen waren zusammengezogen, der Mund sah hart aus. Es war, als sei eine Maske gefallen und enthülle das, was darunter lag. Und es war nicht angenehm, was ich darunter sah. Als ich sie wieder ansah, hatte sich das Gesicht zurückverwandelt. Sie lächelte mich an.
»Wenn du also meinst, daß du alles hast, dann gute Nacht.«
»Gute Nacht«, erwiderte ich.
Sie wandte sich an der Tür noch einmal um und sagte: »Und schlaf gut!« Die Tür schloß sich. Ich starrte gedankenverloren darauf. Mein Herz schlug ziemlich schnell. Dann sah ich wieder den Spiegel an. Er war sehr alt, wohl auch schon fleckig. Er hatte einen wunderschönen handgearbeiteten Goldrahmen und mochte gut zweihundert Jahre alt sein. Ein Zerrspiegel, gewiß, aber wie er ihr Gesicht verändert hatte! Hatte sie mich wirklich so angesehen? Überlegen, fast bösartig, als hasse sie mich?

Ich setzte mich ans Frisiertischchen, nahm meine Haarnadeln heraus, schüttelte die Haare, bis sie locker auf den Schultern lagen und ließ sie herabhängen bis zur Taille. Das schlimme war wohl einfach: Ich hatte mich so daran gewöhnt, nirgends willkommen zu sein, daß ich an all diese Freundschaft gar nicht glauben konnte, und darum hatte ich mir wohl den Blick von Jenifry eingebildet. Einen Augenblick lang war er allerdings schauerlich gewesen. Gedankenverloren bürstete ich die Haare und flocht sie dann. Ich versuchte, mich dabei zu entspannen und mich auf den Schlaf vorzubereiten. Ich zog den Fenstervorhang noch einmal zurück und setzte mich auf die kleine Rundbank. Die Häuser der Insel sahen ganz verschlafen aus. Nur hie und da leuchtete ein Licht auf. Das Meer lag ruhig und glänzend da. Wieder legte der Mond ein silbernes Band darüber. Welch friedliches Idyll! Wie anders als meine Gedanken! Natürlich konnte ich nicht einschlafen an diesem Tag. Ich hatte Jago Kellaway kennengelernt, der gar nicht der Fremde war, den ich erwartet hatte. Ich hatte mir ein einfaches Haus auf der Insel vorgestellt und kam in eine Riesenburg, deren stolzer Herr dieser Jago war. Hatte meine langersehnten Verwandten gefunden und würde bald mehr über meine Familie wissen. Wenn es nur schon wieder Tag wäre! Ich war ganz begierig darauf, alles zu entdecken. Wie unheimlich der flackernde Kerzenschein! Lange Schatten fielen durch den Raum. Ich ging nochmals zum Frisiertisch, sah den Spiegel und meinte, abermals Jenifrys verändertes Gesicht zu sehen, ihre böse lächelnden Lippen. Bloße Einbildung natürlich. Ich war schon müde. Morgen würde ich mich selbst auslachen, aber jetzt war es Abend, und ich mußte noch die Stunden der Dunkelheit bis zur Dämmerung durchstehen.

Als ich wieder in den Spiegel blickte, hörte ich plötzlich ein Geräusch hinter mir. Ich war so entsetzt, daß ich die Kerzen umstieß. Rasch hob ich sie wieder auf, heißes Wachs floß mir

über die Hände. Ich wandte mich um, die eine Kerze hielt ich hoch und sah in alle Ecken.
Niemand war da.
Ich ging zur Türe. Sie war noch immer zu. Dann hörte ich das Geräusch wieder und entdeckte, daß es vom Schrank kam. Ich ging hin und lachte mich selbst aus. Das Geräusch kam von der Schranktür, die ich zu schließen vergessen hatte, als ich mein Kleid aufhängte.
Jetzt öffnete ich sie noch einmal. Alle meine Kleider hingen darin, das blaue von heute abend rutschte gerade von seinem Bügel und fiel zu Boden. Ich hob es auf und sah dabei, daß an der hinteren Wand des Schrankes etwas geschrieben war. Offenbar hatte es jemand in vollem Zorn mit einem spitzen Gegenstand hineingeritzt. Ich schob die Kleider beiseite und hielt die Kerze näher hin.
Und dann las ich: »Ich bin hier gefangen. S. K.«
Wer mochte S. K. gewesen sein? Und wieso gefangen? Ein Kind, denn die Schrift sah eher kindlich aus, und so etwas kritzelte wohl auch am ehesten ein Kind an die Wand, wenn es zur Strafe in sein Zimmer geschickt wurde.
Ich stellte die Kerze wieder auf den Frisiertisch. Durch den Vorfall war ich nicht gerade schläfriger geworden. Trotzdem stieg ich ins Bett, das mir riesig vorkam, und dachte an all die Leute, die wohl schon in den letzten hundert Jahren darin geschlafen haben mochten. S. K. wahrscheinlich auch.
Ich löschte die Kerzen nicht gleich. Eine Weile wollte ich noch ihr bewegliches Bild genießen, während ich wach im Bett lag und die Decke mit ihrem komplizierten Muster anstarrte, das in dem düsteren Lichtschein so schwer zu erkennen war.
Und plötzlich war ich wieder hellwach. Meinte, Schritte vor meiner Tür zu hören. Setzte mich im Bett auf und strengte meine Ohren an.
Was du dir heute alles einbildest! Ist doch gar nichts. Leg dich hin und schlafe. Esmeralda hätte gesagt, daß ich mich in etwas

hineinsteigere. Damals, als Kind, erfand ich Geschichten über andere Leute, und nur in die angenehmen Rollen versetzte ich mich selbst hinein. Jetzt entdeckte ich, daß meine Vorstellungskraft auch gegen mich wirken konnte. Ich schlüpfte aus dem Bett und ging zur Tür. Der Schlüssel steckte. Ich drehte ihn um, und ein wunderbares Gefühl überkam mich, da ich jetzt zugesperrt hatte. Ich blies die Kerzen aus. Eine Weile lag ich noch in Gedanken an die Szenen dieses Tages da. Sie kamen und gingen. Endlich wurde ich so müde, daß ich einschlief.

Daß ich in dieser Nacht den Traum haben würde, war eigentlich vorauszusehen gewesen. Das Zimmer mit den roten Vorhängen, der Tisch, die Fensterbank, die Feuerecke . . . die Porzellangegenstände, das Bild des stürmischen Meeres über dem Kamin. Ich merkte, daß der Wind die Vorhänge bewegte. Die Tür ging auf. Ganz langsam. Jetzt . . . diese entsetzliche Angst! Die Gewißheit, in großer Gefahr zu sein.

Ich war wieder wach, und das schon so bekannte Gefühl einer bösen Vorahnung bedrückte mich. Erst wußte ich gar nicht, wo ich mich befand. Dann erinnerte ich mich, daß ich in der Burg auf der Kellaway-Insel war.

Mein Herz raste. Ich zitterte vor Angst.

Es ist nur ein Traum, tröstete ich mich selbst. Aber das Verhängnis schien näher gekommen zu sein.

Das Skizzenbuch

I

Sonnenschein füllte mein Zimmer am nächsten Morgen, die Schrecken der Nacht waren völlig verschwunden. Ich läutete, und Janet kam herein.

»Haben Sie gut geruht, Miß Ellen?« fragte sie.

Ich sagte: »Ja, nach einer Weile.«

»Das ist immer so in einem neuen Bett«, antwortete sie und ging das heiße Wasser holen.

Als ich hinunterging, saßen Gwennol und Jenifry schon bei Tisch. Auch sie fragten, wie ich geschlafen hätte.

»Bedien dich selbst am Büfett«, sagte Jenifry. »Schinken, Eier, gewürzte Nieren. Wenn du gerne etwas anderes hättest, brauchst du es nur Benham zu sagen.«

Ich ging zum Büfett, nahm mir Schinken und Eier und setzte mich zu den beiden anderen. Wir sprachen gerade vom Wetter, als Jago hereinkam. Sein Blick traf mich, und er fragte eindringlich, ob ich gut geschlafen und ob ich alles Nötige bekommen hätte. In einer Stunde etwa sei er bereit, mir die Insel zu zeigen. Ob ich mich bis dahin bereitmachen könnte? Selbstverständlich, sagte ich.

»Wenn du zu tun hast, könnten ja Gwennol oder ich Ellen herumführen«, meinte Jenifry.

»Keineswegs«, erwiderte er. »Das Vergnügen lasse ich mir nicht nehmen.«

»Welches Pferd gibst du ihr?« wollte Gwennol wissen.
»Das kann sich Ellen selbst aussuchen«, erwiderte er. »Ich dachte eventuell an Daveth für den Anfang.«
»Die ist aber ganz schön lebhaft.«
»Dann passen die beiden ja gut zusammen.«
Ich konnte seinen Gesichtsausdruck nicht ganz deuten, aber er bestärkte mich jedenfalls in dem Beschluß, die lebhafte Daveth zu reiten.
Nach dem Frühstück zog ich mich um. Mein Reitkleid gehörte auch zur Ausstattung – blattgrau, sehr elegant, ein grauer Zylinder dazu. Ich wußte, daß mir diese Kleidung sehr gut stand.
Wohlwollend beäugte mich Jago im Stallhof. »Mit deiner Eleganz stichst du uns alle aus.«
Ich lachte. »Es gehört zu meiner Ausstattung; ich kann dir versichern, daß ich früher noch nie so etwas Großartiges hatte.«
»Na, wenigstens hast du jetzt etwas davon! Ach so, wir haben ja beschlossen, die Vergangenheit ruhen zu lassen. Die Leute auf der Insel werden begeistert sein von dir. Und mir wird es Freude bereiten, dich ihnen und dir die Insel vorzustellen. Zuerst geht es zum höchsten Punkt. Von da aus überblickst du bei guter Sicht das Meer und die Insel auf viele Meilen. Dann geht's in den kleinen Ort hinunter. Stadt kann man es kaum nennen. Aber was sind schon Namen.«
Er ritt ein weißes Roß mit dunkler Mähne. Reiter und Pferd sahen fabelhaft aus und paßten zueinander. Daveth war, wie Gwennol angedeutet hatte, reichlich lebhaft, aber ich konnte sie bändigen. Jago sah ein paarmal kurz zu mir herüber, und ich freute mich über die Maßen, so eine gute Reiterin zu sein und seine Anerkennung zu finden.
Auf dem Hügel hielten wir an. Welch herrlicher Ausblick lag da vor mir! Die Burg mit ihren grauen Mauern und bewehrten Türmen – so eindrucksvoll, so uneinnehmbar, fast kämp-

ferisch wirkte sie, schien Feinde geradezu einzuladen, es mit ihr aufzunehmen, um sie dann zu besiegen. In der Vergangenheit war sie bestimmt eine absolut sichere Festung gegen jeden Eindringling. Auch den blauen Felsen konnte ich von hier oben sehen.
Jago folgte meinem Blick. »Schade, daß das nicht mehr uns gehört«, sagte er.
»Wieso denn das?«
»Dein Großvater hat es verkauft. Er war in finanziellen Schwierigkeiten, um die Wahrheit zu sagen, eine Spielernatur. Seither hat die Familie den Verkauf wohl oft bedauert.«
»Ist das dort ein Haus?«
»Ja. Es ist das Heim jener Gwennol, von der ich dir erzählte.«
»Lebt jetzt niemand darin?«
»Doch, ein Künstler. Er erbte es von dem Mann, dem es mein Großvater verkauft hat. Ich glaube, es ist sein Neffe oder Großneffe oder so was Ähnliches.«
»Lebt er allein dort?«
»Ja, ganz allein. Aber er ist nicht immer dort. Ich glaube, er reist viel.«
»Ist er als Künstler bekannt?«
»Über solche Dinge weiß ich nicht genug Bescheid. Da kann ich dir nichts sagen. Er heißt James Manton. Hast du den Namen schon einmal gehört?«
»Ich glaube nicht, aber ich weiß auch nicht viel über Maler. Meine Mutter war allerdings eine Künstlerin. Ich erinnere mich, daß sie immer ein Skizzenbuch dabeihatte und zu meiner Unterhaltung Bilder zeichnete. Vielleicht lerne ich diesen James Manton einmal kennen.«
»Er kommt nie auf die Insel. Er und dein Vater mochten einander nicht. Schau mal, da drüben ist das Festland. Kannst du es erkennen?«
»Ja. Ein beruhigender Anblick«, meinte ich.

»Beruhigend?« Leichtes Stirnrunzeln war seine Antwort auf meinen Kommentar.
»Ich meine, man fühlt sich nicht so abgeschlossen von der Welt«, versuchte ich zu erklären.
»Stört es dich also, von der Welt ... abgeschnitten zu sein?«
»Eigentlich nicht, aber man kann doch wohl kaum vergessen, daß man auf einer Insel ist, und es ist doch angenehm zu wissen, daß das Festland nicht weit ist.«
»Es ist ganz schön weit, wenn das Wetter schlecht ist ... das hast du ja schon gemerkt. Bei richtig stürmischer See wäre es Wahnsinn, hinauszurudern.«
»Aber man weiß doch, daß das Wetter sich irgendwann wieder ändert. Es dauert ja nicht ewig.«
Er nickte. »Jetzt zeig ich dir unsere Gemeinde. Es fehlt ihr an nichts. Wir sind geradezu ein kleines Königreich. Es ist viel übriggeblieben von früher, und ich möchte es auch weiterhin so beibehalten.«
Wir galoppierten über eine Wiese und kamen zum Strand. Er zeigte auf einen Stab im Sand. »Bei Flut ist der bedeckt«, sagte er. »Er ist schon fünfhundert Jahre an dieser Stelle. Der damalige Herr, es muß auch ein Kellaway gewesen sein, ließ jeden Verbrecher bei Ebbe daranbinden. Man gab ihm zwei Gerstenbrote und einen Eimer Wasser und ließ ihn dann allein. Wenn die Flut kam, ertrank er.«
»Wie grausam!«
»So wurde damals Recht gesprochen.«
»Du tust es hoffentlich heute nicht mehr so«, scherzte ich.
»Nein, aber ich halte gut Ordnung hier, wie ich schon sagte. Sieh mal – dort ist der alte Taufsessel, der wird heute noch manchmal verwendet. Manchmal taucht der Freund eines Mannes dessen nörglerische Frau unter, oder es wird jemand der Hexerei verdächtigt.«
»Und das gibt es noch heute?«
Er hob die Schultern. »Alte Bräuche halten sich lang, und hier

länger als auf dem Festland. So, komm jetzt, ich möchte dich mit einigen Leuten bekannt machen. Sie sollen wissen, daß du mein lieber Gast bist.«

Wir hatten eine Häusergruppe inmitten der Felder erreicht. Ein Mann, der einen Wagen lenkte, kam auf uns zu. Er griff sich an die Kappe und rief: »Guten Tag auch, Mister Jago.«

»Guten Tag«, gab Jago zurück. »Das ist mein Mündel, Miß Ellen Kellaway.«

»Guten Tag, Miß«, sagte der Mann.

»Und ein schöner Tag dazu, was, Jim?« rief Jago.

»Ja, Herr, es ist ein schöner Tag.« Er fuhr weiter.

»All diese Leute sind unsere Pächter. Jedes Stück Land gehört den Kellaways, schon seit sechshundert Jahren.« Inmitten der Häuser lag ein Geschäft, in dessen Schaufenster allerlei Waren ausgelegt waren. Offensichtlich eine Mischung von Textilgeschäft, Kerzenhandel, Eisenwarenlager, Lebensmittel- und Gemüsegeschäft. Ich beschloß sogleich, mir das Geschäft so bald wie möglich genau anzusehen.

Aus einem Haus an der Straße kam fröhlicher Lärm.

»Ich kann mir schon denken, was hier los ist«, sagte Jago. »Die haben doch ein Baby gekriegt. Das ist die Tauffeier, da darf ich nicht vorbeigehen. Ich muß hinein und dem Kind alles Gute wünschen. Laß uns absteigen und ins Haus gehen.« Er rief: »Junge, komm, halt uns die Pferde.« Wie durch Zauberkraft tauchte ein Junge auf. »Nimm meines und das der Dame«, sagte Jago.

Wir stiegen ab und gingen ins Haus. »Nein, so was, unser Herr ist gekommen«, sagte eine knicksende Frau.

Ziemlich viele Leute waren in dem Häuschen beisammen. Jago und ich fanden kaum noch Platz zwischen ihnen. Das Festzimmer wirkte gemessen an Jagos Größe wie ein Puppenhaus . . .

»Was für eine Ehre«, sagte der Hausherr.

»Wo ist denn das Baby?« fragte Jago.

»In der Wiege, Mr. Jago. Es wäre uns eine besondere Ehre, wenn Sie sich das Kind anschauen würden und ein Stück vom Festkuchen nehmen täten.«
Ja, sagte Jago, das wolle er tun, und ich sicher auch.
»Und ein Glas Schlehengin, Herr, zum Runterspülen.«
»Für mich gerne«, sagte Jago.
Man schnitt uns vom Kuchen ab, auch ich erhielt ein Glas Gin, der mich in der Kehle etwas brannte.
»Ich wünsch dem Kind viel Glück«, sagte Jago dann.
»Und daß sie eine gute Dienerin ihres Herrn wird«, sagte die Mutter des Kindes.
»Ja«, schloß sich Jago an, »so soll es sein.«
Als wir wieder auf die Straße traten, wartete der Junge noch geduldig mit den Pferden. Wir bestiegen sie und ritten zwischen den Häusern weiter.
»Die meisten Häuser sehen ganz ähnlich aus«, erklärte Jago. »Weil es sogenannte lebenslange Häuser sind. Die werden in einer Nacht aufgebaut, und der Besitzer hat dann das Recht, es auf mehrere Generationen hinaus zu behalten. Der, der es gebaut hat, darf sein Leben lang drin bleiben, und dann noch sein Sohn und sein Enkel. Danach fällt es an den Herrn zurück. Auf dem Festland ist es das sogenannte Mondscheinhäuschen, das dem Erbauer für alle Zeiten gehört. Die einzige Bedingung ist die, daß mit dem Bau nach Einbruch der Dunkelheit begonnen und vor dem Tageslicht aufgehört wird.«
»Kann man denn in so kurzer Zeit ein Häuschen bauen?«
»Wenn alles gut vorbereitet ist und die Materialien herbeigeschafft worden sind, stehen in kurzer Zeit die vier Außenwände, und das Dach ist darauf. Mehr ist nicht erforderlich. Wie hat dir der Kuchen geschmeckt?«
»War mir ein bißchen zu gelb.«
»Das ist der Safran – hierzulande eine große Delikatesse. Laß ja niemanden wissen, daß du das nicht magst.«
An jenem Vormittag erfuhr ich noch viel über die Insel. Die

meisten Bewohner waren Fischer. Es gab aber auch Bauern. In den Buchten waren die Boote vertäut. Wir kamen an einigen Männern vorbei, die inmitten ihrer Hummertöpfe die Netze ausbesserten. Alle grüßten Jago ehrerbietig, und es machte mir Vergnügen, diesen Respekt zu erleben.
Einmal im Monat gab es einen kleinen Jahrmarkt, wenn die Händler vom Festland herüberkamen, sofern das Wetter dies zuließ. Dann kauften die Inselbewohner ein und versorgten sich mit Waren bis zum nächstenmal. Alles mögliche wurde da verkauft, und jeder freute sich darauf.
Er berichtete mir dann noch von anderen Gebräuchen. »Die Fischer kommen nicht gerne vor Tagesanbruch mit ihrem Fang an. Sie meinen, daß ihn sonst die Zwerge wegschleppen könnten. Man hat hier noch sehr viel Angst vor Zwergen und Gnomen, denen ganz besondere Kräfte zugeschrieben werden, und durchaus nicht immer gute.«
Ich erfuhr noch mehr über den Aberglauben dieser Insel. »Wenn das Leben beschwerlich und oft nur schwer zu verstehen ist, werden die Leute einfach abergläubisch. Fischer sprechen auf See nie von Hasen oder Karnickeln oder anderen Wildtieren. Das bringt Unglück. Und wenn sie auf dem Weg zum Boot einen Priester treffen, gehen sie ins Haus zurück.«
»Woher wohl solch ein Aberglaube kommen mag?«
»Vielleicht ist jemand mal auf dem Weg zum Boot dem Priester begegnet und nicht zurückgekehrt. Vielleicht ist es ein zweites Mal passiert. Mehr braucht es dann nicht. Der Aberglaube besteht und scheint ewig weiterzuleben. In früheren Zeiten waren die Inseln auch Zufluchtsstätten für Leute, die vor den Gerichten flüchteten. Wir hatten hier unsere eigene Gerichtsbarkeit. Manch ein Ausgestoßener siedelte sich hier an. Einige bekamen politisches Asyl und wurden Untergebene des jeweiligen Kellaway. Unsere Insel hat wirklich eine interessante Geschichte, und wir Kellaways können recht stolz auf sie sein.«

»Und die Familie hat immer hier gelebt? All die Jahrhunderte hindurch?«

»Ja. War einmal eine Frau Erbin, so mußte sie heiraten, und ihr Mann nahm dann den Namen Kellaway an.«

»Was für ein interessanter Vormittag«, sagte ich. »Und gelernt habe ich auch viel dabei. Und jetzt möchte ich noch immer weiter lernen.«

Er wandte sich zu mir, legte mir die Hand auf den Arm und sagte: »Ich möchte, daß du hier bleibst, Ellen. Ich kann dir gar nicht sagen, wie sehr ich mir das wünsche. Als ich dich in London sah, mußte ich mich beherrschen, daß ich dich nicht einfach packte und dich bat, einfach mal mit mir hierherzukommen, damit du dir deine Familie ansehen konntest, ehe du dich in diese übereilte Ehe stürzt.«

»Ich kann noch immer nicht verstehen, warum du dich nicht zu erkennen gegeben hast?«

»Einen Augenblick mal. Du warst so mit deiner geplanten Hochzeit beschäftigt, und als es dann schiefging, hatte ich das Gefühl, daß meine Chance gekommen sei. Ich wollte, daß du freiwillig hierher kommst. Das ist schwierig zu erklären. Na ja, jetzt bin ich einfach glücklich, dich hier zu haben.«

Ich meinte, echte Rührung in seiner Stimme zu hören, und wurde selbst gerührt. Seine Gesellschaft empfand ich als ausgesprochen angenehm. Seit wir einander damals beim Konzert begegnet waren, hatte er mich fasziniert, im Haus am Finlay Square allerdings auch irritiert und geängstigt. Aber an diesem Vormittag war ich der Meinung, er sei der faszinierendste Mann, der mir je begegnet war.

Er strengte sich offensichtlich sehr an, seiner Gefühle Herr zu werden. »Leider müssen wir jetzt zur Burg zurück. Ich würde dir gerne so vieles noch zeigen, aber für heute hast du vielleicht schon genug gehabt. Gwennol wird dich dann durch die Burg führen, aber höre nicht zu sehr auf ihre Geistergeschichten dabei.«

»Gibt es denn Geister darin?«

»Bei einer sechshundertjährigen Geschichte wäre es wohl merkwürdig, wenn sich nicht einige eingefunden hätten. Die meisten sind in den Verliesen. Einige Leute haben versucht, uns unser Erbe zu entwenden, denn eine Insel zu begehren, ist für manche Menschen ein unwiderstehlicher Anreiz. Ich kann es verstehen. Du auch? Es ist eine Welt in sich selbst, ein kleines Königreich. Vielleicht fängst du schon an, dies auch zu empfinden. Was meinst du?«

»Ich dachte mir, du mußt recht stolz drauf sein, wie respektvoll die Leute dir begegnen.«

»Anderes würden sie gar nicht wagen«, spottete er. »Allerdings, seit ich hier was zu sagen habe, geht es besser. Die Ernte war immer gut, man könnte meinen, die Hand Gottes liegt darauf. Es ist aber zu einem großen Teil auch die Hand Jago Kellaways. Ich habe moderne Anbaumethoden eingeführt und gute Absatzwege gefunden. Wenn man sich ein bißchen auskennt, kann man auf so einer Insel sehr viel erreichen. Aber mit deinem Vater war ich nicht immer einer Meinung.«

Ich sagte nur: »Ach?« und hoffte, daß er weiterreden würde. Alles, was er mir über meinen Vater sagen konnte, interessierte mich brennend.

»Vor seinem Tod war er längere Zeit krank. Dadurch habe ich die Zügel schon lange in der Hand.«

»Und seit damals wird es besser?«

»Das werden dir die Inselbewohner jedenfalls bestätigen können. Und du bist jetzt gar nicht sehr glücklich. Sprechen wir nicht von der Vergangenheit, Ellen. Du bist hier, und wir wollen von dem Punkt an weitermachen.«

Er lächelte mir zu, und ich bildete mir plötzlich wieder ein, in seinem Blick etwas zu sehen, was mich erschreckte. Aber ich war noch zu glücklich von dem Vormittag, um dem Gedanken nachzuhängen. Fröhlich ritt ich auf die Ställe zu.

Es war Nachmittag. Wir hatten mittags kalte Platte gehabt – Jenifry, Jago und ich. Gwennol war aufs Festland hinübergefahren. »Sie läßt sich an so schönen Tagen wie heute oft von einem unserer Männer hinüberrudern«, sagte Jenifry. Dann fragte sie, wie es mir am Vormittag gefallen habe und wo wir überall gewesen seien.
Sie war sehr liebenswürdig, und ich dachte wieder, daß mich meine Phantasie mit dem Spiegelbild am vorigen Abend wohl genarrt hatte.
Jago mußte geschäftlich weg, und Jenifry sagte mir, daß sie am Nachmittag meistens ruhe. Also beschloß ich, allein durch die Burg zu streifen. Das würde mir Spaß machen, sagte ich zu ihr.
Etwa um halb drei ging ich los. Ein wunderschöner Septembernachmittag, die Sonne ließ das Wasser perlfarben schimmern. Zwischen den Befestigungsanlagen gelangte ich in einen Hof mit einem gotischen Durchgang. Die Stufen dorthin waren in der Mitte stark ausgetreten, von Abertausenden von Schritten im Laufe der Jahrhunderte. Wer mochten all die Menschen gewesen sein, die diese Burg bevölkert hatten? Hinter dem Torbogen lag ein zweiter Hof, der mir bekannt vorkam, und dann hörte ich auch schon das Gurren der Tauben und erkannte die Stelle wieder, die ich am Vorabend aufgesucht hatte.
Und dann sah ich ihn. Er war sehr klein, die hellen, glatten Haare fast weiß. Die Augen dunkelblau, von ebenso hellen, dünn gewachsenen Augenbrauen umgeben, was ihm einen irgendwie erstaunten Ausdruck verlieh.
Er wandte sich plötzlich um und entdeckte mich. Vierzehn oder fünfzehn Jahre mochte er alt sein, schätzte ich nach seinem Gesicht. Von hinten hatte er wegen seiner Kleinheit viel jünger gewirkt.
Er hielt eine Schale Maiskörner in der Hand, ein Vogel hockte ihm auf der Schulter. Sein Gesicht wurde angstvoll, und er

wollte wieder zu dem Häuschen laufen, wo ich ihn gestern als Schatten entdeckt hatte.
»Bitte, geh nicht!« rief ich ihm zu. »Ich wollte nur deine Tauben besuchen.«
Er hielt zögernd inne.
»Wenn du wegläufst, müssen deine Tauben Hunger leiden. Laß mich zusehen beim Füttern. Ich mag es, wenn sie so um dich herumgurren.« Es schien, als müsse er sich seinen nächsten Schritt ganz genau überlegen.
Mir kam plötzlich eine Eingebung. »Du bist wohl August«, sagte ich. »Ich kenne deine Mutter vom Gasthof her.«
Ganz langsam breitete sich ein Lächeln auf seinem Gesicht aus. Er nickte.
»Ich bin Ellen Kellaway. Bin hier auf eine Weile zu Besuch.«
»Magst du Tauben?« fragte er.
»Ich weiß nicht viel von ihnen, aber ich habe die Geschichte über die braunen Tauben mit den Botschaften gehört, und die gefiel mir sehr.«
»Meine nehmen auch Botschaften mit«, sagte er stolz.
»Das klingt ja wie ein Wunder. Wissen sie denn, wo sie hin müssen?«
Jetzt lächelte er. »Man muß es ihnen beibringen.« Jetzt nahm er eine Handvoll Maiskörner aus der Schüssel und warf sie auf die Pflastersteine. Einige Vögel gingen zu Boden und fingen zu picken an. Andere setzten sich auf die Schale. Sie gurten zufrieden.
»Ich glaube, sie kennen dich«, sagte ich.
»Natürlich.«
»Wie lange pflegst du sie schon?«
»Seit ich hier bin«, sagte er und fing an, mit den Fingern zu zählen; offenbar fünf Jahre.
»Ich hab' dich gestern abend da drin gesehen«, sagte ich und zeigte auf das Häuschen.
»Ich dich auch«, antwortete er.

»Ich rief dich, aber du hast getan, als hörtest du mich nicht.«
Er nickte und sah mich immer noch mit schlauen Augen an.
»Darf ich jetzt hinein?«
»Möchtest du?«
»Tauben interessieren mich sehr.«
Er öffnete die Tür und führte mich in einen Raum, in dem Säcke mit Mais und Wassertröge gestapelt waren. »Mein Taubenhaus«, sagte er. »Aber ich muß sie jetzt fertig füttern.«
Wir gingen wieder auf den Hof hinaus. Er hielt den Arm hoch, zwei Vögel setzten sich dann sofort darauf. »So, meine Lieben«, flüsterte er, »da wärt ihr ja wieder bei August.«
Ich nahm eine Handvoll Mais und warf sie aufs Pflaster. Er sagte, während er den Vögeln beim Picken zusah: »Du magst Tauben? Sie mochte sie auch.«
»Sie?«
Er nickte kräftig. »Ja, sie mochte sie. Sie kam immer her und half mir beim Füttern. Dann ging sie fort.«
»Wer war denn das?« fragte ich.
»Sie«, sagte er nur. Er sah verwirrt aus. »Und dann ist sie einfach weg.« Die Erinnerung störte ihn offenbar, und meine Anwesenheit hatte er schon wieder ganz vergessen. Er fütterte weiter seine Vögel, und da ich merkte, daß meine Fragen ihn nur noch mehr verstören und nicht zum Reden anregen würden, ging ich weiter.

2

Am nächsten Tag führte mich Gwennol durch die Burg. »Fangen wir bei den Verliesen an«, sagte sie. »Da ist es wirklich gruselig.«
Wir stolperten eine steinerne Wendeltreppe hinunter; ein Seil

diente als Geländer. Gwennol ermahnte mich, gut aufzupassen. »Diese Treppe ist so gefährlich, man kann sich nie daran gewöhnen. Vor ein paar Jahren fiel eines der Mädchen hinunter und wurde einen ganzen Tag lang nicht gefunden. Die Arme war nachher fast irre, als man sie fand, weniger vor Schmerzen, sondern aus Angst vor Geistern. Sie schwor, daß eine Geisterhand sie hinuntergestoßen hätte, und nichts konnte sie vom Gegenteil überzeugen.«

Wir waren jetzt in einem geschlossenen Hof mit Pflastersteinboden. Ringsum nichts als Türen. Ich zählte achtzehn. Eine stieß ich auf, eine Zelle lag dahinter, die eher wie eine Höhle aussah und in der ein normal großer Mann kaum aufrecht hätte stehen können. An der Wand war an einer Kette ein schwerer Eisenring befestigt. Mich schauderte bei dem Gedanken, daß damit die Zellenbewohner an der Flucht gehindert wurden. Die Wände tropften vor Nässe, und es stank faulig und modrig. Wieder schüttelte es mich, ich schloß die Türe rasch wieder. Dann öffnete ich eine zweite, hinter der wieder eine solche Höhlenzelle lag. Ich erforschte noch weitere. Sie sahen nicht alle gleich aus, wirkten aber alle entsetzlich. Einige waren höher, mit kleinen Fenstern oben in der Mauer, ohne Glas, nur mit Gittern davor. Auf einer Wand war ein Galgen in den Stein geritzt. Auf einer anderen hatte jemand ein bösartiges Gesicht gezeichnet. Wie viele Menschen mochten hier entsetzlich gelitten haben?

»Wie grausam«, sagte ich.

Gwennol nickte. »Stell dir vor, du wärest hier gefangen, du würdest rufen und rufen, und niemand hört dich. Und selbst wenn sie dich hören, tun sie nichts.«

»Ich finde, man spürt das Leid geradezu, das Entsetzen, die Verzweiflung, die diese Leute fühlten.«

»Du hast ja eine morbide Phantasie«, sagte sie.

Wir gingen wieder nach oben, und sie führte mich dann durch sämtliche Zimmer, so daß ich sie gar nicht mehr zählen konnte. Wir sahen uns die vier Türme an, gingen über Galerien, treppauf, treppab. Sie zeigte mir die Küchen, den Backraum, den Butterraum, den Weinkeller und das Schlachthaus und stellte mich der Dienerschaft vor, die je nach Geschlecht an die Stirnlocke faßten oder einen Knicks machten, während sie mich mit unverhohlener Neugierde betrachteten.

Von der Halle aus führte eine Türe in ein Zimmer, das mich gleich interessierte, da Gwennol sagte, es sei der Lieblingsraum meiner Mutter gewesen. »Sie hieß doch Frances, nicht wahr? Manche älteren Dienerinnen nennen es noch heute Frances' Zimmer.«

Eine Stufe führte in den Raum hinunter. Ich betrat ihn mit Gwennol. Sie setzte sich auf eine Bank, die genau über dem Alkoven angebracht war. »Sie soll gemalt haben«, fuhr sie fort. »Dieses Zimmer kann sie aber nicht als Studio verwendet haben. Dazu ist es nicht hell genug. Ich glaube, seit sie weg ist, ist es kaum benützt worden.«

Ich sah mich um und versuchte, sie mir hier vorzustellen. Nein, hell war der Raum nicht. Das Fenster war ganz klein, mit bleigefaßten Scheiben. Es schien ein Wohnzimmer gewesen zu sein. Einige Stühle standen da, ein Tisch, ein Schrank und die Bank.

»Ob noch Sachen von ihr hier drin sind?« wollte ich wissen.

»Schau doch in den Schrank hinein.«

Ich öffnete die Schranktür und schrie vor Überraschung auf. Drinnen war tatsächlich eine Staffelei, und Papierrollen lagen daneben.

»Das muß ihr gehört haben«, sagte ich, griff nach einer Papierrolle und sah darunter ein Skizzenbuch auf dem Boden liegen. Quer über den Deckel war ihr Name geschrieben: Frances Kellaway. Was für eine Entdeckung! Meine Hand zitterte, als ich die Blätter ansah. Gwennol erhob sich von der Bank und sah mir über die Schulter. Es waren Bilder von der Burg, immer von verschiedenen Punkten aus gesehen.

»Sie war eine richtige Künstlerin«, sagte Gwennol.
»Ich möchte das Buch mitnehmen und es mir noch in Ruhe ansehen«, sagte ich.
»Warum nicht?«
»Ich finde das so aufregend. Dich amüsiert das vielleicht. Aber ich weiß doch so wenig über meine Mutter, und an meinen Vater kann ich mich überhaupt nicht erinnern. Du hast ihn ja noch gekannt.«
»Ich glaube, niemand kannte ihn richtig. Ich sah ihn sehr selten, denn junge Menschen mochte er nicht. Er war schon lange krank und hielt sich nur in seinen Zimmern auf. Ab und zu sah ich ihn in seinem Rollstuhl. Fenwick, sein Dienersekretär, kümmerte sich um ihn, besprach auch alle Geschäftsdinge mit ihm. Ein Mitglied des Hauses war er eigentlich nicht.«
»Es ist schon komisch, wenn man darüber nachdenkt. Ihm verdanke ich es eigentlich, daß ich hierhergekommen bin, und ich kannte ihn doch gar nicht.«
»Tröste dich damit, daß ihn niemand genau kannte. Onkel Jago hat einmal gesagt, er sei ein einsamer Wolf. Fenwick könnte dir wohl mehr als irgend jemand sonst über ihn erzählen.«
»Wo ist dieser Fenwick?«
»Er verließ uns nach dem Tod deines Vaters. Ich glaube, er lebt irgendwo auf dem Festland.«
»Du weißt nicht, wo?«
Sie schüttelte den Kopf, und die Fragen über meinen Vater schienen ihr langsam langweilig zu werden, denn sie wechselte das Thema: »Ob noch irgendwas von ihr in diesem Schrank ist? Schau mal, der Sitz läßt sich heben wie bei einem Koffer.«
Sie tat es und blickte hinein, entdeckte aber nur eine Reisedecke.
»Offensichtlich mehr als Sitz verwendet worden«, sagte

Gwennol, nahm die Decke heraus und setzte sich darauf. Aber dann sprang sie plötzlich auf. »Komm, gehn wir zu August!« sagte sie. »Er soll mich morgen an Land rudern. Würdest du gerne mitkommen? Ich weiß schon, daß du die Insel noch nicht ganz erforscht hast, aber man muß die ruhige See ausnützen. Ich werde Freunde besuchen. Vielleicht siehst du dir inzwischen gerne die Umgebung an. Wir könnten uns im Gasthof Pferde leihen. Das mache ich oft.«
Ich sagte, daß mir das Spaß machen würde. »Es hängt natürlich vom Wetter ab. Und August rudert uns hinüber?«
»Ja, er tut es so gerne, denn dann kann er ja seine Mutter besuchen.«
»Ein merkwürdiger Junge. Ich habe ihn beim Taubenfüttern entdeckt.«
»Also hast du ihn schon kennengelernt? Man sagt, er wäre nicht ganz richtig im Kopf, aber in manchen Dingen ist er ganz gescheit. Er ist nur ein bißchen anders als die anderen Leute. Mit elf Jahren kam er zu uns. Er fiel Onkel Jago auf, als er gerade einen jungen Vogel gefunden hatte und ihn pflegte. Jago sagte, er könne ihn gut brauchen für unsere Tauben, die damals eine Krankheit hatten, du weißt ja, diese Legende mit den Tauben, ohne die wir die Insel verlieren würden. Nicht daß Jago selber dran glaubt, aber er hält solche Bräuche in Ehren, weil andere Leute daran glauben. Der Junge kennt sich gut mit Vögeln aus und überhaupt in der Natur, also nahm er ihn mit her. Die Tauben gediehen sofort viel besser. Der arme Junge, er kann gerade nur lesen und schreiben, und auf dem Festland lief er oft tagelang weg, er hat die Mutter halb verrückt gemacht. Er kam aber immer wieder zurück – war nur im Wald gewesen, die Vögel beobachten. Hier denkt er nicht daran, wegzulaufen, er muß sich ja um die Tauben kümmern.«
»Ja, seine Mutter hat erwähnt, daß er hier ist.«
»Sie hat ja auch bei uns gearbeitet. Ihrem Vater gehörte das

Gasthaus, das sie jetzt mit ihrem Mann zusammen führt. August ist ihr einziges Kind. Die wenigsten Leute verstehen ihn. Ich glaube, sie unterschätzen ihn. Er ist ein sehr gutherziger Junge, und mit den Tauben versteht er sich wirklich blendend.«

»Ja, ich habe gesehen, wie er mit ihnen umgeht. Und die Tiere scheinen auch zu spüren, wie gut er es mit ihnen meint.«

»Er hat eben eine besondere Gabe dafür. Aber komm jetzt weiter, wir wollen ihn suchen gehen.«

Wir fanden ihn in seinem Häuschen. Er war gerade mit einer Taube beschäftigt und sah kaum auf, als wir eintraten.

»Hat ihr Beinchen verletzt«, meldete er. »Komm, komm, Kleines, es sind ja nur die beiden Damen, die tun dir nichts.«

»Kannst du es wieder heilen?« fragte Gwennol.

»Sicher, Miß Gwennol, das kann ich.«

Sie sah mich lächelnd an. »Kannst du mich morgen zum Festland hinüberrudern, wenn das Meer so wie heute ist?«

»Ich mache das Boot fertig für Sie, Miß Gwennol.«

»Miß Ellen fährt auch mit.«

Er nickte, kümmerte sich aber weiter nur um den Vogel.

»Kennst du dich wirklich aus?« fragte Gwennol nochmals.

»Ja, ja, Miß Gwennol, ich weiß Bescheid.«

»Und komischerweise weiß er es wirklich«, sagte sie leise zu mir. »In kurzer Zeit wird der Vogel wieder herumhüpfen, daß du ihn nicht von den anderen unterscheiden kannst.«

Nachmittags ging ich spazieren auf der Insel. Ich merkte nun selbst, wie mich Jagos Begeisterung angesteckt hatte. Abends erzählte ich ihm, was ich alles gesehen hatte.

Beim Schlafengehen war ich angenehm müde. Jeden Tag würde ich nun versuchen, noch mehr über die Familie zu erfahren, nahm ich mir vor. Ich freute mich schon auf die Gespräche mit Gwennol am nächsten Tag und einen Plausch mit Mrs. Pengelly. Als ich gerade ins Bett steigen wollte, fiel mir das Skizzenbuch meiner Mutter ein. Ich stellte eine Kerze auf das Tischchen neben meinem Bett und begann zu blättern. Ganz offensichtlich hatte sie großes Talent gehabt. Aus ihren Zeichnungen spürte man das Alter der Steinmauern, die sie so realistisch gezeichnet hatte. Ein wunderhübsches Bild von den blauen Felsen war auch darin, das Festland dahinter konnte man gerade noch ahnen. Einige Porträts fand ich auch. Ein rundliches Kind sah mit großen Augen neugierig in die Welt. Ich starrte es an. Dann sah ich die Erläuterung. »E. 3 Jahre.« Das war ich selbst. So hatte ich also ausgesehen. Ich blätterte weiter. Sah jetzt zwei Bilder von Jago – ein Porträt von links und eines von rechts. Wie sie ihm ähnlich sahen! Und doch schienen sie zwei verschiedene Männer darzustellen. Merkwürdigerweise lächelte er auf beiden, auf dem einen freundlich, auf dem anderen jedoch . . .? Gerade dieses interessierte mich aber. Es war so gezeichnet, daß einem die Augen überallhin folgten. So hatte ich ihn schon selbst erlebt. War es im Haus am Finlay Square gewesen? Die Lider lagen schwer über den Augäpfeln und gaben ihm einen verschleierten, beinahe finsteren Ausdruck. Der Mund war etwas verzogen. Es sah aus, als sage er etwas, was nichts Gutes verhieß.

Lange Zeit betrachtete ich dieses Bild, und die angenehme Schläfrigkeit, die ich zuvor verspürt hatte, verschwand immer mehr.

Was hatte meine Mutter mit diesen Bildern sagen wollen? Eines stand fest: Jago war nicht das, was er zu manchen Zeiten zu sein schien. Wollte sie damit sagen: ›Gib acht, es gibt zwei Jagos‹? Ich fühlte mich unbehaglich, denn ich fing an, seine Gesellschaft mehr zu genießen, als ich mir selbst eingestehen wollte.

Dann blätterte ich weiter. Noch ein Doppelporträt. Offenbar hatte meine Mutter eine Vorliebe dafür. Auch diese zwei Bilder, obwohl sie das gleiche Gesicht darstellten, waren so unterschiedlich wie die Jagos. Auf der einen Seite ein eher zurückhaltend aussehendes Mädchen mit Zöpfen; einer hing ihr nach vorne über die Schulter, sie blickte nach oben wie zum Gebet und hielt eine Bibel in den Händen. Auf der gegenüberliegenden Seite waren ihre Haare offen, sie fielen unordentlich auf die Schultern. Das Gesicht war hinter dem wilden Haarvorhang kaum zu sehen. Nur die dunklen Augen erkannte man gut und einen eigenartigen, schwer zu beschreibenden Ausdruck um ihren Mund. Irgendwie gequält, sie schien um etwas zu bitten, wollte offenbar ein Geheimnis preisgeben und wußte nicht, wem und wie. Ein erschreckendes Porträt.

Darunter fand ich nur einen Buchstaben: »S.« Das Bild hatte mich richtig verstört. Ich stand auf und öffnete den Schrank, um noch einmal das Gekritzel an der Rückwand zu betrachten. Sicher war es die gleiche »S.« gewesen, die da ihre Botschaft an die Schrankwand geschrieben hatte . . .

Wer war »S.«? Der Schlaf mied mich jetzt vollends. Ich wandte die Seiten weiter um, betrachtete Landschaften und farbige Bilder von der Burg, um mich daran zu beruhigen. Um die Augen der wilden »S.« und das zweite Gesicht Jagos, durch das ich an das Haus am Finlay Square erinnert wurde, zu vergessen.

Und dann erwartete mich noch ein Schock in diesem Buch – vielleicht der größte, denn bei den Doppelbildern versuchte ich mir noch einzureden, meine Mutter habe sie nur aus der Phantasie gezeichnet, um zu zeigen, wie man mit ein paar Strichen einen Menschen im Bild verändern kann. Ganz konnte ich mich allerdings nicht beruhigen.

Zuerst meinte ich, eingeschlafen zu sein und zu träumen. Glaubte, daß mein Traum sich jetzt auf diese Weise manifestiere. Da sah ich es. Und es konnte keinen Zweifel geben: Es war das Zimmer meines Alptraums! Der Kamin, die Bank davor, der Schaukelstuhl, das Bild über dem Kamin . . . alles

genau wie es mir in meinen Träumen immer wieder erschienen war. Ich starrte, starrte und starrte. Ein einziger Gedanke hämmerte in meinem Kopf: das Phantomzimmer existierte! Meine Mutter hatte es selbst gesehen! Ob es in der Burg war? Aber die hatte ich ja schon erforscht. Das Buch fiel mir aus den Händen auf die Decke. Was bedeutete dies? Was konnte es bedeuten? Ich hatte geradezu das Gefühl, den Geist meiner Mutter im Zimmer zu spüren, wie er versuchte, durch das Skizzenbuch mit mir in Kontakt zu treten.
Was wußte sie von Jago? Sie hatte zwei Männer in ihm gesehen. Und wer war diese »S.«, die so bescheiden und so wild aussehen konnte? Aber das Bild des Traumzimmers plagte mich am meisten. Meine Mutter hatte es gezeichnet, so daß ich es sehen konnte. Keine Phantasiebilder mehr. Ich versuchte, mich fest an die Zeit zu erinnern, als wir bei meiner Großmutter im Garten beieinander saßen und ihr Skizzenbuch immer zwischen uns lag.
Eines wußte ich nun: Das Traumzimmer gab es. Aber wo?

Die Vogelinsel

I

In jener Nacht schlief ich unruhig, erstaunlicherweise suchte mich jedoch der Traum nicht heim. Als ich aufwachte, nahm ich sofort das Skizzenbuch wieder in die Hand, denn ich fürchtete plötzlich, daß ich nur geträumt hatte, was ich meinte, im Buch gesehen zu haben.

Nein, da war es. Das Zimmer, das ich so gut kannte. Jagos Bild sah jedoch im Tageslicht anders aus. Vielleicht hatte ihn nur der Kerzenschein so finster aussehen lassen.

Als Janet mit dem heißen Wasser kam, öffnete ich das Skizzenbuch auf der Seite, die mein Traumzimmer zeigte.

»Wie findest du dieses Zimmer, Janet?« fragte ich sie und beobachtete sie genau.

»Oh, sehr hübsch, nicht wahr?« sagte sie nur.

»Hast du es schon mal gesehen?«

»Ist es denn ein wirkliches Zimmer?« Sie sah mich an. Offensichtlich kannte sie es nicht.

Nach dem Frühstück kam Gwennol nachsehen, ob ich fertig sei.

»Ich habe das Skizzenbuch durchgesehen«, sagte ich. »Es ist wirklich sehr interessant. Schau dir doch mal dieses Bild hier an.«

Sie schaute hinein und nickte.

»Kennst du denn den Raum?« fragte ich.

Auch sie war ganz erstaunt. »Müßte ich? Ist doch ein ganz gewöhnliches Zimmer.«
Ein ganz gewöhnliches Zimmer! Merkwürdig, so etwas von jedem zu hören. Am liebsten hätte ich gesagt: Dieses Zimmer hat mich, seit ich denken kann, verfolgt. Wenn ich es nur finden könnte, dann würde ich vielleicht begreifen, warum ich immer davon träume, und mich in diesem ganz gewöhnlichen Zimmer nicht so entsetzlich unbehaglich fühlen.
Aber es fiel mir schwer, darüber zu reden. Also sagte ich nur: »Ich dachte, es wäre vielleicht hier in der Burg.«
Sie schüttelte den Kopf, leicht erstaunt, wie mir schien, daß ich von einer so unbedeutenden Sache so viel Wind machte. Bilder interessierten sie überhaupt nicht sehr, und meine Beschäftigung mit ihnen führte sie wohl darauf zurück, daß diese eben von meiner Mutter waren.
Es klopfte an der Tür. Ich rief: »Herein!« Der Junge trat ein.
»Ist was los?« fragte Gwennol.
»Ich meinte nur, wir sollten losfahren wegen der Ebbe.«
»Ja, du hast recht«, sagte Gwennol. »Wir sind auch schon fast fertig.«
Einer plötzlichen Eingebung folgend, zeigte ich auch dem Jungen das Bild. Ich wollte nichts unversucht lassen, um herauszufinden, wo dieses Zimmer war und warum es meine Mutter so genau kannte, daß sie es naturgetreu zeichnen konnte. »Hast du das Zimmer schon mal gesehen?« fragte ich.
Er wechselte nicht gerade die Farbe – ich hatte ihn noch nie anders als sehr blaß gesehen –, aber sein Gesichtsausdruck veränderte sich. Er wirkte irgendwie gespannt, starrte das Bild an und beachtete mich gar nicht.
»Du kennst es also?« drängte ich.
»Ein hübsches Zimmer«, sagte er nur.
»Ja, aber du hast es schon einmal gesehen, stimmt's?«
Bildete ich mir das Ganze nur ein, oder verschloß er plötzlich

seinen Blick vor mir? »Über ein gemaltes Zimmer kann ich nichts sagen«, erklärte er betont langsam.
»Warum nicht?« bohrte ich weiter.
»Meine liebe Ellen!« Gwennol lachte. »Du bist ja geradezu besessen von diesem Zimmer. Deine Mutter hat einen schönen Raum nachgezeichnet, und mehr sehe ich darin nicht. Was ist denn so Besonders daran?«
August nickte. Sein Blick war ganz leer. Ich dachte: Er ist wohl doch dumm!
»Dann wollen wir also mal«, sagte Gwennol. »Ist alles bereit, Junge?« Sie tauschten einen Blick miteinander, dessen Bedeutung mir nicht klar wurde.
»Ja, alles wär fertig, und wir könnten los«, sagte er.
Wir verließen die Burg und gingen zum Ufer, an dem die Boote vertäut waren. Die See war ganz ruhig, unser Boot schaukelte nur leicht auf dem Wasser. Das Gesicht des Jungen wurde geradezu verklärt. Offenbar liebte er diese Aufgabe. Er sah ganz anders aus als vorhin, als ich ihn über das Zimmer ausfragte.
Ich beobachtete ihn weiter. Der unfertige, »ungare« Junge, wie seine Mutter gesagt hatte. Die Hände waren fertig und sahen doch wie Kinderhände aus. Auch die Augen waren die eines Kindes, außer wenn er seinen Blick absichtlich verschloß.
»Wenn das Meer bei der Rückfahrt noch so ist wie jetzt, werde ich rudern. Kannst du rudern, Ellen?«
»Ein bißchen«, antwortete ich und dachte sofort wieder an das Rudern im Fluß bei Trentham Towers. Philip und ich waren dabei einmal gekentert. Sein Bild stieg mir immer noch so leicht bei jeder Gelegenheit auf.
»Dann solltest du üben, und nicht nur ein bißchen. Es ist recht praktisch, wenn man selbst um die Insel rudern kann. Meist ist ja jemand da, aber es ist besser, selbständig zu sein.«

Das Festland kam immer näher, bald schon waren wir am Strand. Der Junge zog die Stiefel aus, rollte sich die Hosen hoch und sprang dann hinaus. Er zog das Boot ganz auf den Sand und band es fest. Dann stiegen auch wir aus und machten uns auf den Weg zum Gasthaus.

Mrs. Pengelly kam uns entgegen; als sie ihren Sohn erblickte, war sie sichtlich erfreut und begrüßte ihn sehr herzlich.

»Willkommen, Miß Gwennol und Miß Ellen«, wandte sie sich dann an uns. »Hätten Sie gerne eine Erfrischung? Sicher wollen Sie auch Pferde haben.«

»Ich bestimmt«, sagte Gwennol. »Und du, Ellen?«

Ich bejahte, denn es war mir der Gedanke gekommen, einen Besuch auf Hydrock zu machen. Schließlich hatte man mich ja eingeladen, jedesmal zu kommen, wenn ich auf dem Festland war.

»Dann geh mal in die Ställe rüber, August, und sag deinem Vater, was die jungen Damen brauchen. Komm dann in die Küche zu mir. Ich hab' was Gutes für dich, Pasteten, heiß aus dem Ofen. Und die jungen Damen? Ein Glas Wein, während sie warten?«

Gwennol fragte: »Ist schon jemand in den Gasthof gekommen?«

»Nein, Miß Gwennol, bis jetzt war noch niemand da.«

»Dann trinken wir doch ein Schlückchen Wein«, sagte Gwennol. Wir gingen hinein, und die Wirtin brachte uns ihren Heidelbeerwein und den Safrankuchen, an den ich mich schon langsam gewöhnt hatte.

Wir saßen noch beim Wein, da hörte ich Getrappel im Hof. Offensichtlich war ein Reiter gekommen.

Gwennol saß ganz still auf ihrer Bank, ein Lächeln breitete sich auf ihrem Gesicht aus. Sie sah richtig schön aus.

»Im Salon«, sagte eine Stimme, die ich mit Vergnügen als die Sir Michaels erkannte.

Als er eintrat, erhob sich Gwennol und ging ihm entgegen.

Sie hielt ihm ihre Hände hin, er nahm sie beide. Dann sah er mich, und ein Lächeln freudigen Erkennens erhellte seine Züge. »Miß Kellaway!« rief er. »Miß Ellen Kellaway!«
Gwennol sah überrascht von einem zum anderen. »Ihr kennt einander? Das gibt es doch nicht ...«
»O doch, das gibt's«, sagte Sir Michael, ließ ihre Hände los und ging auf mich zu. Ich reichte ihm meine Hand, er nahm sie mit seinen beiden. »Und wie gefällt es Ihnen auf der Insel?« fragte er.
»Ich finde es ungemein interessant«, sagte ich.
»Das verstehe ich nicht«, rief Gwennol ungeduldig dazwischen.
»Es läßt sich aber leicht erklären«, beruhigte sie Sir Michael, und ich setzte fort: »Als ich auf das Boot zur Insel wartete und im Gasthof bleiben mußte, habe ich mir die Gegend hier ein wenig angesehen und mich in den Wäldern von Hydrock verlaufen. Sir Michael hat mich gerettet.«
»Ach so«, sagte sie sehr kühl.
»Sie kommen doch wieder zu mir?« lud er mich nochmals herzlich ein.
»Vielen Dank! Ja, sehr gerne, ich fand Ihr Haus so bezaubernd.«
»Sind die Pferde schon gesattelt?«
»Ich habe jedenfalls welche bestellt«, sagte Gwennol.
»Sehr schön. Wenn ihr dann fertig seid, könnten wir ja losziehen.«
»Ellen hat vielleicht andere Pläne«, meinte Gwennol. »Sie wollte sich ja eigentlich die Gegend ansehen.«
»Ich hatte aber tatsächlich schon daran gedacht, auf Hydrock vorbeizuschauen«, entgegnete ich. Ich wandte mich an Sir Michael: »Sie sagten doch, ich sei immer willkommen bei Ihnen, wenn ich einmal herüberkäme.«
»Ich wäre sogar sehr gekränkt, wenn Sie nicht kämen«, antwortete er.

»Ich freue mich schon auf das Wiedersehen mit dem Haus.«
»Aber jetzt kennen Sie ja die Burg. So grandios ist es bei uns leider nicht.«
»Hydrock ist einfach wunderschön«, sagte ich.
»Ja, das schönste Haus, das ich kenne«, bekräftigte Gwennol begeistert.
»Vielen Dank, Gwennol«, sagte Michael. »Ich finde es eigentlich auch.«
Wir gingen in den Hof, wo die Pferde schon bereitstanden. In kurzer Zeit hatten wir die Auffahrt zum Herrenhaus erreicht.
»Heute will ich Ihnen das ganze Haus zeigen«, meinte Michael. »Letztes Mal haben Sie ja kaum was davon gesehen. Wie geht's übrigens Ihrem Knöchel?«
»Nichts mehr gespürt. Schon am nächsten Morgen hätte ich gar nicht mehr gewußt, daß was passiert war.«
»Du hast dir den Knöchel verstaucht?« fragte Gwennol.
Ich erzählte ihr genau, wie es passiert war. Sie hörte aufmerksam zu, ihre Miene war dabei wenig angenehm. Sie schien über irgend etwas zu brüten.
Wir betraten die Halle mit dem großen Refektoriumstisch, den Zinngeräten und den schönen alten Bänken; wieder hatte ich das Gefühl tiefsten Friedens, wie beim erstenmal.
»Das Haus mutet einen so freundlich an«, meinte ich.
»Das empfinden wir alle«, sagte Gwennol jetzt fast barsch.
»Ja«, sagte Michael. »Es heißt bei uns in der Familie, daß das Haus einen entweder abstößt, oder man meint es längst zu kennen, kaum daß man es betreten hat. Offenbar heißt es Sie willkommen, Miß Kellaway.«
»Das hieße ja, daß ein Haus so etwas wie eine Seele hat«, antwortete ich. »Das empfinde ich auch immer so. Ich wußte gar nicht, daß das andere Leute auch tun.«
»Ein bißchen romantisch, die Vorstellung, nicht wahr? Aber da das Haus Sie so beeindruckt, möchte ich es Ihnen gerne

ganz zeigen. Es ist dir doch recht, Gwennol? Wir sind seit langem befreundet«, erklärte er mir, »sie kennt das Haus genauso gut wie ich.«

»Ich würde es gerne sehen«, versicherte ich ihm, und Gwennol sagte: »Du weißt genau, daß ich nicht genug davon haben kann.«

»Sehen Sie sich doch nur die Wappen an den Wänden an. Diese Brustschilde wurden im Bürgerkrieg von meinen Vorfahren getragen. Und die Zinngefäße waren Hunderte von Jahren im Gebrauch. Ich versuche, alles so weit wie möglich in seiner alten Form zu bewahren.«

»Genau wie Jago, nicht wahr?« sagte ich zu Gwennol, denn mir lag daran, daß sie in das Gespräch mit einbezogen wurde. Inzwischen war mir klargeworden, daß sie Michael im Gasthof erwartet hatte und er der Freund war, den sie besuchen wollte. Deshalb war sie nicht allzu erfreut, als sie erfuhr, daß ich ihn schon kannte und mitritt. Vermutlich waren ihre Gefühle ihm gegenüber wesentlich tiefer als die einer normalen Freundschaft. Man erkannte es an der Art, wie sie ihn ansah. Solche Augen und diesen Zug um den Mund hatte ich bei ihr noch nicht gesehen.

»Jago würde am liebsten in die alte Feudalzeit zurückkehren«, sagte Gwennol scharf. »Er wäre gerne nicht nur Herr im Haus, sondern unser aller Herr.«

»Er ist sehr stolz auf die Insel«, verteidigte ich ihn, »und das mit Recht. Ich habe auf meinen Spaziergängen mit Leuten geredet, denen anzumerken war, wie sehr sie ihn achten. Er hat viel für sie getan.«

»Meine liebe Ellen, die haben nur Angst, etwas gegen ihn zu sagen. Wenn er auch nicht wirklich ihr Herr und Meister ist, immerhin ist er der Besitzer des Gutes. Er kann sie schon morgen aus ihren Häusern werfen, wenn sie sich gegen ihn stellen.«

»Das würde er bestimmt nie tun«, sagte ich inbrünstig.

Sie zog die Augenbrauen hoch und lächelte Michael zu. »Ellen muß offenbar noch eine Menge dazulernen«, sagte sie. Auf elegante Weise lenkte er vom Thema ab. Er wollte uns jetzt in die Kapelle führen. Wie unsere Schritte auf den Steinfliesen der Halle erdröhnten! Über eine steinerne Wendeltreppe ging es zu einer schweren, mit Eisen beschlagenen Eichentür.

»Hier hat sich so manches Drama abgespielt. In der Kapelle ist ein sogenanntes Priesterloch und auch ein Guckloch für Leprakranke. Man kann sich den Schrecken vorstellen, wenn der katholische Priester im Handumdrehen versteckt werden mußte! Einer meiner Vorfahren heiratete eine spanische Dame, und sie war so unvorsichtig, einen eigenen Priester im Haus zu halten. Eines Tages möchte ich unsere Familiengeschichte aufschreiben. In den Gewölben unter der Kapelle sind unzählige Dokumente darüber.«

»Das klingt aber sehr aufregend.«

»Es ist allerdings eine Beschäftigung, die mir nur Spaß macht, wenn ich sie mit jemandem teilen kann. Gwennol hat versprochen, mir dabei zu helfen.«

»Und nichts lieber als das«, sagte sie ganz begeistert. »Besonders bei einer Familie wie der deinen, Michael. Unsere ist ja da ein wenig anders.« Sie verzog ihr Gesicht zu einer Grimasse. »Wir sind eher der Seeräubertyp, und ihr seid die Aristokraten.«

»Dunkle Punkte gibt es wohl in fast allen Familien«, meinte Michael. »Weiß Gott, was wir in den Dokumenten alles herausfinden werden!«

»Wie aufregend!« rief Gwennol, und es sah aus, als würde sie sofort vorschlagen, mit der Arbeit zu beginnen und mich alleine weiterwandern zu lassen.

Der Fußboden der Kapelle war mit einem Mosaikmuster bedeckt. Es gab zwölf Kirchenbänke mit reicher Schnitzverzierung. Auf dem Altartisch lag ein wunderschön gesticktes

Tuch, von seiner Großmutter, wie Michael erklärte, also noch neueren Datums.
»Es gibt zwei Gucklöcher«, fuhr Michael fort. »Das eine ist das sogenannte Lepraloch, von dem kleinen Raum da hinten, wo sich Leprakranke aufhalten mußten und an der Messe teilhaben konnten, ohne die anderen Besucher anzustecken oder durch ihren Anblick zu bedrücken. Das andere« – er ging nach oben – »ist in einem kleinen Alkoven, den die Damen benutzten, die nicht in die Kapelle herunterkommen wollten, weil sie krank waren oder sich sonst nicht wohl fühlten. Und jetzt führe ich euch noch ins Solarium und zeige euch von dort das zweite Loch.«
»Siehst du«, sagte Gwennol, »wie schön es ist, einer solchen Familie anzugehören?«
»Es ist wie eine Kette durch die ganzen Jahrhunderte«, meinte Michael. »Auf jedes Glied folgt das nächste und das übernächste. Zum Glück hatten wir immer männlichen Nachwuchs, so daß der Name erhalten blieb. Ich möchte auch Söhne haben, damit der Name weitervererbt wird.«
»Haben Sie schon Kinder?« fragte ich.
Er lachte. »Bis jetzt bin ich noch nicht einmal verheiratet.«
»Aber das tun Sie doch sicher einmal«, sagte ich. »Schon aus Pflichtgefühl.«
»Da müßte bei mir schon ein bißchen mehr dazukommen.«
Gwennol sah ihn mit brennendem Blick an, und ich dachte: Ja, sie liebt ihn. Ich bin im Weg. Ich sollte gar nicht hier bei ihnen sein, hätte vorgeben müssen, daß ich lieber woanders hingeritten wäre. Sie zeigte es allzu deutlich, und nur weil er zu höflich war, durchblicken zu lassen, daß er mich hier lieber nicht haben würde, meinte ich, daß ihm meine Anwesenheit angenehm sei.
»Das Solarium ist natürlich ein sehr heller Raum«, sagte er. »Er soll alle Sonnenstrahlen einfangen. Und das tut er auch wirklich. Ich glaube, früher wurde er als Ballsaal verwendet.

Man kann ihn auch mit einem Wandschirm in zwei Teile teilen, aber ich liebe ihn in der ursprünglichen Form.«
Er ging voraus. Wir stiegen wieder eine Treppe hinauf, dann führte er uns durch einen Gang, und schon waren wir im Solarium. Die Sonne schien breit und hell durch die großen Fenster auf die dunkelblauen Wandteppiche, die den Raum auf einer Seite schmückten. Ereignisse aus dem Bürgerkrieg waren darauf dargestellt. Man sah die Schlachtfelder von Naseby und Marston Moor. Auf der anderen Seite des Zimmers war auf einem zweiten Wandteppich Prinz Charles im Eichenbaum dargestellt und beim Empfang in London.
Ich betrachtete sie genau. Es waren wunderbare Arbeiten mit herrlichen Farbverzierungen. Michael beobachtete mich; mein Interesse schien ihn sehr zu freuen.
»Und hier ist das Guckloch«, sagte er. »Kommen Sie mal in den Alkoven. Hier saßen die Damen, sie konnten direkt von hier in die Kapelle hinuntersehen. Setzen wir uns auch ein bißchen? Ich möchte Miß Kellaway nämlich über unseren Geist erzählen, Gwennol.«
Gwennol nickte. »Die Geschichte wird dir gefallen. Es ist der netteste Geist, den du dir vorstellen kannst.«
»Es waren einmal drei Schwestern im Haus«, sagte Michael. »Alle drei wollten heiraten, aber der Vater gab seine Zustimmung nicht. Eine lief weg und kehrte nie wieder zur Familie zurück. Die zwei anderen blieben und wurden jeden Tag verbitterter. Dieses Leben war für sie selbst und ihre Umgebung eine Qual. Sie vergaben ihrem Vater niemals, und es heißt, daß er auf dem Totenbett um Vergebung bat und sie sich immer noch weigerten. Das ist unser Geist. Er soll ein guter Geist sein. Immer streift er durchs Haus und versucht Vergebung für seine Hartherzigkeit zu erlangen, indem er den Liebenden alle Wege ebnet.«
»Das ist wirklich die hübscheste Geistergeschichte, die ich je gehört habe.«

»Er starb in diesem Zimmer«, fuhr Michael fort. »Seither sagt man, daß es für Liebende ein guter Ort sei. Damals stand ein Bett am anderen Ende, hinter einem Wandschirm. Das war sein Schlafraum. Es heißt, daß dank seiner Hilfe alle Hydrock-Ehen gutgehen.«

»Nun, dann hat er ja für seine Sünden bestimmt Vergebung verdient.«

»Ja, das hat er wirklich. Aber ich finde den Gedanken so hübsch, Sie nicht auch? Leute, die mit dem Gefühl in dieses Haus kommen, daß ihre Ehe dank des alten Hydrock gut und glücklich sein muß, werden bestimmt nicht zulassen, daß es dann anders wird.«

»Recht angenehmer Gedanke für eine Hydrock-Braut.«

Er lächelte mir zu. »Das stimmt tatsächlich. Meine Mutter hat mir die Geschichte oft erzählt, und sie war eine glückliche Ehefrau. ›Wenn du mal eine Braut hast‹, sagte sie immer zu mir, ›sag ihr, daß sie unter besonderer Obhut steht.‹«

»Und bei ihr war es so?«

»Es war wohl einfach ihre Lebensanschauung. Glück ist doch eigentlich nichts anderes. Von zwei Menschen unter den gleichen Lebensumständen wird sich der eine glücklich schätzen und der andere nichts als jammern und klagen. Als ich zehn Jahre alt war, wußte meine Mutter bereits, daß sie an einer unheilbaren Krankheit litt. Genau zehn Monate verbrachte sie noch in dem Zustand. Sie sagte es mir, weil ich die Wahrheit wissen und nicht auf irgendwelchen Unsinn hören sollte. ›Ich habe das Glück gehabt‹, sagte sie, ›ein zufriedenes Leben führen zu können, und jetzt werde ich sterben, noch ehe ich Schmerzen erleiden muß.‹ Und so war es auch. Sie litt überhaupt nicht. Wäre sie länger am Leben geblieben, hätte sie bestimmt Schmerzen erleiden müssen.«

Seine Geschichte berührte mich tief. Gwennol offensichtlich auch, denn während seiner Erzählung blickte sie Michael unverwandt an.

»Und jetzt gehen wir essen«, sagte er. »Nach eurer ›Seereise‹ lechzt ihr bestimmt schon danach.«
»Sehr lieb von Ihnen«, sagte ich, »aber ich hatte nicht mit einer Einladung zum Essen gerechnet. Vielleicht sollte ich . . .«
Beide sahen mich an. Ich sprach weiter: »Gwennol haben Sie wohl schon erwartet, aber mich . . .«
»Wir freuen uns trotzdem, Sie dabeizuhaben«, sagte Michael herzlich. »Ja, Gwennol erwartete ich. Ich bekam die Botschaft rechtzeitig.«
Er wandte sich jetzt direkt an Gwennol: »Wie immer.« Und erklärte mir dann: »Eine wunderbare Verständigungsmethode. Bei dem vielen Wasser zwischen uns können wir nie sichergehen, ob unsere Botschaften rechtzeitig ankommen. Der Junge schickt sie mit seinen Brieftauben. Er bildet sie ja dazu heran. Hat eine fabelhafte Hand. Wir haben hier auch Tauben. Wollen wir nicht nach dem Essen Miß Kellaway die Gärten zeigen, Gwennol?«
Das Eßzimmer mit dem Blick auf den gepflegten Rasen gefiel mir ungemein, und ich mochte auch diese fast greifbare Stille und Friedlichkeit. Sie kam wohl aus dem Geist des alten Mannes, der das Leben seiner Töchter ruiniert hatte und sein Unrecht wiedergutmachen wollte. Mein Stuhl war mit dunkelrotem Samt bezogen. Ich saß genau gegenüber von Michael Hydrock, einem Mann, der mit seinem Schicksal völlig zufrieden zu sein schien – eine sehr seltene Eigenschaft, wie ich wußte. Unwillkürlich verglich ich ihn mit Jago, diesem ruhelosen Geist mit seinen ewig wechselnden Stimmungen, seiner Unberechenbarkeit, die mich halb anzog und halb zurückstieß, aber immer faszinierte.
Nach dem Essen spazierten wir in der Umgebung des Hauses herum. Die Gärten waren wunderbar gehalten, wenn auch in sehr konventionellem Stil: Es gab den üblichen italienischen Garten, den englischen Rosengarten, den Heckengarten, ein-

gezäunte Weidegründe und gepflegten Rasen. Mehrere Gärtner waren an der Arbeit, alle zupften an ihren Stirnlokken, als wir vorübergingen. Offenbar war Sir Michael ein geachteter und gütiger Herr.
Er begleitete uns zum Gasthof zurück, wo der Junge schon auf uns wartete. »Auf baldiges Wiederkommen«, sagte Michael, und diese Einladung galt zweifelsohne auch mir.
Gwennol ruderte uns zurück. Sie sah mich dabei kaum an. Irgendwie hatte sich unsere Beziehung zueinander geändert. War sie bisher eifrig darauf bedacht gewesen, daß ich mich in ihrer Gesellschaft wohl fühlte, so breitete sich jetzt Mißtrauen aus.
Bei der Insel überließen wir dem Jungen das Boot und gingen gleich zur Burg. Auf dem Weg nach oben sagte Gwennol plötzlich: »Eigenartig, daß du Michael schon kanntest und es gar nicht erwähnt hast.«
»Es gab wohl so viel anderes zu besprechen.«
»Und deinen Knöchel hast du dir auch verstaucht damals?«
»Ja, gerade als er auftauchte, stolperte ich und fiel. Da brachte er mich zu sich nach Hause und dann zum Gasthof.«
Sie lachte kurz auf. »Allzu schlimm war die Verletzung wohl nicht?«
»Nein, nur eine kleine Verrenkung. Am nächsten Morgen war schon wieder alles gut.«
»Eine sehr praktische kleine Verrenkung«, fügte sie hinzu, und ehe ich noch meinem Ärger Luft machen konnte, war sie schon ins Haus gelaufen.
Ich ging in mein Zimmer hinauf. Der schöne Tag war mir verdorben. Von nun an mußte ich aufpassen und mich vor allem von Hydrock fernhalten.

Jago sah mich vorwurfsvoll an. Wir saßen beim Abendessen, er hatte mich gerade gefragt, wie ich den Tag verbracht hätte. Ich erzählte ihm von unserem Ausflug aufs Festland.

»Was, Ellen, du verläßt uns schon so bald?«
»Es waren ja nur ein paar Stunden.«
»Auf der Insel hast du aber vieles noch gar nicht gesehen.«
»Nach dieser kurzen Abwesenheit werde ich es um so mehr genießen.«
»Du hast eine ›Silberzunge‹, wie man hier so sagt. Immer fällt dir das richtige Wort ein. Stimmt's, Gwennol?«
»Allerdings . . . und bei jeder Gelegenheit«, sagte Gwennol ziemlich barsch.
»Also, wo wart ihr denn?« fragte Jago weiter.
»Bei Sir Hydrock.«
»Alle beide?«
»Ja, ich kannte Michael Hydrock schon.«
Jago legte Messer und Gabel nieder und sah mich an. Jenifrys Blick spürte ich auch deutlich auf mir. Gwennol blickte in ihren Teller. Noch einmal erzählte ich die Geschichte, wie ich Michael im Wald begegnet war und die Sache mit der Verletzung.
»Du warst verletzt?« rief Jago. »Warum hast du mir das nicht gesagt?«
»Es war nicht der Rede wert. Am nächsten Tag hatte ich es schon fast vergessen.«
»Eine dieser vorübergehenden Verrenkungen«, sagte Gwennol sarkastisch.
»Und was passierte dann?« wollte Jenifry wissen.
»Er brachte mich zu sich nach Hause, und eine Mrs. Hocking, wohl seine Haushälterin, besah sich den Fuß und sagte, ich solle eine Weile nicht auftreten. Deshalb fuhr mich Sir Michael in den Gasthof zurück.«
»Ein echter Gentleman«, kommentierte Jago.
»Das fand ich auch«, gab ich zurück.
Mir wurde plötzlich klar, daß mein Bericht auch Jago und Jenifry beunruhigte. Hierauf folgte eine Verlegenheitspause. Jago sagte dann: »Morgen zeige ich dir mehr von der Insel.

Du mußt noch eine ganze Menge entdecken.«
»Danke schön«, antwortete ich.
»Ich habe Ellen schon gesagt«, mischte sich jetzt Gwennol ein, »daß sie rudern üben soll.«
»Bist du denn schon mal gerudert?« wollte Jago wissen.
»Ja, aber nicht auf hoher See. Nur in einem See, und das ist doch wohl ein bißchen anders.«
»Im Grunde ist es das gleiche«, meinte Gwennol. »Nur muß man auf See mehr aufpassen, vor allem wegen des Wetters. Bei ruhiger See ist es ganz ungefährlich.«
»Üb erst einmal von einer Bucht zur anderen«, sagte Jago. »Und in der ersten Zeit nimm dir immer jemanden mit. Morgen fahre ich mit dir. Und der Junge steht dir stets zur Verfügung, wo immer du auch hinfahren willst.«
»Doch, das würde ich gerne versuchen«, sagte ich.
»Also, dann die erste Stunde gleich morgen«, bestimmte Jago.
Sehr müde kam ich in mein Zimmer hinauf. Was für ein langer Tag! Der Besuch auf Hydrock hatte mir viel Freude gemacht, wenn auch Gwennols Eifersucht die Stimmung etwas verdarb. Jedenfalls mußte ich in Zukunft sehr aufpassen, und das tat mir leid, denn es war ein gutes Gefühl, einen so netten Freund auf dem Festland zu wissen.
Ich zündete die Kerzen auf meinem Toilettischchen an und war gerade dabei, mein Haar zurechtzumachen, als es klopfte.
Ich schrak auf. Warum, wußte ich nicht genau, aber beim Kerzenlicht fühlte ich mich in diesem Zimmer stets unbehaglich.
Nur wenige Sekunden lang blickte ich zur Tür, dann klopfte es schon wieder, und jemand öffnete. Jenifry stand da, eine Kerze in der Hand.
»Ich dachte, du schläfst schon, weil du keine Antwort gabst«, sagte sie.

»Ich wollte gerade ›herein!‹ rufen, als du aufmachtest«, erklärte ich.
»Ich möchte etwas mit dir besprechen.«
Sie stellte ihre Kerze nieder und zog sich einen zweiten Stuhl zum Frisiertisch. »Wegen Gwennol und Michael Hydrock«, sagte sie.
»Ach ja?«
Ich sah ihr Gesicht im Spiegel; die Augen waren niedergeschlagen, anscheinend wollte sie mich gar nicht ansehen.
»Er ist einer der interessantesten Junggesellen in der Nachbarschaft«, fuhr sie fort. »Gwennol und er sind seit langem befreundet beziehungsweise . . .«
»Mehr als das?« half ich weiter.
Sie nickte. »Man ist allgemein der Ansicht, daß es einmal zu einer Verbindung zwischen den beiden kommen wird, wenn nicht plötzlich Hindernisse auftauchen.«
»Hindernisse?«
Ich beobachtete ihr Spiegelbild. Der Mund verzog sich, eine Weile sah sie wieder ganz häßlich aus. Rasch versicherte ich mir selbst, daß es nur Spiegelverzerrungen seien. »Eine berühmte Familie wie die Hydrocks . . .«, sagte sie jetzt. »Da gibt es einige, die Gwennol als nicht ganz passend ansehen, sie sind ja so unendlich stolz auf ihre Ahnen.« Ihre Lippen kräuselten sich verächtlich. »Diese Mrs. Hocking, die meint, unter einer Herzogstochter ginge es nicht.«
»Aber sie hat doch dabei wohl kaum was zu sagen.«
»Das ist eine ganz Schlaue. Die versucht immer zu intrigieren und dergleichen. Du kennst sicher solche Menschen. Eine Frau in solcher Position kann sehr großen Einfluß haben. Sie war seine Kinderfrau, sieht ihn noch immer als ihr Kind. Schützt ihn, verwöhnt ihn, niemand ist gut genug für ihren lieben Michael.«
»Er wirkt mir eher wie ein Mann, der seine Entscheidungen selbst trifft.«

»Sicher sind die Kellaways gut genug für jedermann, aber leider gibt es ja diese Geschichte mit der Bastardzweiglinie, daß wir etwas vom Teufel in uns hätten ...«
»So ein Ammenmärchen glaubt er doch bestimmt nicht.«
»Die Leute sind abergläubisch. Auch wenn er es nicht glaubt, aber er weiß, was die anderen denken und welche Auswirkungen dies auf zukünftige Generationen haben kann. Die beiden kamen blendend miteinander aus, sie sollte ihm bei seinem Buch helfen. Und heute kam sie etwas ... etwas verstört zurück.«
»Und warum?« fragte ich ganz offen.
Sie rückte näher. Es war mir unmöglich, ihr ins Gesicht zu schauen, denn ich wußte, daß ich wieder den üblen Gesichtszug entdeckt hätte, der mich im Spiegel am ersten Abend meines Hierseins so erschreckt hatte.
»Das weißt du doch recht gut«, sagte sie. »Du hast ihm sehr gefallen. Das ganze Spiel da mit deinem verrenkten Knöchel.«
»Das war kein Spiel. Ich habe mir den Knöchel wirklich verletzt.«
»Jedenfalls ein romantischer Anfang, findest du nicht? Sicher kamst du ihm ganz anders vor als die Mädchen, die er sonst kennt. Ehrgeizige Mütter der umliegenden Familien bringen ihm ja dauernd ihre Töchter auf dem Präsentierteller, und das sind alles Landmädchen ... eine wie die andere ... und da kommst du daher – ganz anders, irgendwie schon erfahren, wie es manche hier nennen würden. Natürlich erweckt das sein Interesse. Und außerdem bist du eine Kellaway aus der reinen Linie. Dein Zweig entkam der Ansteckung durch den Teufel.«
Ich war außer mir. »Jetzt hör mal zu«, sagte ich beinahe drohend, »bei meiner Ankunft lernte ich einen Mann kennen. Ich hatte mich in seinem Wald verirrt, und er brachte mich zum Gasthof zurück. Dann traf ich ihn gemeinsam mit Gwennol

wieder und wurde zum Essen eingeladen. Und du unterstellst mir jetzt, daß ich ihn ehrgeizigen Müttern mit heiratsfähigen Töchtern unter der Nase wegschnappen möchte. Ich habe ihn kennengelernt, er gefällt mir, sein Haus gefällt mir. Mehr ist für mich nicht dabei.«

»Gwennol denkt aber . . .«

»Gwennol liebt ihn und ist dementsprechend empfindlich. Ich kann dir nur versichern, daß ich wirklich nicht auf Männersuche bin und keineswegs den ersten besten nehmen will, der mir über den Weg läuft.«

Sie erhob sich und ergriff ihre Kerze. Mich schauderte es leise, als ich sie so dastehen sah. Sie hielt die Kerze unterhalb des Gesichts, so daß ihre Züge im Licht lagen, der Körper im Schatten war. Im Spiegel sah es aus wie ein körperloser Kopf. Ihre Haut schien leicht gerötet, die Augen waren halb geschlossen, sie sah richtig bösartig aus.

»Vielleicht habe ich zuviel gesagt«, flüsterte sie. »Aber ich bitte dich um eines: Nimm Gwennol ihren Michael nicht weg.«

»Liebe Jenifry, wie ich ihn einschätze, gehört er nicht zu den Männern, die sich wegschnappen lassen. Der trifft seine eigene Wahl.«

»Und die gilt Gwennol«, sagte sie. »Sie *galt* Gwennol, ehe du kamst.«

»Dann kannst du sicher sein, daß sie immer noch ihr gilt.«

»Gute Nacht«, sagte sie. »Du verstehst hoffentlich die Ängste einer Mutter.«

»Natürlich«, versicherte ich ihr.

Die Tür schloß sich hinter ihr; ich sah, daß sie mein Spiegelbild im Hinausgehen noch einmal betrachtete. Bestimmt stand noch etwas anderes hinter ihrem Verhalten als die Angst einer Mutter um das Glück der Tochter. Ihr Anblick gab mir böse Ahnungen ein, und es war mir, als wolle sie mich vor etwas warnen.

Doch das war nicht alles, so ereignisreich dieser Tag schon gewesen war, denn vor dem Einschlafen fand ich auch noch das erste Notizheft.

Jenifry hatte mich so verstört, daß ich wußte, ich würde unter keinen Umständen gleich einschlafen können. Also beschloß ich, Esmeralda einen Brief zu schreiben. Sicher wartete sie schon sehnsüchtig auf meinen Bericht über die ersten Eindrücke von der Insel, und ich konnte mich selbst beruhigen, indem ich ihr von den friedlichen Erlebnissen hier schrieb. Ich würde ihr von den kleinen Bauerngehöften und den hübschen Häuschen mit den orangefarbenen Dächern erzählen, den lebenslangen und den Mondscheinhäusern und allem übrigen.

In meinem Zimmer stand ein hübsches kleines Schreibpult mit schrägem, lederbezogenem Deckel und Elfenbein-Einlegearbeit. Ich hatte es schon bewundert und mein Schreibmaterial gleich darin verstaut. Als ich es jetzt aus der Schublade holen wollte, klemmte sie, und ich mußte Gewalt anwenden. Als ich schließlich Erfolg hatte, öffnete sich gleichzeitig eine Klappe im oberen Teil, die ich vorher noch nicht bemerkt hatte, und dahinter lag das Notizheft.

Ich nahm es heraus und fand auf der Innenseite mit kindlicher Handschrift die Eintragung: »S. K. Mein Buch.« Offenbar dieselbe »S. K.«, die ihre Initialen und den verzweifelten Hilferuf in den Schrank geritzt und deren Bild meine Mutter gemalt hatte.

Ich blätterte im Heft. Auf einigen Seiten waren Eintragungen. Einzelne Sätze fielen mir auf.

»Wie ich alles hier hasse! Wenn ich nur entfliehen könnte!« Und dann: »Mein Vater haßt mich, ich weiß nicht, warum. Aber ich glaube, er mag überhaupt niemanden sehr. Sie nicht . . . auch das Baby nicht.« Ich blätterte nach vorne zurück. Auf der ersten Seite stand: »Das Leben auf einer Insel.«

Nur ein Kinderschulheft, dachte ich, aber jedenfalls hatte es der mysteriösen S. K. gehört. »Ich bin eine Gefangene«, hieß es wohl sicher, daß man sie zur Strafe für irgendein Verhalten hinaufgeschickt hatte, wie es den meisten Kindern einmal passiert. Aber die zwei Porträts hatten mich fasziniert, ich wollte mehr von ihr wissen. Bei der ersten Gelegenheit würde ich jemanden fragen, am besten Gwennol; aber sie würde mich in den nächsten Tagen ja sicher meiden.

Ich las den Text unter dem Titel.

»Ich soll einen Aufsatz schreiben«, las ich da. »Das Leben auf einer Insel. Miß Homer sagt, daß ich in meinem Zimmer bleiben muß, bis ich fertig bin. Aber ich schreibe keinen Aufsatz. Statt dessen schreibe ich das hier. Das ist ein Geheimnis, ich werde es ihr nicht zeigen. Sie will, daß ich über Krebse und Quallen, über Ebbe und Flut und die Landschaft schreibe. Aber die sind mir piepegal. Ich schreibe über *sie* und *mich*, so wie ich mit niemandem reden kann. Und es wird lustig sein, das aufzuschreiben, dann kann ich es nachher lesen und mich an alles erinnern. Mein Vater haßt mich. Er hat mich immer gehaßt. Meine Stiefmutter mag mich auch nicht besonders. Niemand mag mich außer dem Baby, und das ist noch zu klein und zu dumm. Meine Stiefmutter liebt das Baby. Sie hat zu mir gesagt: ›Schau mal, dein Schwesterchen. Ist es nicht süß?‹ Und ich habe gesagt: ›Ist doch nur eine Halbschwester, das ist keine richtige. Gott sei Dank, ich will gar kein dummes Baby als Schwester.‹ Baby schreit, wenn es was will, und lächelt, wenn es das kriegt, und alle kommen zu ihm und schauen es an und sagen, wie süß es ist, auch wenn es gerade noch gebrüllt hat. Ich war wohl auch mal ein Baby, aber bei mir haben sie bestimmt nicht gesagt, wie süß ich bin.« Danach kamen einige leere Seiten, dann wieder Text.

»Eben habe ich gelesen, was ich damals schrieb, als Miß Homer mich zum Aufsatz ins Zimmer schickte. Ich hab' so lachen müssen, daß ich jetzt noch mehr schreiben will. Dabei fällt mir ein, wie bös sie war, als sie rausfand, daß ich meinen Aufsatz nicht geschrieben hatte. Sie sagte: ›Ich weiß wirklich nicht, was aus dir noch werden soll!‹ Das denken sie alle, ich kann es an ihren Gesichtern sehen. Was aus der wohl mal werden wird. Ich bin sehr unruhig, aber ich kann auch eine Weile ganz brav sein. Wenn ich meinen Vater nur mal sehen könnte. Er will mich nie sehen, das Baby wenigstens ab und zu. Sogar er mag es. Wohl wegen meiner Mutter, glaube ich. Er hat sie auch nicht gemocht. Ich war der Grund dafür, hat mir einer der Diener gesagt. Komisch, wenn man der Grund für etwas ist und es nicht weiß. Und dann ist sie gestorben. Ich war sieben. Ich weiß noch, daß es gerade vor meinem Geburtstag war, und alle haben ihn vergessen, meinen Geburtstag. Sie ist auf dem Friedhof begraben, manchmal gehe ich an ihr Grab. Ich habe viel geweint; sie hat mich geliebt, erst als sie tot war, merkte ich, daß mich sonst niemand liebt. Miß Homer nicht, das Kindermädchen auch nicht. Alle sagen, mit meinen Launen werde ich noch ein schlechtes Ende nehmen. Meine Mutter hat ihre Geburtstagsgeschenke immer versteckt. Es gab immer mehrere. Vielleicht weil sie wußte, daß mir sonst niemand etwas geben würde, und es sollte so aussehen, als ob die anderen auch ... Und immer war ein Geheimnis dabei. Sie sagte nie, von wem es kam. Ich sagte, daß es von ihr wäre, aber sie sagte, nein. Als sie tot war, habe ich nach meinem Geheimnisgeschenk gefragt, aber ich bekam nie eines. Also war es doch von ihr. Ich wurde immer schlimmer nach ihrem Tod. Ich machte böse Sachen, wie damals, als ich Miß Homers Haarfärbemittel auf dem Boden verschüttet habe, wo doch niemand wissen sollte, daß sie es benützte.

Und dann ist meine Stiefmutter gekommen, und alles hat sich verändert. Es ist besser gewesen, eine Weile. Stiefmutter hat mir ein weißes Stickereikleid geschenkt und eine wunderschöne blaue Schärpe dazu. Und ich durfte mit meinem Vater reden, aber ich wußte, daß er mich nicht mag und es nur tat,

weil Stiefmutter ihn darum gebeten hatte. Und dann kam das Baby, und alle haben sich um das Kleine gekümmert und keiner um mich. Auch meine Stiefmutter, und sie hat sich nicht mehr darum bemüht, daß mein Vater mich mögen soll.
Ach Gott, was für ein Blödsinn, wozu schreib ich auf, was ich schon lange weiß.«
Ich wollte noch mehr wissen, aber die restlichen Seiten des Heftes waren leer. Auf einer Seite war noch etwas ausgerechnet, und darunter war geschrieben: »Ich hasse Rechnen!«
Ich legte das Heft ins Pult zurück. Jetzt war ich nicht mehr in der Stimmung, Esmeralda zu schreiben.

2

Ich nahm die Ruder, Jago setzte sich mir gegenüber. Unser Ziel war die Vogelinsel, die er mir unbedingt zeigen wollte. Sehr weit ab lag sie nicht, also war es eine gute Übungsstrecke für mich.
Ein wunderschöner Tag – diese schimmernde, glatte Wasserfläche!
»Die schönste Zeit im Jahr«, sagte Jago, »ehe die Oktoberstürme einsetzen.«
»Sind sie sehr arg?«
»Gelegentlich. Manchmal kommen sie auch gar nicht. Am Wetter ist nur eines sicher – daß man es nie voraussagen kann. Du ruderst übrigens fabelhaft, Ellen.«
»Wenn ich noch eine Zeitlang hierbleiben will, werde ich es jedenfalls lernen müssen.«
»*Wenn?* Meine liebe Ellen, ich hoffe, daß du noch sehr lange hierbleibst.« Ich sah geradeaus, sein intensiver Blick irritierte mich ein wenig. »Und warum auch nicht?« setzte er fort. »Du

paßt sehr gut zu unserer Lebensart und fängst bereits an, die Insel gern zu haben.«

»Ja, ich finde alles sehr interessant. Das brauche ich wohl nicht groß zu beteuern? Ist ja wohl kaum verwunderlich.«

»Nein, und es freut mich trotzdem. Schließlich bist du eine Kellaway.«

»Ein Ort, an dem die eigenen Vorfahren seit Generationen gelebt haben, ist immer faszinierend. Ich glaube, in Kusine Agathas Haus hat mich vor allem gestört, daß ich da nicht hingehörte.«

»Aber hier gehörst du her«, sagte er ganz ernsthaft.

Ich schwieg und konzentrierte mich aufs Rudern. Die Vogelinsel kam näher, ein leuchtendgrüner Flecken im Meer. »Fahr dort zu der Bucht hinüber«, wies er mich an. Ich war stolz darauf, dies mit Leichtigkeit fertigzubringen. Irgendwie hatte ich das kindische Bedürfnis, in seinen Augen gut dazustehen. Er half mir aus dem Boot, vertäute es, und dann gingen wir zu einer Art Plateau hinauf. Rings um uns flogen Vögel auf, hauptsächlich Seemöwen, die ihre Entrüstung über die Störung laut hinauskreischten.

Jago gab mir einen der Futtersäcke, die er vom Boot mitgebracht hatte.

»Ich bringe ihnen immer was mit«, erklärte er. »Eine Art Entschuldigung für die Störung. Schließlich ist es ihr Eigentum, und man muß ihnen etwas dafür geben, daß sie ungebetene Gäste empfangen.«

»Sind sie denn so ungastlich?«

»Zweifellos. Schau dir nur die Dohlen dort drüben an. Manchmal sitzen hier auch Sturmvögel. Aber sie bleiben nur zum Brüten, dann verschwinden sie wieder. Einmal war ein ganz wunderschönes, einmaliges Tier dabei.«

»Daß du dafür auch noch Zeit findest?« sagte ich.

»Ich finde Zeit für alles, was mich interessiert, du nicht?«

»Ich glaube schon«, gab ich zu.

Er schob seinen Arm unter meinen, anscheinend, um mir den Hügel hinaufzuhelfen, aber es wirkte auf mich eher so, als ob er damit betonen wolle, daß er auch viel Zeit für mich erübrigen würde.

»Du wirst immer mehr im Inselleben aufgehen«, sagte er. »Die Landfahrten werden dich gar nicht mehr so interessieren. Merkwürdig, daß du zu den Hydrocks gekommen bist. Ein hübsches Haus, nicht wahr? Aber sehr konventionell. Gwennol hat eine romantische Seele dafür. Falls sie je Michael Hydrock heiratet, wird sie sich den Rest ihres Lebens langweilen. Das arme Kind.«

»Warum sollte sie?«

»Denk doch an das Leben, das sie dort führen würde: Gesellschaften, Jagdbälle, Wohlfahrtsarbeit, ein Tag wie der andere und Jahr für Jahr dasselbe.«

Ich gab keine Antwort.

»Setzen wir uns hierhin?« schlug er vor. Er hatte eine Reisedecke mitgebracht und breitete sie jetzt auf dem Gras für uns aus. Wir sahen aufs Meer hinaus. Wie hübsch die Hauptinsel mit ihren sanften, grünen Hügeln, den sandigen Buchten und dem Sonnengeglitzer auf den orangefarbenen Dächern aussah. Und gleich daneben der blaue Felsen, der heute dank der klaren Luft noch blauer schien als sonst. Ich meinte, das Haus darauf erkennen zu können. Es war von hohen Büschen umgeben und stand nicht weit von der Bucht.

»Sag mal«, fing ich plötzlich an. »Wer ist eigentlich S. K.?«

Er runzelte die Stirn. »Wer?«

»Sie muß einmal in dem Zimmer gelebt haben, in dem ich jetzt wohne. An der Rückwand des Schrankes ist etwas eingekritzelt mit den Initialen S. K.«

Er sah immer noch verwundert aus. Dann erhellte sich sein Gesicht. »Ich glaube, du meinst Silva.«

»Silva Kellaway?«

»Ja, deine Halbschwester.«

»Dann bin *ich* also mit dem Baby gemeint. Ich habe nämlich ein Notizheft von ihr im Schreibtisch gefunden. Da schreibt sie etwas über ihre Stiefmutter und ein Baby. Komisch! Meine Schwester!«

»Deine Halbschwester.«

»Wir hatten denselben Vater, und die Stiefmutter, von der sie sprach, ist also meine Mutter.«

»Arme Silva, ein so tragisches Schicksal!«

»Wieso, ist sie tot?«

»Es ist fast mit Sicherheit anzunehmen, daß sie ertrunken ist.«

»*Fast* sicher?«

»Ihre Leiche hat man nie gefunden, nur das Boot. Es wurde eines Tages ans Ufer geschwemmt . . . ohne Silva.«

»Wie traurig. Wie alt war sie damals?«

»Es geschah vor eineinhalb Jahren. Sie wäre jetzt etwa Ende Zwanzig. Achtundzwanzig, glaube ich.«

»Und sie lebte bis dahin in der Burg, in meinem Zimmer?«

»Ja. Ein schwieriges Mädchen! Niemand weiß, warum sie damals in der Nacht mit dem Boot hinausfuhr, völlig verrückt, aber sie *war* ja verrückt.«

»Du meinst, sie war . . . geistesverwirrt?«

»Nein, das nicht. Nur unberechenbar. Manchmal monatelang ganz brav, und dann machte sie plötzlich wieder Szenen. Ein merkwürdiger Mensch. Ich hatte nie viel mit ihr zu tun.«

»Erzähl mir mehr darüber, ich möchte alles über die Familie erfahren.«

»Da gibt's nicht viel zu erzählen. Dein Vater hat zweimal geheiratet. Von seiner ersten Frau Effie hatte er Silva. Effie und dein Vater vertrugen sich nicht. Es gab heftigen Streit zwischen ihnen. Mit deinem Vater ließ es sich offenbar nicht leicht leben. Nicht einmal seine Tochter mochte er. Vielleicht war er enttäuscht, daß sie kein Junge war. Ich weiß es nicht.

Jedenfalls hatte er nur wenig Zeit für das Kind und ertrug seinen Anblick fast nicht.«

»Arme Silva!« sagte ich. »Und sie merkte es, und es machte sie sehr unglücklich. Kein Wunder, daß sie unberechenbar war, wie du sagst.«

»Effie starb an Lungenentzündung, und ein paar Jahre danach fuhr dein Vater einmal geschäftlich nach London und kam dann mit deiner Mutter zurück. Offenbar wieder ein Fehler, denn sie konnte sich auch nicht eingewöhnen. Du wurdest geboren, und eine Weile schienst du die beiden zu versöhnen. Aber dein Vater konnte einfach mit niemandem zusammenleben. Sie fingen zu streiten an, und eines Tages ging sie mit dir weg. War einfach eines Tages verschwunden, ohne Warnung.«

»Arme, kleine Silva, wie unglücklich sie gewesen sein muß!«

»Wenn wir nur wüßten, warum sie wegging und wohin, und endlich einen Beweis finden würden, daß sie ertrunken ist.«

»Wenn ihr Boot leer an Land geschwemmt wurde, ist das nicht Beweis genug?«

»Für manche Leute schon. Aber du weißt ja, wie die Menschen sind. Und viele sehen dann etwas Unnatürliches in den natürlichsten Dingen. Gerade hier in dieser Gegend. Sie sagen, die Zwerge hätten sie geholt, solche übernatürlichen Wesen, die in unserer Gegend leben sollen. Sie sei immer ›eine von denen‹ gewesen, sagen sie, und die Zwerge hätten sie dorthin zurückgebracht, wo sie hergekommen war. Andere sagen, sie wäre unzufrieden mit ihrem Schicksal gewesen und hätte den Teufel gebeten, sie heimzuholen. Manche Leute wollen in stürmischen Nächten ihre Schreie im Sturmgetose und im Brausen der Wellen gehört haben. Einige von der Dienerschaft meinen, sie gehe als Geist in der Burg um.«

»Auch in meinem Zimmer?«

Er fing zu lachen an. »Hoffentlich habe ich dich nicht erschreckt. Dann reden wir doch lieber über ein anderes Thema.«

»Nein, das möchte ich nicht. Ich würde Silva gerne kennenlernen. Wenn sie also als Geist daherkommt, wie die Leute sagen, ist sie mir willkommen. Sie ist schließlich meine Schwester, das kann ich einfach nicht vergessen. Meine ganze Kindheit lang habe ich mich nach einer Schwester gesehnt und mußte mich mit Esmeralda abfinden, obwohl ich in Wirklichkeit eine hatte. Wäre ich doch nur in der Burg aufgewachsen!«

Er beugte sich plötzlich vor und ergriff meine Hand. »Ja, das wäre schön gewesen. Dann müßtest du mich nicht erst langsam kennenlernen. Wir wären bestimmt schon gute Freunde. Aber das werden wir jetzt auch.«

Eine Möwe kreischte über unseren Köpfen, als wolle sie uns verspotten. Jago schien sie nicht zu hören. Er sah mich ganz liebevoll an. Wir schwiegen eine Weile. Ich dachte an meine Schwester, die da so einsam in der Burg aufwuchs, während ich in Kusine Agathas Haus der unerwünschte Gast war. Die paar Sätze in dem Notizheft hatten ein Bild in mir geformt. Dieses ungewollte Kind war sich seiner Einsamkeit so sehr bewußt. Niemand konnte das besser verstehen als ich. Zum Glück war ich nicht leicht unterzukriegen. Und Esmeralda zur Gefährtin zu haben, die mir so treu ergeben war, und an ihren Lebensumständen viel mehr litt als ich, hatte mir oft den Eindruck vermittelt, daß es mir besser ginge als ihr. Aber diese arme Silva, die da in der riesigen Burg lebte und sich niemandem anvertrauen konnte! Sicher war meine Mutter gut zu ihr gewesen, aber sie ging ja fort, als ich erst drei Jahre alt war. Silva konnte da noch nicht sehr alt gewesen sein. Vielleicht zwölf Jahre.

Die Vögel umschwirrten Jago, der jetzt Futter aus seiner Tüte warf. Ich folgte seinem Beispiel und freute mich über die auf und ab schwebenden grazilen Tiere.

»Sind sie nicht wunderschön?« rief er. »Die größten wiegen nur wenige hundert Gramm. Würdest du nicht gerne so fliegen können?«
»Das muß ein herrliches Gefühl sein«, stimmte ich zu.
»Warum sie wohl so traurig schreien?«
Im gleichen Augenblick fühlte ich, daß wir beobachtet wurden. Ich wandte mich hastig um und sah einen Mann zu uns heraufklettern. Schon stand er neben uns. Jago hatte ihn auch bemerkt.
»Ach, Sie sind es, James Manton. Guten Tag, arbeiten Sie hier?«
Wir hatten uns beide erhoben. Er sagte zu mir: »Ellen, das ist James Manton. Mein Mündel, Miß Ellen Kellaway.«
»Ach, Sie sind der Künstler!« rief ich.
Er verbeugte sich sichtlich geschmeichelt. Offenbar meinte er, ich kenne seine Werke. »Sehr erfreut«, sagte er, »bin nur für ein paar Skizzen herübergerudert.«
»Sie werden also unsere Insel malen?« fragte Jago.
»Ja, und die Vögel. Von hier aus sieht man Ihre Insel am besten. Man hat hier ein gutes Licht. Schauen Sie sich nur die Farbe des Meeres an!«
Wir bestätigten ihm, daß das Meer heute noch schöner war als sonst.
»Sehr schwer einzufangen«, sagte der Maler, »aber ich probier es einfach einmal. Ich hoffe, es gefällt Ihnen auf der Insel, Miß Kellaway.«
»Ich finde es faszinierend hier.«
Er sah einem auffliegenden Vogel nach und nickte uns kurz zu. »Guten Tag miteinander!« Dann ging er den Weg zurück, den er gekommen war.
»Ist das der Maler, der auf dem blauen Felsen wohnt?« fragte ich Jago.
»Ja, er lebt schon seit einer Weile dort. Malt viele Vogelbilder. Das kann er angeblich sehr gut. Er kam seinerzeit nur

für ein paar Wochen und blieb dann einfach. Jetzt fährt er allerdings ab und zu weg, nach London, um seine Bilder zu verkaufen, denke ich.«
»Aber auf unsere Insel kommt er nie?«
»Seit dem Streit mit deinem Vater nie mehr. Wir sind höflich zueinander, wenn wir uns treffen, aber es gibt keine Besuche. Sollten wir übrigens nicht zurückfahren? Bist du schon genügend ausgeruht, um uns zu rudern?«
»Ich fühle mich überhaupt nicht müde.«
Er sprang auf, warf den Rest aus der Futtertüte den Vögeln zu, ich ebenfalls, legte sich die Decke über den Arm und lief dann Hand in Hand mit mir den Hügel hinunter zum Boot.
»Spring hinein«, sagte er. »Ich stoße es hinaus.«
»Du brauchst überhaupt nicht zu üben«, sagte er nach einer Weile. »Du bist eine fabelhafte Ruderin.«
Am Ufer der Insel vertäute er das Boot wieder. »Ehe wir heimgehen«, sagte er, »führe ich dich zur alten Tassie, zur weisen Frau der Insel.«
»Eine Art Zauberin?«
»Keine schlechte Beschreibung. Sie sagt dir dein Schicksal voraus, das magst du sicher. Alle Frauen mögen das.«
Wir wanderten den kleinen Weg hinauf und gingen zu einem Hüttchen in der Mitte eines Gartens. Unter den Kräutern darin erkannte ich Rosmarin, Petersilie und Salbei. Viele andere kannte ich nicht. Als wir uns dem Haus näherten, trat eine alte Frau aus der Tür. »Guten Tag, Mr. Jago«, sagte sie.
»Guten Tag, Tassie«, erwiderte er. »Ich habe dir heute mein Mündel mitgebracht, Miß Ellen Kellaway.«
»Guten Tag, mein Fräulein«, sagte sie und nickte mir zu.
Ich erwiderte ihren Gruß und betrachtete sie dann genau. Das runzelige Gesicht und die glänzenden schwarzen Augen erinnerten mich an einen Affen. Scharf und klug blickte sie mich an. Um die Schultern hatte sie einen grauen gehäkelten Schal geschlungen. Der schwarze Kater mit den aufmerksam

grünen Augen paßte fabelhaft in diese Szenerie. Und das war wohl auch ihre Absicht, vermutete ich gewiß zu Recht. Wir betraten ein ganz vollgestopftes Zimmer, in dem es undefinierbar und sehr scharf roch. Zu beiden Seiten des riesigen Herdes waren Bänke, der Kater, der uns gefolgt war, sprang in seinen Korb und beobachtete uns von dort aus. Ich bemerkte mehrere Töpfe und Pfannen mit geheimnisvollem Inhalt auf dem Tisch und ein Kräuterbündel, das vom Dekkenbalken hing.

»Also haben Sie mir heute die junge Dame mitgebracht.« Ihr Lächeln war fast schon ein Grinsen. »Das habe ich auch nicht anders erwartet.«

»Sie will alles über die Insel wissen«, sagte Jago, »und ohne dich gesehen zu haben, wüßte sie wohl nicht viel davon.«

»Ganz recht. Ich wohne schon mein ganzes Leben lang hier in diesem Haus, meine Liebe. Meine Mutter lebte hier und meine Großmutter. Deren Mutter hatte es zur Hochzeit bekommen. Eine Mondscheinhütte, in einer Nacht erbaut. Wenn auch noch manches dazukam.«

»Das muß in den Tagen meines Urgroßvaters gewesen sein«, sagte Jago.

»O ja, und was für ein Mann das war! Hat seinen Samen verstreut nach links und rechts. Es heißt ja, daß es hier auf der Insel kaum eine Familie gibt, die nicht irgendwann einmal Kellawayblut empfing.«

»Das verbindet uns alle sehr fest«, sagte Jago. »Und was hast du Fräulein Ellen mitzuteilen?«

»Mal sehen. Komm her, meine Kleine, setz dich hierher.« Sie nahm meine beiden Hände, sah aber nicht auf die Handflächen, sondern in mein Gesicht.

»O du meine Güte, da sehe ich aber vieles drin. Gutes und Schlechtes.«

»Trifft das nicht auf uns alle zu?« fragte Jago.

»Auf einige mehr als die anderen.«

Jago beobachtete sie genau. Ich war mir seiner Gegenwart genauso bewußt wie ihrer. Ich hörte sie jetzt sagen: »Sie haben viel mitgemacht, Tragödien sehe ich; haben einen sehr nahestehenden Menschen verloren. Das waren schwarze Zeiten. Aber jetzt kommen wieder Möglichkeiten. Es gibt zwei Wege, geben Sie acht, daß Sie den rechten wählen.«

»Tassie hat ganz besondere Kräfte«, sagte Jago. »Sie ist sehr geachtet auf unserer Insel.«

»Und woher soll ich wissen, welches der rechte ist?« fragte ich.

»Du wirst geleitet werden, mein Kind. Jemand steht neben dir, der dich führen wird. Du bist zu deiner Familie heimgekommen, und das war gut für dich, denn hierher gehörst du.«

Der schwarze Kater stand aus seinem Körbchen auf, streckte sich und schmiegte sich wieder an ihren Rock.

»Ich sehe auch Glück für dich, wenn du den richtigen Weg einschlägst, und Unglück, wenn du es nicht tust. Du bist jetzt auf dem rechten Weg, vor kurzer Zeit warst du es noch nicht.«

»Du solltest auf Tassies Rat hören. Die Mädchen von der Insel kommen alle zu ihr, und sie sagen, daß sie immer recht behält.«

»Ja, das stimmt. Sie wollen Liebestränke von mir, und die gebe ich ihnen. Sie wollen, daß sich irgendein Junge in sie verliebt. Das willst du nicht, meine Kleine. Dein Schicksal steht schon fest, und sehr bald wirst du es erfahren.«

Jago lachte. »Weiter, Tassie!« befahl er.

»Wenn die junge Dame den rechten Weg einschlägt, wird sie für den Rest ihres Lebens glücklich sein. Sie wird Töchter und Söhne gebären, die ihr viel Freude bereiten. Es war ein langer Weg für sie, aber sie ist bald daheim.«

»Siehst du wohl, Ellen«, sagte Jago lächelnd. Seine Augen strahlten. Ich dachte: Er verliebt sich tatsächlich in mich. Die Vorstellung erregte mich, gleichzeitig empfand ich aber auch

Besorgnis. Ich wußte, daß seine Gefühle sehr stark sein würden. Bei ihm gab es keine Halbheiten. Er war noch jung, kaum älter als dreißig. Unverheiratet. Warum wohl so lange? Seit ich ihn bei den Carringtons getroffen hatte, war ich mir geradezu körperlich seiner bewußt gewesen.

Tassie schien zu dem Schluß gekommen zu sein, daß sie meine Zukunft besiegelt hatte. Ich mußte mich also jetzt führen lassen, vermutlich von Jago. Dann erzählte sie mir, was sie für die jungen Leute auf der Insel tat. »Ich zaubere ihnen die Warzen weg, die Gerstenkörner von den Augenlidern, und wenn sie Atemnot haben, gebe ich ihnen Heilmittel dagegen. Die meisten haben Vertrauen zur alten Tassie. Ich kann in die Zukunft sehen. Meine Urgroßmutter wurde als Hexe verbrannt. Heute verfolgt man uns nicht mehr, die Leute sind vernünftiger geworden. Sie können weiße von schwarzen Hexen unterscheiden, und in unserer Familie waren immer nur weiße Hexen. Vor langer, langer Zeit strandete eine Meerjungfrau auf der Insel, einer meiner Ahnen half ihr ins Meer zurück. Zum Dank dafür gab sie unserer Familie das dritte Auge, das haben wir seither besessen.«

»Solltest du also einer Meerjungfrau begegnen«, sagte Jago lachend zu mir, »dann hilf ihr ins Wasser zurück. Sie wird es dir bestimmt lohnen.«

»Es stimmt aber«, sagte Tassie. »Mein Urahn war doch das siebente Kind eines siebenten Kindes.« Sie trat ganz nahe an mich heran. »Wenn ein Zauber über dir liegt, kann ich ihn lösen, böse Wünsche kann ich abwenden; komm also zu mir, Kind, wenn du Sorgen hast.«

»Das ist mehr als eine Einladung, Ellen«, sagte Jago. »Es bedeutet, daß Tassie dich als Inselbewohnerin anerkannt hat.« Er legte einige Münzen auf den Tisch; ich sah den gierigen Blick Tassies, die es bemerkt hatte und wohl insgeheim das Geld zählte.

Dann standen wir wieder draußen in der Sonne. »Jedenfalls

hat sie dir eine angenehme Zukunft vorausgesagt«, meinte Jago.

»Und sie wurde gut dafür bezahlt.«

Er sah mich direkt an. »Das hat sie wohl auch verdient.«

»Wenn die Kunden, je nach dem, was sie voraussagt, bezahlen, ist doch die Versuchung groß, Gutes zu prophezeien.«

»Ich glaube nicht, daß das bei dir der Fall war. Ich weiß, daß du ein angenehmes Schicksal haben wirst.«

»Das wird wohl nicht allein von mir abhängen«, gab ich zu bedenken.

»Du bist ja schließlich eine kluge Frau. Das wußte ich vom ersten Augenblick an. Aber Spaß beiseite, unsere Hexe ist schon interessant. Für die jungen Leute ist der Umgang mit ihr ein Spaß, ein Abenteuer, sie nachts heimlich aufzusuchen, um ein Liebeselexier zu bekommen, das man dem Liebhaber gibt.«

»Ist sie wirklich das siebente Kind eines siebenten Kindes?

»Und ob ihr Urahn wirklich die Meerjungfrau fand, kannst du dir selbst ausdenken.«

»Und die Leute glauben wirklich an ihre Kunst?«

»Manche schon. Wenn ihre Wünsche in Erfüllung gehen, meinen sie, Tassie habe ihnen geholfen. Und wenn nicht, dann schieben sie die Schuld auf irgendein eigenes Verfehlen. Für Tassie könnte es natürlich gar nicht besser sein.«

»Und du, glaubst du daran?«

»Mir geht es da wie den anderen: Wenn ich kriege, was ich will, glaube ich daran.«

»Und wenn du es nicht kriegst?« bohrte ich weiter.

»Meine liebe Ellen, ich kümmere mich schon daraum, daß ich es kriege«, sagte er ganz ernsthaft.

Wir kehrten zur Burg zurück, und den Rest des Tages war ich in Gedanken mit diesem neuen Abschnitt unserer Beziehung beschäftigt. War sie immer schon irgendwie so gewesen, oder hatte ich mir das Ganze nur eingebildet? Als ich dann in mein Zimmer hinaufging, die Kerzen anzündete und die Schatten wieder entstanden, erinnerte ich mich an Silva. Mir kam es so vor, als ob ihr Geist in dem schwach erhellten Raum zu spüren war ...

»Meine Schwester«, flüsterte ich und meinte eine Antwort darauf zu hören. Natürlich pure Einbildung. Jago würde mich auslachen. Er lachte über viele Leute. Über Tassie (was mochte er ihr wohl von den Sprüchen vorher aufgetragen haben?), über mein Benehmen in London, sowohl beim Konzert als auch im Haus am Finlay Square. Das beunruhigende daran war, daß ich in seiner Gegenwart die Dinge so sehen konnte, wie er es wollte. Erst wenn ich sie in Ruhe für mich alleine überdachte, kamen sie mir, gelinde gesagt, äußerst unkonventionell vor. Aber er war ja unkonventionell und auch unberechenbar. Ich konnte ihn nicht richtig verstehen. Aber heute nachmittag hatte er durchblicken lassen, was er fühlte. Meine Freundschaft mit Michael Hydrock wollte er genausowenig wie Jenifry enger werden lassen. Hatte ich recht, wenn ich annahm, daß er dafür ein anderes Motiv hatte?

Er hatte Tassie mit Genugtuung zugehört, der weisen Alten, die ihren Klienten gab, was sie wollten. Sei es, um ihre Warzen oder Gerstenkörner wegzubringen, oder sie die Hochzeitsglocken hören zu lassen. Konnte es wahr sein, daß Jago Kellaway mein Mann werden wollte?

Eine beunruhigende Idee, obwohl ich eigentlich zugeben mußte, daß er mich faszinierte. Aber was wußte ich denn schon von ihm? Was wußte ich von irgend jemandem hier?

»Silva«, flüsterte ich ins Dunkel hinein. »Silva, bist du da?«

Ich horchte angestrengt. Die Vorhänge bewegten sich leise im Wind, aber außer dem fernen Gemurmel der See war nichts zu hören.

3

Am nächsten Tag suchte ich den Jungen auf. Er fütterte gerade eine Möwe. Sie stand auf dem Hofpflaster und aß Fisch aus einer Untertasse.

»Sie kann nicht mehr fliegen. Fand sie auf den Klippen. Ihre Flügel waren ganz verklebt. Saß ganz still auf dem Felsen und hat wohl tagelang schon nichts mehr gefressen. Außerdem haben die anderen auf sie losgepickt. Vögel sind manchmal grausam zueinander. Wenn eines verwundet ist oder anders aussieht, hacken sie es tot. Menschen sind manchmal auch so. Sie gehen auch auf Leute los, die anders sind als sie.«

Er sagte es ohne alle Traurigkeit, stellte einfach die Tatsachen fest, obwohl ich genau wußte, daß er sich mit einem Vogel verglich, der »anders« war. Er akzeptierte, was das Leben ihm gegeben hatte, war zufrieden mit dem, was er bekommen hatte, und vergaß nie, daß Gott ihm die Kraft gegeben hatte, wie er es nannte.

»Wie gut, daß du sie gefunden hast.«

»Sie hat noch Angst. Aber wenn ich mit ihr rede, ist sie ruhiger. Zuerst wollte sie wegflattern und nach mir hacken, aber dann habe ich mit ihr geredet und ihr gesagt, daß ich es bin, daß ich weiß, was ich tun muß, und daß ich sie heilen kann, und da war sie ganz ruhig. Sehen Sie, ich mache ihr die Schmiere aus den Flügeln. Aber sie soll noch nicht wegfliegen. Ich möchte sie erst füttern. Ganz schön langsam. Sie darf nicht gleich alles reinfressen. So, mein Kleines, ich paß schon auf dich auf.«

»Was ist mit der Taube mit dem wehen Beinchen?«

»Hüpft rum wie die anderen, hat völlig vergessen, daß sie mal verletzt war . . .«

»Und ist hoffentlich auch dankbar.«

»Das will ich gar nicht. Ich bin schon froh, wenn sie dort sitzt und ihren Mais frißt oder von meiner Hand pickt, den Kopf schief gelegt, als wolle sie sagen: ›Hallo, Freund, jetzt bin ich wieder ganz in Ordnung.‹«

»Ich wollte dich eigentlich was fragen«, sagte ich. »Kommst du mit mir zum Bootfahren? Ich möchte rudern, du sollst nur bei mir sitzen. Ich habe Mr. Jago versprochen, daß ich noch nicht allein hinausfahre.«

Er freute sich über meine Bitte, denn sein größtes Vergnügen war es, sich um andere Leute zu kümmern, und daß ich ihm so sehr vertraute, war ihm wohl eine große Ehre.

Ich ruderte eine Weile vor mich hin.

»Sie können aber gut rudern«, sagte er. »Und bald werden Sie auch wissen, wo die Felsen sind. Wenn man nicht zu weit raus aufs Meer hinausfährt, ist es gar nicht gefährlich. Allerdings würde es heute auch nichts ausmachen. Aber Sie wissen ja, wie schnell ein Wind aufkommt. Die See kann gerade noch glatt wie Seide sein, und in einer Viertelstunde geht alles drunter und drüber. Darauf muß man achten, wenn man zum Festland fährt. Um die Insel zu rudern, das ist nicht schwer. Überall gibt es kleine Buchten, wo man notfalls landen kann.«

»Hört man oft, daß Leute ertrunken sind?« Ich beobachtete ihn genau. Wieder verschloß er seinen Blick vor mir.

»Manchmal ja«, sagte er.

»Und meine Halbschwester Silva?« bohrte ich. Er schwieg.

»Du hast sie doch gekannt!«

»Ja, ich habe sie gekannt.«

»Denk doch mal, sie war meine Schwester, und ich kannte sie gar nicht. Als ich wegkam, war ich erst drei Jahre alt. Sie muß damals zwölf gewesen sein, oder dreizehn. Ich wüßte so gerne mehr über sie. Erzähl mir doch von ihr.«

»Sie mochte Vögel«, sagte er.

»Aha«, sagte ich. Also hatte zwischen den beiden eine Verbindung bestanden. Das hatte ich mir gedacht. »Ist sie oft zu dir gekommen und hat dir beim Füttern der Vögel geholfen?«
Er lächelte sanft. »Ja, das tat sie. Und sie kannten sie auch. Sie hockten sich auch auf ihre Schulter. Sie hat Vögel und kleine Tiere schrecklich gerne gehabt. Und war ganz lieb zu ihnen.«
»Ihr wart also gute Freunde«, sagte ich, »das freut mich.«
Er sah plötzlich ganz glücklich aus, und ich wußte, daß er Silva vor sich sah mit den Tauben oder vielleicht mit einem kranken Tier im Arm, während sie besprachen, was man am besten mit ihm tun konnte.
»Hast du viel mit ihr gesprochen?«
»O ja, sie hat immer über Vögel gesprochen.«
»Und über sich selbst? Hat sie je gesagt, ob sie glücklich ist?«
»Sie hat immer nur geredet und geredet. Als ob ich gar nicht da wäre, und dann hat sie mich angeschaut und gelächelt. Sie sagte dann: ›Ich rede immer was zusammen, was? Du hörst aber auch so gut zu, so daß ich gar nicht merke, daß du noch da bist.‹«
»Und war sie sehr unglücklich?«
Er sah mich ernst an. »Ja, geweint hat sie manchmal ganz plötzlich. Wie Silva habe ich noch nie jemanden weinen gesehen. Wie Lachen und Weinen zugleich. Sie sagte immer, wie sie alle haßte, Mr. Jago und die anderen.«
»Warum ist sie damals mit dem Boot weg, weißt du das?«
»Es war eine wilde, stürmische Nacht.«
»Ich weiß. Aber warum?«
Ich sah, wie er die Lippen zusammenpreßte. Ich glaube, er weiß was, dachte ich.
»Und sie ist ertrunken?«
Wieder nickte er mit aufeinandergepreßten Lippen. »Das Boot wurde angeschwemmt«, sagte er dann, als sei ihm eben eine Erleuchtung gekommen.

»Ist sie mit dem Boot hinaus, weil sie unglücklich war? Weil sie nicht mehr in der Burg leben wollte? Ist sie vor irgend etwas geflohen? Du weißt es doch, stimmt's?«

Er nickte. »Ja, davongelaufen ist sie schon irgendwie.«

»Aber bei hoher See hinauszufahren ...«

»Es war stürmisch in der Nacht«, sagte er. »Ich erinnere mich noch an die Blitze und den Donner. Man glaubt, das ist Gottes Zorn. Glauben Sie, daß das stimmt?«

»Nein«, sagte ich. »Wenn sie in einer solchen Nacht hinaus ist, muß sie ihren Tod gesucht haben. Bei solchem Wetter kann doch kein Boot durchkommen.«

»Das kann man nie vorher sagen, was mit einem Boot auf See passiert.«

»Aber ihres hat man ja zerschellt wiedergefunden ...«

»Ja«, bestätigte er. »Ohne sie. Ich bete, daß sie in ihrem neuen Leben glücklicher ist. Mehr kann man nicht tun.«

»Manche von der Dienerschaft sagen, daß sie als Geist umgeht.«

»Ja, das stimmt.«

»Glaubst du das denn?«

»Ich glaube, daß sie noch bei uns ist«, sagte er.

»Du glaubst also, daß die Geister von Menschen, die in ihrem Leben unglücklich waren oder Böses getan haben, nach dem Tod weiterexistieren?«

»Ich bin nicht klug genug, um das zu beurteilen.« Sein blasses Gesicht war nicht zu deuten. Der Blick schloß mich wieder aus. Ich war sicher, daß er mehr über meine Halbschwester wußte, als er zugab, und ich einfach noch nicht sein Vertrauen so sehr genoß, daß er es mir sagte.

Vielleicht tat er es später. Aber inzwischen plagte mich meine Neugierde.

Das Leck

1

Inzwischen war ich eine gute Ruderin geworden und konnte das Boot mindestens so gut führen wie Gwennol oder Jenifry. Die beiden hatten nie wieder von Michael Hydrock gesprochen und taten so, als hätte es deswegen niemals Streit gegeben.

Jago war ständig beschäftigt. Er kümmerte sich selbst um die Landwirtschaft und auch um die geschäftlichen Transaktionen, so daß er dauernd zwischen Insel und Festland pendeln mußte. Meistens ermöglichte er es, daß wir beide ein paar Stunden des Tages miteinander verbrachten, und am liebsten war es ihm, wenn wir gemeinsam um die Insel ritten. Dabei stellte er mich den Bauern, dem Pfarrer der kleinen Kirche, den Geschäftsleuten und dem Arzt vor. Wir gewöhnten uns immer mehr aneinander, und ohne daß ich es wollte, wurde ich zunehmend in den magnetischen Kreis gezogen, der ihn zu umgeben schien. Langsam meinte ich schon selbst, es nicht ohne seine Gegenwart auch nur einen Tag lang auszuhalten.

Er freute sich über meine Fortschritte im Rudern, und eines Tages nahm er mich mit zur Bucht hinunter, und da stand der Name ELLEN auf einem der frischgestrichenen Boote. Ich war sehr stolz darauf.

Von da an ruderte ich oft selbst mit der ELLEN, aber nie weit aufs Meer hinaus. Ich umkreiste gerne die Insel und machte

Halt in einer Bucht, die ich noch nicht kannte. Dort lag ich dann und dachte über eine glücklichere Zukunft nach und was mir das Schicksal wohl alles bescheren würde. Ich wollte noch so vieles erfahren, aber es schien mir, als verhielten sich die Menschen in meiner Umgebung besonders schweigsam, was eigentlich auf ein Geheimnis hinwies. Ich war überzeugt, wenn ich wüßte, was mit Silva passiert war, würde ich den Schlüssel zu allem in der Hand haben. Warum war Silva in einem heftigen Sturm mit dem kleinen Boot weggefahren – hatte sie es wirklich getan, dann gab es nur eine Antwort: weil sie lebensmüde war und der Tod für sie einen Ausweg bedeutete, aus einer Situation, die sie nicht länger ertrug.
Hatte sie beschlossen, alles zu einem Ende zu bringen? Meine arme Schwester, wie unglücklich mußte sie gewesen sein! »Ich bin gefangen in diesem Raum.« Sicher, sie war noch ein Kind gewesen, als sie das schrieb. Eingeschlossen in ihr Zimmer mit einer Hausaufgabe, die sie erfüllen mußte. Das passierte den meisten Kindern irgendwann mal. Sie hatte die Situation dramatisiert. Sie war unberechenbar, hatte Jago gesagt. Er wollte nicht von ihr sprechen. War nicht an ihr interessiert, tat sie einfach als unberechenbar ab. Das arme Mädchen hatte sich mit dem Leben nicht abfinden können und einen dramatischen Tod gefunden. Und das Boot wurde angetrieben, ohne sie . . . Eine einleuchtende Antwort auf die Frage, was mit ihr geschehen war.
Mein Vater – der auch der ihre war – hatte sie von Anfang an gehaßt. Vielleicht mochte er Kinder überhaupt nicht. Er schien überhaupt kein angenehmer Mensch gewesen zu sein. Er hatte mit der einen Frau gestritten, die andere – meine Mutter – hatte ihn verlassen. Ich wußte noch einiges von ihr, und diese meine Erinnerung an sie war nichts als Liebe, Sorge, Sicherheit, alles, was man sich von seiner Mutter wünschen kann. Wenn sie ihr Kind geliebt und solche Erinnerungen in ihm gelassen hatte, konnte die fehlgeschlagene Ehe

dann ihre Schuld sein? Sicher gab es dafür trotzdem alle möglichen Gründe. Gute Mütter waren nicht unbedingt gute Ehefrauen. Ach, wenn sie mir nur endlich sagen würden, was ich so gerne wissen wollte!

Und dann erinnerte ich mich an etwas, was ich einmal gehört hatte. Mein Vater war meistens in seinem Zimmer gewesen und war von seinem Dienersekretär, einem gewissen Fenwick, betreut worden. Was hatte ich noch von dem gehört? Er war aufs Festland zurückgegangen. Wenn ich mit Fenwick sprechen konnte, bekam ich vielleicht etwas Neues über meinen Vater zu hören. Ich wollte es jedenfalls versuchen. Wie sollte ich das am besten bewerkstelligen? Wenn ich Jago fragte, würde er sagen: »Was dir Fenwick sagen kann, kann ich auch.« Vielleicht hatte er recht, aber von ihm erfuhr ich ja nicht, was ich wissen wollte, und außerdem ist die Meinung einer zweiten Person immer nützlich. Dienersekretäre wissen oft mehr über ihre Herren als ein enger Verwandter. Gwennol und Jenifry? Nein, zwischen uns herrschte eine zu große Spannung.

Während ich noch so überlegte, kam das Boot vom Festland. Jeden Tag fuhr eines der Boote hinüber, um die Post zu holen, soweit es das Wetter gestattete. Diesmal fand ich zu meiner Freude ein Schreiben von Esmeralda vor. Ich hatte ihr vom Festland aus über meine Reise geschrieben und dann von der Burg die ersten Eindrücke geschildert. Ich nahm den Brief und ging gleich in mein Zimmer hinauf.

Sie freute sich, daß mein Leben bei den Verwandten so interessant war. Die Burg scheine ja phantastisch zu sein. Sie würde gerne einmal hinkommen. Die Eltern hätten mehrere Bälle für sie gegeben, und sie habe einen sehr netten jungen Mann namens Freddy Bellings kennengelernt. Ein jüngerer Sohn, aber die Bellings seien reich, und ihrer Mutter läge viel an dieser Freundschaft. Es stand alles mögliche über Freddy im Brief. Seine Augenfarbe, seine angenehme Art und daß er

Witze machen konnte, ohne andere Leute damit zu verletzen. Sichtlich hatte Esmeralda große Freude an ihrem Freddy, und das freute auch mich, denn ein bißchen hatte ich doch Bedenken gehabt wegen Philip, den man ihr zugedacht hatte.
»Ich glaube, die Gouvernante von Mrs. Oman Lemming hat es nicht gut. Sie sieht so verängstigt aus, die Arme. Ach, Ellen, Du hättest es nie geschafft! Wie gut, daß Du dem entkommen bist.
Wir sehen die Carringtons oft«, ging es weiter. »Lady Emily gibt wieder Gesellschaften. Philip wird nie erwähnt, aber sie sieht manchmal sehr traurig aus. Sie hat gefragt, wie es Dir geht, und hofft, daß Du glücklich wirst. Noch jemand hat gefragt nach Dir: Rollo. Er wollte wissen, wo Du hin bist und ob Du dort bleibst. Ich hatte gerade erst Deinen aufregenden Brief über die Burg und die Insel bekommen. Es interessierte ihn sehr.«
Ich ließ den Brief sinken. Wie schön, daß Esmeralda ihren Freddy gefunden hatte. Fast nicht zu glauben, daß sie sich doch verliebt hatte und Kusine Agatha sogar einverstanden war. Merkwürdig, daß Rollo sich für mich interessierte. Vielleicht tat ihm jetzt seine Härte leid. Wie weit ich doch dem allen schon entrückt war. Meine Gedanken waren schon wieder bei dem Problem, das mich jetzt bedrückte. Wie ich Fenwick finden und mit ihm über meinen Vater sprechen könnte.
Diesmal wollte ich alleine hinüberrudern. Die See war ruhig, und ich hatte viel Übung, außerdem dachte ich, daß die selbständige Fahrt hin und zurück mir Mut geben würde, es dann öfters zu tun. Also machte ich mich in meiner *Ellen* auf den Weg. Vom Strand aus ging ich gleich zum Gasthof und suchte Mrs. Pengelly auf. Sie brachte den unvermeidlichen selbstgemachten Wein und ihre Safrankuchen, und während wir den Imbiß genossen, fragte ich sie, wo man denn diesen Fenwick auftreiben konnte.

»Sie meinen den, der in der Burg für Mr. Charles Kellaway gearbeitet hat?«

»Ja, der Dienersekretär meines Vaters.«

»Als Ihr Vater starb, ist er weggegangen.«

»Das ist ja noch nicht lange her. Wo ist er denn hin? Haben Sie etwas gehört?«

»O doch, ja. Er lebt in seinem Häuschen in Fallerton.«

»Wo ist denn das?«

»Ach, nur ein paar Kilometer von hier. Er soll eine Gärtnerei betreiben, mit Gemüse und Blumen und so.«

»Ich möchte ihn aufsuchen.«

Sie sah mich entsetzt an.

»Ja, ich möchte mit ihm über meinen Vater reden.«

Sie schüttelte den Kopf. »Ihr Vater war zum Schluß sehr krank, Miß Ellen. Es würde Sie nur bedrücken, wenn Sie erfahren, wie krank er war.«

»Ich möchte doch alles über meine Familie erfahren. Es ist so schwer, die Leute hier zum Reden zu bringen.«

»Viel kann ich Ihnen ohnehin nicht sagen. Ich ging ja schon mit siebzehn dort fort. Als Ihre Mutter weg war, hatte ich keinen Grund mehr, dazubleiben.«

»Offenbar hatte er eine recht unglückselige Natur. Meine Mutter verließ ihn doch . . .«

»Sie konnte das Leben auf der Insel nicht aushalten. Das war der Grund. Sie fühlte sich immer wie eine Gefangene dort.«

»Und Silva müssen Sie doch auch gekannt haben.«

»O ja, Silva kannte ich gut. Ein unglückseliges Mädchen.«

»Wie alt war sie, als Sie dort weggingen?«

»Ich glaube, so um die dreizehn. Ganz genau weiß ich das nicht mehr, aber sie wirkte so. Mit ihr war nie was anzufangen. Irgendwie wild war sie – ging einfach raus in den Sturm, blieb stundenlang weg, daß wir oft schon dachten, es sei ihr etwas passiert. Als ob sie uns absichtlich beunruhigen wollte. Wir taten unser Bestes, Ihre Mutter und ich, und als Sie dann kamen, schien's eine Weile besser zu gehen. Silva mochte Sie als Baby. Ihr Vater wollte sie nicht bei sich haben. Er wollte sie nicht einmal sehen. So etwas habe ich noch nie erlebt ... Manchmal hörte ich sie schluchzen und habe versucht, sie zu trösten ... Dann ist sie herumgetanzt und hat mich ausgelacht. ›Du dumme alte Gans, meinst du denn, das macht mir was?‹ rief sie dann. Meiner Seel', das waren Zeiten!«

»Eigenartig, daß sie auf so rätselhafte Weise verschwunden ist.« Bei diesen Worten veränderte sich Mrs. Pengellys Blick. Sie ähnelte jetzt ganz stark ihrem Sohn. Es wurde mir klar, selbst wenn sie über Silvas eigenartiges Verschwinden etwas wußte, würde sie es mir nie sagen. Im Augenblick war ich aber in Gedanken ohnehin längst schon auf der Suche nach Fenwick.

»Ich möchte nach Fallerton reiten«, sagte ich ganz nebenbei. »Wie hieß übrigens das Haus, in dem er wohnt?«

»Das kann ich Ihnen nicht sagen, aber Fallerton ist nur ein kleines Dorf. Wenn Sie dort nachfragen, weiß es bestimmt jemand.«

Als ich gerade wegreiten wollte, kam Michael Hydrock. »Hallo, Miß Kellaway, was für eine angenehme Überraschung!«

»Ich bin eben auf dem Weg nach Fallerton«, sagte ich hastig.

»Fallerton? Das liegt ja auf meinem Weg.«

»Ich dachte, Sie wollten ins Gasthaus?«

»Ich wollte nur eine Kleinigkeit essen, das muß aber nicht gleich sein.«

»Ich möchte Sie aber in keiner Weise in Ihren Plänen stören.«

»Meine liebe Miß Kellaway«, sagte er lächelnd, »selbst wenn es eine Störung wäre, könnte ich mir keine angenehmere vorstellen.«

Und schon hatte er sein Pferd gewendet und kam an meine Seite.

»Ich kenne eine Abkürzung nach Fallerton«, sagte er, »die zeige ich Ihnen jetzt.«
Es wäre ungeschickt gewesen, seine Gesellschaft abzulehnen, und ohne die unglückseligen Szenen mit Gwennol und Jenifry hätte ich sein Angebot sogar freudigst angenommen. Immerhin waren ja beide heute auf der Insel, also konnte ich mir Michaels Gesellschaft wohl leisten.
»Wohin wollen Sie denn in Fallerton?« fragte er. »Das ist ja nur ein kleines Dorf.«
»Ja, das hat man mir schon gesagt. Ich suche einen gewissen Mr. Fenwick.«
»Fenwick? Ein Fenwick hat doch mal auf der Burg gearbeitet.«
»Ja, ich möchte mit ihm über meinen Vater reden.«
»Ich glaube, er war jahrelang Dienersekretär Ihres Vaters und erbte so viel von ihm, daß er sich das kleine Anwesen in Fallerton kaufen konnte. So habe ich es jedenfalls gehört.«
»Die meisten Leute, die ich frage, wollen nicht über meinen Vater reden. Und ich möchte natürlich so viel wie möglich über ihn erfahren. Irgendwie eigenartig, wenn man seinen eigenen Vater zu Lebzeiten nicht gekannt hat. Offenbar interessierte er sich nicht für mich.«
»Ihre Mutter ist ja mit Ihnen fortgegangen, nicht wahr?«
»Ja, aber trotzdem finde ich es merkwürdig, daß er nie versucht hatte, mit mir in Kontakt zu treten. Schließlich bin ich doch seine Tochter.«
»Er soll unversöhnlich und nachtragend gewesen sein.«
»Ich habe überhaupt noch nichts Gutes über ihn gehört.«
»Wäre es da nicht besser, alles lieber ruhen zu lassen?«
»Nein, das möchte ich nicht. Ich brenne geradezu darauf, alles zu erfahren.«
»Na, dann wollen wir einmal sehen, ob wir das Haus in Fallerton finden.«
Der Ritt und die Landschaft, die er so gut kannte, war herr-

lich. Hier fühlte sich Michael völlig zu Hause. Er hatte ja sein ganzes Leben in dieser Region verbracht. Fallerton lag allerdings außerhalb seiner Güter, deshalb konnte er mir über Fenwick auch nichts Näheres sagen.
Bald hatten wir den Ort erreicht. Ein kleines Nest, genau wie Mrs. Pengelly gesagt hatte. Es gab nur eine kurze Straße mit ein paar aneinandergedrängten Häuschen und ein paar Farmen außerhalb. Ein Mann begegnete uns mit einem Pferdewagen, auf dem er Heu geladen hatte. Als wir ihn erreichten, band er dem Tier gerade den Futterbeutel um. Michael rief ihm zu: »Können Sie mir sagen, wo hier ein Mr. Fenwick wohnt?«
Der Mann blickte auf, und wieder merkte ich die Ehrfurcht, die bei Michaels Auftreten überall zu bemerken war.
»Wenn Sie den Besitzer vom Mulberry-Häuschen meinen, der ist nicht mehr hier.«
»Und wo ist dieses Mulberry-Häuschen?«
»Immer der Straße nach, dann rechts, da ist es gleich. Es gehört auch ein Stückchen Land dazu. Er hat die Gärtnerei übernommen. Das Gemüse gedieh gut und die Blumen auch, aber er ist einfach weg. Hat den Leuten gesagt, es behagt ihm einfach nicht. Er sei so lange auf der Burg gewesen, die Gärtnerei wär nichts für ihn. Er hat sie verkauft und ist weg.«
»Haben Sie eine Ahnung, wohin?«
»Nein, leider nicht.«
»Ob es wohl jemand anderer weiß?«
»Kann ich nicht sagen; vielleicht im Gasthof, dort soll er oft gewesen sein.«
Wir dankten ihm und ritten dann zu dem angegebenen Haus hin. Alles blühte und gedieh, eine ebenso blühend aussehende Frau kam zur Tür. Ja, das Grundstück hatte Mr. Fenwick gehört. Sie hatte es vor einem halben Jahr von ihm gekauft. Mitsamt der Gärtnerei. Nein, sie wußte nicht, wo er war. Jedenfalls nicht hier im Ort.

Michael meinte, wir könnten ja auf jeden Fall in den Gasthof gehen, eine Erfrischung zu uns nehmen und uns dort erkundigen.

Das Haus hatten wir bald gefunden. Ein uraltes, verwittertes Schild hing über der Tür: *Die Strohpuppe.* Wir gingen hinein. Wir waren offenbar die einzigen Gäste. Wir bestellten Apfelmost und etwas zu essen. Es gab die üblichen Pasteten und kalten Aufschnitt.

Als uns die Wirtin den Imbiß brachte, fragte ich, ob sie wüßte, wo ein gewisser Mr. Fenwick jetzt wohne.

»Meinen Sie den vom Mulberry-Haus?« fragte sie. »Der ist nicht lange geblieben. Das war nicht das Richtige für ihn. Mehr ein Bediententyp.«

»Bei Ihnen war er ziemlich oft, wie ich höre.«

»Ja, er kam regelmäßig. Unser Most hat ihm am besten geschmeckt und meine Pasteten auch. Die gleichen, die Sie jetzt essen.«

Ich sagte, daß mich das nicht überrasche. Darüber freute sie sich, aber mit Mr. Fenwick konnte sie uns nicht weiterhelfen. Sie hatte keine Ahnung, wohin er gezogen war.

»Kein sehr erfolgreicher Vormittag«, sagte Michael, »aber macht nichts, den finden wir schon noch. Ich werde mich erkundigen, es ist bestimmt nicht allzu schwer. Wie gefällt Ihnen das Lokal?«

»Ich finde es zauberhaft, vor allem den lustigen Namen.«

»Ist Ihnen auch das Schild aufgefallen?«

»Ja, es sah wie eine Garbe aus, die zu einer Puppe zusammengebunden ist.«

»Stimmt genau. Wenn die Ernte zu Ende ist, machen die Leute hier diese Puppen und stellen sie überall auf. In der Halle war auch eine, haben Sie's nicht gesehen? Es soll eine gute Ernte im nächsten Jahr bringen.«

»Im Gasthof in Polcrag sieht es ganz ähnlich aus wie hier. Der offene Kamin, die eichenen Deckenbalken.«

»Aber so eine irdene Lampe haben sie nicht.« Er hob das Gerät am Tisch hoch. Es sah aus wie ein Kerzenständer. »Sehen Sie das Loch hier oben«, fuhr er fort. »Da gießt man etwas Öl hinein und führt dann einen Docht ein. Ich mag das sehr, wenn solche alten Gebräuche erhalten werden. Viele dieser Lampen gibt es nicht mehr.«
Ich nahm das Ding in die Hand und untersuchte es näher. Ich bestätigte, daß es sehr eigenartig sei, dachte aber eigentlich nur an Fenwick und die nutzlose Suche nach ihm.
Er lehnte sich über den Tisch zu mir herüber und streichelte meine Hand. »Kopf hoch«, sagte er. »Ich verspreche Ihnen, daß ich Fenwick auftreiben werde.«
»Vielen Dank. Sie sind wirklich sehr hilfsbereit.«
»Gar nicht der Rede wert. Es ist mir ein Vergnügen. Wissen Sie was, wenn ich etwas herausfinde, schicke ich Ihnen eine Nachricht mit der Brieftaube. Wär das nichts?«
»Ja, das wäre lustig«, antwortete ich. »Und unserem Jungen macht es bestimmt einen Riesenspaß.«
»Gwennol und ich schicken einander ja oft Botschaften durch Tauben.«
»Ja, das hatten Sie mir schon erzählt.«
Wir verließen das Lokal und ritten zurück. Schon von weitem erkannte ich zu meinem Entsetzen, daß weiter draußen wieder die weißen Pferdchen ihre Mähnen schüttelten.
»Ein kleiner Küstenwind«, sagte Michael. »Nichts Aufregendes. Man wird Sie bestimmt sicher zurückbringen, aber Sie sollten gleich aufbrechen.«
»Ich bin allein herübergerudert«, sagte ich.
»Ach so?« Sein Gesichtsausdruck veränderte sich, er sagte aber nichts mehr, bis wir den Gasthof erreicht hatten.
Die schaumweißen Wellenkämme hatten sich inzwischen vermehrt.
»Ich rudere Sie hinüber«, erklärte er plötzlich.
»Das ist doch nicht nötig«, protestierte ich.

»Ich bestehe aber darauf. Es kann unterwegs schwierig werden für Sie. Bei solchem Seegang braucht man Männerhände an den Rudern.«
»Und ich war so stolz darauf, alleine herübergekommen zu sein.«
»Da war die See auch noch glatt. Das ist eben immer der springende Punkt. Solches Wetter tritt urplötzlich auf.«
Michael arrangierte alles. Er mietete ein etwas größeres Boot als die *Ellen*, damit wollte er mich hinüberrudern; die *Ellen* sollte jemand vom Gasthof übernehmen, und mit dem Mann würde er dann im starken Boot zurückkehren.
Ich fühlte mich unbehaglich auf dem Rückweg. Nicht wegen der Gewalt der Elemente, sondern ich stellte mir vor, was Gwennol und ihre Mutter wohl diesmal denken würden, wenn sie herausfanden, daß ich an Land einige Zeit mit Michael Hydrock verbracht und er mich zurückgebracht hatte. Ganz bestimmt weckte es wieder Mißtrauen in ihnen.
Je weiter wir uns vom Festland entfernten, um so schwächer schien der Wind zu werden.
»Ich hätte es leicht allein geschafft«, behauptete ich.
»Schon möglich«, antwortete Michael. »Aber es wäre mir nicht recht gewesen, Sie alleine hier draußen zu wissen.«
Wir stiegen aus und standen nebeneinander. »Sie kommen doch noch mit rauf?«
»Ich glaube nicht, meine Zeit ist knapp.« Wir warteten gemeinsam, bis die *Ellen* anlegte.
»Es war riesig nett von Ihnen«, sagte ich.
»Und für mich das allergrößte Vergnügen.« Er sprang in das große Boot zurück, der Mann vom Gasthof stieg dazu. Ich winkte ihnen noch eine Weile nach.
Auf dem Weg zur Burg hinauf traf ich Jenifry. An ihrem Blick erkannte ich, daß sie unsere Ankunft gesehen und wohl auch bemerkt hatte, wie er beim Abschied meine Hand hielt. Und gleich wieder wegruderte.

2

Ob Jenifry Gwennol wohl davon erzählt hatte? Ich merkte plötzlich, daß mich beide verstohlen beobachteten. Sie mochten mich wohl für schuldbewußt halten. Am nächsten Tag fuhr Gwennol hinüber, und ich blieb auf der Insel. Plötzlich fiel mir ein, daß ich zu Tassie gehen könnte. Vielleicht hatte sie in Jagos Abwesenheit eine andere Weissagung bereit.
Sie saß vor der Tür ihres Hauses, ihr runzliges Nußknackergesicht verzog sich bei meinem Näherkommen zu einem Grinsen. Ich sah den Kater unter ihren Röcken hervorschauen und mich mit glühenden Augen anstarren.
»Kommen Sie herein«, forderte sie mich auf, und ich folgte ihr ins Zimmer. Im Kamin brannte ein kleines Feuer, der Kräuterduft kam mir heute viel kräftiger vor als beim letztenmal.
»Da wären Sie also heute ganz allein, Miß Ellen«, sagte sie. »Ich hoffe, es geht Ihnen gut.«
»Ja, danke, ich hoffe, es geht auch Ihnen gut.«
Da mußte sie lachen. Offenbar kam es ihr unmöglich vor, daß sie, die anderen Leuten Krankheiten wegzaubern konnte, selbst welche haben konnte.
»Und was kann ich für die junge Dame tun?« fragte sie. »Soll ich Ihnen die Karten lesen, soll ich die Kristallkugel nehmen oder Ihre Handlinien deuten?«
»Letztes Mal haben Sie mir eine schöne Zukunft vorausgesagt. Die genügt mir eigentlich. Vielleicht sehen Sie heute nicht so Gutes.«
Das schien sie zu amüsieren. »Es hat Ihnen also gefallen – und nicht nur Ihnen?«
»Ich möchte über jemand anderen etwas erfahren.«

»Ach so?« Sie legte den Kopf auf die Seite und sah jetzt aus wie ein listiger Affe. »Nein, Kater«, sagte sie zu ihrem Tier, »so etwas sind wir nicht gewöhnt, was, mein Püppchen?«

Der Kater miaute, als gäbe er eine Antwort.

»Über jemanden, der tot ist . . . vielleicht auch nicht.«

»Geistern kann man keine Zukunft voraussagen«, sagte sie ziemlich scharf.

»Aber wenn Sie in die Zukunft blicken können, können Sie vielleicht auch in die Vergangenheit sehen. Ich möchte etwas über meine Halbschwester Silva erfahren.«

»Ach so! Das arme Mädchen. Sie hatte ein trauriges Leben.«

»Ist sie mal zu Ihnen gekommen?«

»Oft sogar, vor allem kurz vor ihrem Ende. Da hatte sie auch allen Grund, es zu tun.«

»Was für einen Grund?« fragte ich aufgeregt.

»Sie machte sich Sorgen um ihre Zukunft.«

»Niemand scheint hier über sie reden zu wollen.«

»Ist doch ganz natürlich . . . wo das mit ihr war. Vielleicht liegt sie auf dem Grund des Meeres bei den Fischen. Armes Mädchen, armes trauriges Mädchen!«

»Können Sie sie auf dem Meeresboden sehen?«

Sie sah mich mit schlauem Blick an. »Manchmal ja und manchmal irgendwo anders.«

»Aber wenn Sie wirklich Unsichtbares sehen können, wie Sie behaupten, müßten Sie doch sehen, ob sie tot ist oder nicht.«

»Viele behaupten, sie weinen zu hören, wenn der Wind heult.«

»Und sie ist wirklich ertrunken?«

»Das Boot kam ja wieder herein. Wo sollte sie da wohl sein?«

»Dann wissen Sie also auch nichts Genaues?«

»Das habe ich nicht gesagt. Ich sagte nur, daß manche ihren Geist zu hören meinen und das Boot ohne sie zurückkam.«

»Warum ist sie zu Ihnen gekommen?«

»Um ihr Schicksal zu erfahren.«
»Wie war sie eigentlich? Sah sie mir ähnlich?«
»Nein, sie hatte ganz blonde Haare, wie ihre Mutter. Von den Kellaways war gar nichts an ihr.«
»Vielleicht wurde sie unglücklich geboren und wußte es.«
»Warum denn das?«
»Kannst du ein Geheimnis bewahren?« fragte sie.
»Ja«, sagte ich begierig. »Das kann ich versprechen.«
»Ihre Mutter kam zu mir, ehe sie geboren wurde. Sie wollte sie weghaben.«
»Warum denn?« fragte ich ganz erschrocken.
»Sie wird wohl ihre Gründe gehabt haben.«
»Wie war denn ihre Mutter?«
»Ach, Madame Effie gehörte auch nicht in diese Gegend. Ihr Vater holte sie sich immer von weiter her, jedenfalls auch Ihre Mutter. Und dann wunderte er sich, warum sie sich immer wegsehnten. Er kam geschäftlich viel herum. So wie jetzt Mr. Jago. Und dann kam sie zu mir und sagte: ›Tassie, ich bin schwanger, aber ich kann dieses Kind nicht austragen.‹ Ich sah sie an: ›Es ist schon zu spät. Zwei Monate früher wäre es noch gegangen. Jetzt traue ich mich nicht mehr, etwas zu tun.‹«
»Armes Kind! Also nicht einmal ihre Mutter wollte sie.«
»Es ist traurig, ein unerwünschtes Kind zu sein. Sie wußte es von dem Augenblick an, wo sie nur irgend etwas verstand.«
»Dann müßten Sie sich doch an mich als Baby erinnern.«
»O ja, sehr gut sogar. Aus Ihren Augen schien der Sonnenschein, wie Madame sagte.«
»Wurde es dann eine glücklichere Familie?«
»Es gibt Menschen, die können mit niemandem und nichts zufrieden sein. Und Ihr Vater war einer von diesen Menschen, mein Kind.«
»Was ist in den Tagen, bevor sie wegging, passiert?«
»Sie kam zweimal zu mir . . . in der Woche, ehe sie wegging.«

»Wirkte sie sehr unglücklich?«
»Bei ihr konnte man nie ganz sicher sein. Sie lachte und lachte, und man wußte nie, ob es Lachen oder Weinen war. Und dann sagte sie: ›Alles wird sich ändern. Ich bleibe nicht mehr lange hier, Tassie.‹ Dann sprach ich mit ihr, und sie wollte, daß ich ihr aus der Handfläche lese. Da fand ich aber wenig Angenehmes, das habe ich ihr jedoch nicht gesagt. Manchmal erzähle ich die bösen Vorahnungen nicht.« Sie starrte über meinen Kopf hinweg, als sähe sie dort irgend etwas. »Wenn es Dunkelheit gibt, sag ich das nicht immer, sondern nur: Aufpassen! Denn ein dunkler Schatten der Gefahr hängt vielleicht über uns allen ... mir ... Ihnen ... ja, auch Ihnen, Miß Ellen. Das meine ich.«
Ich schaute ungemütlich über meine Schulter und lachte dann über mich selbst. Da sagte sie: »Ja, das rate ich allen: Aufpassen ... immer aufpassen. Und über Miß Silva kann ich Ihnen sonst nichts sagen.«
Das war wohl das Zeichen, zu gehen. Wo ich doch gerade erst anfing, mehr über alles zu erfahren. Ich legte einige Münzen in die Schale auf den Tisch und sah wieder ihre gierigen Augen mitzählen. Wie damals bei Jago.
»Kommen Sie wieder, meine Liebe«, sagte sie noch. »Immer wenn Sie glauben, daß Sie es brauchen.«
Ich dankte ihr für alles und ging hinaus in den Sonnenschein.

3

Zwei Tage später, als das Meer sich wieder beruhigt hatte, ruderte ich zum Festland hinüber. Diesmal wollte ich ins Gasthaus gehen auf ein Glas Wein und dann in die Geschäfte, denn Weihnachten war nicht mehr ferne, und da ich bestimmt länger noch auf der Insel bleiben würde, mußte ich ja für je-

den etwas haben. Ich wollte nicht lange an Land bleiben, das nahm ich mir fest vor. Und in der Nähe der Küste konnte ich das Wetter auf dem Meer gut beobachten.
Nachdem ich das Boot festgemacht hatte, ging ich erst in die Geschäfte, fand ein paar Kleinigkeiten und blieb dann vor einem Fenster stehen, hinter dem ein Bild aufgestellt war, das mich interessierte. Eine Meereslandschaft an einem hellen Sommertag mit sehr viel blauem Meer und weiß überschäumten Wellen, die an einen goldgelben Sandstrand schlugen. Am meisten faszinierte mich jedoch eine Wolke weißer Möwen, die über dem Meer auf und ab schwebte. Der Kontrast zwischen den weißen Vögeln und dem blauen Meer war einmalig schön eingefangen. Das Bild möchte ich haben, dachte ich. Es erinnerte mich so sehr an die Vogelinsel drüben, und ich wußte, wo immer ich mich befinden würde, durch dieses Bild würde ich mich zurückversetzt fühlen.
Und dann fiel mir ein, daß dies das ideale Weihnachtsgeschenk für Jago wäre. Kaum hatte ich diesen Gedanken, da war meine Freude darüber, ihm das Bild zu schenken, schon größer als die Vorstellung, es für mich selbst zu behalten.
Ich ging in den Laden und bat den Verkäufer, ob ich das Bild, das den Titel *Die Möwen* trug, näher anschauen dürfte. Er brachte es vom Schaufenster herein. Der Preis schien mir angemessen, und je genauer ich es betrachtete, um so mehr gefiel es mir. Ja, ich würde es kaufen, sagte ich.
Während dieser paar Minuten kam ein Mann aus dem Raum hinter dem Laden. Ich erkannte ihn sofort. Es war James Manton, der Künstler, der auf dem blauen Felsen wohnte und den ich mit Jago auf der Vogelinsel getroffen hatte. Seine Augen strahlten, einen Augenblick lang dachte ich, wegen meines Anblicks. Dann verstand ich. *Die Möwen* waren sein Werk, und er freute sich als Künstler, wenn sich jemand so dafür interessierte.

»Ach, Sie sind's, Miß Kellaway?«
»Ja, ich erinnere mich an Sie«, sagte ich.
»Sie kaufen also meine *Möwen?«* fragte er.
»Schon beim Vorbeigehen am Schaufenster hat mich das Bild ungemein fasziniert. Ich hatte den Eindruck, daß ich es unbedingt haben muß.«
»Was gefällt Ihnen denn so besonders dran?«
»Vor allem die Farben und die Vögel . . . sie sind so lebendig. Man meint, daß die Bilder aus der Leinwand heraustreten müßten. Und das Meer . . . so ruhig und schön. Ich glaube, ich habe es noch nie so schön gesehen, aber sicher werde ich es einmal so erleben.«
»Und ich freue mich, daß Ihnen mein Bild so gut gefällt«, sagte er. »Es ist schön, einen Käufer zu finden, der erkennt, was das Bild ausdrücken möchte. Nehmen Sie es gleich mit?«
»Ich wollte es eigentlich schon, natürlich könnte ich es mir aber auch schicken lassen.«
»Sind Sie allein herübergekommen?« fragte er.
»Ja, ich beobachte aber dauernd das Meer. Ich möchte nicht hier steckenbleiben.«
Er lachte. »Ich habe eine Idee. Wir gehen jetzt zum Gasthof und trinken eine Tasse Tee, während das Bild verpackt wird. Und dann trage ich Ihnen das Paket zum Boot – einverstanden?«
»Eine fabelhafte Idee.«
Und so kam es, daß ich mit James Manton im Gasthof von Mrs. Pengelly starken Tee trank und dazu Kekse mit Marmelade aß.
Er fragte mich, wie mir das Leben da drüben auf der Insel gefiele. Ich sagte, daß ich mir manchmal gar nicht wie auf einer Insel vorkäme.
»Sie sind auch auf einer größeren Insel als meine«, sagte er, »das macht eine ganze Menge aus.«

»Ich glaube, Sie kannten meinen Vater sehr gut«, sagte ich, denn ich wollte alles erfahren, und dies schien eine gute Gelegenheit zu sein.
Sein Gesicht verhärtete sich. »Ja, ich kannte ihn«, sagte er.
»Und Sie mochten ihn nicht sehr?«
»Ich möchte nicht über ihn sprechen, Miß Kellaway.«
»Aber ich möchte es, und keiner scheint dazu gewillt zu sein.«
»Sie können kaum erwarten, von jemandem, den er als seinen Feind betrachtete, das zu hören, was Sie hören möchten.«
»Er betrachtete Sie als seinen Feind? Da war er doch sicher im Unrecht.«
»Ihr Vater meinte, immer im Recht zu sein.«
»Seine erste Frau ist gestorben, und . . .«
»Er war grausam zu ihr. Wäre er anders zu ihr gewesen . . .«
»Wir wollen doch nicht annehmen, daß er sie getötet hat?«
»Es gibt mehr Möglichkeiten, einen Menschen zu töten, als ihm ein Messer ins Herz zu stoßen oder ihm Gift in die Suppe zu mischen. Man kann auch durch Grausamkeit töten. Ihr Leben war entsetzlich. Er war eifersüchtig und ekelhaft.«
Sein böser Tonfall erschreckte mich. Vorher war er mir so ruhig erschienen. Ein gutmütiger Mann, der nur für seine Kunst lebte. Nun schien sein Haß auf meinen Vater ihn mit Leben zu erfüllen, mit einer Vitalität, die er vorher nicht gezeigt hatte.
»Sie kannten sie also gut?« fuhr ich fort.
»Ja, ich kannte sie und Ihre Mutter. Ihre Mutter war eine Künstlerin. Sie hätte eine ausgezeichnete Malerin werden können, aber er verachtete die Malerei. Natürlich hatten sie und ich eine Menge gemeinsam.«
»Aha. Und sie war auch unglücklich mit ihm.«
»Deshalb verließ sie ihn ja mit Ihnen.«
»Machte ihm das viel aus?«

James Manton lachte ironisch. »Ihm etwas ausmachen? Wahrscheinlich war er froh darüber.«
»Und welche Gefühle hatte er gegen seine Töchter?«
»Arme Silva, er haßte sie. Sie hätte ganz anders werden können . . . in einem glücklichen Elternhaus. Ich wollte nur . . .« Er hob die Schultern. »Silva hatte nie eine richtige Chance. Und darum ist sie auch . . .«
»Verschwunden«, ergänzte ich, als er seinen Satz nicht vollenden wollte. »Sie muß ein sehr trauriges Leben geführt haben. Anscheinend war sie ziemlich unberechenbar.«
»Wie sollte sie denn anders werden? Als ihre Mutter starb, war sie noch sehr klein. Und dann an einem solchen Ort aufzuwachsen . . .«
»Ich erinnere mich an sie so wenig, ich war ja erst drei Jahre alt. Hatte er mich auch gehaßt?«
»Er hatte nie Zeit für Kinder.«
»Wissen Sie, was geschah, nachdem meine Mutter mit mir die Insel verließ?«
»Jedenfalls versuchte er nicht, Sie zu finden. Er vergab Ihrer Mutter nie, daß sie weglief, wie er auch Effie nie vergab . . .« Er schüttelte seinen Kopf. »Ich sollte nicht so mit Ihnen über Ihren Vater sprechen.«
»Ich will ja nur die Wahrheit wissen. Wenn sie unangenehm ist, muß ich sie akzeptieren. Es ist mir lieber, daß ich alles weiß und es klar sehe, als daß man mir alles hübsch serviert.«
»Sie müssen mich entschuldigen«, sagte er. »Ich habe mich hinreißen lassen. Als er noch lebte, wollte er mich auf der Insel nicht sehen. Wir sprachen nicht miteinander. Hätte ich irgendwo nur einen Fuß an Land gesetzt, hätte er den Auftrag gegeben, mich ins Meer zu werfen.«
»Diese unglückliche Situation ist ja nun vorüber.«
»Ach, diese Familienfehden gehen ja oft über Generationen weiter. Sie existieren noch, wenn die Familien den ursprünglichen Streitpunkt überhaupt nicht mehr kennen. Ich würde

die Kellaway-Insel nie betreten – nicht einmal daran denken. Bin ganz zufrieden auf meinem blauen Felsen.«
»Sie haben ihn ja auch ganz für sich selber.«
»Ja, und das ist auch gut so. Wenn ich da bin, male ich, und dann fahre ich nach London, wo ich ausstellen und verkaufen muß. Auf dem Festland stelle ich meine Bilder manchmal in Schaufenstern von hiesigen Geschäften aus und hoffe dann, daß kunstverständige, gutaussehende junge Damen wie Sie vorbeigehen und sie kaufen.«
»Ich bin so froh, daß ich *Die Möwen* sah und daß das Bild von Ihnen stammt. Hoffentlich hat meine Freude an Ihrem Werk ein wenig dazu beigetragen, daß der Streit ein wenig gelindert wird.«
Er lächelte. »Unvorstellbar«, sagte er. »Daß Sie seine Tochter sein sollen!«
Ein interessanter Nachmittag! Ich ruderte dann allein zurück und trug das Bild gleich in mein Zimmer hinauf. Packte es aus und betrachtete es noch mal genau. Dann steckte ich es in den Schrank, denn ich wollte es doch Jago geben, und das mußte bis Weihnachten geheim bleiben.

4

Es war ein goldener Oktober, und die Leute sprachen von einem herrlichen Altweibersommer. Warme, günstige Tage hatten wir, es gab keinen einzigen Sturm. Jago meinte aber, daß wir den Stürmen kaum entkommen könnten, wahrscheinlich kämen sie erst im November.
Jeden Tag fuhr ich mit der *Ellen* hinaus, meist um die Insel herum. Ich gewöhnte mich langsam an die Landschaft. Jago erzählte mir von den Sorgen der verschiedenen Leute, ich lernte immer mehr von ihnen persönlich kennen. Sie akzep-

tierten mich, und es bereitete mir große Freude zu spüren, daß sie mich mochten. Noch mehr freute es mich, von ihnen zu hören, wie sehr sie Jago schätzten.

»Streng ist er schon«, sagte eine alte Frau. »Aber gerecht. Man muß sein Häuschen und den Garten schön in Ordnung halten, aber dafür kümmert er sich auch um die Dachreparatur, wenn es nötig ist.«

Es war ein wunderschöner Nachmittag; die Sonne lag hinter einem leichten Schleier und verzauberte die Landschaft. Meine Gedanken waren bei den Bewohnern der Insel, nicht so sehr bei denen, die jetzt darauf lebten, sondern bei den vagen Gestalten der Vergangenheit, die nicht viel hinterlassen hatten und deren Existenz so schwer zu ergründen war. Warum war ich so sehr am Leben der Menschen interessiert, die es nicht mehr gab?

»Eitle Neugier«, hätte Philip gesagt. »Du willst eben immer alles wissen«, hörte ich Esmeralda, »vor allem über Menschen.«

Doch, das stimmte schon. Aber das war es nicht allein, ich hatte irgendwie das Gefühl, daß mein Leben mit dem jener Leute verwoben und daß es für mich wichtig war, zu erfahren, was sie erlebt hatten.

Jago war ständig in meinen Gedanken, doch meine Gefühle veränderten sich so oft, daß allein dadurch alles interessant blieb. Oft betrachtete ich noch die Skizzen meiner Mutter, von denen ich mich nicht mehr trennte. Auch ihr war seine geteilte Persönlichkeit bewußt geworden. Das gleiche hatte sie dann auch bei Silva empfunden. Vielleicht wollte sie damit ausdrücken, daß in jedem Charakter zwei, wenn nicht mehr Seiten zu finden waren. Mein Vater zum Beispiel. Offenbar konnte man sehr schwer mit ihm zusammen leben, und doch hatten sich sowohl meine Mutter als auch Effie in ihn verliebt, sonst hätten sie ihn ja nicht geheiratet.

Ich ließ mich einfach treiben. Wie schön war es mit dieser

schwachen Brise auf dem Gesicht und dem herrlichen Sonnenschein. Die Wolken zogen langsam vorüber, der Wind verformte sie zu merkwürdigen Gestalten. Jetzt sah ich ein Gesicht – ein Nußknackergesicht – und dachte sofort an Tassie. Dunkle Schatten liegen über uns allen, hatte sie gesagt. »Aufpassen!« War es eine versteckte Warnung vor einer Gefahr, vor jemand bestimmtem, oder nur das übliche Geschwätz einer Wahrsagerin? Damals, als Jago dabei war, hatte sie nur von Glück gesprochen – wenn ich nur den richtigen Weg einschlüge. Bezog sich das nicht auf jedermann? Hatte nicht jeder eine richtige Richtung im Leben? Die einen zu Großartigem führen konnte . . . oder zum Glück, was immer man bevorzugt?

Ein wenig Wahrheit mußte wohl darin liegen.

Fast eineinhalb Kilometer war ich schon von der Insel entfernt. Es war wohl besser, zurückzukehren. Schon beim ersten Ruderschlag schrak ich auf. Der Boden des Bootes! Wasser kam herein.

Ich beugte mich vor und griff mit der Hand danach. Noch war die Pfütze flach. Offenbar hatte sich das Loch eben erst gebildet. Ich befühlte den Boden, hatte etwas Klebriges an den Fingern – es sah aus wie Zucker. Während dieser Untersuchung kam das Wasser bereits stärker herein. Bald war der ganze Boden bedeckt. Ich ruderte, so schnell ich konnte, auf die Insel zu.

Die *Ellen* hatte ein Leck! Darüber gab es keinen Zweifel mehr. Wie weit entfernt die Insel jetzt schien. Sicher versank das Boot bald. Und ich war keine gute Schwimmerin.

Es passierte noch schneller, als ich dachte. Auf einmal kippte die *Ellen* um, und ich lag im Wasser.

Ich suchte Halt am Boot. Zum Glück konnte ich mich am Kiel anhalten, als sie ganz umkippte. Das Boot schwamm auf dem Wasser, und ich hielt mich mit aller Kraft daran fest. Aber das würde nicht lange so bleiben. Dessen war ich mir sicher.

Konnte ich zum Ufer schwimmen? Ich fühlte schon, wie meine Kleider ganz schwer wurden vom Wasser. Sie zogen mich nach unten. Bisher war ich wenig geschwommen. Esmeralda und ich badeten immer im Meer in Brighton, wohin wir mit der Gouvernante in den Ferien fuhren. Wir schwammen aber nur in den kleinen Badekäfigen, die vom Ufer ins Wasser geschoben wurden. Da schwammen wir nur ein paar Stöße weit und hielten uns gleich wieder am Seil fest. Wie sollte ich da allein zur Insel gelangen, noch dazu mit meinen schweren Kleidern? Mein Halt am Boot wurde immer schwächer. Ich rief um Hilfe. Meine Stimme war nur ganz schwach. Möwen schrillten über mir, drehten ihre Kreise, schienen mich zu verspotten.

»O Gott«, betete ich, »laß jemanden mich sehen.« Und plötzlich sah ich im Geist Silva vor mir. In einem anderen Boot. Sie wurde nie gefunden, nur das Boot trieb an Land. Diese trügerische See. Wie kraftvoll schien sie mir jetzt sogar in ihrer gemäßigten Laune.

Ob ich es doch mit dem Schwimmen versuchen sollte? Ich fühlte, wie meine nassen Kleider sich um meine Beine wickelten, wußte, daß schon der Versuch zum Scheitern verurteilt war, aber mein Halt am Boot wurde von Sekunde zu Sekunde schwächer.

Die Hände wurden mir steif. Lange konnte ich mich nicht mehr festhalten. Ob dies das Ende war? Merkwürdig, daß es so weit hatte kommen müssen. Nein, nein, bestimmt kam jemand. Jago würde kommen. Jago mußte es sein. Wenn ich ihn doch nur beschwören könnte, gerade jetzt einen Spaziergang über die Klippen zu machen.

»Jago!« schrie ich. »Jago!«

Ich rutsche ab, dachte ich. Kann mich nicht mehr festhalten. Wie ist es wohl, wenn man ertrinkt? Jedenfalls würde ich versuchen, zu schwimmen. Wer weiß, vielleicht kam ich doch durch. Es hieß ja, daß einem die Gefahr übermenschliche

Kräfte verleiht. Einfach so sterben wollte ich nicht. Ich würde um mein Leben kämpfen.
Und dann hörte ich einen Schrei. Es war, als wäre mein Gebet unmittelbar erhört worden. Ich wagte nicht, zum Ufer zu blicken, damit ich nicht den Halt am Boot verlor.
Der Schrei drang bis zu mir übers Wasser. »Festhalten, Miß Ellen. Bin schon unterwegs.«
Der Junge!
Er war schon ganz nahe. Ich wußte, daß er wie ein Fisch schwimmen konnte. Hatte ihn sich drehen und wenden gesehen im Wasser, in dem er zu Hause war wie an Land.
»Ist schon gut, Miß Ellen, bin gleich da ...«
Wie klein er doch war, wie zart. Hatte einen Kinderkörper. Aber er war ja auch kaum mehr als ein Kind.
»So. Da bin ich.« Wie beruhigend und angenehm seine Stimme klang, als wäre ich ein verwundetes Vögelchen.
»So, so, jetzt bring ich Sie zum Ufer.«
Ich hielt mich immer noch am Boot fest. »Ich ... ich ... schwimme sehr schlecht.«
»Macht nichts. Ich bin ja da.«
Und dann ließ ich los, tauchte einen Augenblick unter, kam wieder hoch und fühlte die Hand des Jungen unter meinem Kinn. Er hielt mein Gesicht über Wasser. Das Boot hatte sich von uns entfernt. Das Ufer schien entsetzlich weit.
Wie kann der zarte Junge mich sicher an Land bringen, dachte ich. Und dann hörte ich Jagos Stimme.
»Ich komme.« Jetzt wußte ich, daß alles wieder gut war.
Ich erinnere mich noch schwach daran, wie man mich an Land brachte. Fühlte Jagos starke Arme um mich, als er mich zur Burg hinauftrug. Ich weiß noch, daß man mich ins Bett legte und mir einen Heiltrank brachte. Ich wurde in Decken eingewickelt und mit Wärmflaschen umgeben. Zwei Tage mußte ich im Bett bleiben. Der Schock war größer, als ich im Augenblick wohl ermessen konnte. Beinahe wäre ich ertrunken.

5

Während ich im Bett lag, mußte ich immer wieder an den entsetzlichen Augenblick denken, als ich bemerkt hatte, daß das Boot leckte. Ich wußte, daß es mein Ende hätte sein können, wäre der Junge nicht dagewesen und später Jago. Ob der Junge mich wohl allein an Land hätte schaffen können? Wie gut, daß Jago gekommen war. Als ich seine Stimme vernahm, hatte meine Angst aufgehört.

Er kam auch jetzt an mein Bett, setzte sich neben mich.

»Was war denn los?« wollte er wissen. »Kannst du schon darüber reden?«

»Aber sicher. Alles schien in Ordnung zu sein, bis ich plötzlich merkte, daß das Boot leckte.«

»Das hätte nie passieren dürfen. Du mußt beim Landen irgendwo angestoßen sein. Jedes Boot muß sorgfältig überprüft werden, ehe man damit hinausfährt.«

»Zuerst war alles in Ordnung. Die ersten Minuten ließ ich mich vom Ufer wegtreiben. Als ich die Ruder nahm, fing es an.«

»So etwas ist ja schon öfter passiert. Gott sei Dank bin ich gerade vorbeigekommen.«

»Und der Junge.«

»Ja, er ist ein lieber Kerl, aber wahrscheinlich doch zu schwach. Er hätte dich bestimmt nicht bis ans Land schaffen können.«

»Ich spürte schon, wie mich meine nassen Kleider nach unten zogen.«

»Ja, das war das Gefährlichste. Liebste Ellen, wenn dir irgend etwas passiert wäre . . .!« Sein Gesicht schien echte Gefühle widerzuspiegeln. »Jedenfalls war es uns eine Lehre. Wir müssen jetzt noch viel mehr aufpassen.«

»Meinst du vielleicht, daß ich nicht mehr alleine rudern soll?«
»Wäre gar keine schlechte Idee. Im Augenblick meine ich allerdings, du solltest vor allem im Bett bleiben. So ein Unfall kann sich stärker auswirken, als du denkst.«
»Ich habe dir noch gar nicht genügend für meine Rettung gedankt.«
Er erhob sich und beugte sich über mich. »Ich brauche nur den Dank, dich in Sicherheit zu wissen. Vergiß nicht, daß ich dein Vormund bin.«
»Danke, Jago.«
Er beugte sich ganz zu mir herunter und küßte mich.
Ich war froh, daß er danach hinausging, denn ich konnte meine Gefühle nur schwer verbergen. Jetzt war ich einfach schwach von der ganzen Aufregung, das würde bestimmt wieder vergehen. Auch Gwennol besuchte mich.
»Was für eine unangenehme Sache. Und wo du doch nicht gut schwimmst.«
»Woher weißt du das?«
»Das hast du mir selbst erzählt. Meine Mutter hat mir schon als Kind Schwimmunterricht geben lassen; sie meint, wenn man auf einer Insel lebt, ist das nötig.«
»Ich habe Glück gehabt.«
»Vielleicht bist du ein geborenes Glückskind.«
»Das denke ich manchmal auch.«
»Jedenfalls wirst du in Zukunft wohl besser aufpassen.«
»Es war mir gar nicht bewußt, daß ich mich sorglos verhalten hatte. Wer hätte denn auch gedacht, daß ein Boot wie die *Ellen* ein Leck haben könnte.«
»Das kann bei jedem Boot passieren. Es ist übrigens noch nicht an Land gekommen. Vermutlich treibt es aufs Meer hinaus. Kommt vielleicht nie zurück. Bei einem Sturm würde es bestimmt zerschellen. Vielleicht taucht eines Tages ein Stück Holz mit dem Wort *Ellen* auf.«

»Und die Leute werden sich fragen, wer diese Ellen war.«
»Sie werden es als Bootsteil erkennen und daher wissen, daß es ein Bootsname war.«
»Immerhin machen sie sich vielleicht Gedanken, nach welcher Ellen dieses Boot benannt war.« Es war eine Spannung zwischen uns, die wir beide nicht wahrhaben wollten. Ich spürte, daß sie mich am liebsten gefragt hätte, ob ich Michael in letzter Zeit gesehen hätte. Sicher wollte sie gerne wissen, was an jenem Tag geschehen war, den ich in seiner Gesellschaft auf dem Festland verbracht hatte. Denn Jenifry hatte uns bestimmt zusammen ankommen gesehen und ihre Tochter davon unterrichtet. Aber Gwennol brachte es nicht über sich, mich danach zu fragen. Diese Kluft zwischen uns machte unser Gespräch peinlich, und sie blieb auch nicht lange.
Dann kam Jenifry mit ganz besorgtem Gesicht.
»Wie fühlst du dich jetzt?« wollte sie wissen. »Du meine Güte, hast du uns aber einen Schrecken eingejagt! Ich wollte meinen Augen nicht trauen, als Jago dich hereinbrachte. Im ersten Moment dachte ich, du seist tot.«
»Ich habe eine sehr gesunde Natur«, sagte ich, »mich bringt so leicht nichts um.«
»Wie beruhigend«, erwiderte sie. »Ich habe dir übrigens einen Heilsaft gebracht. Eine Mischung aus Kräuterextrakten und allerlei anderen Dingen, die bei Schock gut wirken sollen. Meine alte Kinderfrau gab mir das immer, wenn sie meinte, ich hätte es nötig.«
»Wie lieb von dir, mir das zu bringen.«
»Komm, trink, du wirst dich wundern, wie gut du dich bald danach fühlst.« Ich nahm das Glas, und dann sah ich ihre Augen auf mich geheftet und hatte wieder das unangenehme Gefühl wie damals, als ich ihr Gesicht im Spiegel beobachtete.
»Ich könnte jetzt nichts herunterbringen«, sagte ich. »Mir ist übel.«

»Davon wird dir aber besser.«
»Später«, sagte ich und stellte das Glas auf dem Nachttischchen ab.
Sie seufzte. »Du fühlst dich danach bestimmt besser!«
»Ich bin so müde«, sagte ich mit halb geschlossenen Augen. Durch die Wimpern konnte ich sie aber noch beobachten. Ein paar Sekunden lang sah sie mich schweigend an.
»Dann will ich dich jetzt alleine lassen«, sagte sie. »Vergiß aber nicht, den Saft zu trinken.«
Ich nickte verschlafen, und sie ging leise hinaus. Ich horchte ihren Schritten nach.
Irgend etwas Hinterhältiges meinte ich an ihr zu bemerken. Etwas, das mir vom ersten Tag an unangenehm war. Ich hörte, wie sie den Korridor entlangging, und hob dann das Glas und roch daran. Der Kräutergeruch war nicht unangenehm. Ich hob das Glas an die Lippen und dachte dann plötzlich an Tassie; ich hörte sie sagen: »Aufpassen!«
Wieso dachte ich gerade jetzt daran? Die Gedanken verwirrten mir den Kopf, ich war zu müde, sie zu entwirren. Du bist dem Tod ganz nahe gewesen, sagte ich mir. Dadurch ist deine Phantasie überreizt, und du bist allzu mißtrauisch.
Ja, mißtrauisch war ich. Ich stieg aus dem Bett und ging mit dem Glas zum Fenster, öffnete es und schüttete die Mixtur hinaus. Dann sah ich zu, wie sie die Burgmauern hinuntertröpfelte, kletterte schließlich ins Bett zurück und dachte nach.

Die Halskette

I

Am nächsten Tag fühlte ich mich schon ganz wohl, und die merkwürdigen Ideen, die mich am Abend zuvor bedrängt hatten, verschwanden langsam. Zuallererst wollte ich zum Taubenschlag hinuntergehen und mich bei dem Jungen bedanken.

Er schien mich erwartet zu haben.

»Danke, daß du mir zu Hilfe gekommen bist.«

»Ich hätte Sie schon ganz alleine hereingebracht«, sagte er.

»Bestimmt, aber zufällig war ja Mr. Jago auch da.«

»Groß bin ich sicher nicht, aber ich habe ja meine besondere Kraft. Ich hätte Sie retten können, Miß Ellen, so wie ich kleine Vögel rette.«

»Ja, ich danke dir nochmals. Ich weiß, daß du es gekonnt hättest.«

»Ich mache mir so meine Gedanken darüber, was da passiert ist.«

»Boote haben eben manchmal ein Leck, nehme ich an.«

Er schüttelte den Kopf.

»Was genau haben Sie gesehen?«

»Gesehen? Ja, daß plötzlich Wasser hereinkam. Und dann kam es mir so vor, als wäre da etwas Klebriges an diesem Loch. Wie Zucker . . . und danach konnte ich an gar nichts mehr denken, außer wie ich an Land kommen würde.«

»Klebrig? Wie Zucker?« Er runzelte die Stirn. »Wie hätte Zucker auf den Boden der *Ellen* kommen sollen?«
»Wahrscheinlich habe ich mich geirrt. Ich habe mir das wohl vor lauter Angst nur eingebildet.«
»Eher kleine Algen, nehme ich an.«
»Ja, anzunehmen. Aber jetzt bin ich ja in Sicherheit, und du kannst dir nicht vorstellen, wie froh ich war, als ich deine Stimme hörte.«
»Auch das war meine Kraft. Ich hatte so ein Gefühl. Geh zum Ufer runter, hörte ich eine Stimme sagen. Du wirst dort gebraucht. Manchmal ist es so, wenn mich ein Vögelchen oder ein anderes Tier braucht.«
»Dann muß ich wohl deiner Kraft genauso danken wie dir.«
»Ja, ganz recht, die dürfen Sie nie vergessen. Sie sagten, es wäre Zucker gewesen?«
»So sah es für mich aus. Ein paar Körnchen großen Zukkers.«
»Komische Sache. Aber machen Sie sich keine Gedanken darüber, ich kümmere mich schon um Sie. Wenn Sie mich brauchen, werde ich immer dasein.«
Sein sonst so blasser Blick war plötzlich feurig, fast fanatisch. Die Bedienten klopften sich meist an die Stirn, wenn sie von ihm sprachen. Ich hatte sie oft flüstern hören: »Nicht ganz da.« Doch es war etwas da, dessen war ich sicher. Der liebe Junge. Wie gut, daß ich ihn zum Freund hatte.

Der Vorfall mit dem Boot hatte mich dem Jungen nähergebracht. Nach dieser Geschichte hatte ich verständlicherweise keine Lust mehr, hinauszurudern, jedenfalls nicht alleine. Jago hätte mich gar nicht davor warnen müssen. Ich blieb auf der Insel und besuchte oft den Jungen, wenn er seine Tauben fütterte.
Er gab mir dann eine Schale mit Maiskörnern, und wir standen nebeneinander inmitten der umherflatternden Vögel.

Einmal sagte er dabei: »Haben Sie Zucker gesagt, Miß Ellen?«
Einen Augenblick lang überlegte ich, was er denn damit meinte, dann antwortete ich: »Ach so, als das Boot zu sinken begann. Viel Zeit zum Überlegen hatte ich ja nicht. Jedenfalls meinte ich, ein paar Körnchen davon im trockenen Teil des Bootes zu sehen. Und als das Wasser auch dorthin kam, schienen einige Zuckerkörner darin zu schwimmen. Ich war viel zu aufgeregt, um lange darüber nachdenken zu können. Es kam mir nur so in den Sinn, du verstehst schon. Ein entsetzlicher Augenblick.«
Er runzelte die Stirn. »Sehr grober Zucker löst sich in kaltem Wasser nicht so schnell auf. Salz löst sich viel schneller.«
»Aber wie käme Zucker da hinein? Das ist doch gar nicht möglich.«
»Von alleine kommt er nicht hinein. Es muß ihn jemand reingetan haben.«
»Was willst du damit sagen?«
»Wo ist überhaupt das Boot? Wenn wir's hätten und es nicht zerbrochen wäre . . .«
»Du würdest den Zucker jetzt auch nicht mehr finden.«
»Nein, aber das Loch, das könnten wir untersuchen.«
»Daß ein Loch dagewesen sein muß, wissen wir ja.«
»Aber wie es reinkam! Das würd' ich gern wissen.«
»Junge, was reimst du dir da eigentlich zusammen?«
»Na, wenn das Loch von jemandem absichtlich gemacht worden wäre und der hätt' es mit Zucker gefüllt – beim Wegfahren hätten Sie das nicht gleich bemerkt. Der Zucker löst sich ja nicht so schnell. Und wenn er sich löst, ist das Loch da, das der Zucker verstopft hat. Und dann kann das Wasser hinein, wo es noch nicht reinkonnte, als Sie losgefahren sind.«
»Willst du damit sagen, daß jemand . . .«
»Ich weiß selbst nicht genau, was ich glauben soll. Aber

manchmal passieren schreckliche Dinge, das weiß ich. Und das sollte man nicht vergessen. Wir dürfen nicht einfach darüber lachen . . .« Er brach ab und klopfte sich an die Stirn, als wolle er sagen, ich dächte vielleicht auch wie die anderen, daß er nicht ganz da sei.

Seine Vermutung war einfach absurd. Glaubte er wirklich, daß sich jemand am Boot zu schaffen gemacht hatte? *Meinem* Boot, das niemand außer mir nahm? Jemand, der wußte, daß ich früher oder später auf dem Meer sein würde damit? Wahrscheinlich allein!

Nein, das war zu weit hergeholt. Wer würde denn so etwas tun? Sicher, Gwennol war eifersüchtig, weil Michael Hydrock so nett zu mir war. Jenifry war reserviert wegen ihrer Tochter. Ihr gegenüber hatte ich überhaupt seit der ersten Nacht ein ungutes Gefühl. Ich hatte mich selbst schon deswegen ausgelacht. Nur weil ihr Spiegelbild in dem alten Glas einen Augenblick lang so bösartig aussah, hatte ich angefangen, ihr alle möglichen bösen Motive zu unterstellen. Und da kam dann natürlich noch diese Freundschaft mit Michael Hydrock hinzu. Trotzdem, nein. Der Grund war zu schwach. Schließlich hatte mich Michael Hydrock ja nicht um meine Hand gebeten. Dann hätte ich diese krankhafte Eifersucht verstehen können. Aber so war es ja nicht. Ich mochte ihn, und er mochte mich offensichtlich auch. Er war nichts als ein höflicher, freundlicher Herr, der mir geholfen hatte und sich sehr gastfreundlich zeigte. Gwennol hatte wirklich keinen Grund, auf mich eifersüchtig zu sein.

Und doch hatte sich die Beziehung zwischen uns verändert, seit sie wußte, daß ich ihn schon von früher kannte. Dabei hatte sie sicherlich den besten Willen gehabt, sehr freundlich zu mir zu sein. Jetzt paßte sie immer nur auf und versuchte, mir Eingeständnisse abzulocken. Jedesmal, wenn ich ausging, überlegte sie vermutlich, ob ich mich mit Michael Hydrock traf. Und Jenifry hatte sich zweifellos Michael als

Schwiegersohn in den Kopf gesetzt, und er war ja auch weit und breit die beste Partie. Ein Mann, den sich jede Mutter für ihre Tochter wünschen würde.

Die Sache mit dem Zucker war wohl bloß ein Hirngespinst, und es tat mir schon leid, dem Jungen etwas davon gesagt zu haben.

»Sie müssen aufpassen, Miß Ellen«, hatte er mich ganz ernsthaft ermahnt.

»Ich werde es auch tun. Bevor ich wieder hinausrudere, werde ich das Boot jedesmal genau untersuchen.«

»Nächstes Mal ist es vielleicht kein Boot.«

»Nächstes Mal?«

»Ich weiß selbst nicht, woher mir diese Wörter in den Mund kommen. Ich möchte mich um Sie kümmern wie um Miß Silva.«

»Wie hast du dich denn um sie gekümmert?«

Er lächelte langsam.

»Sie kam öfter zu mir. Sie hatte immer so Anfälle. Nicht daß sie sich auf den Boden warf und sich selbst weh tat. Nicht diese Art, nein, Anfälle von Traurigkeit und Wahnsinn, da wollte sie immer Sachen machen, die ihr selbst weh taten. Dann kam sie zu mir und sprach mit mir, und meine Kraft sagte mir, wie ich sie trösten könnte.«

»Du mußt mehr über sie gewußt haben als all die anderen.«

»Ich glaube schon.«

»Und in der Nacht, als sie wegfuhr, da war es doch stürmisch. Und trotzdem nahm sie ein Boot und wollte übersetzen?«

Wieder der abweisende Blick. »Darüber haben wir uns alle gewundert«, bestätigte er.

»Hast du gewußt, daß sie weg wollte?«

Er zögerte und sagte dann: »Ja, das habe ich gewußt.«

»Warum hast du nicht versucht, sie davon abzuhalten? Du mußt doch gewußt haben, daß sie das Land kaum sicher erreichen würde.«

»Es hätte nichts genützt, zu versuchen, sie davon abzuhalten. Sie war wie ein wildes Pony. Hat auf nichts gehört.«
»Irgend etwas muß doch passiert sein, daß sie auf einmal weg wollte.«
»Ja, das stimmt.«
»Und was war los? Du mußt es doch wissen.«
Er schwieg eine Weile.
Ich fuhr fort: »Sie war doch meine Schwester, vergiß das bitte nicht. Wir hatten denselben Vater, nur verschiedene Mütter. Wir hätten zusammen aufwachsen sollen.«
»Sie war nicht wie Sie, Miß Ellen. So verschieden wie Sie beide kann man sich gar nicht noch zwei Damen vorstellen.«
»Ich wäre sicher nicht in einer stürmischen Nacht weggefahren.«
»Sie kam vorher zu mir, hat die Tauben gefüttert, wie wir heute hier. Sie sind rumgeflattert um uns, haben so schön gegurrt. Und sie hat zu mir gesagt: ›Junge, ich gehe weg von hier. An einen Ort, wo ich so glücklich sein werde, wie ich es hier nie sein kann.‹«
»Meinst du, sie war so unglücklich, daß sie absichtlich da raus fuhr?«
Er schien zu überlegen. »Sie gab mir was. Hat dazugesagt: ›Behalt das, Junge. Vielleicht nützt es dir mal. Oder ich hol mir's eines Tages, wenn nicht alles nach meinem Plan geht.«
»Was hat sie dir denn gegeben?«
»Ich zeig's Ihnen.« Er nahm mich mit in sein Hüttchen. Im Schrank stand ein Kästchen. Er holte einen Schlüssel aus der Tasche und öffnete es. Darin waren zwei Hefte – von der gleichen Sorte wie die in meinem Schrank.
Erregung packte mich. War in diesen Heftchen vielleicht der Schlüssel zu Silvas Verschwinden zu finden? Ich hielt dem Jungen die Hand entgegen, aber er sah mich nur verwirrt an.
»Ich soll sie aufheben«, sagte er.
»Und niemandem zeigen?«

»Das hat sie nicht gesagt.«
»Hast du sie denn gelesen?«
Er schüttelte den Kopf. »Das wäre zu anstrengend für mich. Ich kann nur kleine Sätze lesen. Sie hatte Angst . . . Angst vor jemandem im Schloß. Wahrscheinlich steht's hier drin.«
»Bitte, laß sie mich lesen«, flehte ich ihn an.
»Das habe ich mir auch schon überlegt«, sagte er. »Ich hab' mir gesagt: Zeig sie Miß Ellen. Immer wieder. Und als Sie das mit dem Zucker sagten, war es, als würde Silva zu mir sprechen. ›Laß sie's lesen. Vielleicht helfen sie ihr!‹« Er legte mir beide Hefte in die Hände.
»Ich gehe gleich in mein Zimmer hinauf und lese sie«, sagte ich. »Danke dir.«
»Hoffentlich war es richtig so«, sagte er unsicher.
»Ich werde nie vergessen, was mir ohne dich passiert wäre«, sagte ich nochmals.
»Aber er war ja auch dort. Ganz zufällig. Und ich bin sehr froh, daß ich da war.« Was er damit meinte, fiel mir im Augenblick gar nicht auf, erst viel später. Ich war so aufgeregt wegen der Hefte, daß ich keine Zeit verlor und sofort in mein Zimmer hinauflief, um sie zu lesen.

2

Es war die gleiche krakelige Handschrift, allerdings schien sie etwas gereifter als im ersten Heft.
»Ich habe das Heft gefunden, in das ich vor Jahren einmal schrieb. Mußte darüber lachen und weinen zugleich. Alles stand mir wieder so lebhaft vor Augen. Sicher wäre es interessant gewesen, wenn ich mehr aufgeschrieben hätte. Einen ganzen Stapel Berichte über mein elendes, eintöniges Leben. Das waren eigentlich noch schöne Zeiten, als meine Stiefmut-

ter mit dem Baby hier war. Als sie ging, war ich plötzlich ganz allein. Erst dachte ich, mein Vater würde mich nun mehr mögen, weil jetzt keine Konkurrenz mehr da war. Wie sehr ich mich irrte! Sicher, ich war ein schwieriges Kind. Die Gouvernanten kamen und gingen. Alle sagten dasselbe. Sie verzweifelten an mir. Ich erinnere mich noch gut daran, daß mein Vater einmal nach mir schicken ließ.
Es war kurz nachdem meine Stiefmutter mich verlassen hatte. Ich muß etwa vierzehn gewesen sein. Wie aufgeregt ich war, als man mir seinen Auftrag überbrachte. Ich stellte mir vor, er würde mir jetzt sagen, daß er mich doch gerne habe und wir Freunde sein wollten. Was für Bilder einem die Phantasie doch vorgaukeln kann, ohne daß es dafür irgendeinen Grund gibt. Ich sah mich in seinem Arbeitszimmer stehen, an Winterabenden zu seinen Füßen auf einem Schemelchen am Kamin sitzen und mit ihm reden. Hörte die Dienerschaft flüstern: ›Niemand kann ihn so trösten wie Miß Silva!‹ Gleich wenn er reinkommt, schreit er schon: ›Wo ist Miß Silva?‹ Was für ein dummes kleines Ding ich doch war. Als ob die Abwesenheit meiner Stiefmutter einen Menschen wie ihn besänftigen könnte. In Wirklichkeit spürte ich, als ich vor ihm stand, wie all meine Hoffnungen von seinem tödlichen Blick verzehrt wurden. Mein schönstes Kleid – erdbeerfarben mit dazu passender Schärpe, das, wie ich meinte, mir so gut stand – schien ganz verknittert an mir herunterzuhängen. Ich sah mich durch seine Augen. Und er verkündete nur, daß auch die letzte Gouvernante gekündigt habe und er keine Lust mehr habe, noch eine weitere anzustellen. Wenn ich dumm bleiben wolle, was ich offensichtlich vorhabe, sei ihm das egal. Ich sei faul, dumm und nutzlos, er wasche seine Hände in Unschuld. Er wundere sich nur, wieso er sich bisher überhaupt so um mich gekümmert habe, aber da niemand wissen sollte, daß er eine kleine Wilde in seinem Haushalt habe, hatte er sich nach langer Überlegung nochmals dazu entschlossen,

eine Gouvernante zu beschäftigen. Kamen von ihr auch Klagen, so war es unwiderruflich die letzte, so drohte er. Ich kehrte völlig zerschlagen zurück, redete mir aber ein: Schließlich hat er nach mir schicken lassen und mit mir gesprochen. Ich konnte mich gar nicht erinnern, wann das zuletzt der Fall gewesen war. Und dann fiel mir noch etwas ein. Wenn ich ordentlich lernte und versuchte, die Tochter zu sein, auf die er stolz sein könnte, würde er mich mit der Zeit vielleicht liebgewinnen. Das war mir ein Trost, und meine Phantasie half mir. Ich sah gleich alle möglichen herrlichen Szenen vor mir aufsteigen. Wie wir zusammen auf Geschäftsreise gingen. ›Meine Tochter? Sie ist meine rechte Hand.‹ – ›Meine Tochter Silva. Ja, sie wird langsam sehr hübsch.‹ – ›Heiraten? Ich hoffe, noch nicht so bald. Ich möchte sie nämlich nicht verlieren. Wenn sie einmal heiratet, bestehe ich darauf, daß ihr Mann zu uns in die Burg zieht.‹ Wie dumm man doch sein kann. Denn ich wußte im Grunde meines Herzens, daß es nie so kommen würde.
Aber die Tage, da ich zwischen lächerlichen Höhenflügen und tiefster Depression hin- und herschwankte, da ich jedermann haßte, vor allem aber mich selbst – sie sind längst vorbei. Reine Zeitverschwendung, noch darüber zu schreiben. Heute ist vieles ganz anders, und so, wie ich es jetzt sehe, würde ich die Dinge vielleicht ganz falsch wiedergeben, als sie damals wirklich passierten.«
Dann kam eine leere Seite. Sie hatte wohl für eine Weile die Schreiberei aufgegeben. Das kleine Mädchen hatte, als sie einmal ins Zimmer eingesperrt war, in die Schrankwand eingeritzt: Ich bin eine Gefangene! Und auch später noch war sie eine Gefangene gewesen. Gefangen in ihrem eigenen Wesen. Aber die Menschen um sie herum waren mit schuld daran, daß sie so geworden war.
Dann ging der Bericht weiter.
»Nirgends kann ich hingehen, ohne daß ich mir seiner Ge-

genwart bewußt bin. Seit Vaters Schlaganfall hat er alles übernommen. Er war schon immer hier und den meisten Leuten mehr gegenwärtig als mein Vater. Er braucht den Leuten nur etwas aufzutragen, und sie gehorchen ihm. Mein Vater ist anders als er. Er wird zornig und bösartig. Hat nie irgend jemandem vergeben, der ihn irgendwann mal beleidigt hat. Jago ist anders. Ich glaube, ihn würde niemand zu beleidigen wagen. Also weiß man gar nicht, wie lange er einem etwas nachtragen würde.

Gestern schnitt ich gerade ein paar Rosen im Garten, als Jago zurückkam. Ich wandte mich plötzlich um und sah ihn neben mir stehen. Er betrachtete mich ganz ruhig, und das machte mich nervös. Er sagte dann: ›Meine Schwester Jenifry kommt mit ihrer kleinen Tochter hierher. Da wirst du Gesellschaft haben.‹

›Werden sie hier leben?‹ fragte ich.

›Ja, es wird ihr neues Heim werden. Es wird dir bestimmt Freude machen.‹

Jago hat eine Art, einem zu sagen, wann man sich freuen würde, als ob er einem verbieten wolle, es nicht zu tun.

›Was sagt mein Vater dazu?‹ fragte ich, denn ich wollte immer noch wissen, was er sagte und tat. Ich sah ihn immer nur, wenn er am Fenster stand und ich im Garten war. Ich schaute immer sehr hoffnungsvoll hinauf, aber er wandte sich jedesmal sofort ab. Manchmal erblickte ich ihn schon von weitem in seinem Rollstuhl, den Fenwick schob. Da mußte ich aus dem Weg bleiben, denn wenn er mich sah, tat er, als sei ich durchsichtig . . . Heiße Tränen steigen mir heute noch auf, wenn ich mich daran erinnere. Immer wollte ich laut schreien: ›Was habe ich dir denn getan! Sag es mir doch!‹

Fenwick ist immer sehr diskret. Jago sagte, mein Vater könne überhaupt nicht ohne ihn auskommen und Fenwick nicht ohne ihn. Aber jetzt warte ich schon begierig auf die Ankunft von Jagos Schwester und seiner Nichte.«

Wieder eine leere Seite, ein Zeichen, daß danach einige Zeit vergangen war, bis sie wieder schrieb.

»Gwennol ist etwa acht Jahre alt. Ein richtig frohes Kind. Baby dürfte jetzt auch etwa so alt sein. Jenifry mag ich nicht. Ich glaube, sie ärgert sich, daß *ich* die Tochter des Hauses bin. Der Gedanke, daß irgend jemand auf mich eifersüchtig sein könnte, ist direkt komisch. Immer versucht sie, Gwennol vorzuschieben. Dabei brauchte sie sich gar keine Sorgen zu machen. Gwennol ist viel hübscher, als ich je sein könnte. Wir haben dieselbe Gouvernante, und Gwennol ist viel klüger, als ich es je war.

Warum habe ich eigentlich mit der Schreiberei begonnen? Es gibt ja hier gar nichts zu berichten. Ein Tag sieht wie der andere aus. Ich werde damit aufhören.«

Danach stand nichts mehr in dem Heft, obwohl es noch viele leere Seiten hatte. Ich nahm das zweite zur Hand.

»Offenbar bin ich nicht zur Tagebuchschreiberin geboren. Die meisten jungen Mädchen meines Alters geben jetzt Partys, führen ein sorgloses Leben und haben nette junge Männer zu Freunden. Mein Vater hat angeblich erklärt, daß er dafür bei mir kein Geld hinauswerfen wird. Jenifry sorgte immer dafür, daß Gwennol ein bißchen in Gesellschaft kommt. Sie hat sich sehr mit Michael Hydrock angefreundet, dem begehrtesten Junggesellen in der Umgebung. Gwennol ist ganz aufgeregt, weil er besonders nett zu ihr war. Gestern abend kam sie zu mir ins Zimmer. Sie war eben vom Festland herübergerudert worden. Die Augen glänzten, und die Wangen waren gerötet, was ihr zu ihrem dunklen Haar sehr gut stand.

Sie erzählte von einer Gartenparty auf Hydrock Manor. So ein wunderschönes Haus, mit Pfauen auf dem Rasen und alles so hübsch. Sie haßte die alte Burg. Ob ich sie nicht auch haßte?

›Ja‹, sagte ich, ›hier ist zuviel Vergangenheit drin. Wenn ich zu den Verliesen hinunterkomme, bilde ich mir immer ein, die Seelen der armen Verstorbenen schreien zu hören.‹ ›Das verstehe ich nicht‹, sagte sie. ›Die Leute sind doch früher hier auch fröhlich gewesen, haben Feste gefeiert und das Leben genossen. Warum müssen Geister immer schrecklich sein, sie könnten doch auch einmal nett und friedlich sein, so wie der auf Hydrock. Ein netter alter Herr, der zusieht, daß die Leute auf Hydrock glücklich werden. Michael hat mir die Geschichte heute erzählt. Sie hat eine besondere Bedeutung für Bräute.‹

Sie sei wohl verliebt in ihn, sagte ich. Jeder sei in ihn verliebt, meinte sie. Dann müsse sein Leben aber recht schwierig sein, erwiderte ich.

›Warum?‹ fragte sie. ›Wäre es nicht nett, wenn jedermann in dich verliebt wäre?‹

›Da in mich noch *niemand* verliebt war, kann ich das nicht sagen.‹

›Arme Silva‹, sagte sie, ›ich nehme dich nächstes Mal mit mir nach Hydrock, dort lernst du bestimmt jemanden kennen.‹

Es ist Nacht, und ich kann nicht schlafen. Irgend etwas in diesem Zimmer beunruhigt mich. Es hat so viele Schatten. Vielleicht weil ich darin so oft unglücklich war. Jemand hat einmal gesagt: Das Leben ist das, was man daraus macht. Wenn das stimmt, dann habe ich aus meinem Leben nichts gemacht.

Ich schreibe an meinem Pult. Es hat keinen Sinn, im Bett zu liegen, wenn man nicht schlafen kann. Eben war ich am Schrank und habe mir meine kindische Kritzelei angesehen. Wenn ich sie nur wieder auslöschen könnte! Ich erinnere mich noch genau an den Tag, an dem ich sie schrieb. Damals wurde ich für zwei Tage und zwei Nächte auf mein Zimmer geschickt, weil ich irgend etwas angestellt hatte. Ich weiß nicht mehr genau, was es war.

Ich bin heute so nachdenklich. Auch wegen Gwennol. Ich

habe sie mir genau angesehen und weiß jetzt, was in meinem Leben nicht stimmt. Keiner hat mich je geliebt, außer meine Mutter vielleicht. Und seit sie gestorben ist, gab es niemanden mehr. Ich wünsche mir das mehr als irgend etwas anderes. Und weil es niemand tut, tue ich all diesen Unsinn, verliere plötzlich die Beherrschung und schreie. Wenn sie mich schon nicht lieben, sollen sie mich hassen. Dann beachten sie mich wenigstens.

Während ich das schreibe, denke ich an Jago. Er hat sich mir gegenüber verändert. Ist sehr nett geworden. Nicht daß er früher nicht nett war. Er hat mich nur nicht bemerkt. Vor zwei Tagen ist er mit mir um die Insel geritten und hat viel geredet. Über alles mögliche, wie das so seine Art ist. Als ob sein Gesprächsstoff das Wichtigste von der Welt sei.

Ich war ganz aufgeregt. Warum interessiert sich Jago plötzlich so für mich?

Gestern saß Fenwick alleine im Garten auf der Korbbank. Ich ging zu ihm, weil es mir ungewöhnlich schien, ihn da so alleine im Garten sitzen zu sehen.

›Wo ist mein Vater?‹ fragte ich ihn.

›Er verbringt einen Tag im Bett‹, antwortete er mir.

›Geht es ihm schlechter?‹ wollte ich wissen.

›Er ist sehr krank‹, sagte er.

›Ich weiß, daß er einen Schlaganfall hatte.‹

›Ja, und jetzt . . .‹

›Ich wünschte, er würde mich zu sich rufen. Es tut mir ja so leid.‹

Er schüttelte den Kopf. ›Kommen Sie ja nie in sein Zimmer‹, sagte er. ›In diesem Zustand würde das seinen Tod bedeuten.‹

›Wissen Sie, warum er mich so haßt?‹ fragte ich ihn.

Er schüttelte nur den Kopf.

›Vielleicht wünschte er sich einen Sohn. Das scheinen die meisten Leute zu tun.‹

›Ich glaube eher, er mag überhaupt keine Kinder.‹

Fenwick schien besorgt. Er überlegte offensichtlich, was er tun würde, wenn mein Vater starb. Mein Vater konnte ja nicht ohne ihn leben, hatte Jago gesagt. Aber was würde Fenwick ohne ihn machen?

Ich würde so etwas nie zu jemandem sagen. Ich muß so aufpassen mit meinen Heften. Ich kann meine Gedanken nur aufschreiben. Glücklicherweise interessiert sich niemand dafür, was ich mache. Ich glaube, Jago überlegt, ob er mich heiraten soll.«

Ich legte das zweite Heft weg. Über Silva und Jago wollte ich nichts lesen. Das wäre zu indiskret gewesen. Aber angefangen hatte ich doch schon damit. Und ich spürte, daß mir die weiteren Dinge wahrscheinlich weh getan hätten.

Jago und Silva! Daran hätte ich nie gedacht.

Ich starrte das Heft an. Hier durfte ich wirklich nicht weiterlesen.

Warum hatte der Junge mir die Hefte gegeben, und warum hatte Silva sie ihm gegeben?

»Wir sind uns heute begegnet. Ich bin aufs Festland hinübergefahren, und er kam in den Gasthof. Er sieht blendend aus. Ich konnte es gar nicht fassen, daß er sich für *mich* interessierte. Wir tranken Wein und aßen Safrankuchen. Dann meinte er, wir könnten uns doch Pferde ausleihen und ein wenig reiten.

Was für ein herrlicher Tag! Wir nahmen einen Imbiß im Gasthof zur Strohpuppe. Was für ein romantisches Haus! Mit diesen hübschen irdenen Lampen auf den Tischen und dem Strohpüppchen überall. Apfelmost und Pasteten gab es. Sie haben mir noch nie so gut geschmeckt.

Er sagte, das müßten wir öfter tun.

Kann man sich so rasch verlieben?«

Sie liebt also Michael Hydrock, dachte ich. Und hat er sie damals geliebt? Oder war er nur so höflich und charmant wie immer? Arme Silva! Hoffentlich hat es ihr nicht zu weh getan. Ich wandte die Seite um.

»Wer mag denn schreiben, wenn er glücklich ist? Er liebt mich. Jedenfalls sagt er das. Es ist alles so aufregend. Wir werden immer beisammenbleiben, sagt er. Und alles wird ganz anders werden. Ich habe ihm von meinem Vater und von dem Leben auf der Burg erzählt.

Das Leben ist herrlich!«

Dann kam wieder eine Unterbrechung. Danach las ich:

»Der Maler war heute auf dem Festland. Er hat uns auf den blauen Felsen eingeladen. War sehr lieb und gastfreundlich. Er zeigte uns ein Atelier mit all den Vogelbildern und Meeres- und Insellandschaften. Wir sollen wiederkommen.

Was für ein herrlicher Tag. Immer, wenn wir beisammen sind.«

Wieder eine Pause. Dann:

»Wenn ich nur nicht mit dieser Schreiberei angefangen hätte. Sie kommt mir jetzt so sinnlos vor. Vorher habe ich wohl nur über mein Schicksal gebrütet, mein Elend genossen, wenn man so etwas überhaupt sagen kann. Es scheint jedoch genau zu passen. Jetzt ist das alles vorbei. Ich bin so glücklich, daß ich jedermann liebe.

Heute sah ich zum Fenster meines Vaters hinauf. Er stand daran. Er sah sehr krank aus, und ich überlegte, ob ich es ihm sagen sollte, aber dann hatte ich Angst, hinaufzugehen. Ich erinnerte mich, daß Fenwick erklärt hatte, es würde seinen Tod bedeuten. Das wollte ich, gerade jetzt, nicht auf dem Gewissen haben.«

Weiter stand nichts mehr in dem Heft. Obwohl ich nun das Gefühl hatte, dem Geheimnis näher gekommen zu sein, war mir Silvas Schicksal noch rätselhafter als zuvor. Warum war sie mit dem Boot hinausgefahren, wo sie doch genau wissen mußte, daß sie ins Unglück fahren würde? Wie oft war diese Frage schon gestellt worden!

Eine Antwort genügte: Sie war verzweifelt gewesen. Hatte ihre plötzliche, eben gefundene Glückseligkeit ein bitteres Ende gefunden? Hatte sie deswegen beschlossen, hinauszufahren und sich den Elementen zu überlassen?
Meine traurige kleine Schwester. Wäre ich doch nur dagewesen, um ihre Geschichte anzuhören. Sicher hätte ich ihr helfen können.
Ich legte die Hefte in eine Schublade und schloß sie ein, denn niemand außer mir sollte sie zu Gesicht bekommen.
Dann versuchte ich, das Gelesene zu einem Ganzen zusammenzufügen, und fragte mich dabei, warum der Junge, der einen Teil ihrer Geschichte gekannt haben mußte, mir die Hefte gab. Sollte es eine Warnung sein? Es war merkwürdig mit ihm: Manchmal hielt ich ihn auch für einfältig wie die meisten Leute, dann wieder kam es mir so vor, als sei er besonders aufmerksam und empfindsam.
Silva verschwand in jener stürmischen Nacht. Zog er Vergleiche zwischen ihr und mir? Sie fuhr offenbar mit einem Boot hinaus, und das Boot kam ohne sie zurück. Alles würde sich vielleicht eines Tages wiederholen. Mit dem Namen *Ellen* auf den Planken des Bootes.
Sie war des öfteren aufs Festland gefahren, und jener Mann, dessen Namen sie nicht erwähnte, war nett zu ihr gewesen. Liebte sie. Er hatte es ja selbst gesagt. Sie gehörte bestimmt nicht zu jenen Menschen, die sich einbilden, daß sie jemand liebt. Es muß einem Mann wahrscheinlich sehr schwergefallen sein, sie davon zu überzeugen. Sie waren miteinander ausgeritten, kamen zu dem Gasthof, dort sagte er ihr wahrscheinlich, daß er sie liebe. Und doch war sie dann in einem Boot in den sicheren Tod gefahren.
Warum?
Aus Verzweiflung. Hatte sie, das ungewollte Kind, das nie geliebt worden war und plötzlich einen lieben Menschen fand, entdecken müssen, daß sie betrogen worden war? Hatte

sie diese Entdeckung nicht ertragen können? Oder verlockte sie jemand auf irgendeine Weise, da draußen ihr Leben zu lassen?

Jenifrys Gesichtsausdruck, als sie mich mit Michael Hydrock am Ufer gesehen hatte, stand mir plötzlich vor Augen. Gwennol liebte ihn, und Jenifry wollte den begehrenswertesten Junggesellen im ganzen Umkreis zum Schwiegersohn. Merkwürdig, daß Silvas Boot ohne sie zurückkehrte und daß ich in einem lecken Boot fuhr und mir einbildete, Zucker darin zu entdecken.

Ich fühlte mich plötzlich sehr unbehaglich.

3

Jago ruderte mich zur Vogelinsel hinüber.

»Seit dem Unfall bist du nicht mehr auf See gewesen«, sagte er. »Es ist mir aufgefallen.«

»Mir ist alles noch viel zu lebhaft vor Augen. Es gab Augenblicke des Schreckens – als ich plötzlich mein Ende nahen sah.«

»Arme Ellen! Aber bei mir hast du keine Angst?«

»Nein. Wenn wir umkippen sollten, bringst du mich bestimmt sicher an Land.«

»Ich hoffe nur«, sagte er ganz ernsthaft, »daß ich immer dasein werde, wenn du mich brauchst.«

Am Ufer half er mir aus dem Boot. »Erinnerst du dich noch ans letzte Mal?« sagte er.

»Ja, als wir den Maler vom blauen Felsen trafen.«

»Genau.«

»Ich habe inzwischen einige seiner Bilder auf dem Festland gesehen. Sie gefielen mir recht gut. Magst du sie auch?«

»Doch, ja. Ich glaube, er ist ein guter Maler. Ach, Ellen, gewöhnst du dich schon an das Leben hier? Hab' ich recht, daß es dir mehr und mehr gefällt?«

»Ich finde es recht interessant, vor allem jetzt, da ich alle Leute kennenlerne. Sie reden alle mit mir, und das finde ich schön. Vielleicht weil ich dadurch das Gefühl bekomme, dazuzugehören.«

»Du gehörst auch dazu!«

»Ja, vermutlich, aber ich bin doch erst so kurz hier und habe meinen Vater nie gekannt . . .« Ich runzelte die Stirn. »Er scheint ja nicht besonders beliebt gewesen zu sein.«

»Du meinst, weil deine Mutter ihn verlassen hatte? Weißt du, gleich als ich sie gesehen hatte, wußte ich, daß sie nie hierher passen würde. Sie wollte ein lustigeres Leben führen. Brauchte mehr Abwechslung.«

»Das hat sie bei meiner Großmutter aber auch nicht gehabt. Ich finde, mein Vater hat sich so unnatürlich wenig um seine Kinder gekümmert.«

»Er war sehr krank.«

»Ich weiß, er hatte einen Schlaganfall. Aber vorher hat er sie auch nicht mehr gemocht.«

»Er war schon lange krank. Gleich nachdem deine Mutter mit dir weggegangen ist, ging es ihm schlecht.«

»Da war ja noch meine Halbschwester da.«

»Silva war ein merkwürdiges Mädchen. Sie mochte er nie.«

»Und warum nicht?« Ich wollte ihm nicht sagen, daß ich die Tagebücher gelesen hatte. Es war ein Geheimnis zwischen dem Jungen und mir.

Er hob die Schultern. »Silva war ein schwieriges Kind. Keine der Gouvernanten blieb lang. Sie war launisch und wollte am liebsten allein gelassen werden. Oft lief sie einen ganzen Tag lang weg, und kein Mensch wußte, wo sie war. Aber was soll's, den ganzen Kram wieder aufzuwärmen. Ich will mit dir über die Zukunft reden.«

»Deine Zukunft?«

»Und deine. Denn ich hoffe, daß es eine gemeinsame Zukunft sein wird.« Ich sah ihn überrascht an. Er setzte sich näher zu mir. »Seit du hier bist, ist alles anders geworden. Selbst die Insel hat jetzt eine neue Bedeutung für mich. Ich habe sie immer geliebt, mich immer für sie eingesetzt, immer versucht, sie schöner und fruchtbarer zu machen, aber jetzt kommt mir alles noch viel bedeutender vor.«
Mein Herz klopfte plötzlich ganz wild. Ich hatte an seinem Benehmen schon gemerkt, wie es um sein Herz stand, aber nicht geglaubt, daß er seinen Gefühlen so weit Ausdruck geben würde.
»Du willst doch nicht etwa . . .«, fing ich an, wobei ich natürlich genau wußte, daß er sehr wohl wollte. Er schlang den Arm um meine Schulter und zog mich an sich. Zugleich legte er mir die Hand unters Kinn und hob meinen Kopf. Er sah mir ins Gesicht.
»Ellen, ich glaube, ich bin dir auch nicht ganz gleichgültig.«
»Das bist du wohl niemandem.«
»Du meinst, die Menschen können mich entweder hassen oder lieben. Welches von beiden tust du?«
»Natürlich hasse ich dich nicht.«
»Dann mußt du mich wohl lieben.«
»Das hast *du* gesagt, daß man entweder lieben oder hassen muß. Es gibt auch noch Dinge dazwischen. Halbe sozusagen.«
»Halbe Sachen sind nichts für mich.«
»Deswegen gibt es sie aber doch.«
»Ich liebe dich, Ellen, ich möchte, daß du mich heiratest. Und das so bald wie möglich. Ich möchte gleich das Aufgebot bestellen. Ich glaube, es muß drei Wochen vor der Hochzeit geschehen. Fahren wir gleich hinüber?« Er war aufgesprungen, ich blieb jedoch sitzen.
»Du gehst zu schnell vor. Vergiß nicht, ich war noch vor kurzem verlobt und hätte heiraten sollen. Ich kann so eine Ent-

scheidung nicht jetzt und hier treffen. Außerdem bin ich gar nicht so sicher, daß eine Heirat jetzt das Richtige wäre.«
Er starrte mich überrascht an. »Nicht das Richtige? Zwischen uns? Ellen, das meinst du doch nicht im Ernst.«
»Doch, das meine ich. Alles ist noch viel zu früh für mich. Voriges Jahr um diese Zeit hatte ich noch nicht einmal daran gedacht, *irgend jemanden* zu heiraten. Dann verlobte ich mich, und mein Verlobter wurde erschossen. Und jetzt willst du, daß ich dich in drei Wochen heirate.«
»Was soll diese Rechnerei mit Jahren und Wochen? Ich liebe dich, du liebst mich, warum sollten wir warten?«
»Weil ich meiner nicht sicher bin.«
»*Du* nicht sicher! Du weißt genau, wo du hin willst. Du bist doch nicht eine von diesen Jammergestalten, die sich vom Wind in jede Richtung blasen lassen.«
»Doch, bin ich. Ich habe Philip nicht geliebt.«
»Nein, das glaube ich dir. Aber das weißt du erst jetzt, da du erkennst, was Liebe ist.«
»Bitte hör mir endlich zu. Ich lasse mich in nichts hineinhetzen. Ich mag die Insel. Sie interessiert mich mehr und mehr. Aber ich habe nicht an Heirat gedacht, und das mußt du einfach akzeptieren. Ich lasse mich nicht drängen.«
Er kniete sich auf die Decke. »Du enttäuschst mich«, sagte er.
»Das tut mir wirklich leid, aber ich muß dir ehrlich sagen, was ich fühle.«
»Und was fühlst du?«
»Ich genieße deine Gesellschaft. Ich erfahre immer mehr über die Insel. Ich finde sie sogar ausgesprochen faszinierend.«
»Mich auch?«
»Ja, dich auch.«
»Aber du liebst mich nicht genug, um mich heiraten zu können?«
»Ich *kenne* dich noch nicht genug.«

»Du kennst mich nicht? Nach all dieser Zeit!«
»So lange ist das noch gar nicht.«
»Und ich dachte, du wüßtest alles über mich, was du wissen willst.«
»Ich glaube, man weiß nie alles, was man über einen anderen Menschen wissen möchte.«
»Jetzt wirst du auch noch tiefsinnig. Ich weiß genug für uns beide. Weiß, daß ich liebe. Daß mir nie jemand so viel bedeutet hat wie du und daß ich, bevor ich dich kennengelernt hatte, gar nicht richtig gelebt habe. Und du siehst immer noch nicht ein, daß unsere Heirat genau das Richtige für uns ist!«
»Warum?« fragte ich.
Er sah mich liebevoll an. »Du und ich bis ans Ende unserer Tage auf der Insel! Zusammen würden wir es in ein Paradies verwandeln!«
»Wenn zwei Menschen einander lieben, ist es doch egal, wo sie leben.«
»Natürlich. Aber zufällig leben wir eben auf der Insel.«
Ich erhob mich.
»Jago, ich danke dir sehr, aber . . .«
»Was willst du damit sagen – du dankst mir, aber . . .? Wozu für etwas danken, was mir, wie du sehr wohl weißt, seit Wochen im Kopf herumgeht?«
Er hielt mich plötzlich fest und drückte mich an sich. Unsere Gesichter waren dicht aneinander. Ich sah, wie die schweren Lider sich über seine Augen senkten, als wolle er mich nicht alles sehen lassen, was darunter zu erkennen war. Er küßte meine Lippen, und augenblicklich spürte ich, wie sich seine Leidenschaft auf mich übertrug. Bei Philip war es mir nie so ergangen.
Ich hörte eine Möwe über unseren Köpfen kreischen. Jago schien sie nicht zu bemerken.
Da riß ich mich los. »Nein«, sagte ich, »ich muß es erst bedenken. Es ist so vieles zu überlegen dabei. Alles, was damals in

London geschah, kommt jetzt wieder hoch. Ich kann es nicht einfach so vergessen.«

»Du wirst merken, daß alles zu deinem Besten geschah.«

»Zu Philips Bestem war es jedoch nicht.«

»Er ist tot. Lassen wir die Vergangenheit begraben sein. Du wirst doch nicht ewig trauern wollen.«

»Nein, sicher nicht. Wenn ich meiner Sache sicher bin, werde ich auch glücklich sein. Alles wird langsam verschwinden. Aber erst muß ich Sicherheit gewinnen. Vielleicht sollte ich dir einiges dazu erzählen. Als Philip mich bat, ihn zu heiraten, lag eine düstere Zukunft vor mir. Hätte ich wirklich darüber nachgedacht, würde sie mich sogar entsetzt haben. Irgendwie stellte ich mir aber immer vor, daß es gar nicht so weit kommen würde. Als Philip mir dann seinen Antrag machte, war es wie ein Wunder. Zu schön, um wahr zu sein. Erst nachher, ja schon kurz vor seinem Tod, fing ich an, Zweifel zu haben, und mein kindischer Glaube an das Glück wurde stark beeinträchtigt. Und jetzt bin ich hier. Fühle mich als Inselbewohnerin. Ja, das tue ich wirklich. Und habe deine Gesellschaft sehr genossen. Wenn wir einander nicht mehr sehen würden, wäre ich unglücklich. Trotzdem bin ich nicht sicher, ob das genügt. Gönn mir Zeit, Jago. Und auch wenn du es nicht begreifst, ich brauche sie. Laß uns noch eine Weile so weitermachen wie bisher. Wenn ich bei dir bin, glaube ich dich zu lieben, aber ich muß erst ganz sicher sein.«

Wir standen ganz eng beieinander, er hielt meine beiden Hände fest umfangen.

»Liebste Ellen«, sagte er, »ich tue alles, was du willst.«

»Ich danke dir, Jago. Bringst du mich jetzt zur Insel zurück? Ich möchte nachdenken.«

Er warf sich die Decke über einen Arm, den anderen schob er unter meinen.

Während wir zum Boot hinabstiegen, stimmten die Möwen ihren melancholischen Chor an.

Er ruderte mich zurück. Als wir die Burg betraten, sagte er zu mir: »Kommst du bitte noch in mein Zimmer? Ich möchte dir etwas geben.«

Ich ging mit ihm hinauf. Aus einer Schublade seines Schreibtisches holte er eine Halskette aus grob geschliffenen Steinen, die mit goldenen Kettengliedern aneinander befestigt waren.

Er hielt sie hoch. »Seit dreihundert Jahren in unserer Familie«, sagte er. »Die ›Inselkette‹. Schau dir die Steine an. Opale, Amethyste, Karneole und Achate. Alle auf der Insel gefunden. Wenn man zum richtigen Zeitpunkt am Ufer ist, kann man solche Steine dort finden, allerdings muß man gut danach suchen.«

Ich nahm die Kette in die Hand.

»Seit Jahrhunderten wird sie von Frauen unserer Familie getragen. Du wirst sie deiner Tochter geben, sie wieder ihrer, und so geht es weiter. Eine Kette durch Generationen. Und sie hat ihre Bedeutung, denn wer sie trägt, gehört zur Insel.«

»Dann ist es wohl zu früh für mich, sie zu tragen.«

»Keineswegs, Ellen.« Er nahm sie mir aus der Hand und legte sie um meinen Hals. Seine Hände verweilten, und als ich nach den Steinen griff, um sie zu betrachten, schloß er seine Finger um meine. »Und wie gut sie dir steht! Sieht aus, als ob sie genau am richtigen Platz wäre. Bitte trag sie doch, mir zu Gefallen.«

Ich zögerte, denn die Kette kam mir vor wie ein Verlobungsring. Ich konnte mich selbst nicht verstehen, denn meistens war ich mit meinen Entscheidungen doch recht schnell bei der Hand. Was empfand ich wirklich für Jago? Wenn ich die Insel verlassen müßte, würde ich dauernd an ihn denken. Ich würde traurig sein und mich nach seiner Gesellschaft sehnen. Ich wußte, es bedeutete mir mehr, mit ihm zusammen zu sein, als mit irgend jemand sonst. Und doch war ich nicht sicher, ihn wirklich zu kennen.

Ich verließ sein Zimmer und ging in meins hinauf. Öffnete gleich das Skizzenbuch meiner Mutter auf den Seiten mit meinen beiden Porträts. Zwei Menschen waren es. Ich hatte den freundlichen, schutzgebenden Jago oft erlebt. Den Vormund, der mich so warm willkommen hieß. Und der andere?
Dann blätterte ich zu Silvas Bildern um: Ach Silva, wieviel könntest du mir erzählen, wenn du nur hier wärest!
Ich blätterte weiter. Das Heft öffnete sich fast von alleine an der Stelle, die ich suchte. Das Zimmer – das einfache, gemütliche Zimmer. Und während ich noch die so genau meinem Traumbild nachgebildete Zeichnung betrachtete, überkam mich wieder dieses ungute Gefühl, an das ich mich aus meinen Träumen noch so gut erinnerte.
Ich sah zum Spiegel hinüber. Sah die Kette um meinen Hals liegen.
Wie wenig wußte ich doch, und wieviel mußte ich noch erfahren!

Das Testament

1

Am nächsten Morgen traf ich Gwennol allein am Frühstückstisch an. Sie lächelte mich freundlicher an als in den vergangenen Tagen, und ich hoffte, daß sie endlich eingesehen hatte, wie unbegründet ihre Eifersucht im Hinblick auf Michael war. Ganz besorgt fragte sie mich, ob ich mich vom Unfall auch wirklich erholt hätte.

»Wie entsetzlich das gewesen sein muß«, sagte sie, während sie sich Eier und Speck nahm. »Wahrscheinlich wirst du lange keine Lust mehr haben, allein rauszurudern.«

»Heute bin ich zum erstenmal wieder gefahren. Jago hat mich auf die Vogelinsel gebracht.«

»Bei ihm hast du dich ja sicher gefühlt, oder?«

»Ja, völlig. Ach, ich werde schon darüber hinwegkommen. Ich möchte nur wissen, was mit dem Boot passiert ist. Und ob es zurückkommt.«

»Sieht nicht danach aus. Wahrscheinlich ist es schon weit draußen auf dem Meer. Vielleicht wird es auch an der französischen Küste angeschwemmt.«

»Wäre doch interessant, das Leck zu untersuchen.«

»Im Grunde sind diese Boote doch recht schwach gebaut. Mich wundert es sowieso, daß die Menschen sich früher so etwas auf weiten Fahrten anvertraut haben.«

»Andernfalls wären sie wohl nie sehr weit gekommen.«

»Vor allem nicht hier auf unserer Insel.« Sie lachte. »Na ja, eines Tages wirst du sicher auch wieder allein hinausrudern.«
»Ja, sicher. Es ist doch sinnlos, etwas aufzugeben, nur weil einmal etwas passiert ist.«
»Ist übrigens ein schöner Tag heute. Nach dem Aufstehen sah ich schon, wie glatt die See ist.«
Ob sie mir damit klarmachen wollte, daß sie nach Hydrock fuhr und ich auf der Insel bleiben sollte?
Wir plauderten noch weiter, während wir frühstückten. Als wir dann in die Halle hinausgingen, rannte uns der Junge vom Hof entgegen. Er hatte einen Zettel in der Hand. Gwennol lief voraus. »Eine Botschaft für mich?« fragte sie begierig.
Er sah betreten drein. »Nein, Miß Gwennol, nicht für Sie.«
Sie sah bitter enttäuscht drein. Der Junge stand eine Weile unschlüssig neben ihr, dann sagte er: »Es wär für Miß Ellen.«
»Für mich?« Ich nahm den Zettel und las: »Fenwick gefunden. Bringe Sie heute vormittag vom Gasthof aus zu ihm. M. H.«
Fenwick gefunden! Ich spürte, wie mir das Blut in die Wangen stieg. Wenn Fenwick mir alles über meinen Vater erzählte! In der Aufregung über die Nachricht hatte ich Gwennol ganz vergessen. Ich fragte den Jungen: »Ruderst du mich bitte heute vormittag hinüber?«
»Ja, natürlich, Miß Ellen. In einer halben Stunde wär ich fertig.«
»Fein.« Ich wollte schon in mein Zimmer gehen, um mein Reitkleid anzuziehen, als ich innehielt. Sollte ich Gwennol von der Botschaft erzählen? Während ich noch überlegte, wandte sie sich um und ging hinein.
Vielleicht kann ich ihr später erklären, daß es keine übliche Einladung war. Jetzt war es ohnehin zu spät. Ich ging ins Zimmer hinauf und zog mich um.

Am Strand erwartete mich der Junge schon mit dem Boot. Kurze Zeit darauf waren wir auf See. »Du kannst dann deine Eltern besuchen. Wenn ich zurückkomme, ruderst du mich wieder hinüber, ja?«
Als wir den Gasthof betraten, kam mir Michael entgegen. »Ich habe bereits ein Pferd für Sie herrichten lassen, wir können also gleich losreiten. Oder wollen Sie erst eine Erfrischung zu sich nehmen?«
»Ich kann's gar nicht erwarten, Fenwick zu sehen.«
»Na gut, dann brechen wir eben gleich auf«, sagte er. »Es sind etwa zwölf Kilometer von hier. In der Nähe der Sümpfe. Sind Sie soweit?«
Seite an Seite ritten wir aus dem Hof. Was für ein schöner, leicht frostiger Morgen – eine Seltenheit in dieser Gegend. Die Wintersonne beschien die dünne Eisschicht der Pfützen an den Wegrändern – es hatte am Tag davor geregnet. Die kahlen Äste der Bäume streckten sich wie flehend dem Himmel entgegen. Oft schon hatte ich mir gedacht, daß die Bäume im Winter eigentlich schöner aussahen als im Sommer. Die Nadeln der Fichten und Tannen glitzerten hell – mir war, als sei ich auf Entdeckungsreise.
»Es war nicht einfach, ihn zu finden«, sagte Michael. »Offenbar will der Mann nicht in seiner Ruhe gestört werden. Er hat mir aber versprochen, sich mit Ihnen zu unterhalten.«
»Sie haben ihn also von meinem Kommen erzählt?«
»Das hielt ich für notwendig.«
»Da haben Sie auch ganz recht. Ich bin so froh, daß er mich empfangen will.«
Das Meer war nun ein gutes Stück hinter uns. Vor uns lag steiniger Boden, und man ahnte schon die Sümpfe dahinter. Und dann kamen wir in die ganze Pracht der Moorlandschaft. Die festgefrorenen Bächlein glitzerten im Sonnenschein – vor wenigen Tagen war das Wasser noch munter über die Steine gesprungen.

Wir ritten um die sumpfigen Stellen herum und erreichten schon bald unser Ziel, das Dörfchen Karem.
»Hier ist es«, sagte Michael. »Fenwick wohnt im sogenannten Sumpfhäuschen.«
Ein hübscher Garten lag davor. Es schien, als sei er erst vor kurzem angelegt worden. Auch das Häuschen sah entzükkend aus. Efeu kletterte die Mauern hoch, ein kleines Faß stand daneben, um das Regenwasser aufzufangen. Ein gepflasterter Weg führte von der Straße zum Häuschen.
Wir banden die Pferde an Pfähle, und Michael führte mich zum Haus. Wir klopften, und ein mittelgroßer, sehr ordentlich gekleideter Mann öffnete.
»Mr. Fenwick«, sagte Michael, »ich bringe Ihnen hier Miß Kellaway.«
»Bitte treten Sie ein«, sagte Fenwick. »Ich höre, Sie wollen mit mir sprechen, Miß Kellaway.«
»Ja, sehr gerne. Und ich bin Ihnen sehr dankbar, daß Sie mich empfangen.«
»Das ist doch selbstverständlich.«
Michael erklärte, er habe in der Gegend zu tun, und er würde die Gelegenheit gerne wahrnehmen. Ob er mich in einer Stunde wieder abholen dürfe?
Fenwick war ebenso klar wie mir, daß Michael mit seinen unfehlbar guten Manieren uns damit zu verstehen geben wollte, daß er uns bei dem sicher sehr privaten Gespräch allein lassen wollte.
Fenwick brachte mich in ein kleines Zimmer, in dem ein Kaminfeuer brannte. Es hing viel Messingzeug an den Wänden, alles glänzend geputzt. Überhaupt hatte man den Eindruck, daß hier überall vollkommene Sauberkeit herrschte.
»Setzen Sie sich bitte, Miß Kellaway«, sagte er. »Am besten neben das Feuer. Es ist heute ganz schön kalt draußen.«
Ich setzte mich, er nahm sich einen Stuhl mir gegenüber.
»Was kann ich nun für Sie tun?« fragte er.

»Ich glaube, daß Sie mir eine ganze Menge erzählen können. Ich bin doch erst kürzlich auf die Insel gekommen und hatte vorher gar nichts von ihr gewußt.«
Er nickte. »Ich war ja lange bei Ihrem Vater beschäftigt, so daß mir die Geschichte wohlvertraut ist.«
»Sie kannten also auch meine Mutter?«
»Ja, und auch die erste Frau Ihres Vaters.«
»Und auch meine Halbschwester?«
»Allerdings.«
»Was für ein Mensch war mein Vater?«
Er zögerte.
»Sie kannten ihn doch gut.«
»Ich war jedenfalls bei ihm angestellt und hatte bis zu einem gewissen Grad sein Vertrauen.«
»Dann müssen Sie ihn besser als jeder sonst in der Burg gekannt haben. Können Sie mir sagen, warum er so gleichgültig gegenüber seiner Familie war? Gegenüber meiner Halbschwester, meiner Mutter und mir.«
»Er war nicht gleichgültig gegenüber Ihrer Mutter und Ihnen, zumindest nicht so lange, bis sie weglief.«
»Aber warum verließ sie ihn denn?«
»Sie konnte sich auf der Insel nicht eingewöhnen. Sie versuchte immer, wegzukommen. Versuchte, ihn zu überreden, woanders hinzugehen. Aber das tat er nicht. Er sagte, er habe der Insel gegenüber seine Verpflichtungen.«
»Aber als sie ihn verließ, war es ihm egal.«
»Keineswegs. Sie hatte es schon früher versucht, aber er konnte sie immer aufhalten. Er gab sogar Befehl, daß kein Boot ohne seine Erlaubnis die Insel verlassen dürfe. Wie sie wegkam, erfuhren wir nie.«
»Dann muß ihr also jemand geholfen haben.«
»Ja, aber wir haben nie herausgefunden, wer.«
»Und meine Halbschwester, was wissen Sie von ihr?«
»Ein merkwürdiges Mädchen, das viel Ärger machte.«

»Das habe ich schon gehört. Warum tat sie das?«
»Ich glaube, das war ihre Natur.«
»Hat er gar nicht versucht, ihr zu helfen? Sie glücklich zu machen? Schließlich war sie ja seine Tochter.«
Fenwick machte eine Pause. Er schien zu überlegen, ob er mir das Weitere erzählen dürfe.
Da drängte ich ihn: »Es ist doch *meine* Familie! Wir sprechen von *meinem* Vater. Wenn es irgendein Geheimnis in der Familie gibt, dann sollte ich es doch erfahren.«
Da sagte er: »Ihr Vater war nicht sicher, ob sie überhaupt seine Tochter sei.«
»Nicht sicher?«
»Offiziell war sie es. Aber seine erste Frau Effie ist ihm untreu gewesen. Als die Dinge nicht mehr gut liefen. Er fuhr plötzlich weg. War Monate außer Haus. Silva wurde sieben Monate nach der Rückkehr von seiner letzten Reise geboren. Ein völlig wohlgeformtes Kind, von dem man glaubte, es sei ein Sieben-Monats-Baby. Später meinten die Leute, daher käme auch ihre merkwürdige Art. Ob es so war oder nicht, blieb unklar. Fest stand jedenfalls, daß ihre Mutter einen Liebhaber hatte, und er dachte, Silva sei die Frucht dieser Verbindung. Ihr Vater war ein unversöhnlicher Mann. Er selbst hatte sehr strenge Moralvorstellungen, und alle, die sich nicht daran hielten, waren für ihn Verbrecher. Sie gab allerdings nie zu, daß das Kind die Frucht dieser Liebe war, und so konnte Ihr Vater den Verdacht niemals erhärten. Der Anblick dieses Kindes weckte aber jedesmal Mißtrauen in ihm, und er konnte ihn nicht ertragen. Effie starb an Lungenentzündung, als das Kind noch sehr klein war. Sie hatte nie sehr auf ihre eigene Gesundheit geachtet. Sie war sehr unglücklich, aber um Silva kümmerte sie sich stets.«
»Arme Silva! Hatte mein Vater nicht eingesehen, daß sie gar nichts dafür konnte?«
»Natürlich begriff er das«, sagte Fenwick, »aber er wollte sie

trotzdem nicht sehen. Er sagte immer: ›Haltet mir das Kind vom Leib.‹«

»Und das wußte sie!« rief ich. »Es machte ihr Leben kaputt. Das war grausam von ihm.«

»Von sich selbst überzeugte Menschen sind oft grausam, Miß Kellaway.«

»Er hat also dann meine Mutter geheiratet. Wie lebten die beiden zusammen?«

»Er hatte sich einiges von dieser Verbindung erhofft. Ihre Mutter lernte er auf einer Geschäftsreise in London kennen. Und als er sie auf die Insel mitbrachte, schien er eine Weile lang verändert zu sein. Sie fühlte sich jedoch von der Welt abgeschnitten und unglücklich. Die beiden paßten nicht zusammen. Und ich glaube, er war sehr traurig, als er einsah, daß er erneut einen Fehler begangen hatte. Eigentlich eignete er sich nicht zum Ehemann. Er war zu jähzornig, erwartete zuviel. Auch auf der Insel. Er war bei den Leuten nicht beliebt. War viel zu streng. Er hielt sich für gerecht – das war er wohl auch –, aber die Leute wollen auch ein bißchen menschlich miteinander verkehren. Wenn sie das haben, vergessen sie leicht einmal eine Ungerechtigkeit. Die Insel ist jetzt viel glücklicher, und alles gedeiht auch viel besser als zu Zeiten Ihres Vaters.«

»Jago ist auch mit Leib und Seele dabei«, sagte ich.

»Er ist sehr ehrgeizig, und in gewisser Weise ist er besser für diese Aufgabe geeignet als Ihr Vater. Deswegen überließ es ihm Ihr Vater dann auch, denn er fühlte das selbst. Oft gab es Spannungen zwischen ihnen. Jago fühlte sich dieser Aufgabe so gewachsen – was er ja auch bewiesen hat –, daß es wohl zu verstehen ist, wenn er ein wenig verbittert darüber ist, nur zum illegitimen Teil der Familie zu gehören.«

»Meinem Vater muß das wohl bewußt gewesen sein, denn er hat ihm ja dann alles übergeben.«

Fenwick sah mich ungläubig an.

»Aber Sie müssen doch inzwischen schon den Inhalt des Testaments kennen?«
»Meines Vaters Testament, meinen Sie?«
»Aber sicher. Sie sind doch die Erbin der Insel! Ich weiß, wie alt Sie sind, ich erinnere mich noch an das Jahr, in dem Sie geboren wurden. Nächstes Jahr sind Sie einundzwanzig, dann können Sie Ihr Erbe antreten.«
»Mein *Erbe?«*
»Gewiß doch. Ihr Vater hatte ein starkes Gerechtigkeitsgefühl. *Sie* waren seine Tochter. Davon war er so überzeugt, wie er es bei Ihrer Halbschwester nicht sein konnte. Jago sollte das Gut bis zu Ihrem einundzwanzigsten Geburtstag verwalten. Falls Sie starben, würde Ihre Halbschwester – denn ganz sicher war er sich natürlich bei seinem Verdacht nicht – alles erben. Falls Sie beide ohne Erben sterben, bekommt Jago alles. Jago hat also die Insel nur bis zu Ihrem einundzwanzigsten Geburtstag in der Hand.«
Ich war völlig überrascht.
Wie oft hatte ich mich als arme Verwandte gesehen, und dabei war ich die ganze Zeit über eine reiche Erbin gewesen.
»Ihr Vater war sehr reich, Miß Kellaway. Sein ganzes Vermögen steckt zwar in der Insel, aber bei den Preisen, die man heute für Land zahlt, und bei den guten Erträgen auf der Insel – besonders in den letzten Jahren –, erben Sie etwa eine Million Pfund.«
»Ich . . . eine Millionärin? Das ist ja phantastisch!« rief ich. »Sind Sie ganz sicher, daß das stimmt? Ich habe bis jetzt noch nichts davon gehört.«
»Das überrascht mich aber. Ich war sicher, daß Jago Sie nach Ihrer Ankunft auf der Insel darüber informiert hat. Ich dachte, Sie seien deswegen gekommen.«
»Ich wußte nichts davon. Ich wurde eingeladen, weil ich in London etwas sehr Tragisches erlebt hatte.«

Er nickte. »Ja, ich weiß. Es stand in der Zeitung. Eine ungewöhnliche Geschichte.«

»Und Sie sind ganz sicher, daß Sie sich nicht irren?«

»Ganz sicher. Und es würde mich sehr überraschen, wenn es nicht stimmte. Ihr Vater sprach nämlich sehr oft mit mir über diese Dinge. Ich war ja sein Sekretär, habe mich immer um seine persönlichen Dinge gekümmert. Er vertraute mir. Wir waren von gleicher Art, ich verstand ihn. Er war unglücklich darüber, Sie nach Ihrem dritten Lebensjahr nicht mehr gesehen zu haben. Nach seinem Tod sollten Sie aber die Insel kennenlernen und alles darüber erfahren. Und er hoffte sehr, daß Sie sie liebgewinnen werden. Er wußte, wie sehr Jago daran hing und daß die Insel bei ihm in guten Händen lag. Und er hoffte auch, daß Ihnen klar sein würde, wie notwendig Jago für die Insel und auch für Sie sein würde. ›Sicher wird sie einmal heiraten‹, sagte er. ›Und vielleicht kann ihr Mann dann alles für die Insel tun, was Jago jetzt tut. Aber das muß sie selbst entscheiden.‹«

Ich war sprachlos. Das rückte alles, was bisher passiert war, in ein anderes Licht. Ich, die Erbin der Insel!

Ich – Millionärin an meinem einundzwanzigsten Geburtstag. Also in wenigen Monaten!

Nach einer Weile sagte ich: »Da kam ich her, um etwas über meinen Vater und Silva zu hören, und erfahre statt dessen dies!«

»Mich wundert es ohnehin sehr, daß Sie das nicht schon längst wußten.«

»Ich hielt mich für Jagos Gast. Ich war sicher, daß er der Herr der Insel ist. Vielleicht haben Sie doch unrecht.«

»Möglich wäre es natürlich. Ich gebe Ihnen die Adresse des Anwalts Ihres Vaters. Suchen Sie ihn doch auf und fragen Sie ihn.«

»Wenn das alles stimmt, hätte er mich doch eigentlich verständigen müssen.«

»Ja, vielleicht hat er Sie ohnehin schon gesucht. Wir wußten ja erst seit den Zeitungsberichten über Ihre Verlobung, wo sie wohnten.«

»Meine Mutter ist damals zu ihrer Mutter gezogen, und nach ihrem Tod kam ich zu einer ihrer Kusinen. So schwierig war es also wohl nicht, mich zu finden.«

»Das sieht vielleicht für Sie so aus. Aber Ihr Vater starb ja erst vor einem Jahr, und die Mühlen des Gesetzes mahlen – wie die Mühlen Gottes – eben etwas langsam.«

»Ich bin ganz durcheinander wegen dieser Neuigkeit.«

»Das kann ich gut verstehen – bei solch einem Erbe!«

»Ich meine nicht die Größe . . . natürlich muß ich mir auch darüber klarwerden, was das alles bedeutet. Ich meine jetzt nur die Tatsache, daß ich gar nichts davon wußte.«

Er sah mich mit listigem Blick an.

»Vielleicht hatte Jago seine Gründe dafür, Ihnen bisher überhaupt nichts zu sagen.«

Ich fühlte, wie ich rot wurde. Ich sah mich mit Jago auf der Vogelinsel stehen und dachte an seine Küsse. Natürlich wollte er mich heiraten. Die Insel gehörte mir, und er liebte sie wohl mit einer Leidenschaft, die er für niemanden und nichts sonst empfinden mochte.

Verletzt und verwirrt war ich und doch froh, hierhergekommen zu sein. Wie gut, daß ich diesen Mr. Fenwick unbedingt sprechen wollte. Er hatte mir mehr erzählt, als ich erwarten durfte.

Er hatte sich erhoben und war zu seinem Schreibtisch in der Zimmerecke gegangen. Er setzte sich daran und schrieb die Adresse der Anwaltsfirma auf einen Zettel.

»Suchen Sie die Herren doch einmal auf«, meinte er. »Falls sie schon versucht haben, Sie zu erreichen, werden sie froh sein. Sie werden Ihnen alles, was ich berichtet habe, bestätigen – oder es bestreiten. Ich kann nur sagen, daß Ihr Vater seine Absichten sehr gründlich mit mir besprach und daß die

Anwälte ihn etwa ein Jahr vor seinem Tod einmal in der Burg besucht haben.«

»Merkwürdig, daß er selbst mich nicht zu finden versuchte, nachdem er ein solches Testament aufgesetzt hatte.«

»Er sagte damals, daß er in seinem Zustand sein Leben nicht noch komplizieren wolle.«

»Wann verschwand Silva?«

»Wenige Monate vor seinem Tod.«

»Machte es ihm eigentlich nichts aus?«

»Er hat sich nicht darüber geäußert.«

»Wie grausam er doch zu ihr war!«

»Sie erinnerte ihn eben immer an die Untreue ihrer Mutter. Wäre sie anders gewesen, attraktiver, normaler, hätte er sie vielleicht ein bißchen gemocht. Er fragte mich oft, warum er sich eigentlich mit ihr beschäftigen solle. Einmal sagte er zu mir, nur die Angst vor einem Skandal würde ihn dazu bringen, sie auf der Burg zu behalten.«

»Wußte Silva, daß er Zweifel an seiner Vaterschaft hatte?«

»Ich glaube nicht; das wußten überhaupt wenige Leute. Ich natürlich, weil er mir viel anvertraute. Er war zu stolz, um mit anderen über seine Zweifel zu sprechen.«

»Wenn sie doch noch da wäre! Ich hätte sie so gerne gekannt.«

»Sie war immer ungebärdig. Einmal drohte sie uns, sich von den Burgzinnen hinunterzustürzen. Die damalige Gouvernante sagte nur: ›Na schön, tu's doch.‹ Und da überlegte sie es sich. Nach diesem Vorfall nahm niemand mehr ihre Drohungen ernst. Vermutlich war die Bootsfahrt auch nur so eine Geste, mit der sie die Leute alarmieren wollte. Und es ist dann schiefgegangen. Mit dem Meer kann man sich eben nicht solche Scherze erlauben.«

»Ihre Leiche wurde aber nie gefunden, nur das Boot kam zurück.«

»Offensichtlich ertrank sie.«

»Eigenartig, daß ihre Leiche nirgends angeschwemmt wurde.«
»Das ist nicht immer der Fall. Es gibt bestimmt Hunderte von Ertrunkenen, deren Leichen nie gefunden wurden.«
»Was für ein trauriges, tragisches Leben! Es ist wirklich, als würden die Sünden der Väter an den Kindern gerächt. Ich bin Ihnen sehr dankbar, Mr. Fenwick. Sie haben mir viel mehr erzählt, als ich je zu entdecken hoffte.«
Ich versprach ihm, mich noch am selben Tag bei den Anwälten zu melden, wenn es sich irgendwie machen ließ, und ging.
Als ich Michael die Adresse zeigte, brachte er mich sofort dorthin. Es war eine kleine Stadt, zu der wir auf unserem Heimweg nur einen kleinen Umweg machen mußten.
Und im Büro von Merry, Fair und Dunn erfuhr ich dann, daß ich tatsächlich die Erbin eines immensen Vermögens war, das ich an meinem einundzwanzigsten Geburtstag bekommen sollte. Bis zu diesem Tag würde es von Jago Kellaway verwaltet, und mein Vater hatte mir den Rat hinterlassen, ihn auch weiterhin in dieser Position zu belassen.
Da war aber noch etwas. Es stimmte, daß Silva Kellaway die Insel erben sollte, falls ich ohne Erben starb. Da sie nun zweifellos nicht mehr lebte, war Jago Kellaway nach mir der nächste Anwärter auf den Inselthron.
Diese Neuigkeit hatte schon beim erstenmal in mir Alarm ausgelöst. Nur wollte ich partout nicht darauf hören.

2

Ich brannte darauf, Jago gegenüberzutreten. Ich mußte wissen, was er darauf antworten würde, wenn er hörte, was ich entdeckt hatte. Ich wollte sehen, welche Entschuldigungen er dafür vorbringen würde, daß er mich nicht selbst aufgeklärt hatte. Ich war noch immer recht verwirrt, und komischerweise dachte ich nicht so sehr daran, wie reich ich war, sondern daß Jago es mir nicht gesagt hatte, und vor allem, daß im Falle meines Todes, da Silva ohnehin für tot gehalten wurde, alles ihm gehören würde.

Leider traf ich ihn bei meiner Rückkehr nicht in der Burg an. Jenifry sagte, er käme erst zum Abendessen. Voll Ungeduld ging ich in mein Zimmer hinauf. Ich wusch mich und zog mich um, aber es war noch zu früh, um zum Essen hinunterzugehen. Ich setzte mich hin und blätterte nervös das Skizzenbuch durch. Kam natürlich auch wieder an die zwei Bilder von Jago.

Immer wieder mußte ich an den Augenblick denken, als ich das Loch im Boot entdeckte, durch das langsam Wasser eindrang. *Er* hatte mir die *Ellen* gegeben. »Du mußt ein eigenes Boot haben«, hatte er gesagt und mir stolz das kleine Fahrzeug mit meinem Namen darauf gezeigt. Wie ich mich gefreut hatte! Nicht nur über das Boot, sondern weil *er* mir das Boot schenkte. Warum mußte ich an all das jetzt denken?

Ich hörte wieder die kühle Stimme des Anwalts: »Falls Sie ohne Erben sterben, geht der Besitz an Jago Kellaway.«

Lange Schatten lagen im Zimmer. Etwas Bedrohliches hatte sich eingeschlichen oder war vielleicht immer schon dagewesen. Endlich war es Zeit zum Abendessen. Klopfenden Herzens ging ich hinunter.

»Hattest du einen schönen Tag?« fragte mich Jago.

»Ja, danke, es war sehr interessant.«

Gwennol beobachtete mich mit kaltem und hartem Blick; sie war offenbar überzeugt, daß ich mit Michael zusammen gewesen war.

»Ich war auf dem Festland«, sagte ich.

»Was, unsere Insel schon wieder im Stich gelassen?«

Unsere Insel, dachte ich, du meinst wohl *meine.* Zumindest wird sie das bald sein . . . oder sollte es . . . in wenigen Monaten.

Ich konnte es kaum erwarten, mit ihm zu reden. Wie lange die Mahlzeit mir erschien! Wie schwierig es war, Konversation zu machen, während ich nur an eines dachte!

Als wir endlich fertig waren, sagte ich sofort: »Jago, ich möchte dich sprechen.«

Neugierig blickte er auf. Ob er dachte, ich hätte mich zu einer Entscheidung durchgerungen? Nach seiner Denkungsart konnte das nur heißen, daß ich ihn jetzt doch heiraten wollte. Er konnte sich wohl nicht vorstellen, jemals der Verlierer zu sein.

Und dann stand ich ihm in seinem Arbeitszimmer gegenüber und kam gleich zur Sache.

»Ich habe heute eine außerordentliche Entdeckung gemacht. Es war ein richtiger Schock für mich, zu erfahren, daß ich eine reiche Erbin bin.«

Das schien ihn gar nicht zu erschüttern: »Es war klar, daß du das früher oder später entdecken würdest«, sagte er leichthin.

»Und warum hast du mir nichts davon gesagt?«

»Weil du es noch rechtzeitig erfahren würdest.«

»Ich hatte aber ein Recht, es zu wissen.«

»Es war wohl besser, daß du es noch nicht wußtest.«

»Nach wessen Meinung?«

»Meiner natürlich.«

»Ich fühle mich . . . hintergangen.«

»Meine liebe Ellen, was soll denn *das* heißen? Niemand wird dich je hintergehen, solange ich bei dir bin.«

»Du hast mir gesagt, daß dich mein Vater bis zu meinem einundzwanzigsten Geburtstag zu meinem Vormund ernannt hat.«

»Das stimmt auch.«

»Aber du hast mir nicht gesagt, was dann passieren würde.«
»Das sollte eben eine Überraschung werden.«
»Die Sache gefällt mir aber nicht.«
»Es gefällt dir nicht, eine Insel zu erben?«
»Es gefällt mir nicht, absichtlich im dunkeln gehalten zu werden. Würdest du mir bitte die Sache erklären?«
»Ich dachte, du wüßtest jetzt Bescheid? Wer hat es dir denn gesagt?«
»Ich habe den Sekretär meines Vaters aufgesucht. Er gab mir die Adresse der Anwälte. Mr. Dunn hat mir dann das Testament erklärt.«
»Nun, dann weißt du ja alles. Und wie hast du Fenwick gefunden?«
»Michael Hydrock hat ihn für mich ausfindig gemacht.«
»Ach ja? Ist er an deinem Erbe interessiert?«
»Was willst du damit sagen?«
»Daß er für eine Bitte von dir ziemlich viel Mühe auf sich nimmt.«
»Es war eine freundliche Geste. Du wirst doch nicht etwa behaupten, daß er an meinem Erbe interessiert ist! Soviel ich weiß, ist er sehr reich. An meinem Besitz dürfte er wohl kaum interessiert sein.«
»Da würde ich nicht so sicher sein. Leute, die reich erscheinen, müssen noch lange kein Geld haben. Je reicher einer ist, um so mehr Schulden kann er haben.«
Ich dachte: Er will mich ablenken. Greift mich an, anstatt in die Defensive zu gehen – wie ich es allerdings von ihm hätte erwarten können.
»Als du nach London kamst, wußtest du das alles schon!«
»Ellen, sei doch nicht so dramatisch! Dein Vater ist erst vor kurzem gestorben. Die Formalitäten sind immer noch nicht erledigt. Ich wurde zu deinem Vormund ernannt, darum nahm ich die Dinge in meine Hände. Ich wollte dich kennenlernen und mir den Mann ansehen, den du heiraten wolltest.

Sein Tod hat es mir ermöglicht, dich herzubitten. Ich wollte, daß du die Insel siehst, sie kennenlernst und liebst, ehe du wußtest, daß sie eines Tages dir gehören würde.«

»Warum?«

»Wenn du gehört hättest, daß du eine weit entfernt liegende Insel geerbt hast, die einen großen Verkaufswert darstellt, was hättest du dann wohl getan?«

»Ich hätte sie mir natürlich erst mal angesehen.«

»Und dann wahrscheinlich gleich verkauft. Irgendein Unbekannter hätte die Kellaway-Insel kaufen können, und das wollte ich nicht riskieren. Ich wollte dich herkommen lassen, damit du sie dir selber ansiehst, sie liebenlernst, ohne noch vom Testament deines Vaters zu wissen.«

»Und dich heiraten, ehe ich es wußte«, ergänzte ich.

»Das hat mit uns beiden gar nichts zu tun. Außer, daß es für dich praktischer sein würde, mich dabei zu haben, und wir die Insel zusammen noch schöner machen könnten, als sie schon ist.«

Ich blickte ihn unverwandt an. Was verbarg mir sein Blick? Wie elend mir zumute war! Jetzt, da ich ihm nicht mehr vertrauen konnte und mir gleichzeitig immer klarer wurde, wie langweilig und sinnlos mein Leben – egal, was er getan hatte – ohne ihn wäre. »Ach, Jago«, begann ich, und da kam er schon auf mich zu, nahm mich in die Arme und drückte mich so eng an sich, daß ich meinte, meine Knochen würden allesamt brechen.

Seine Lippen waren auf meinem Haar. »Mach dir keine Gedanken, Ellen. Ich bin doch für dich da. Bei mir brauchst du dich vor nichts zu fürchten.«

Ich löste mich von ihm.

»Es war alles so unnötig«, sagte ich. »Warum so geheimnisvoll? Wieso kamst du nach London, ohne zu sagen, wer du bist? Und dann noch in das Haus am Finlay Square. Warum?«

»Ich wollte dich sehen ... dich kennenlernen, ehe du wußtest, wer ich war.«
»Ich kann keinen Grund dafür entdecken«, sagte ich.
»Ich wollte herausfinden, in welche Familie du da hineinheiratest. Und was wäre geschehen, wenn ich mich dir vorgestellt hätte? Du hättest mich *ihnen* vorgestellt. Und *sie* sollten aber nicht wissen, daß ich da war, denn ich zog Erkundigungen über sie ein.«
»Über die Carringtons? Die sind nicht nur in England bekannt, sondern weltweit.«
»Genau. Und wieso haben sie sich dann so über die Ehe ihres Sohnes mit einem Mädchen gefreut, das offensichtlich keinen Pfennig besaß?«
»Sie hatten so viel Geld, daß das für sie bedeutungslos war.«
»Jetzt hör mal zu. Geld ist bei den Carringtons das Allerwichtigste und nicht mehr allzu reichlich vorhanden. Ich glaube, daß sie von deinem Erbe wußten und sich deshalb für dich so begeisterten. Sie wollten das Geld haben. Die Insel wäre verkauft worden, und mit diesem Geld hätte man das Reich der Carringtons sehr bequem wieder stützen können.«
»Das ist doch eine bloße Einbildung von dir.«
»Nein. Die Dinge sind nämlich oft nicht so, wie sie zuweilen scheinen. Sicher, ich liebe diese Insel, und ich will nicht, daß sie jemand Fremdes übernimmt. Es war eine große Freude für mich, dich kennenzulernen und mich auf der Stelle in dich zu verlieben.«
»Wäre ich nicht Erbin der Insel gewesen, so hättest du wohl weniger Freude an mir gehabt.«
»Ich wollte vor allem *dich* für mich haben und hätte dann sicher auch eine Möglichkeit gefunden, die Insel zu behalten.«
Meine Vernunft befahl mir, ihm nicht zu glauben. Aber meine Vernunft hatte nichts zu sagen gegen die Anziehungskraft, die jetzt so stark wie eh und je war.

»Jetzt wirst du die Insel mit anderen Augen sehen. Ich werde dich in die Buchhaltung einführen. Die Archive gehen Hunderte von Jahren zurück! Es wird dich faszinieren. Wir werden zusammen arbeiten, werden Kinder haben, die mit der gleichen Liebe zur Insel aufgezogen werden.«

»Nicht so schnell, bitte. Ich habe noch nicht gesagt, daß ich dich heiraten werde.«

»Das ist doch pervers, du weißt genausogut wie ich, daß du es tun wirst.«

»Manchmal kommt es mir so vor, als würdest du dich nicht mehr für einen Menschen, sondern für einen Gott halten.«

»Ich finde es gar nicht so schlecht, eine gute Meinung von sich zu haben. Wenn man sie nicht selber hat, dann haben sie andere bestimmt auch nicht. Wo ist übrigens die Halskette?«

»In meinem Zimmer.«

»Warum trägst du sie nicht?«

»Der Verschluß ist nicht fest. Ich muß ihn reparieren lassen.«

»Ich sehe dich so gerne damit.«

»Ich werde sie schon tragen«, sagte ich. Und dachte gleichzeitig, wie schwach ich doch gegen ihn war, wo ich mir doch stets so stark und selbständig vorgekommen war. Ich war hergekommen, ihn zur Rede zu stellen, und er hatte sich mit einer Erklärung, die ich unter anderen Umständen als nicht plausibel abgelehnt hätte, aus seiner schwierigen Situation herausgeredet.

Was war mit mir geschehen? Ich *wollte* akzeptieren, was er sagte, wollte bei ihm sein.

Sowie ich wieder alleine war, würde es anders sein. Ich behauptete, müde zu sein. Es wäre ja ein langer Tag gewesen. Er drückte mich noch einmal an sich und wollte mich nicht loslassen.

Schließlich sagte er: »Gute Nacht, liebste Ellen. Hab keine Angst vor deinen Gefühlen. Das hätte ich mir bei dir nie gedacht. Hab doch keine Angst zu lieben! Es wird herrlich sein, das verspreche ich dir.«

Ich sagte ihm gute Nacht und ging dann sofort in mein Zimmer hinauf. Gleich überfielen mich wieder meine unguten Gefühle.

Ich hörte, wie der Wind stärker wurde, stieg aus dem Bett und ging zum Fenster. Ich sah auf das Meer hinaus. Im Licht der Sterne konnte man das Wasser gerade noch erkennen. Die Wellen fingen gerade wieder an, ihre weißen Schaumkronen zu bekommen. Konnte ich ihm glauben? War es möglich, daß die Carringtons über mein Erbe informiert waren? Philip bestimmt nicht. Ihm traute ich das nie und nimmer zu. Die anderen hatten mich fast zu eifrig akzeptiert, das stimmte. Aber Philip war bestimmt schuldlos. Hatte seine kluge Familie ihn als Lockvogel benützt?

Was Wunder, daß ich in jener Nacht wieder den Traum hatte. Ich war in dem Zimmer, und nun war es noch vertrauter, da ich es so oft im Skizzenbuch meiner Mutter gesehen hatte. Ich hörte die flüsternden Stimmen, mein Blick war auf die Tür gerichtet. Sie öffnete sich langsam, und wieder überkam mich das entsetzliche Gefühl, daß jenseits der Tür mein Schicksal lag.

3

Am nächsten Tag ging ich Jago aus dem Weg; ich sagte ihm, daß ich meine Gedanken noch einmal allein ordnen müßte. Die kühle, praktische Seite meines Lebens sollte wieder Oberhand bekommen, und ich wollte die Dinge so einschätzen, wie es ein von Gefühlen unabhängiger Außenstehender tun würde.

Ich zog Bilanz. Er kam nach London, ohne sich zu erkennen

zu geben. Kam ins Haus am Finlay Square. Lud mich nach Philips Tod ein. Alles ganz logisch. Aber warum sagte er mir nicht, daß ich die Erbin der Insel war? Vielleicht fürchtete er wirklich nur, daß ich sie verkaufte, wollte, daß ich die Insel liebenlernte. Und er hatte nicht gesagt, wer er war, damit die Carringtons es nicht erfuhren. Jetzt, da er mich nicht so liebevoll und ernsthaft ansehen konnte, wirkte das alles wenig glaubhaft. Er hatte mich angeblich aus Liebe zu mir gebeten, ihn zu heiraten. Aber wieviel davon war Liebe zur Insel? Und dann bekam wieder die verliebte Ellen die Oberhand, denn daß ich in diesem Zustand war, meinte ich jetzt fest zu wissen. Er tut eben gerne verrückte Dinge. Kann es nicht ausstehen, wie ein sogenannter normaler Mensch zu handeln. Er wollte mich sehen und kam zum Finlay Square, weil es ihn interessierte, was für ein Haus wir uns da anschafften, vor allem aber, um alleine mit mir reden zu können. Rollo kam dazu und störte uns. Als Philip tot war, bat er mich auf die Insel, was ja schließlich nur natürlich war. Und daß ein Mädchen, das hauptsächlich in London gewohnt hatte, eine weit entfernte Insel, die sie erbte, baldmöglich verkaufen würde, stimmte auch. Ebenso aber stimmte es, daß ich mein Erbe liebgewonnen hatte. Es war mir ans Herz gewachsen.

Ja, ja, sagte die verliebte Ellen in mir. In gewisser Weise kann ich es verstehen. Und dann verließ ich die Burg und bestieg einen der Hügel, von dem aus ich den größten Teil der Insel überblicken konnte. Das viele Grün mit dem Goldrand der Ginsterbüsche. Die Häuser mit ihren orangefarbenen Dächern, alles so zauberhaft schön, und darüber beschützend die steinernen Mauern des mittelalterlichen Gebäudes, in dem die Kellaways schon seit Hunderten von Jahren lebten. Und dies alles würde bald mir gehören.

Ein Mann kam mir auf den Hügel nach. Irgendwie schien er mir vertraut. Es konnte doch nicht wahr sein! Träumte ich? Diese Ähnlichkeit . . .

»Rollo!« rief ich.

»Ja«, sagte er. »Da staunst du, was? Ich dachte mir doch, daß ich dich irgendwo entdecken würde.«

»Und wie bist du hierhergekommen?«

»Mit dem Boot. Ich wohne für ein paar Nächte im Ortsgasthof. Ich habe geschäftlich in Truro zu tun und dachte, ich könnte dich auf dem Weg dorthin besuchen. Esmeralda hat mir die genaue Adresse gesagt.« Und nun bin ich da, Ellen.«

»Ach so?«

»Ich wollte dich nämlich um Entschuldigung bitten. Es kam alles so plötzlich, so unerwartet. Mein Gewissen hat mich seither oft gedrückt. Schließlich war es für dich ja schlimmer als für uns.«

»Und die Sache hat sich nie aufgeklärt?«

»Nie. Jetzt, da ich ruhiger geworden bin, kann ich es auch nicht mehr glauben, daß er sich selbst getötet hat.«

»Ich habe es nie geglaubt. Ich denke mir, die Pistole ist von allein losgegangen, als Philip sie reinigte.«

»Es wies aber nichts darauf hin, daß er sie gereinigt hätte.«

»Irgendwas stimmt da nicht, aber wahrscheinlich finden wir das nie heraus.«

»Ich *mußte* dich einfach aufsuchen, Ellen, und dich um Vergebung bitten.«

»Ich verstehe es jetzt, ich weiß, was für ein Schock das für dich gewesen sein muß. Denk nicht mehr an das, was du zu mir gesagt hast. Es stimmte jedenfalls überhaupt nicht. Ich hatte niemals Streit mit Philip gehabt. Nie.«

»Je mehr Zeit verstrichen ist, um so mehr wurde mir das auch klar.«

»Also vergiß es. Ich bin nur froh, daß du nicht mehr glaubst, ich wäre verantwortlich dafür. Wie geht es deiner Mutter?«

»Wie immer. Sie spricht viel von dir. Die Familie deiner Kusine sehen wir nicht mehr oft. Esmeralda wird sich bald mit Freddy Bellings verloben. Sie wirkte sehr glücklich und zufrieden, als ich sie zuletzt sah. Übrigens, ich hörte von der Wirtin, daß du einen Unfall hattest.«

»Wie sich doch so etwas herumspricht! Wahrscheinlich hat die Dienerschaft geplaudert. Ja, mein Boot ist gekentert.«

»Wie ist denn das passiert?«

»Wie so etwas eben passiert. Ich bemerkte plötzlich, daß das Boot leckte. Ein Junge von der Burg sah mich zufällig und kam mir zu Hilfe. Und dann stand mir noch Jago bei.«

»Hast du herausgefunden, was mit dem Boot los war?«

»Es ist noch nicht an Land geschwemmt worden.«

»Da wird es wohl jetzt auch nicht mehr kommen.«

»Vermutlich nicht.«

»Dann muß ich dir ja zu deiner Rettung gratulieren. Du wirst doch nicht etwa zu Unfällen neigen, liebe Ellen? Ich erinnere mich, daß du einmal von einer Felswand gefallen bist. Kurz nach Philips Tod. Vermutlich warst du da nicht so aufmerksam, wie es sonst deine Gewohnheit ist. Beim Toten Mann, stimmt's? Eine gefährliche Stelle!«

»Das war auch eine schreckliche Sache. Ja, offenbar neige ich zu Unfällen.«

Er lächelte und legte seine Hand in meine. »Dann mußt du wohl in Zukunft ein bißchen mehr aufpassen. Deine Boote näher anschauen, ehe du mit ihnen hinausfährst, und ja nicht mehr an Felsränder gehen. Sag mal, wie gefällt es dir hier? Wirst du hier noch lange bleiben?«

»Es ist mir ein richtiges Zuhause geworden, vorher hatte ich ja keines. Bei Kusine Agatha jedenfalls nicht. Es wächst mir immer mehr ans Herz, von Tag zu Tag.«

»Eine recht wohlhabende Insel, wie mir scheint, mit sehr schöner Landwirtschaft. Bringt sicher eine Menge ein. Übrigens, die Aussicht von dort oben ist herrlich. Ich bin schon einmal dagewesen, wollte die ganze Insel sehen. Kommst du mit mir?«

»Gerne.«

»Ich wollte heute wieder abreisen. Habe schon gestern versucht, dich zu finden, damit ich mich bei dir entschuldigen kann.«

»Wie lieb von dir, persönlich zu kommen. Du hast doch sicher viel zu tun.«

»Wie immer«, antwortete er, und da fiel mir Jagos Behauptung ein, daß die Carringtons auf mein Vermögen scharf gewesen seien. Wie absurd! »Ich dachte mir, nimm die Gelegenheit zu der Reise nach Truro wahr, und ich bin froh, daß ich es getan habe.«

»Ich auch. Und wenn du Esmeralda siehst, dann sag ihr bitte, daß ich oft an sie denke und hoffe, bald alles über ihre Verlobung zu erfahren.«

»Das tu ich gerne.«

Wir waren inzwischen noch weiter hinaufgestiegen. »Du solltest aufpassen«, sagte Rollo. »Ein Fehltritt, und du fällst tief hinab.«

»Ich habe einen sicheren Tritt.«

»Damals hattest du ihn nicht«, sagte er.

»Da hat ja das Geländer nachgegeben, das hatte damit nichts zu tun. Außerdem passe ich jetzt besonders auf. Schau mal, da unten ist die alte Tassie. Sie sammelt Schnecken und Krabben oder so was.«

»Die sieht aber recht greulich aus.«

»Hoffentlich hat sie dich nicht gehört. Sie würde dich sonst verhexen. Ah, sie hat uns schon gesehen.« Ich winkte ihr zu.

»Guten Tag, Miß Kellaway«, rief sie herauf. »Wie geht's denn immer?«

»Gut geht's, Tassie«, antwortete ich. »Und Ihnen hoffentlich auch.«

Sie nickte nur und ging ihres Weges.

»Was immer sie da einsammelt, das wird sicher ein Trank für ein liebeskrankes Mädchen. Oder sie heilt damit Warzen und Gerstenkörner.«

»Du scheinst ja hier ein recht buntes Leben zu führen. Glaubst du, sie hat mich gesehen?«
»Natürlich hat sie dich gesehen. Die alte Tassie sieht alles. Und darum werden ihre Prophezeiungen wahrscheinlich alle wahr.«
Wir gingen den Hügel hinunter bis zu dem Platz, wo ich ihn getroffen hatte. Er nahm mich bei der Hand und sagte: »Du hast mir also vergeben? Dann kann ich mit gutem Gewissen zurückfahren.«
Ich nickte. »Und danke für dein Kommen. Möchtest du nicht zur Burg kommen?«
Er schüttelte den Kopf. »Nein, ich muß gleich fahren. Ich wollte ja nur dich sehen. Vielleicht komme ich beim nächstenmal wieder vorbei.«
»Das wäre aber nett«, sagte ich.
Während wir unserer Wege gingen, er zum Gasthaus und ich zur Burg, dachte ich an Jagos Behauptung, daß die Carringtons Geld brauchten, um ihr Imperium aufrechtzuerhalten. Das schien mir völlig lächerlich. Was für ein merkwürdiger Tag! Und wie stark Rollos Auftauchen mich gleich wieder in meine Verlobungszeit mit Philip zurückversetzt hatte.

4

Zwei Tage später kam der Junge aufgeregt zu mir. »Miß Ellen«, sagte er. »Sie ist reingekommen! Die *Ellen* ist da.«
»Wo denn?«
»In der Bucht. Ich habe sie hereingeschleppt und gleich versteckt.«
»Warum versteckt?« fragte ich.
Sein Blick wurde wieder ganz eigenartig. »Weiß ich selbst nicht genau. Als ob's mir jemand *befohlen* hätte.«

»Weiß denn niemand außer dir, daß sie reingekommen ist?«
Er schüttelte den Kopf. »Ich habe sie von weitem gesehen. Da bin ich hinausgeschwommen und habe sie reingeholt. In meine eigene Bucht, wo sonst niemand hingeht. Da liegt sie jetzt. Kommen Sie mal mit, ich muß Ihnen was zeigen. Es gefällt mir gar nicht.«
Er führte mich zum Ufer hinunter, an eine Stelle, die aussah, als würde sie bei Ebbe vom Land abgetrennt. Da lag das Boot vor mir.
»Das ist doch nicht die *Ellen*«, sagte ich sofort.
»Aber gewiß doch.«
»Wo ist denn der Name? Das Boot hat ja gar keinen.«
Er sah mich verschlagen an. »Ich habe ihn übermalt.«
»Und warum?«
Er kratzte sich am Kopf und sah wieder ganz verloren drein. »Kann ich nicht sagen. Kam mir irgendwie am besten vor.«
»Warum diese Geheimnistuerei?«
»Sehen Sie doch einmal da hin, Miß Ellen.« Er zeigte auf den Boden des Bootes. Das Loch war offensichtlich hineingebohrt worden.
»Wie mag das da hineingekommen sein?«
»Es gibt nur eine Möglichkeit: Jemand hat das Loch absichtlich da reingebohrt. Sie haben doch von Zucker gesprochen. Wenn man ein Loch mit grobem Zucker zustopft, dauert es eine Weile, bis er sich auflöst. Und so war es ja auch. Ist doch klar wie Sonnenschein.«
Das ist ja nicht auszuhalten, dachte ich, während ich versuchte, meine mißtrauischen Gedanken aus dem Kopf zu bringen. Jemand hat ein Loch ins Boot gebohrt. In *mein* Boot, mit dem nur ich hinausfuhr. Und jemand, der wußte, daß ich nicht gut schwimmen kann, der darauf baute, daß ich allein hinausrudern und nicht lebend zurückkehren würde. Ich starrte das Loch an, und dann wurde ich mir plötzlich der Hand des Jungen auf meinem Arm bewußt.

»Miß Ellen«, sagte er, »wenn Sie Schwierigkeiten haben, kommen Sie zu mir? Mit meiner Kraft werde ich Ihnen vielleicht beistehen können. Silva hat immer mit mir geredet. Wollen Sie das auch tun?«

»Ich danke dir; ich bin so froh, dich zum Freund zu haben.«

Den Tatsachen, die mir hier ins Gesicht starrten, konnte ich nicht mehr ausweichen. Ich mußte mit ihnen rechnen. Jemand hatte es ganz eilig, mich aus dem Weg zu räumen. Er oder sie hatte versucht, mich zu töten.

Die Verliese

I

Angst überfiel mich. Jetzt war ich sicher, in Lebensgefahr zu schweben. Es gab nur eine Möglichkeit, und die schien mir auch am wahrscheinlichsten. Unlogischerweise wollte ich gerade ihr nicht genauer nachgehen. Ich suchte selber nach allen möglichen Einwänden, die dagegen sprachen, und weigerte mich, die Stimme der Vernunft in mir zu hören. Irgend etwas mußte ja dahinterstecken. Wenn ein Mensch einen anderen aus dem Weg räumen will, bedeutet das doch, daß er dadurch einen Vorteil hat. Konnte diese schöne, fruchtbare Insel der Grund sein?

Sie gehörte mir, zumindest bald, und jemand anders wollte sie für sich haben. Das konnte ich einfach nicht glauben.

Und doch war es bestimmt das Motiv, sagte mein praktischer Sinn. Du willst es nur nicht glauben. Willst die Tatsachen nicht akzeptieren. Wenn du aus dem Weg wärst, würde alles *ihm* gehören.

Aber er liebt mich doch. Hat mich gebeten, ihn zu heiraten.

Ja, und du möchtest ihn auch heiraten. So sehr, daß du absichtlich die Augen vor der Wahrheit verschließt.

Wenn er mich heiratet, hat er Anteil an der Insel. Wenn ich sterbe, gehört sie ganz ihm.

Ist doch Unsinn, dachte ich. Nur weil ich in dem lecken Boot hinausgefahren bin? Und dann sah ich wieder das Gesicht des

Jungen vor mir. Seinen besorgten, eigenartigen Blick. Er wußte mehr, als er zugeben wollte, und hatte mich auf seine Weise gewarnt.

Ich konnte Silva nicht vergessen. War ihre Geschichte ähnlich wie meine? Was war mit ihr geschehen? Wenn sie doch nur da wäre und ich mit ihr reden könnte. Ich ging in das Zimmer neben der Halle im Erdgeschoß, das meine Mutter bewohnt und in dem ich das Skizzenbuch gefunden hatte. Es war irgendwie beruhigend, auf der alten Bank zu sitzen und an meine Mutter, die mit mir von hier fortgegangen war, und auch an Silva zu denken.

Wie unglücklich mußte sie gewesen sein, als sie hinausruderte. War es wirklich nur eine Geste, so, wie die Drohung, sich von der Burgmauer hinunterzuwerfen? Eher wohl enttäuschte Liebe. Soviel konnte ich aus ihren Notizen entnehmen. Zum erstenmal hatte sie sich geliebt gefühlt . . . oder jemand hatte sie dies glauben lassen.

Hatte dieser Jemand nur so getan, als liebe er sie? Vielleicht nur, weil sie die Tochter ihres Vaters war, seine älteste Tochter, von der man annahm, daß sie ihn beerben würde? Und hatte er dann entdeckt, daß ihr Vater sie gar nicht für seine Tochter hielt und sein Geld der anderen Tochter vererbte? Nämlich mir? Jagos Gesicht stieg vor mir auf. Sein liebevoller Blick, seine Leidenschaft, die Augen mit den schweren Lidern darüber, deren Blick nicht immer leicht zu deuten war. Er faszinierte und erregte mich. Ich wollte die ganze Wahrheit über ihn erfahren, egal, wie gefährlich das sein mochte.

Eine abenteuerliche Natur hatte ich immer schon gehabt und mich nie an die sichere Straße gehalten. Mir war es, als winke mir Jago, mit ihm zu gehen, herauszufinden, wieweit mein Verdacht der Wahrheit entsprach. Die Antwort auf meine Frage zu finden: Will er mich oder die Insel? Die Antwort darauf konnte auch heißen, daß er beides wollte, was er wohl auch jederzeit zugeben würde. Die eigentliche Frage aber

war, ob er die Insel allein besitzen wollte. Was wußte ich eigentlich von Jago, außer der überwältigenden Tatsache, daß es aufregend war, ihn zu kennen?
Beinahe wünschte ich, der Junge hätte das Boot nicht gefunden. Wieviel bequemer wäre es gewesen, es damit bewenden zu lassen, ich hätte mir die paar Zuckerkrümel nur eingebildet. Aber das gebohrte Loch war nicht mehr zu verleugnen.
Während ich mich rundweg weigerte zu glauben, Jago habe das Loch in das Boot gebohrt, in der Hoffnung, ich würde nicht zurückkehren, gingen meine Gedanken zu Michael Hydrock, der so lieb zu mir gewesen war und meine Gesellschaft so zu genießen schien. Und was, wenn Michael derjenige war, in den sich Silva verliebt hatte? Ich mußte an Jenifry und Gwennol denken, die so deutlich gezeigt hatten, daß ihnen meine Freundschaft mit Michael sehr mißfiel.
Gwennol war sehr leidenschaftlich, sie liebte und haßte gleich stark. Dieser Zweig der Kellaway-Familie hatte den Teufel in sich. Es war auch Jagos Zweig; so besagte es zumindest die Legende. Jago begehrte also die Insel und Gwennol Michael Hydrock. Es war alles so mysteriös und verwirrend, und ich konnte mich nicht von dem Gedanken befreien, daß ich in Gefahr sei.
Wenn doch nur meine Mutter mir von der Insel erzählt hätte! Wäre ich früher auf die Insel gekommen, hätte ich Silva wohl noch angetroffen.
Während ich so über diese Dinge brütete, hörte ich plötzlich ein Geräusch. In meinem Gemütszustand rann mir gleich ein kalter Schauer über den Rücken. Ich starrte auf die Tür, die langsam aufgestoßen wurde. Ich weiß selbst nicht, was ich zu sehen erwartete. Meine Furcht kam wohl daher, daß ich überzeugt war, irgendwer wollte mich ermorden. Und dann stand nur der Junge da.
»Ach, Sie sind's«, flüsterte er. »Ich wunderte mich schon.

Wußte irgendwie, daß jemand hier war. Ist ein guter Einfall, hierherzugehen, wenn man Schwierigkeiten hat.«

»Merkwürdige Sachen sagst du da«, sagte ich. »Was soll denn das bedeuten?«

»Ich meine einfach nur, es ist gut, hier zu sein.«

»Was ist denn so besonders an diesem Zimmer?«

»Miß Silva ist auch immer hierhergekommen, ist dann auf der Bank gesessen, genau wie Sie jetzt. Wenn ich die Augen schließe, würde ich meinen, Miß Silva sitzt hier.«

»Woher wußtest du, daß sie hierherkam?«

»Das spürte ich immer.«

»Meine Mutter kam auch immer hierher. Wohl so eine Art Refugium.«

»Was ist denn das?«

»Ein Ort, an dem man nachdenken kann, wenn man nicht ganz sicher ist, was man tun soll.«

»Ja«, sagte er, »das ist es . . .« Er hielt inne und runzelte die Stirn. Offenbar wollte er mir etwas sagen und wußte nicht, wie er es ausdrücken sollte.

»Ja, was ist? Sprich weiter«, ermunterte ich ihn.

»Sie passen doch gut auf, ja?«

»Das hast du mich schon einmal gefragt.«

»Ja, stimmt, Sie müssen auch sehr aufpassen.«

»Es wäre leichter für mich, wenn ich wüßte, worauf.«

»Wenn Sie mal Angst haben, Miß Ellen, dann kommen Sie hierher. Ich komme dann zu Ihnen.«

»Hierher in dieses Zimmer?«

»Ja, kommen Sie erst zu mir, damit ich weiß, daß Sie hier sind, und gehen Sie dann hier rein. Das wär' am besten.«

Ich sah ihn genau an, überlegte, warum ihn wohl die Leute für nicht ganz richtig im Kopf hielten. »Und warum?«

»Es ist am besten so«, sagte er mir. »Miß Silva hab' ich es auch gesagt, und sie hat mir vertraut. Sie trauen mir doch auch, Miß Ellen?«

»Ja, gewiß.«
Er legte die Finger auf die Lippen. »Hier in dieses Zimmer«, flüsterte er, »das wär' das beste.«
»Warum?« fragte ich.
»Wenn die Zeit einmal gekommen ist.«
Armer Junge, dachte ich, er scheint doch ein wenig irre zu sein.
»Solltest du nicht die Tauben füttern?« fragte ich.
Er lächelte und wiederholte: »Wenn die Zeit dafür gekommen ist.«

2

Ein kräftiger Südwestwind blies über das Meer. Ich verließ die Bucht und kletterte auf einen Felsen, wo ich zwischen Ginster und Farnen ein Fleckchen zum Ausruhen und Denken fand. Hier oben, weit weg von der Burg, konnte ich besser nachdenken.
Ich trug ein grünes Cape, das ich bei Sonnenschein öffnen konnte. Für meinen Platz hier war es sehr nützlich. Ich verschwand im Grün der Landschaft. Ein Boot, das ich schon von unten aus die Insel ansteuern sah, kam herein. Der Ruderer stieg aus, er kam mir irgendwie bekannt vor. Ich war sicher, ihn schon einmal gesehen zu haben.
Dann hörte ich Jagos Stimme; wenige Augenblicke später ritt er in die Bucht, zum Ufer hinunter.
»Wie können Sie es wagen, hierherzukommen? Was wollen Sie denn?«
Ich hörte die Antwort des Ankömmlings nicht. Seine Stimme schien nicht so volltönend zu sein wie die Jagos. Er war offensichtlich sehr verärgert. Meine Vermutung, den Fremden schon einmal gesehen zu haben, verstärkte sich noch. Ich sah sie einen Augenblick stumm und nachdenklich dastehen. »Ich

kann Sie hier nicht brauchen«, hörte ich Jago dann sagen. »Sie wußten genau, daß Sie nicht hierherkommen dürfen.«
Der Mann gestikulierte; der Wind heulte wieder auf, und ich konnte die Antwort nicht hören.
»Na schön«, sagte Jago. »Wir sehen uns dann heute abend. Halten Sie sich bis dahin versteckt, und lassen Sie sich ja nicht bei der Burg sehen. Wir treffen uns bei den Verliesen, dort kommt keiner hin. Um neun Uhr am Westtor. Aber Sie verschwenden Ihre Zeit, Sie kriegen nichts mehr. Wo bleiben Sie bis dahin?«
Der Mann zuckte mit den Schultern.
»Dann fahren Sie zurück zum Gasthaus und bleiben Sie bis zum Abend auf Ihrem Zimmer. Wenn Sie meinem Befehl nicht Folge leisten, werden Sie es bereuen.«
Mit diesen Worten wandte er sein Pferd und ritt wieder nach oben. Der Mann sah ihm nach und blickte dann zur Klippe herauf. Ich bückte mich ins Farnkraut, obwohl ich sicher war, daß er mich nicht sehen konnte. Aber als er sein Gesicht nach oben wandte, erkannte ich es genau.
Es war Hawley, der Diener bei den Carringtons, der mich bei unserem ersten Zusammentreffen im Park so irritiert hatte.

Ganz still saß ich da und starrte aufs Meer. Was mochte das bedeuten? Welchen Zusammenhang gab es zwischen Jago und Hawley? Was mochte wohl aus Bessie geworden sein, die sich in ihn verliebt hatte? Und vor allem wollte ich jetzt wissen, was dieser Mensch mit Jago zu tun hatte.
Eine einfache Erklärung fiel mir nicht ein. Dafür wurde mir aber wieder sehr unbehaglich zumute. Mein altes Leben war mit der Reise auf die Insel keineswegs hinter mir zurückgeblieben, wie ich gedacht hatte. Philips Tod, Hawley und Jago – alles schien miteinander verknüpft zu sein.
Offensichtlich hatte Jago sich sehr geärgert, Hawley wiederzusehen. Und Hawleys Benehmen war unterwürfig, aber

zugleich aufmüpfig. Sichtlich hatte er Angst vor Jago, aber es schien auch für Jago einige unangenehme Dinge zu geben, die ihn Hawley fürchten ließen. Und am Abend wollten sie sich an einem geheimen Ort treffen. Damit ja niemand Hawley sah. Wer denn? Ich vielleicht? Denn ich kannte ihn ja schon und wußte, daß er bei den Carringtons gearbeitet hatte. Was würde Jago sagen, wenn er wußte, daß ich Hawleys Anwesenheit auf der Insel bereits bemerkt hatte?

Wo führt das alles hin? fragte ich mich verzweifelt. Was hat Jago mit diesen entsetzlichen Vorfällen in London zu tun? Was wußte er über Philips Tod? Philip war nicht von eigener Hand gestorben, das wußte ich, dessen war ich ganz sicher. Also muß es jemand anders getan haben. Aber wer? Wußte Jago die Antwort?

Alles wurde zu einem Alptraum; ich konnte die Bilder nicht fortjagen, die mir dauernd durch den Kopf wanderten. Jago bei dem Konzert im Haus der Carringtons. Ohne Einladung war er hineinspaziert, weil er wußte, daß er mich dort finden würde.

Und er wollte die Familie sehen, in die ich heiraten sollte. Über die Carringtons konnte er leicht alles herausfinden, was er wissen wollte. Und warum war er dann zum Finlay Square gekommen? Seine Erklärungen hatten mich damals schon nicht überzeugt. Jetzt schienen sie mir weniger plausibel denn je.

Und Philip war tot. Selbstmord, hatte man gesagt. Aber es war keiner. Es war Mord! Und Hawley? Was wußte er darüber? Er war hergekommen, weil er von Jago irgend etwas wollte. Und sie trafen sich heute abend bei den Verliesen. Hier gab es für mich nur eines zu tun. Ich mußte auch dort sein, ohne daß sie das geringste merkten. Sie würden frei miteinander reden, und ich könnte alles hören, was da gesprochen würde. Also brauchte ich ein gutes Versteck. Nur so kam ich an die Wahrheit heran und konnte vielleicht das entsetzliche Geheimnis erfahren, das sich um Philips Tod rankte.

Der Tag wollte einfach nicht vergehen, mir war, als käme der Abend nie. Ich trug zum Abendessen ein gelblichbraunes Seidenkleid und für Jago die Kette mit den Edelsteinen. Heute abend würde es ihm zwar kaum auffallen, sicher war er viel zu sehr mit dem Treffen bei den Verliesen beschäftigt. Als ich die Kette befestigte, fiel mir wieder auf, daß der Verschluß locker war. Aber für diesen Abend ging es wohl noch einmal.

Jago bemerkte dann doch, daß ich sie um hatte. Er sagte sogar, daß sie zu der Farbe des Seidenkleides besonders gut paßte. Sprach über die verschiedenen Steine, die auf der Insel zu finden waren, und meinte, ob man nicht einen Betrieb gründen sollte, in dem man die Steine zu Schmuck verarbeitete. Trotzdem spürte ich, daß seine Gedanken anderswo waren. Um zehn vor neun war das Abendessen zu Ende. Gwennol und Jenifry gingen in den Salon zum Kaffeetrinken. Jago folgte ihnen nicht, und ich murmelte etwas von einem Brief, den ich zu schreiben hätte.

Natürlich ging ich nicht in mein Zimmer, sondern schlich sofort hinaus und schlug den Weg über den Hof zum Westtor ein. Plötzlich hatte ich schreckliche Angst, daß Hawley schon dort sein und mich erkennen könnte. Wir hatten Vollmond, die Burgmauern waren in fahles Licht getaucht, und ich fühlte mich sehr unbehaglich, als ich da zur Westseite hinüberlief und die Wendeltreppe zu den Verliesen hinunterstolperte.

Nur einmal war ich hier gewesen. Solche Orte besuchte man ja kaum mehrmals. Außerdem waren sie so abstoßend, daß ich sogar damals, als Gwennol dabei war, am liebsten so schnell wie möglich wieder davongelaufen wäre.

Nun stand ich in dem kreisrunden Hof mit den Zellentüren.

Vom ersten Besuch erinnerte ich mich noch so ungefähr, wie die Räumlichkeiten angeordnet waren.
Eine Tür stand offen, ich sah in den Zellenraum. Ein kleines vergittertes Fenster war ganz oben zu sehen, schwacher Mondschein drang herein, in dessen Licht ich die feuchten Wände und den dunklen Boden erkennen konnte. Es war kalt und roch muffig hier. Ich ging trotzdem hinein und lehnte die Tür wieder an.
Dann wartete ich, unendlich lange, wie mir schien; endlich hörte ich Fußtritte die Treppe herunterkommen. Eine Holztür knarrte.
Durch den Türspalt sah ich einen Lichtschein. Jago trug also eine Laterne.
»Sind Sie schon da?« Keine Antwort.
Ich kauerte mich in meine Zelle und überlegte, wie Jago wohl reagieren würde, wenn er mich darin entdeckte.
Endlich näherten sich nochmals Schritte. »Ah, da sind Sie ja. Was ist Ihnen eigentlich eingefallen, mir eine Botschaft zu schicken, daß Sie herkommen würden?«
»Ich *mußte* Sie sprechen«, sagte Hawley. »Die Zeiten sind schwer, ich habe Schulden. Ich brauche Geld.«
»Für Ihre Hilfe wurden Sie bereits bezahlt. Was wollen Sie noch mehr?«
»Ich will noch mehr Geld. Schließlich habe ich Ihnen gute Dienste erwiesen.«
»Sie haben Ihren Auftrag erfüllt und wurden dafür bezahlt. Das ist alles. Ich beschäftige Sie nicht mehr. Außerdem haben Sie ein ganz schönes Durcheinander gemacht.«
»Es war nicht leicht für mich«, sagte Hawley. »Ich war ja noch nie Diener.«
»Jedenfalls keine schlechte Übung für Sie«, meinte Jago.
»Und all die Schwierigkeiten . . .«
»Daran sind Sie selbst schuld.«
»Man hätte mich des Mordes anklagen können!«

»Hat man aber nicht. Der Gerichtsbescheid lautet ja schließlich auf Selbstmord.«

»Es hätte aber auch ganz anders kommen können. Überlegen Sie mal, was ich alles tun mußte. Mich mit dem Stubenmädchen befreunden, um herauszufinden, was Ihre Dame jeweils vorhatte, den Schlüssel für Sie nachmachen lassen. Ganz schön schwierig das alles.«

»Das reinste Kinderspiel«, meinte Jago.

»So kann man das wohl kaum nennen. Schließlich kam einer dabei um.«

»Weil Sie sich so ungeschickt angestellt haben. Jetzt passen Sie mal auf, Hawley. Sie erklären mir: Entweder Geld oder ... Dafür gibt es einen hübschen Namen, nämlich Erpressung. Darauf gehe ich niemals ein.«

»Sie wollen doch sicher nicht, daß das Mädchen erfährt ...«

»Die Erpressung fängt ja schon an. Ich lasse das aber nicht zu. Wissen Sie, Hawley, was man hier mit Gesetzesbrechern, mit Leuten wie Ihnen, tut? Man steckt sie ins Gefängnis. In diese Verliese. Das gefällt Ihnen gar nicht. Sie haben etwas schrecklich Unheimliches an sich, Sie spüren es vielleicht auch. Weiß Gott, Hawley, ich sage Ihnen, ich sperre Sie hier ein und übergebe Sie dann einem ordentlichen Gericht. Als Erpresser.«

»Und Sie möchten sicher nicht, daß gewisse Dinge aufkommen, Mr. Kellaway. Das wäre Ihnen bestimmt nicht angenehm ...«

»Ich möchte vor allem *eines* nicht«, sagte Jago jetzt ärgerlich, »ich werde auf keinen Fall auf eine Erpressung eingehen. Sie waren auf dem Festland, stimmt's? Haben vielleicht einiges gehört. Es gehen Gerüchte um über die Kellaways, denen Sie hoffentlich nichts hinzugefügt haben. Denken Sie daran, was in Philip Carringtons Schlafzimmer geschah!«

»Ich habe ja schließlich für Sie gearbeitet.«

»Passen Sie ja auf! Das könnte Ihnen schlecht bekommen.«

Ich war ganz schwach vor Entsetzen, lehnte mich an die Wand und krallte unwillkürlich die Finger in die Steine der Kette. War Philip kaltblütig von einem Mann ermordet worden, den Jago dafür bezahlt hatte? Es gab ja Berufsmörder. Aber warum bloß? Jago wußte, daß ich die Insel erben würde. Ich sollte Philip nicht heiraten, weil er mich haben wollte.

Einige Sekunden Stille, dann hörte ich ein Klirren, als ob etwas zu Boden gefallen sei.

Auch Jago mußte es gehört haben. »Was ist los?« rief er scharf. »Ist jemand hier? Haben Sie jemanden mitgebracht?«

»Nein, ich schwöre es!«

»Ich werde mich selbst überzeugen«, sagte Jago. »Jeden Winkel werde ich hier durchsuchen.«

Ich schmiegte mich an die Wand. Nach alldem, was ich eben gehört hatte, müßte ich eigentlich starr sein vor Schreck, aber irgendwie konnte ich das alles immer noch nicht glauben. Sicher gab es eine Erklärung. Aber ich konnte oder wollte nicht wahrhaben, daß Jago der Mann war, der hinter alldem steckte.

Bald würde er mich entdecken, und ich würde ihn fragen müssen: Jago, was bedeutet das alles? Erklär es bitte, um Gottes willen. Hawley wurde von dir beauftragt, das weiß ich. *Du* hast ihn nach London geschickt. Warum?

Ich hörte ihn zu Hawley sagen, er solle die Laterne halten. Das Licht entfernte sich. Ich spähte durch den Türspalt. Sie standen mit dem Rücken zu mir und fingen gerade mit den Verliesen auf der anderen Seite an. Eine ganz kleine Chance hatte ich, ihnen zu entkommen, wenn ich schnell und leise genug war. Ich wartete auf den Augenblick, da die beiden so weit wie möglich von meinem Verlies entfernt waren, dann schlüpfte ich leise hinaus – ihre Rücken waren mir noch immer zugekehrt – und war im Nu die Wendeltreppe hinauf.

Und was jetzt? Ich lief wieder zum Westtor hinaus. Hoffentlich gelangte ich ungesehen ins Haupthaus und in den Salon zu Gwennol und Jenifry; inzwischen konnte ich ja überlegen, was ich weiter zu tun hatte. Ich zwang mich, in den Salon hineinzuschauen. Gwennol las, ihre Mutter stickte. Beide nahmen wohl an, daß ich den Brief schon geschrieben hatte. Ich holte mir eine Zeitung und blätterte darin. Und dabei dachte ich krampfhaft: Ach, Jago, was bedeutet das alles? Warum habe ich mir erlaubt, so dumm zu sein, mich in dich zu verlieben? Hatte ich denn nicht genug gehört? Hawley hatte Geld von ihm für die Fahrt nach London bekommen. Philip war gestorben. Was hatte er noch über Philips Tod gesagt? »Denken Sie daran, was in Philip Carringtons Schlafzimmer geschah.« Offensichtlich war Hawley Philips Mörder. Solche Leute gab es. Die wahren Verbrecher heuern sie an, um Verbrechen für sich begehen zu lassen. Zahlten gut dafür. Und Hawley wollte noch mehr erpressen.

Wie entsetzlich! Nein, ich hatte sicher etwas falsch aufgeschnappt. Sicher gab es eine Erklärung. Und ein Hoffnungsstrahl kam mir noch. Wenn Jago die Insel wollte, warum tötete er dann Philip und nicht mich? Warum kämpfte mein närrisches Herz immer noch gegen meinen Verstand? Warum versuchte ich mir immer noch einzureden, es sei alles ein lächerlicher Irrtum, falsche Vorstellungen? Es mußte eine einfache Erklärung geben, und ich mußte sie finden, denn bei allem, was ich an diesem Abend im Verlies gehört hatte, war mir eines überwältigend und unbezweifelbar klargeworden: Wer immer Jago war, was immer er getan haben mochte – ich liebte ihn.

Konnte ich, Ellen Kellaway, solch eine Närrin sein? Ich wußte, daß er die Insel wollte, er hatte es selbst zugegeben. Das war aber nicht alles. Er wollte auch mich.

Und dann betrat er das Zimmer; er hatte also Hawley loswerden können. Ich heftete meinen Blick starr auf die Zeitschrift, in der ich geblättert hatte, und fühlte seinen Blick auf

mir ruhen. Ich fühlte, wie ich rot wurde, als er sich neben mich aufs Sofa setzte.
»Hast du nicht etwas verloren, Ellen?« Ich blickte überrascht auf. Seine Augen glitzerten – ich entdeckte einen Ausdruck in ihnen, den ich mir nicht enträtseln konnte. Leidenschaft, Anklage und auch eine gewisse Ironie schienen darin zu liegen. Die Freude einer Katze, die mit der Maus spielte?
Er streckte seine Hand aus. Entsetzt sah ich, daß die Halskette darin lag, und wußte sofort, wo er sie gefunden hatte. Wußte jetzt auch, was das Geklirr verursacht hatte. Der Verschluß hatte nicht gehalten. In meiner Erregung hatte ich die Steine umkrallt, und als ich sie wieder losließ, fiel die Kette zu Boden. Jago war auf seiner Suche natürlich auch in das Verlies gekommen, in dem ich gekauert hatte, und da hatte die Kette auf dem Boden gelegen.
Er wußte also, daß ich dort gewesen war. Und daß ich zugehört hatte. Ich nahm die Kette in die Hand und hoffte nur, daß mein Zittern nicht allzu sichtbar wurde. Hörte mich selbst sagen: »Der Verschluß ist kaputt.«
»Wo, meinst du wohl, habe ich sie gefunden?« fragte er mich immer noch mit dem gleichen rätselhaften Gesichtsausdruck.
»Wo denn?«
»Du trugst sie beim Abendessen. Denk mal nach, wo du seither gewesen bist.«
Ich blickte ins Leere. Versuchte ganz unsinnig den Eindruck zu erwecken, als dächte ich nach.
»Du mußt dich doch erinnern – im Verlies unten. Was hast du denn *dort* gewollt?«
Ich lachte ziemlich zittrig und sah, wie Gwennol mich argwöhnisch beobachtete.
»Ach, ich gehe oft in der Burg spazieren, nicht wahr, Gwennol?« sagte ich.
»Ja, sie fasziniert dich geradezu«, sagte sie.

»Ganz schön mutig, nachts da hinunterzuwandern«, sagte er.
»Ich habe keine Angst.« Ich sah ihm jetzt geradewegs in die Augen.
Er legte seine Hand über meine und faßte sie ganz fest. »Ich habe dir eine Menge zu sagen«, sagte er dann. »Kommst du in mein Arbeitszimmer?«
»Ja, gleich.«
»Bitte komm bald.« Ich dachte: Jetzt muß ich rasch handeln. Es bleibt mir keine Zeit, darüber nachzudenken, was ich tun soll. Aber ich muß etwas tun. Ich brauche Zeit, um das zu verdauen, was ich gehört habe. Muß das, was dahinterzustekken scheint, herausbekommen und meine absurden romantischen Träume loswerden. Statt in mein Zimmer hinaufzugehen, rannte ich durch die Halle zum Hof hinaus. Der Junge war bei seinen Tauben.
»Sie sehen ja ganz ängstlich aus«, meinte er. »Ist es jetzt soweit?«
Ich dachte an Philip in seinem Zimmer. Erschossen . . . und Jago hatte es so gewollt. Das war eine zu arge Version. Und ich konnte sie auch nicht glauben. Mußte erst mit ihm darüber reden. Mir anhören, was er zu sagen hatte. Aber ich hatte ihm schon so oft zugehört, und immer glaubte ich alles, wenn ich bei ihm war.
Nein, ich mußte weg von hier. Alles in Ruhe und sehr genau überdenken. Und das konnte ich nicht, solange er da war.
»Gehen Sie in das Zimmer, Miß Ellen«, sagte der Junge. »Ich komme dann nach. Keine Angst, es wird wie bei Miß Silva sein.«
»Wie bei Miß Silva? Was sagst du da? Miß Silva ist doch in einem Boot weggefahren, und das Boot ist ohne sie zurückgekommen.«
»Schnell, Miß Ellen«, sagte er. »Wir dürfen keine Zeit verlieren.«

Er nahm mich bei der Hand, und wir gingen zusammen in die Burg. Er holte in der Halle eine Kerze aus ihrem Ständer und entzündete sie an einer bereits brennenden.
»Bitte halten Sie die Kerze«, sagte er zu mir. Ich nahm sie ihm ab. Zu meiner Überraschung hob er den Sitz der Bank hoch.
»Willst du mich hier drin verstecken?« fragte ich überrascht.
Er schüttelte den Kopf. »Sehen Sie mal! Das ist keine gewöhnliche alte Bank.« Er beugte sich vor und hob auch den Boden der Bank hoch, der sich ebenfalls wie ein Deckel öffnen ließ. Darunter war es finster.
»Geben Sie acht, Miß Ellen, da unten sind Stufen. Können Sie sie sehen? Ganz langsam hinuntergehen, ich folge Ihnen. Gut aufpassen!«
Ich war hineingestiegen und hatte mit den Füßen nach den Stufen gesucht. Ging sechs davon hinunter. Er reichte mir die Kerze und schloß dann beide Deckel. Seite an Seite standen wir in einer Art Höhle.
»Wo sind wir?« fragte ich, denn es war mir recht unheimlich.
»Eine riesige Höhle unter dem Meer. Hierher habe ich Miß Silva gebracht, als sie floh.«
»Was ist mit ihr passiert?«
»Sie ist sehr glücklich geworden, hat sie mir sagen lassen. Wie sie es gehofft hat. Es geht hier tief hinunter. Immer weiter und weiter und dann wieder hinauf. Wir kommen beim blauen Felsen hinaus.«
»Woher wußtest du davon?«
»Von meiner Mutter. Es ist eine natürliche Höhle, aber die Zugänge wurden in den Schmugglerzeiten vor langen Tagen gemacht. Damals schmuggelte man hier viel. Vor hundert Jahren oder mehr. Seither hat man sie nicht mehr viel benützt. Meine Mutter ist doch die Tochter des Gastwirts, und sie wußte es von ihrem Vater, und er wiederum von seinem. Sie haben hier den Alkohol gestapelt. Ein ganz guter Platz dafür. Die Schiffe kamen aus Frankreich zur Insel. Die Fässer

und Flaschen wurden abgeladen und gelagert, bis man sie unbemerkt an Land bringen konnte.«

»Und wenn wir auf dem blauen Felsen sind, was dann?«

»Der Maler wird uns weiterhelfen. Er hat auch Miß Silva geholfen. Er war sehr lieb zu ihr. Hat sie wirklich gern gehabt.«

»So ist sie also weggegangen.«

Er nickte. »Ja, sie ist weggegangen und ist jetzt sehr glücklich.«

»Und das Boot?«

»Das war nur ein Trick, sie war gar nicht drin. Erst in einer späteren, dunklen, ruhigen Nacht ist sie hinübergefahren.«

»Und wieso weißt du das alles?«

»Ich habe ihr ja geholfen. Mit mir hat sie sich unterhalten. Mit mir schon. Zuletzt war sie ganz anders als vorher. Hat immer mit mir geredet . . . als ob sie mit sich selbst reden würde, sie hat mehr ihre Gedanken gesagt, aber sie wollte, daß ich da bin, als Gesellschaft sozusagen. Ihr Vater ist sehr grausam zu ihr gewesen, schrecklich grausam . . . Sie hatte Angst, er würde sie auslachen, ihr ihre Pläne verbieten, darum ist sie mit ihrem Liebsten davon.«

»Was ist mit ihr geschehen? Wo ist sie hin?«

»Davon hab' ich nie was gehört. Geben Sie acht, der Boden ist uneben.«

Immer weiter hinunter ging es, einen steilen Abhang unter dem Meer entlang. Feucht und kalt waren die Wände, wir kamen an kleinen Pfützen vorbei. Manchmal versanken meine Füße im Sand, dann war wieder alles hart und trocken. Zum Glück hatte der Junge einen sicheren Tritt und kannte den Weg.

»Jetzt geht's wieder hinauf«, sagte er. »Der ganze Weg ist etwa einen Kilometer lang, die Entfernung zwischen Kellaway und dem blauen Felsen.«

»Was wird Mr. Manton sagen, wenn wir auftauchen?«

»Er hilft Ihnen bestimmt zum Festland hinüber, wenn Sie das wollen.«

Ich *wollte* aber die Insel gar nicht verlassen. Nein, ich wollte nur Zeit zum Nachdenken haben. Wollte mit Jago reden, eine Erklärung verlangen. Nur nicht jetzt. Ein paar Tage lang mußte ich mir über alles klarwerden. Die Dinge, die ich erfahren hatte, zu einem Bild zusammenfügen. Versuchen, außerhalb der unheimlich starken Gefühle zu stehen, die Jago in mir erweckte, und die Szene leidenschaftslos betrachten. Ich wollte herausfinden, wie sehr ich an dem Mann hing, der scheinbar so skrupellos war und durchaus an der Ermordung Philips beteiligt sein konnte.

Das war die Hauptsache. Seine Leidenschaft für die Insel und deren Besitz konnte ich begreifen. Um sie behalten zu können, mußte er mich heiraten oder mich loswerden. Daß er mich nicht wenigstens ein bißchen liebte, wollte ich nicht glauben. Ein so guter Schauspieler war er nicht. Und mit der Zeit würde er mich vielleicht sogar mehr lieben als die Insel. So besessen war ich schon von diesem Menschen, so sehr bereit, Kompromisse zu schließen. Aber wenn er mit dem Mord an meinem Verlobten etwas zu tun hatte? Das war etwas anderes.

Ich war völlig verwirrt. Falls er einen gedungenen Mörder zu Philip geschickt hatte, um ihn umzubringen, was für Absichten hatte er *mir* gegenüber? Und wie war es, wenn er mich nun überhaupt nicht liebte und mich doch heiratete? Ich sah mich schon ihm alles vermachen, und was würde er dann tun, wenn er keine Verwendung mehr für mich hatte? Was wußte ich denn überhaupt von ihm? Daß ich ihn liebte, mehr nicht. Kann man einen Mann lieben, den man eines solchen Mordes verdächtigte? Die Antwort dröhnte mir in den Ohren: Ja, ja, ja!

Nur eines wußte er nicht. Er meinte, Silva sei tot, während der Junge davon sprach, daß sie glücklich lebte. Was bedeu-

tete das? Sie mußte ihren Liebhaber, von dem sie geschrieben hatte und mit dem sie geflohen war, geheiratet haben. Auf der Insel hielt man sie für tot, weil das Boot zurückgekommen war. Aber wenn sie noch lebte, erbte sie alles nach meinem Tod. Er bedachte diese Möglichkeit bestimmt nicht, denn er hielt Silva für tot wie die anderen auch.
Wo war sie? Wenn ich das nur wüßte!
»Hören Sie das Meer?« sagte der Junge. »Gleich sind wir dort.«
Wir waren stetig aufwärts gestiegen, während ich über alles nachdachte. Jetzt hörte ich das Meer deutlich und spürte die frische Luft über mein Gesicht streichen.
»Wir sind durch«, sagte der Junge, und dann zwängten wir uns schon zwischen Büschen ins Freie hinaus. Der Wind verfing sich in meinen Haaren.
»Dort ist das Haus«, sagte der Junge. »Es ist Licht im Fenster.« Er nahm mich bei der Hand und zog mich weiter. Ja, dort stand das Haus, und die Tür war offen. Der Junge ging einfach hinein und rief: »Mr. Manton! Mr. Manton! Ich bin hier mit Miß Ellen!« Keine Antwort. Wir betraten den kleinen Vorraum. Der Junge stieß eine Tür auf, und wir gingen ins Zimmer.
Und da gaben fast die Knie unter mir nach. Da war es ja! Alles – die roten Vorhänge mit den Goldbändern, der offene Kamin, der Schaukelstuhl, der Klapptisch, auch das Meeresbild an der Wand. Jedes Detail stimmte – das Zimmer, von dem ich so oft geträumt hatte!
Es mußte ein Alptraum sein. Es konnte nicht wirklich sein. Irgendwie war ich in einen Traum hineingeraten. Das Verlies, die entsetzlichen Gedanken über Jago, all das gehörte dazu. Ein neuer Traum, ich werde jeden Augenblick aufwachen, sagte ich mir.
Der Junge sah mich überrascht an.
»Was . . . wie . . . wo . . . wie heißt das hier?« stammelte ich.

Er schien mich nicht zu verstehen und sagte ganz sanft: »Machen Sie sich keine Sorgen, es ist alles in Ordnung. Miß Silva war auch hier . . .«

Ich blickte starr auf die Tür, denn sie war immer im Mittelpunkt meines Traumes. Nicht die, durch die wir gerade hereingekommen waren, sondern die zweite gegenüber. Die langsame Bewegung dieser Tür, die nie ganz aufgegangen war, aber hinter der ich die Ursache meiner Furcht ahnte. Ich sah, wie die Klinke langsam hinuntergedrückt wurde. Die Tür öffnete sich langsam.

Das war's – der Augenblick in meinem Traum, wenn die entsetzliche Vorahnung mich überkam. Ich hatte Angst vor dem, was in der geöffneten Tür erscheinen würde.

Zahllose Gedanken schossen mir durch den Kopf, alle gleichzeitig und durcheinander, wie es einem in solchen Augenblikken geht. Sicher waren es nur wenige Sekunden, aber die Zeit war für mich fast stehengeblieben. Entsetzliche Angst hatte mich überkommen – genau wie im Traum. Nur war dies kein Traum. Eine Enthüllung stand mir bevor. Der Maler? dachte ich. Was hatte er mit meinem Leben zu tun? Ich kannte ihn doch kaum. Warum hatte ich so entsetzliche Angst vor ihm?

Die Tür öffnete sich, ein Mann stand auf der Schwelle. Nicht der Maler – nein, es war Rollo! Ich zitterte vor Angst, aber das kam wohl noch vom Traum her. Dann überwog Erstaunen die Furcht.

Rollo! Wieso war gerade er auf dem blauen Felsen?

»Ellen!« Er lächelte. »Wie schön, dich hier zu sehen. Wie bist du hergekommen?«

Ich stotterte: »Ich hatte keine Ahnung. Ich dachte . . . der Maler wohnt doch hier.«

»Er ist auf ein paar Tage nach London gefahren und hat mir sein Haus geliehen. Du siehst ja ganz entsetzt aus. Setz dich doch hin. Möchtest du etwas trinken?«

»Entschuldige bitte«, sagte ich. »Ich bin so durcheinander. Kann gar nicht richtig denken.«
»Beruhige dich erst mal, setz dich doch!«
Der Junge starrte Rollo an und flüsterte plötzlich: »Miß Silva muß etwas Entsetzliches passiert sein!«
Rollo führte mich zum Tisch und nötigte mich in den Stuhl, den ich so oft in meinen Träumen gesehen hatte.
Ich konnte noch immer nicht glauben, daß ich wach war und daß dies alles hier wirklich geschah.
»Du mußt mir alles erzählen«, sagte Rollo. »Was war los in der Burg? Wie ich sehe, hat der Junge dich hergebracht.«
»Wir sind durch eine Art Höhle hergekommen.«
Rollo goß etwas in ein Glas und sagte: »Trink das. Es wird dich beruhigen. Du hast offensichtlich einen Schock gehabt.«
Er drängte mir das Glas auf, aber ich konnte nichts trinken und stellte es wieder auf den Tisch.
»Es gibt einen Tunnel von der Burg hierher«, sagte ich.
Er schien darüber keineswegs erstaunt. »Ich habe mir Sorgen um dich gemacht. Darum wollte ich nicht weg von hier. Ich fühlte, daß etwas los war hier, und darum bin ich noch nicht abgereist. Die Sache mit dem Boot ist mir nicht aus dem Kopf gegangen.«
»Du meinst, es hat mich jemand ermorden wollen?«
Er nickte. »Ich bin sogar überzeugt davon.«
»Aber nicht Jago, von dem würde ich es nie und nimmer glauben. Ich möchte aber jetzt aufs Festland hinüber, wenigstens für eine Weile.«
»Natürlich, ich rudere dich dann hinüber.«
»Ich werde mich im Gasthof einquartieren, bis ich alles überdacht habe.«
»Ist denn nicht schon alles klar? Du bist die Erbin der Insel, einer wohlhabenden Gemeinde. Du bist richtig reich. Manche Leute tun eine ganze Menge dafür, um solches Geld erlangen zu können.«

Ich lachte schwach. »Entschuldige bitte«, sagte ich, »aber ich bin völlig verwirrt, irgendwie verloren. Merkwürdige Dinge sind hier passiert. Ich, die arme Verwandte, bin jetzt so reich, und all das habe ich gerade erst erfahren.«

»Andere Leute wußten es schon und haben es vor dir verborgen.«

»Warum bist du plötzlich so nett zu mir?«

»Mir tut es leid, daß ich damals so verbittert war. Immerhin solltest du ja ein Mitglied unserer Familie werden. Wenn Philip nicht gestorben wäre . . .«

Wieder hörte ich die Worte: »Denken Sie daran, was in Philip Carringtons Schlafzimmer geschah!« Jago, von *dir* kann ich das nicht glauben. Ich kann es einfach nicht.

Rollo sah mich plötzlich scharf an. »Was ist denn mit dem Jungen passiert, der dich hergebracht hat?«

Ich sah mich um. Er war nicht mehr da.

»Er ist sicher nicht weit«, sagte ich.

Rollo ging zur Tür, ich hörte ihn nach dem Jungen rufen.

Jetzt war ich endlich allein in diesem Zimmer. Ich ging zum Fenster und berührte es. Alles war so viel lebendiger als im Traum.

Was sollte ich tun? Ich hätte doch drüben bleiben und mit Jago reden sollen. Ja, das wollte ich jetzt machen. Und ihm sagen, daß ich die ganze Wahrheit erfahren wollte.

Meine Mutter mußte oft in diesem Zimmer gewesen sein. Die Details waren zu genau. Wieso hatte das Zimmer in meinen Träumen eine so große Rolle gespielt? Welche Bedeutung hatte es für mein Leben? Ich stand sogar den entsetzlichen Augenblick durch, als sich die Tür öffnete und plötzlich Rollo vor mir stand. Auch er wirkte irreal, irgendwie anders. Er war nicht mehr das gottähnliche Wesen, das ich in ihm durch die Augen seines jüngeren Bruders erblickt hatte.

Die Tür öffnete sich erneut, und merkwürdigerweise stieg abermals diese Furcht in mir auf.

Es war wieder Rollo. Mit verzerrtem, zornigem Gesicht.
»Ich kann den Jungen nicht finden . . . den kleinen Verrückten«, sagte er. »Wo ist er denn hingelaufen?«
»Zur Burg ist er sicher nicht zurück.«
»Warum ist er weggelaufen? Was hat er zuletzt gesagt?«
»Irgendwas über Silva, meine Halbschwester. Er sagte, es sei sicher etwas Schreckliches mit ihr passiert.«
»Was meinte er damit?«
»Das weiß ich nicht.«
»Er ist ja verrückt, der Kleine.«
»Das glaube ich gar nicht. Er denkt vielleicht ein bißchen anders. Er spricht von Phantasien und sogenannten besonderen Kräften.«
»Er ist nicht ganz richtig«, sagte Rollo. »Du hast ja noch immer nichts getrunken. Du wirst dich danach bestimmt besser fühlen.«
Ich hob das Glas an die Lippen und nippte. »Ich möchte aufs Festland hinüber.«
»Ich werde dich hinüberbringen.«
Ich stand auf.
»Trink erst einmal aus, ich hole inzwischen das Boot.«
»Ich habe alles in der Burg gelassen«, sagte ich.
»Warum bist du denn so übereilt weg?«
»Es kam mir irgendwie notwendig vor. Und jetzt . . .«
»Bedauerst du es?« Er lächelte mich an, der Raum schien sich um ihn aufzulösen. Ich konnte nur seine Grimasse sehen.
»Ja, ich glaube, ich war zu hastig. Hätte warten sollen, mich mit Jago unterhalten . . .« Meine Stimme schien von weit her zu kommen.
Rollo lächelte mich immer noch an. »Du wirst ganz schläfrig«, sagte er. »Arme Ellen.«
»Ich fühle mich ganz eigenartig. Ich glaube, ich träume noch immer. Dieses Zimmer hier . . .«
Er nickte.

»Rollo, was wird hier gespielt?«
»Du wirst langsam müde«, sagte er. »Das kommt von dem Getränk. Es ist ein Beruhigungsmittel drin. Das hast du nötig gehabt und ich auch.«
»Du . . . Rollo?«
»Komm, wir gehen jetzt.«
»Wohin?«
»Zum Boot. Das wolltest du doch.«
Ich stand auf und schwankte sofort. Er fing mich auf. »Jetzt geht es um so leichter«, sagte er, »in diesem Zustand. Besser hätte es gar nicht sein können. Aber wo ist nur der verfluchte Junge hin?«
Er schob mir den Arm unter, damit ich nicht stolperte, und dann gingen wir in den Vorraum hinaus. In der frischen Luft erholte ich mich etwas.
»Was ist denn passiert?« fragte ich.
Ich hörte ihn leise lachen. »Alles in Ordnung. So viel Glück habe ich gar nicht erwartet. Es wird alles bald vorbei sein. Da hinunter . . . nur noch den Hügel hinunter und dann zum Ufer.«
Irgend etwas warnte mich plötzlich. Das verhängnisvolle Gefühl aus meinem Traum war jetzt ganz stark zu spüren.
»Ich glaube, ich möchte doch nicht fahren«, sagte ich fast unbewußt.
»Sei doch nicht so widerspenstig. Wir fahren jetzt!«
»Ich will erst mit Jago sprechen. Ja, ich muß mit ihm reden. Ich muß es einfach tun . . . er muß mir eine Erklärung für alles geben.«
Ich rutschte aus und fiel hin. Lag in den Büschen und hielt mich mit aller Kraft daran fest.
»Was ist denn los mit dir?« Rollo versuchte, mich auf die Füße zu stellen, aber ich hielt mich mit aller Kraft am Buschwerk fest. Ein entsetzlicher Gedanke kam mir. Der Traum war jetzt Wahrheit geworden; mein Verhängnis war gekom-

men, denn mein Verhängnis war Rollo. Er hatte mir Drogen in das Getränk getan, damit er mit mir machen konnte, was er wollte. Warum wollte er mich töten? Denn das wollte er offensichtlich, davon war ich jetzt überzeugt. Rollo war durch die verhängnisvolle Tür gekommen, und der Junge war verschwunden.

Selbst in dieser Lage spürte ich noch Erleichterung darüber, daß ich Jago offenbar zu Unrecht verdächtigt hatte. Ach, Jago, warum bin ich vor dir weggelaufen? Was bedeutet all dies?

Rollo zog mich vom Busch weg. Ich konnte nicht mehr, war zu kraftlos, ihm zu widerstehen; aber aufhalten konnte ich ihn noch ein wenig.

Er hatte mich hochgezogen. »Hör auf zu strampeln«, sagte er grob. »Das nützt dir auch nichts, und du machst mich nur zornig. Schlaf ein, Ellen, das ist das Beste, was du tun kannst.«

Er hatte schwer an mir zu schleppen; ich hörte ihn leise fluchen. Die Wellen konnte ich noch im Halbschlaf hören, und ich wußte auch, was er mit mir vorhatte. Aus irgendeinem Grund war es wichtig für ihn, mich aus dem Weg zu räumen, und er wollte mich töten. Würde ein bißchen hinausrudern mit mir und mich dann ins Meer werfen. In meinem Dämmerzustand konnte ich mich nicht retten und würde auch nicht wissen, was mit mir geschah.

Ich hörte das Boot über den Sand scharren. Er hob mich hoch. Plötzlich kam mir ein Gedanke: »*Du* hast also das Geländer beim Toten Mann gelockert«, sagte ich.

»Bisher hattest du immer einen guten Engel«, sagte er nur.

»Rollo, warum nur, warum . . . Was habe ich dir getan?«

»Du bist im Weg, sonst gar nichts.«

»Aber wieso . . . wieso denn? Was bedeute ich denn für dich?«

»Stell keine Fragen, bete lieber!«

»Du bist hergekommen, um mich zu töten. Warum?«
»Du sollst keine Fragen stellen.«
Er hatte mich ins Boot fallen lassen. Ich versuchte, wieder herauszuklettern, aber damit hatte er offenbar schon gerechnet. »Mach keine Dummheiten. Ich möchte keine Gewalt anwenden müssen.«
»Dir macht ein Mord mehr oder weniger nichts aus«, sagte ich. »Du warst es, du hast Philip ermordet.«
»Wenn Philip noch am Leben wäre, dann wäre das jetzt nicht nötig.«
»Rollo, ich weiß, daß du mich töten willst, aber gönn mir noch ein bißchen Zeit.«
»Es ist keine Zeit mehr zu verlieren, Zeit ist immer kostbar.«
Also dies war mein Ende. Ich wußte genau, was passieren würde. Mein bewußtloser Körper würde ins Meer sinken, meine schweren Kleider würden mich nach unten ziehen, auf immer verschwinden lassen.
Nein, das stimmte ja gar nicht. Ich hatte bisher meinen guten Engel gehabt . . . oder Menschen, die sich um mich sorgten.
Ich hörte einen Schrei. Hörte Rollo zornig brüllen. Und da war schon Jago herangekommen. Stand am Ufer, watete ins Meer hinaus. Wehrte Rollo ab und holte mich aus dem Boot.
»Ellen«, hörte ich seine Stimme noch in meiner Schläfrigkeit, die mich schon fast ganz überwältigt hatte. »Meine Ellen!«

3

Ich erwachte in meinem Schlafzimmer in der Burg. Es war schon taghell. Jago saß an meinem Bett, beugte sich zu mir herunter und küßte mich.
»Es ist alles wieder gut, Ellen«, sagte er.
»Es war nur ein Traum. *Der* Traum . . .«

»Nein, kein Traum, sondern leider sehr wirklich. Rollo ist mit dem Boot weg, während ich dich ins Haus trug. Die See war ziemlich wild, wahrscheinlich hat er das Festland gar nicht erreicht.«

»Ich bin noch so durcheinander.«

»Fangen wir einmal mit dem wichtigsten an. Daß ich dich liebe und du mich auch. Wenn du es auch gestern abend nicht gezeigt hast. Ich hatte auf dich gewartet, du wolltest doch zu mir kommen. Ich wartete und wartete, suchte dich überall. Inzwischen kam der Junge ganz aufgeregt zurück. Du wärst auf dem blauen Felsen und ein Mann sei dort, der dir etwas antun wolle.«

»Woher wußte er das?«

»Er hatte ihn schon einmal gesehen.«

»Ja, er war ja schon vorher auf der Insel.«

»Und eine ganze Weile offenbar. Seit mindestens einer Woche bewohnte er das Haus auf dem blauen Felsen, seit Manton nach London gefahren war. Er hatte es ihm während seiner Abwesenheit überlassen.«

»Dann könnte er sich also an der ELLEN zu schaffen gemacht haben. Aber warum nur? Warum wollte er mich töten?«

»Der Grund ist ganz einfach. Sobald du aus dem Weg warst, hätte seine Frau eine Menge Geld geerbt.«

»Seine Frau?«

»Ja, Silva.«

»Aber . . . sie . . . sie ist doch tot.«

Jago schüttelte den Kopf. »Anscheinend doch nicht, das heißt, sicher nicht. Denn sonst wären seine Handlungen sinnlos. Dieser Junge . . . dieser Schlaukopf, tut die ganze Zeit so, als ob er nichts versteht, und weiß viel mehr als wir anderen zusammen.«

»Daß Rollo Geld haben wollte, kann ich gar nicht glauben.«

»Ich habe dir gesagt, daß die Finanzen seiner Familie nicht

mehr in Ordnung sind. Er sah den Ruin schon seit einiger Zeit kommen. Darum hat er wohl auch Silva geheiratet. Daß sie eine Erbin war, erfuhr er seinerzeit durch Manton. Und dann entdeckte er erst den wahren Inhalt des Testaments, nämlich, daß du die erste bist. Und so paßte es ihm gut in den Kram, daß du Philip heiraten wolltest, dann hätten sie das Kellaway-Vermögen auf jeden Fall in der Hand gehabt.«

»Philip ... Philip, was ist eigentlich mit ihm passiert? Ich habe doch gehört, wie du ...«

»Ja, ich weiß, was du gehört hast. Du warst im Verlies unten, als du entdecktest, daß ich Hawley dort treffen würde, und du hattest ihn erkannt. Hast dich versteckt, um zu horchen. Und dann verriet dich die Halskette. Ellen, wie konntest du nur so an mir zweifeln?«

»Ich mußte einfach Bescheid wissen. Hatte Angst, du hättest etwas getan, was ...«

»Was deine Liebe zu mir beendet hätte.«

»Wenn es so gewesen wäre, wie ich es fürchtete, ja. Aber jetzt glaube ich es nicht mehr. Bitte erzähl mir, wie es wirklich passiert ist.«

»Ich war nicht schuld daran. Nicht direkt und absichtlich, das mußt du mir glauben. Aber ich will von Anfang an erzählen. Vieles mußte ich mir selbst erst zusammenreimen, und einiges ist bis jetzt noch nicht bestätigt. Aber ich sehe die Sache so: Dein Vater war nicht sicher, ob Silva seine Tochter war. Er vermutete stark, daß Manton ihr Vater sei. Manton dachte das übrigens auch, denn er hatte ja eine Weile mit Silvas Mutter gelebt. Sie liebten einander. Rollo lernte Manton in London kennen, wo dieser eine Ausstellung machte. Da er sich sehr für Kunst interessierte, kam er mit Manton tiefer ins Gespräch und erfuhr unter anderem von der Insel und den Kellaways. Suchte Manton auf, lernte Silva hier kennen, und da er wußte, daß sie die ältere Tochter war, nahm er natürlich an, daß sie die Insel erben würde. Was Manton wohl noch bestätigte. Er wußte auch, daß es eine jüngere Tochter gab, die mit ihrer Mutter weggezogen war und an der der Vater keinerlei Interesse zeigte. Die Wohlhabenheit der Insel ließ vermuten, daß sie bei einem Verkauf viel Geld einbringen würde, und genau das brauchten die Carringtons, um ihr wankendes Finanzimperium zu stützen. Also heiratete er Silva heimlich und nahm sie mit nach London. Nur der Junge scheint davon gewußt zu haben. Und Manton wohl auch. Niemand erfuhr aber, welch schreckliches Schicksal sie bei ihm hatte. Als dein Vater starb, entdeckte Carrington, daß du vor Silva Haupterbin warst. Hättest du Philip geheiratet, würde man dich überredet haben, die Insel zu verkaufen und das Geld so anzulegen, wie die Carringtons es dir rieten. Das heißt, sie hätten die Nutznießung gehabt.«

»Und dann kamst du nach London?«

»Um dich kennenzulernen und herauszufinden, was los was. Ich erfuhr, daß bei den Carringtons die Finanzen nicht mehr stimmten. Daß Rollo mit Silva verheiratet war, wußte ich damals noch nicht. Ich hielt sie wie jedermann für tot. Ich verstand also gut, wieso man dich so gerne in die Familie Carrington aufnehmen wollte. Du warst mein Mündel – bist es übrigens noch immer, vergiß das nicht –, und so hielt ich es für meine Pflicht, mich um dich zu kümmern. Ich engagierte einen Privatdetektiv, der die Geschäfte der Carringtons genau untersuchen sollte . . . Leider war er ein zweifelhafter Charakter. Wohl aufgrund der Arbeit, die er leistete, so geworden. Da er im Haushalt lebte, konnte er viel mehr herausfinden als ich auf anderem Wege. Ich kam dann nach London und verschaffte mir Eingang zu dem Musikabend, wo ich dich traf und mich auf der Stelle in dich verliebte.«

»Mit einer Insel im Hintergrund muß ich allerdings sehr attraktiv für dich gewesen sein.«

»Du und die Insel, ihr wart unwiderstehlich.«

»Die Insel bestimmt.«

»Du bist ja auch nicht gerade abstoßend. Und wie ich dein Temperament von Anfang an bewunderte! Das von der Langweiligkeit der armen Esmeralda so abstach . . .«

»Und dann starb Philip.«

»Durch einen Zufall, einen Unfall. Der arme Kerl! Entsetzlich, daß das geschehen mußte! Hawley stöberte gerade eifrig in Papieren in Philips Zimmer, als er von ihm gestört wurde. Philip hatte neben seinem Bett eine Pistole und bedrohte Hawley damit. Wollte wissen, was er bei ihm zu suchen hätte. Hawley verlor den Kopf und kämpfte mit Philip um die Pistole. Wollte sie von sich wegdrücken. Und dann ging sie leider los und tötete Philip. Hawley ist ein mit allen Wassern gewaschener Abenteurer. Er sah sofort, in welcher Gefahr er sich befand. Arrangierte äußerst geschickt die Szene so, daß es nach Selbstmord aussah. Und alle fielen darauf herein.«

»Du hast ihn doch nicht dazu angestellt, daß er Philip töten sollte?«

»Um Gottes willen, nein. Sein Tod entsetzte mich.«

»Obwohl er mich hatte heiraten wollen und die Insel dann an mich gegangen wäre.«

»Genau das hatte ich verhindern wollen; ich wollte dir alle Informationen unterbreiten, die ich über die Carringtons zusammengetragen hatte. Ich sah auch, daß du nicht gerade verrückt nach Philip warst und daß du dir überlegt hattest, ob es überhaupt eine vernünftige Entscheidung sei, seine Frau zu werden. Ich hoffte, dich wenigstens so weit zu bringen, daß du diese Heirat ein wenig aufschieben würdest.«

»Dann hast du dir den Schlüssel zu dem Haus also durch Hawley besorgt?«

»Ja, ich wollte mit dir allein sprechen. Im neuen Haus. Ich suchte jede mögliche Gelegenheit, dich zu treffen. Dachte, wenn wir durch Zufall zusammenträfen, könnte ich vielleicht dies oder jenes andeuten.«

»Völlig verrückt.«

»Du wirst noch merken, daß ich oft Verrücktes tue. Und einiges davon wird dir sogar Spaß machen. Jedenfalls, ich täte bestimmt alles mögliche, um dich zu kriegen – aber einen Mord? Ich machte mir damals große Sorgen um dich, traute diesen Carringtons nicht über dem Weg. Und dann wurde durch Philips Tod alles verändert.«
»Wie geht es jetzt mit den Carringtons weiter?«
»Man wird von ihrem Zusammenbruch schon bald hören, wahrscheinlich schon in ein paar Wochen. Aber was gehen sie uns an? Ich möchte mit dir reden, Ellen. Wir müssen so viel planen, so viel sagen. Denk doch nur, Ellen, wir beide auf der Insel!«
Ich lag ganz still da und dachte daran.

Alles klärt sich

Einen Monat später heirateten wir. Bis dahin war mir alles klargeworden.
Rollos Leiche war übrigens ein paar Tage nach den Ereignissen auf dem blauen Felsen gefunden worden. Die See war ihm nicht wohl gesonnen. Ob er nur nicht genug rudern konnte, weiß ich nicht. Vielleicht hat er einfach die Niederlage akzeptiert, sich nicht gewehrt. Wenige Wochen danach stand bereits alles über den Zusammenbruch der Carringtons in den Zeitungen. Einer der größten Finanzskandale des Jahrhunderts. Viele Leute verloren dabei ihr Geld, und es hieß, wäre Rollo am Leben geblieben, so hätte man Anklage gegen ihn erhoben. Man nahm an, daß er sich freiwillig im Meer ertränkte.
Und wieviel verdanke ich doch dem Jungen! Er erkannte Rollo sofort als den Mann wieder, mit dem Silva geflohen war. Wußte plötzlich instinktiv, daß er aus keinem guten Grund zurückgekehrt war, und rannte deshalb durch den Tunnel zurück zu Jago, der mich gerade noch rechtzeitig erwischte. Das war unser Teil der Geschichte.
Gwennol heiratete schließlich ihren Michael Hydrock, und sie arbeiten noch an dem Buch über seine Familie. Jennifry lebt bei ihnen. Sie hatte ihre Tochter immer sehr geliebt und vom ersten Augenblick an gefürchtet, ich könne sie um ir-

gendwelche Vorteile bringen. Heute sind wir recht gut befreundet. Nicht gerade eng, aber immerhin. Oft muß ich bei dem Gedanken lächeln, wie ich sie in Verdacht hatte, sie wünsche mir Böses, weil ihr Gesicht in dem Zerrspiegel bei Kerzenlicht so übel aussah.
Silva habe ich gefunden.
Arme Silva, welch tragisches Leben! Ich versuche, sie gesund zu pflegen; meine beste Medizin ist es, ihr beizubringen, daß sie geliebt wird. Ihre kurzen Flitterwochen mit Rollo waren kaum vorbei, als sie begriff, daß er sie überhaupt nicht liebte. Da grämte sie sich natürlich noch viel mehr als vorher daheim. Er schloß sie mit einer Pflegerin ein, die fast eine Gefangenenwärterin war, und versuchte inzwischen, ihr Vermögen zu erlangen. Als er dann hörte, daß ich die Haupterbin war, begann er zu überlegen, wie er mich umbringen könne. Arme Silva! Sie hatte tatsächlich schon begonnen, sich für irre zu halten.
Meine Aufgabe ist es nun, sie davon zu überzeugen, daß das überhaupt nicht stimmt. Eher könnte man sagen, daß Rollo in allem, was er tat und wie er es tat, Anzeichen von Geistesgestörtheit zeigte. Besonders der letzte verzweifelte Versuch auf dem blauen Felsen war so plump, daß man ihm selbst bei erfolgreicher Durchführung sicher einmal draufgekommen wäre.
Silva fand ich in einem einsamen Landhaus, das den Carringtons gehörte. Ich holte sie auf die Insel, ohne ihre Wärterin. Jetzt nenn' ich sie meine Schwester, obwohl möglicherweise James Manton ihr Vater ist. Ein überaus gütiger Mensch übrigens, zu dem wir oft hinüberrudern und Tee in meinem Traumzimmer trinken. Im Grunde interessiert ihn aber nur seine künstlerische Arbeit, und bei all seiner Güte kann er Silva nicht die Liebe geben, die sie braucht.
Einfach war es nicht mit ihr. Sie wich zuerst aus, war mißtrauisch. Der Junge half sehr viel, er freute sich so, sie wieder

dazuhaben. Wir sind beide seine Schützlinge, und ich sehe ihn oft zufrieden lächeln, wenn er uns anblickt.

Nach der Ankunft meines ersten Sohnes – Jago, nach dem Vater – veränderte sich Silva plötzlich. Sie liebt das Kind heiß, alle anderen übrigens auch. Und die anderen lieben auch sie, so daß sie nun endlich fast ganz glücklich ist.

Meinen Traum habe ich nie wieder geträumt. Ich glaube, jetzt weiß ich, warum er meine ganze Kindheit vergiftete und erst verschwand, als Rollo damals durch die Tür trat. Meine Mutter hatte sich mit meinem Vater nicht vertragen und wollte weg, er erlaubte es jedoch nicht. Sie mußte einfach fliehen. Mrs. Pengelly, damals noch ihre Kammerzofe, wußte von dem Tunnel zur Insel. Wie ich später von der Wirtin hörte, hatte meine Mutter eines Nachts mit mir durch diesen unterirdischen Gang die Burg verlassen. Der Künstler, der meine Mutter ja schon kannte und mit ihr befreundet war, half ihr. Ich war erst drei Jahre alt. Meine Mutter trug mich, und das Zimmer im Haus auf dem blauen Felsen hatte mich offenbar so stark beeindruckt, daß es mir all die Jahre im Traum erschien. Sicher spürte ich die Angst meiner Mutter, daß mein Vater uns gefolgt sei und durch die Tür, die in meinem Traum so bedrohlich war, hätte hereintreten können, um ihre Flucht zu verhindern. So intensiv muß ich die Flucht miterlebt haben, daß sie mich jahrelang in meinen Träumen verfolgte.

Ach, wie ich die Insel liebe! Mein Leben dort liebe! Jago und ich sind voller Zukunftspläne. Wir reiten oft aus, und die Leute kommen dann aus ihren Häusern und begrüßen uns. Auch die alte Tassie steht an ihrer Tür, ein neuer Kater schnurrt um ihre Röcke, und sie sieht mich an, als hätte sie durch ihre besonderen Kräfte unser Glück herbeigeführt. Oft liegen wir auf einer Klippe und sehen hinunter in die Bucht, in der ich Hawley ankommen sah; wir blicken zum Himmel hinauf und sehen manchmal unsere Tauben landeinwärts fliegen, wohl mit einer Botschaft zu Michael und Gwennol auf Hydrock Manor. Und manchmal sprechen wir auch von der Vergangenheit.

»Und jetzt gehört dies alles dir«, sagt Jago dann.

»Uns«, muß ich ihn immer wieder erinnern.

Ja, denke ich dann, unsere schöne Insel, unsere Kinder und unser herrliches Leben!